天才小毒妃

천재소독비 18

ⓒ지에모 2019

초판1쇄 인쇄	2019년 11월 8일
초판1쇄 발행	2019년 11월 19일

지은이	지에모 芥沫
옮긴이	전정은 · 홍지연

펴낸이	박대일
편집	이문영 · 임유리 · 신지연 · 전보라 · 곽현주
마케팅	임유미 · 손태석
디자인	박현주
일러스트레이션	우나영

펴낸곳	파란미디어
출판등록	2004년 9월 14일 제313-2004-00214호

주소	03992 서울시 마포구 동교로23길 14 국제빌딩 6층
전화	02.3141.5589 영업부 070.4616.2012 편집부
팩스	02.3141.5590
전자우편	paranbook@gmail.com
카페	http://cafe.naver.com/paranmedia
페이스북	http://www.facebook.com/paranbook

ISBN	978-89-6371-705-0(04820)
	978-89-6371-656-5(전28권)

천재소독비

18

天才小毒妃

지에모 芥沫 지음 ― 전정은 · 홍지연 옮김

파란

차례

쌍수할 사매

한운석은 용비야를 깨우고 싶었으나 또 차마 그러지 못했다. 그가 좀 더 쉬었으면 했고, 또 이렇게 한 침상에 누워 조용히 서로 의지하며 껴안은 채로 있고 싶었다.

혼인 후 오랜 시간이 흐르는 동안, 여러 차례 그와 가까워졌어도 잠자리를 함께한 적은 없었다. 그러나 이번에는 환희 속에서 깨어나니 그가 옆에 누워서 자신을 껴안고 있었다. 그녀는 마침내 자신이 진정으로 그의 여자, 그의 지어미가 된 듯한 느낌이 들었다.

무엇보다도 매일 새벽, 눈뜨면 바로 조용히 잠든 그의 얼굴을 볼 수 있다는 게 가장 행복했다.

한운석이 손가락으로 그의 입술을 살짝 누르자 용비야도 마침내 깨어났다. 그는 나른하게 눈을 뜨고 그녀를 바라보다가 그녀의 손가락을 물어 버렸다.

그녀가 눈살을 찌푸리자 그는 곧 놓아주었다.

"피곤하지 않으냐?"

그가 물었다.

그녀가 대답하기도 전에 그가 바로 몸을 뒤집었다.

그녀가 다급하게 말했다.

"용비야, 물어볼 게 있어요! 쌍수는 대체 어떻게 된 거예요?

어떻게 수련하죠? 백리명향을 통해 백언청을 끌어내려는 계획은 믿을 만해요?"

"쌍수?"

용비야는 혼잣말처럼 중얼거리다가 갑자기 웃음을 터뜨렸다.

"서정력과 내 몸속 내공이 하나가 되어 무적 경지에 이르려면, 반드시 무학 기재의 도움을 받아야 한다. 그것은 쌍수를 통해서만 가능하지. 쌍수란 함께 수행하는 것인데, 몸과 마음을 다 수행해야 한다. 쌍수를 하는 두 사람은 무공에서만 하나가되는 것이 아니라, 이심전심이 되어 말하지 않아도 마음이 통해야 한다."

"그럼 둘 다 무공이 똑같이 뛰어나야 하는 거죠? 그래야 함께 수행하고, 하나가 될 수 있는 거죠?"

한운석이 진지하게 물었다.

용비야 혼자만 해도 무공 실력이 이렇게 뛰어난데, 그와 같은 수준의 사람이 용비야와 손을 잡으면 천하 그 누가 대적할수 있을까?

용비야가 고개를 끄덕였다.

"그렇다!"

"그런 사람을 찾을 수 있어요?"

한운석은 의문 가득한 표정으로 물었지만, 이 문제로 고민하는 것은 아니었다. 그녀의 고민은 다른 데 있었다. 그녀가 진지하게 물었다.

"마음을 수행하고, 이심전심으로 마음이 통하는 것은…… 어뎧게 수행하죠?"

"몸을 수행하는 것과 마찬가지다. 먼저 이심전심이 되어야만 함께 수행할 수 있고, 진정으로 마음이 통하는 경지에 이를 수 있다."

용비야가 대답했다.

한운석은 초조해졌다.

"용비야, 그 쌍수를 할 사람은 남자예요, 여자예요?"

남자라면 용비야와 이심전심이 되어도 괜찮았다. 막역한 벗이라면 말하지 않아도 통할 수 있으니까.

하지만 여자라면…… 한운석은 울어 버릴 것 같았다!

"여자다."

용비야가 사실대로 대답했다.

한운석은 눈을 치키고 그를 바라보며 한참 동안 있다가 아주 원망이 가득한 목소리로 물었다.

"그 사람을 찾았어요?"

그런데 용비야는 아주 진지한 표정으로 대답하는 게 아닌가.

"음. 벌써 찾아냈다."

한운석은 돌연 그를 밀치고 자리에 앉았다. 그녀는 말없이 그를 노려보기만 했다.

그러나 용비야는 농담이 아니라 아주 진지했다.

"천산검종의 한 사매인데, 타고난 재능이 나와 단목요보다 훨씬 뛰어나다. 서정력은 완벽한 기밀이 아닌지라 백언청 같은 무리도 아주 잘 알기 때문에, 그 사매는 지금까지……."

"지금까지 당신이 숨겼군요? 첩으로라도 들이려고요?"

한운석은 차가운 목소리로 용비야의 말을 끊었다. 용비야의 말 때문이 아니라 그의 진지하기 그지없는 태도 때문에 화가 났다. 그의 표정이며 말투는 조금도 농담 같지 않았고, 아주 진지했다!

용비야는 여전히 사실대로 대답했다.

"지금까지…… 아는 사람이 없다."

한운석은 찬 숨을 들이켰다가 완전히 화가 나서 말했다.

"어느 사매예요, 이름이 뭔데요? 아주 제대로 숨겨 났네요! 언제 이심전심이 됐어요? 어떻게 이심전심이 됐는데요? 무슨 방법을 썼어요? 둘이 쌍수를 어떻게 하고, 어떤 방법으로 마음이 통하게 할 건데요?"

그녀는 머리끝까지 성질이 뻗쳤다. 남자와 여자가 이심전심이 되려면 연인이나 부부 관계여야 할 뿐 아니라, 아주 애정이 깊어야 했다. 서로 진심으로 사랑해야만 이심전심이 될 수 있었다. 사실 한 이불을 덮고도 딴마음을 먹는 경우가 얼마나 많은가!

남녀 사이에 순수한 우정을 나누는 친구? 누굴 속여!

또 사매라니, 정말 이 '사매'라는 두 글자에 넌더리가 났다!

용비야는 계속 대답하지 않았고, 한운석은 그를 쏘아보며 기다릴 뿐, 더 말하지 않았다. 두 사람 사이에는 오직 시간만이 흐르고 있었다.

하지만 역시 먼저 백기를 든 것은 한운석이었다.

"용비야, 대답 안 할 거예요?"

용비야가 말없이 그녀의 손을 잡으려 하자 한운석이 피했다.

"용비야, 가끔은 나도 당신 생각을 모를 때가 있어요. 우리는…… 아직 충분히 마음이 통하지 않는 거겠죠……."

그녀는 가슴이 답답했다.

하고 싶은 말은 정말 많은데, 아무리 애써도 입 밖으로 말이 나오지 않았고, 말하고 싶지도 않았다.

그녀는 이불로 몸을 휘감고 침상에서 내려와 그에게 말했다.

"잘 있어요."

용비야는 쓸쓸하고 가냘픈 그녀의 뒷모습을 보다가 갑자기 웃음이 나왔다. 정말이지 어쩔 수가 없었다.

"한운석."

그가 불렀다.

하지만 그녀는 전혀 상관하지 않고 옷만 갈아입고 있었다.

그가 옷으로 대충 아랫도리를 가리고 일어나자, 길게 쭉 뻗은 두 다리가 더 탄탄해 보이고 힘이 넘쳐 보는 이로 하여금 상상의 나래를 펼치게 했다. 그는 그녀 곁으로 성큼성큼 다가가 한쪽 팔로 그녀의 허리를 패기 있게 감싸며 말했다.

"한운석, 질투할 때 너는 이런 모습이냐? 너무 지독하지 않느냐?"

"놔요!"

한운석은 정말 화가 났다. 누군들 화가 나지 않을까?

"잘 있으라고?"

용비야는 어쩔 수 없다는 듯이 웃었다.

"어디로 가려는 것이냐?"

"당신이랑 상관없잖아요!"

한운석이 차갑게 말했다. 그녀는 고개를 숙이고 있어 용비야는 그 얼굴을 볼 수 없었다.

"정말 질투한 것이냐?"

용비야가 다시 물었다.

그는 두 손으로 그녀의 어깨를 잡고 몸을 돌려 자신을 보게 하려고 했다. 그런데 한운석이 사납게 그를 뿌리치며 화난 목소리로 말했다.

"건드리지 말아요!"

분명 목이 메고 울음기 가득한 목소리였다.

용비야는 일이 이렇게 될 줄은 전혀 예상치 못했다. 그는 당황해서 얼른 그녀의 손을 잡았다.

"운석, 내가 설명하겠다."

한운석은 여전히 사납게 그를 뿌리쳤다. 어디서 이런 힘이 나오는 건지 용비야도 알 수 없었다. 단번에 그의 손에서 벗어난 한운석이 말했다.

"이런 일은 설명할 것도 없어요!"

고개를 들고 그를 바라보는 그녀의 두 눈동자는 새빨갛게 충혈되었고, 눈물로 가득했다!

용비야는 해명하려다가 그 모습을 보고 넋이 나갈 듯 놀랐다.

"용비야, 또 날 속였어요! 대체 날 얼마나 많이 속인 거예요?

거짓말쟁이! 내가 당신을 얼마나 좋아하는지 몰라요? 내가 얼마나 오랫동안 당신을 몰래 좋아했는지 몰라요? 내가 얼마나 애써서 백 걸음을 걷고 있는지 몰라요?"

한운석은 화를 내며 질문을 퍼부었다.

"당신과 함께 있으면서도 당신이 너무 멀리 있다고 느꼈어요! 내내 그 이유를 몰랐는데, 우리 사이에 몇 걸음이나 남았는지 몰랐는데, 이제야 알겠어요. 알고 보니 당신과 이심전심이 될 사람은 내가 아니었군요. 내가 아니었어요! 난 백 걸음을 영원히 다 걷지 못할 것 같아요, 용비야……."

"이미 다 걸었다!"

용비야가 다급하게 말을 끊었다.

한운석은 코웃음을 치며 냉소를 지었다.

"다 걸을 수 없어요."

"하지만…… 우린 이미 쌍수를 시작했다. 바보 같으니, 온천에서의 그날 밤 이후, 우린 이미 쌍수를 시작했다!"

눈물범벅이 된 그녀의 얼굴을 보면서, 용비야는 마음이 아프면서도 웃음이 나왔다.

그는 예전 그 시큼했던 식초떡의 맛을 추억하며 그녀를 놀리려 했던 것뿐이었다. 그런데 그녀가 이렇게 엄청나게 반응할 줄은 몰랐다.

한운석은 넋을 잃은 듯 멍했다.

용비야는 서둘러 설명하지 않고, 사랑스럽다는 듯 그녀의 눈물을 닦아 주었다. 그는 가볍게 웃었지만, 그 웃음 속에도 아끼는 마음이 가득했다.

"한운석, 이렇게 바보 같고, 이렇게 모질어서야, 앞으로 어찌 감히 너를 속이겠느냐?"

한운석은 얼떨떨하게 그를 바라보다가 갑자기 그의 손을 피하고 눈앞을 가렸던 눈물을 아무렇게나 닦아 냈다.

"용비야, 방금 뭐라고 했어요? 대체 무슨 뜻이에요?"

용비야는 눈물이 그렁그렁한 채 초조하고 놀란 표정이 된 그녀의 얼굴을 보며 참지 못하고 큰 소리로 웃었다.

"이런 모습도 참 귀엽구나."

"용비야!"

한운석은 정말 다급해졌다. 이 인간이 방금 우리가 쌍수를 시작했다고 했는데? 이게 어떻게 된 일이지?

"방금 질투하였느냐?"

용비야가 고집스레 물었다.

"그래요!"

한운석은 시원스럽게 인정했다.

"용비야, 거짓말쟁이, 날 괴롭혔어! 이 나쁜 사람!"

어젯밤부터 지금까지 한운석의 마음은 롤러코스터를 탄 것 같았다. 지금도 쌍수 일이 어떻게 된 건지는 모르지만, 그가 또 그녀를 놀렸다는 것과 사매 이야기도 거짓말이라는 것만은 알았다.

그녀도 왜 그런지 모르겠지만 아주 한바탕 크게 울고 싶었다!

"난 신경 쓰여요, 좋아하니까! 하지만 내가 당신을 좋아한다고 해서 이렇게 거짓말하고 놀리고 괴롭힐 순 없어요! 용비야, 어쩜 이렇게 못됐어요! 저리 가요! 멀리 떨어져요!"

용비야는 가지 않고 도리어 그녀를 안았다. 만족스러우면서도 마음이 아팠다.

장병들이 놀릴 때 그가 몇 번이나 돌아봐도 아무렇지 않아 하던 그녀 모습이 지금까지 불만이었다. 반드시 그녀가 마음을 드러내게 하고 싶었다.

지금 그는 만족했다. 하지만 동시에 너무 마음이 아팠고, 어떻게 달래야 할지 몰랐다. 이건 대체 그녀를 못살게 구는 걸까, 아니면 자신을 괴롭히는 걸까?

서로를 고통스럽게 하고 괴롭히는 것 또한 사랑하기 때문이었다.

한운석은 용비야의 포옹을 거부하지 않았다. 그녀가 더 물어볼 필요도 없이 용비야는 순순히 상황을 자세하게 설명해 주었다.

알고 보니 당리가 그녀에게 암기를 선물했을 때부터, 그는 그녀의 무예 재능이 그와 단목요보다 훨씬 뛰어남을 알아챘다. 운공대륙 무림에서 가히 최고 수준으로, 그와 사부가 줄곧 찾고 있던, 그와 쌍수를 할 수 있는 사람이었다.

그가 내내 이 사실을 숨기고, 심지어 그녀를 폐물이라고 속인 것은 그녀가 무예를 익히지 않길 바라서였다. 그녀가 일단 무예를 배우기 시작하면, 재능이 드러날 게 분명했다.

당시 그는 여전히 그녀를 경계하고 있었기 때문에 당연히 진상을 알려 주지 않았다. 나중에는 서정력을 숨기고, 동진의 태자 신분을 숨기기 위해 상황의 전말을 알려 주지 않았다. 그러다 보니 지금까지 내내 숨기게 되었다.

신분 문제가 풀리고 두 사람 사이의 오해도 풀리자, 그는 쌍수를 시도하기 시작했고 결과는 성공적이었다. 다만 요 며칠 자리 잡고 앉아서 그녀에게 이 일을 제대로 설명할 기회가 없었다.

오늘 그녀가 묻지 않아도 설명해 줄 생각이었다.

천하의 쌍수는 수많은 종류가 있었다. 서정력의 쌍수는 사실 연인 간의 쌍수로, 반드시 먼저 마음 수행을 해서 서로 마음이 통한 후에야 몸 수행과 무예 연마를 시작할 수 있었다.

그날 온천에서 사랑을 나눈 후 그녀가 의식을 잃었을 때, 그는 그녀에게 내공을 주입해 몸의 여러 경혈을 연결시켰다. 서로의 마음이 통했기 때문에 그녀의 몸은 서정력과 범천력에 대해 전혀 거부 반응이 없었고, 이 두 가지 힘은 도리어 그녀의 몸속에서 더욱 강해졌다.

한운석이 무예에 대해 알았다면 자신이 지금 최소 이 할의 내공을 가졌음을 진작 깨달았을 것이다. 또 어떤 의미에서 보면 한운석도 천산의 내공을 익혔으니 그와 동문수학한 사매라고 할 수 있었다.

한운석이 십 할 내공에 이르면, 정식으로 그와 함께 몸을 수행하고 무예를 연마할 수 있었다!

용비야는 이 일을 검종 노인에게까지 숨겼다! 신분의 비밀도 지켜야 했지만, 무엇보다도 한운석을 보호하기 위해서였다!

그 교활한 여우 같은 백언청도 무공을 할 줄 모르는 폐물 한운석이 운공대륙에서 무예 재능이 가장 뛰어난 기재일 거라고는 짐작할 수 없었을 것이다!

설명을 다 들은 한운석은 한참 동안 용비야를 바라보다가 결국 버럭 화를 냈다.

"용비야, 다, 당신……. 이 사기꾼, 이렇게 사람을 속이다니!"

빛을 보기를

한운석이 기가 막히지 않겠는가?

지난 몇 년 동안 자신이 무예를 익히는 데 폐물이라고 굳게 믿었고, 한동안은 이 때문에 답답해서 괴로운 적도 있었는데, 자신이 운공대륙에서 무예 재능이 가장 뛰어날 줄이야!

정말이지……, 철저하게 속았다!

용비야였으니까 이렇게 속일 수 있었다! 다른 사람이 그녀를 보고 무예 폐물이라고 했다면 그녀도 의심했겠지만, 용비야는…….

한운석은 화가 나서 얼굴이 새하얗게 질리고 말도 제대로 나오지 않았다.

"용비야! 용비야, 다, 다, 당신……, 당신 정말! 용비야, 내가 무공을 할 줄 몰라서 얼마나 오래 괴로워했는지 알아요!"

남에게 방해되었던 적이 한두 번이 아니어서, 무공을 할 줄 알았으면 하고 얼마나 바랐었는데!

"네게 내공을 전수해 주는 것으로 벌을 받으마. 너의 내공이 나와 비슷해지면, 쌍수를 시작하자. 내가……."

용비야는 말하면서 궤 안에서 비급 한 권을 꺼내 한운석에게 건넸다. 한운석이 펼쳐 보니 손으로 쓴 무예 비급이었다.

그녀는 비급을 볼 줄 몰랐다. 위에 그려진 그림의 동작과 품세를 보니 암기를 쓰는 기술 같았다. 처음부터 자세히 들춰 보니 역시 암기 기술이 맞았다. 어떻게 내공을 활용해서 특수한 기법과 함께 침으로 된 암기를 사용하는지 가르쳐 주는 내용이었다.

"네 독침 암기에 맞게 내가 2년에 걸쳐 직접 만들었다. 내일 밤부터 매일 저녁 한 시진씩 가르쳐 주겠다. 동작과 관찰력이 뛰어나면, 내공이 상승한 후 침 하나로 적을 죽일 수 있다. 우리 두 사람의 쌍수가 성공하면, 네 침의 위력은 폭우이화침에 못지 않을 것이다."

용비야가 진지하게 말했다.

한운석은 그를 뚫어져라 보면서 갑자기 침묵에 잠겼다.

그녀가 얼마나 무예를 익히고 싶어 했는지는 용비야도 물론 잘 알고 있었다. 그는 이 맞춤 비급을 보면 그녀의 화가 풀릴 줄 알았다. 그런데 그녀는 침묵하고 있었다.

그는 순간 복잡한 눈빛이 되었다가 담담하게 말했다.

"다시는 널 속이지 않겠다. 정말이다. 마지막 비밀도 네게 말해 주마. 한운석, 내가 서정력을 세 번째 단계까지 수련하면 무적 상태가 되어 세상에서 오로지 너만 날 죽일 수 있다. 서정력의 금기는 정情이기 때문에, 네가 내게 검을 겨누면 난 모든 내공을 잃게 된다."

훗날 두 사람이 서로 전쟁을 해야 하는 상황이 올 수 있음에도, 그는 이 비밀을 털어놓았다.

한운석, 지금 우리 둘 사이의 백 걸음은 다 걸은 게 아니더냐?

사실 할 수만 있다면 그도 이렇게 속이고 싶지 않았다.

그 누가 거짓말을 하며 피곤하게 살고 싶을까?

오롯이 혼자 비밀을 지키는 것은 가장 힘든 일이었다. 지난 4년 동안 이 여자 앞에서 그가 얼마나 인내심을 발휘하고, 얼마나 참으며 버텼는지 아무도 몰랐다.

"운석, 나는……."

용비야가 입을 떼려는데 한운석이 그의 입을 막았다.

"날 이렇게 속일 수 있는 사람은 용비야 당신뿐이에요! 우리 사이에 전쟁은 일어날 수 있어도, 영원히 서로 검을 겨누는 일은 없는 거예요! 알았죠?"

전쟁은 동진과 서진 사이에 발생하는 일이나, 검을 서로 겨누는 것은 두 사람의 일이었다!

용비야는 그녀의 앞머리를 어루만지며 말했다.

"반드시 그럴 것이다."

과거 그녀는 한 번 속이면 백 번으로 치겠다고 말했었다.

그러나 그가 백 번을 속여도 그녀는 원망할 수도, 미워할 수도 없었다.

손에 든 이 책, 그가 하나하나 직접 쓰고 그린 이 비급은 지난 몇 년 동안 그가 얼마나 좋은 뜻으로 거짓말을 했는지 보여 주었다.

그가 속이지 않았다면, 두 사람이 오늘 이 순간에 이를 수 있었을지, 그녀도 지금까지 멀쩡히 살아 있었을지 모두 미지수였다.

과거 그와 곳곳을 다니면서 함께 싸웠던 나날들을 돌이켜 보면, 아무것도 모른 채 여러 생각할 필요도, 걱정도 없이 마음 편히 지냈었다.

게다가 만약, 만약 그가 계획했던 대로 그녀의 신분을 영원히 속일 수 있었다면, 그녀는 지금처럼 서진에 대한 죄책감과 책임감을 느끼지 않아도 되었을 것이다.

한운석은 용비야를 조금도 탓하지 않았다. 다만 마음이 아플 뿐이었다……. 지난 몇 년 동안 혼자 외롭게 모든 것을 감당했을 그를 생각하니 마음이 아팠다.

"용비야, 내공을 나에게 전수해 주면, 당신은 어떡해요?"

한운석이 진지하게 물었다.

"한 번에 일 할 정도면 회복할 수 있으니 안심해라."

용비야는 적당한 수준을 알고 있었다.

한운석은 그제야 한숨을 돌린 후 어쩔 수 없다는 듯이 웃었다.

"백언청은 자신이 찾는 사람이 나일 줄은 생각도 못 하겠죠!"

용비야가 차가운 눈빛을 번뜩였다.

"어젯밤 그가 직접 오지 않은 게 아쉽군. 그랬다면…… 모든 것이 끝났을 텐데!"

"백리명향을 당신 곁에 두면, 백리명향이 너무 위험하지 않나요?"

한운석이 진지하게 물었다.

"그녀는 최적의 인물이다!"

용비야도 고르고 골라서 백리명향을 선택했다. 백리명향은 인어족 사람이자 여자였다. 이전에 그의 곁에서 시중을 든 적은 없어도 진왕부에 시녀 신분으로 들어온 적은 있었다. 당시 이 일로 천녕국 도성에 적잖은 논란이 있었다.

의심 많고 신중한 백언청은 이런 상황을 다 조사했을 게 분명했다. 만약 백리명향이 그에게 총애받는 것처럼 꾸몄다면 백언청은 도리어 의심했을지도 몰랐다. 상황들이 모두 애매모호했기에 백언청은 더 백리명향을 의심할 수 있었다.

"그녀는 인어족 여자다. 동진의 대업을 위해 목숨을 바치는 것은 그녀의 영광이지."

용비야가 차갑게 말했다.

한운석은 주변 사람에게 늘 마음이 약했고, 용비야처럼 독하지 못했다. 또 주변에 사람이 많지도 않았다.

그녀가 웃으며 말했다.

"내가 힘들게 목숨을 구해 줬더니, 이제는 당신들 동진을 위해 목숨을 바쳐야 하는군요."

"백리명향은 손에 백언청을 상대할 수 있는 것을 쥐고 있다. 백언청이 독만 쓰지 않으면 그녀도 백언청을 제압할 수 있다. 목숨을 부지할 수 있을지는 그녀의 운명에 달렸지."

용비야가 담담하게 말했다.

"그게 뭔데요?"

한운석이 호기심을 보이며 가까이 다가오자, 용비야가 작은 목소리로 말해 주었다.

"세상에!"

한운석은 너무 의외였다. 한운석 생각에 백리명향은 앞으로도 그들과 함께할 테고, 그녀가 있으니 백언청의 독은 문제가 되지 않았다. 백리명향이 손에 쥔 그 물건을 잘 쓰기만 하면, 무사한 데 그치는 게 아니라 공을 세울 수도 있었다.

"용비야, 백리명향이 나중에 공을 세우면, 상으로 군대 계급을 내려 줘요. 시녀로 있게 하지 말아요."

한운석의 이 말이 듣기 좋은지, 용비야는 나쁘지 않은 표정을 지으며 아주 만족해했다.

"용비야, 당신 어린 시절 이야기를 해 줄래요? 당신 부모님은 어떻게…… 돌아가셨어요?"

한운석이 진지하게 물었다. 오늘 그렇게 많은 일을 알게 되었는데도 여전히 부족한 느낌이었다.

"다 지나간 일이다……."

용비야는 말하면서 그녀의 머리카락을 정리해 주었다. 그녀의 머리카락을 모두 뒤로 넘긴 후 가지런하게 어루만져 주었다.

"말하지 말고 두어라……. 지금 내게는 너뿐이다."

"용비야……."

한운석은 그래도 알고 싶었다.

"착하지……, 다 지난 일이다. 나중에 또 시간이 나면 천천히 말해 주마."

용비야는 그래도 말하지 않았다.

기쁨은 나눌 수 있지만, 나눌 수 없는 고통도 있었다. 어떤 고통은 나누면 두 배가 되기 때문이었다. 과거 일들은 이미 죽은 사람들과 함께 땅에 묻혔으니, 누구도 바꿀 수 없고 치유할 수 없었다. 아는 사람이 늘어나는 만큼 고통도 늘어났다.

그는 이 여자가 자신의 상처투성이 과거를 아는 게 싫었다. 영원히 알게 하고 싶지 않았다.

용비아가 말하지 않자 한운석은 강요하지 않았다. 그의 과거에는 함께하지 못해도, 그의 현재와 미래에는 반드시 함께여야 했다.

날이 밝자 서동림과 조 할멈이 아침 식사를 들고 왔다.

"전하, 식사하실 시간입니다. 오전에 그 무희들을 심문하셔야 합니다."

용비야와 한운석은 의관을 갖추었다. 한운석은 여전히 시위 차림이었다. 서동림은 그 모습을 보고 속으로 웃음을 지었다.

공주는 비밀 시위단이 생긴 이래 전하와 가장 친밀한 시위였다!

웃으면서도 초 대장을 생각하니 여전히 비통한 마음이었다. 초 대장은 지금 어떤 상태일까. 전하와 공주가 함께한다는 사실을 알면, 초 대장은 단념할 수 있을까?

용비야와 한운석이 앉아서 함께 식사하자, 서동림과 조 할멈은 밖으로 나와 지키고 있었다.

"참, 고칠소에게 서신을 썼어요. 그 사람도…… 알 권리가 있으니까요."

한운석이 진지하게 말했다.

용비야는 차갑게 웃을 뿐 아무 말도 하지 않았다. 고칠소에 대한 그의 태도는 늘 이랬다.

"며칠이 지났으니 고칠소가 서신을 받았을 텐데……."

한운석이 또 말했다.

용비야는 침묵했다. 고칠소가 그의 병영에 들어오는 것은 불가능했다! 처음부터 고칠소는 벙어리 노파에 대한 일을 숨겨 주고, 그는 고칠소가 불사의 몸이란 비밀을 숨겨 주기로 약속했었다.

약속을 했으면 무슨 일이 있어도 어겨서는 안 된다. 그런데 고칠소는 한운석에게 진상을 말해 주었다. 한운석에게 제대로 해명할 기회가 있었기에 망정이지, 아니었다면 고칠소를 절대 가만 놔두지 않았을 것이다!

한운석은 용비야 앞에서 고칠소 이야기를 꺼내는 것은 다 헛수고라는 사실을 알았다!

용비야는 조용히 아침 식사를 끝낸 후 담담하게 말했다.

"지금까지 고북월에게 연락이 닿지 않았다. 꼬맹이를 찾을 방법이 있느냐? 고북월의 선택을 알고 싶다."

만약 용비야에게 친구가 있다면 바로 고북월이라 할 수 있었다. 속으로 짐작하는 바는 있었으나, 그래도 지금 상황에서 고북월의 의견은 어떤지, 어떤 선택을 할지 알고 싶었다.

한운석은 유감스럽다는 듯이 고개를 저었다. 아무래도 백언청의 손에 들어간 듯했다. 지난번 고북월이 초천은을 통해 용비야에게 밀서를 보냈을 때 꼬맹이에 대해 언급하지 않은 걸 보면, 그도 꼬맹이를 보지 못했다는 뜻이었다. 꼬맹이가 고북월을 따라가지 않았다면, 아마도 백언청에게 붙잡혀 그의 독 저장 공간에 갇혀 있는 듯했다.

오랫동안 보지 못했더니 그 조그만 녀석도 보고 싶어졌다.

용비야는 고개를 끄덕이며 말했다.

"물 감옥으로 가자."

용비야는 계속 갖고 있던 한 가지 단서로 백언청을 찾을 수도 있었다. 하지만 무희 첩자들을 잡은 이상 당연히 심문해야 했다. 새로운 정보가 나올 수도 있었다.

한운석이 용비야를 따라 막사 밖으로 나오니, 어젯밤에 비가 온 흔적이 보였다. 다들 칠석이 되면 직녀가 눈물을 흘려 반드시 비가 온다고 했다.

비 온 후의 공기는 아주 상쾌했고, 이른 아침 햇살은 눈부실 정도로 찬란했다. 한운석의 마음도 비가 온 후 맑게 갠 날 같은 기분이었다. 그녀는 막사 안으로 돌아가 해바라기 화분들을 다 꺼내 밖에 놔두었다.

그녀는 일부러 용비야를 붙잡고 한참 동안 서 있었다. 원래 아래로 처져 있던 해바라기가 햇빛을 보자 점점 고개를 들면서 동쪽을 바라보았다.

그녀는 자신들의 사랑이 빛을 보고 고개를 들어 태양을 향해 찬란하게 빛나기를 원했다!

모든 해바라기가 고개를 든 후에야 한운석은 만족하며 용비야의 손을 놔주었다. 그리고는 어린 시위가 된 듯 서동림과 함께 그의 뒤를 따르며 물 감옥으로 향했다.

칠석 밤이 지난 후 이른 아침, 얼마나 많은 사람이 아직도 꿈속에서 헤매고 있을까?

깊은 산골짜기 어느 개울가 옆 대나무 집 안에서, 고북월은 이미 깨어 있었다. 야윈 몸에 눈처럼 하얀 옷을 입은 그는 아름다운 자연 속에서 언제든지 바람을 타고 날아가 신선이 될 것만 같았다.

그는 창가에 서서 저 멀리 푸른 산을 바라보고 있었다. 이때, 매 한 마리가 산꼭대기에서 빙빙 돌고 있었다. 매가 산 정상을 넘어 하늘 끝에서 사라진 후에야 그는 시선을 거두었고, 창백한 입가에 담담한 미소가 올라왔다.

마치 4월에 부는 봄바람처럼, 따스하고, 따스했으며, 더할 나위 없이 따스하기만 했다.

"북월 조카, 오늘은 일찍 일어났군!"

낮은 목소리가 문밖에서 들려왔다. 바로 백언청이었다.

조종할 수 없는 사람

북월 조가?

이 얼마나 익숙한 호칭인가? 과거 유족의 두 노인도 그를 이렇게 불렀었다.

그러나 고북월은 옛일을 추억해도 옛정을 생각하는 사람은 아니었다.

그가 돌아보니 백언청이 입구에 서 있었다. 회색 도포를 입은 그는 소박하고 깔끔한 차림에 상냥한 미소를 띠고 있었다. 옷차림만 보아서는 그다지 높은 자리에 앉은 사람 같지 않았으나, 고북월의 눈은 아주 날카로웠다. 그날 밤 백언청을 만났을 때 그는 첫눈에 백언청이 절대 보통 사람이 아님을 알아챘다.

고북월은 미소로 답하며 예의 바르게 읍을 했다.

"백 숙부."

"자, 자, 바깥에 나와 보게. 이 백 숙부가 자네를 위해 또 약재 몇 가지를 찾아왔다네."

백언청은 아주 친절하게 그를 불렀다.

"백 숙부께 폐를 끼쳤습니다."

고북월의 투명한 눈동자에 비웃음이 비쳤다가, 곧 흔적도 없이 사라졌다.

절벽에서 떨어졌던 그날 백언청 수하에 있는 시위가 바로 그를 구해 냈고, 한 시진도 안 되어서 그는 백언청을 만났다.

백언청은 자신을 풍족 족장이자 백독문의 전 문주라고 소개했다. 오랫동안 영족의 후예를 찾아다녔다며, 독종 금지에서 우연히 그가 쓴 영술을 보지 못했다면 영원히 찾아내지 못했을 거라고 했다.

백언청은 그를 암살하려고 했던 자가 용비야라고 단언했다. 또 풍족은 일찍부터 용비야의 신분과 한운석의 출신을 알고 있었다며, 내내 숨겼던 이유는 동오족의 구만 군마가 북려국에 올 때까지 기다렸다가 용비야가 대비할 틈도 없이 재빨리 공격하려 했기 때문이라고 했다.

그런데 뜻밖에도 용비야가 갑자기 자신의 신분을 드러내자, 그와 풍족의 몇몇 장로들이 논의해서 한운석의 신분을 밝히고 적족과 연합하여 용비야에게 맞서기로 했다고 했다.

고북월이 어디 그리 쉽게 속아 넘어갈 사람인가?

그는 용비야와 남몰래 협력하지 않았어도, 절대 백언청의 말을 쉽게 믿을 리 없었다.

당시 유족인 초씨 집안은 서진을 재건하겠다는 명목을 내세워 서주국에서 자기 세력을 끌고 독립해 나온 후, 적족과 연합해 천녕국을 차지하고 용비야와 용천묵에게 맞서려 했었다.

이 일은 운공대륙 전체가 다 알았다. 풍족이 정말 서진을 다시 일으킬 생각이었다면, 어째서 지금까지 참으며 그때 유족 초씨 집안을 돕지 않았을까?

지금도 그와 용비야 쪽 사람들 외에는 서진의 이름을 빌려 천하를 호령하려 했던 유족의 진짜 야심을 아는 사람은 별로 없었다.

풍족은 물론이요, 아직 모습을 드러내지 않은 리족과 흑족에 대해서도 고북월은 이미 속으로 다 판단을 해 두었다.

한운석의 신분이 드러났으니, 이 두 세력은 이미 적족과 한운석을 찾아가야 마땅했다. 하지만 이 두 귀족은 꾸물대며 움직이지 않았다. 정말 세상사에 관심을 끊었거나, 아니면 딴마음을 먹고 기회를 봐서 움직이려는 게 분명했다!

고북월은 생각이 모자라는 세 살 어린아이도, 충동적으로 행동하는 열세 살 소년도 아니었다. 그는 의성에서 태어나 황궁에서 오랜 시간을 보내면서 음흉한 속내와 속고 속이는 권모술수를 너무도 많이 봐 왔다.

그는 겉으로는 우아하고 온화하며 세속에 물들지 않은 사람처럼 보였다. 그러나 잡티 하나 섞이지 않은 그 투명한 눈동자는 사실 일찍부터 인간 세상의 온갖 작태와 사람 마음의 변화를 다 겪어 보았다. 그는 성숙하고, 진중하고, 차분하고, 지혜로운 사람이었고, 수백 가지의 부드러운 모습만큼 수천 가지의 잔인한 모습도 가졌다!

용비야도 고북월만큼 냉정하고 이성적이지는 못했다. 용비야는 한운석 때문에 이성을 잃을 수 있어도 그는 절대 그렇지 않았다. 오히려 더 이성적으로 대처했다.

이런 사람은 백언청에게 속을 수 없었고, 조종당할 일은 더더욱 없었다.

백언청은 그와 용비야가 이미 서로의 신분을 솔직하게 밝히고 남몰래 협력한 줄 모르고 있었다. 백언청이 속이려 든다면, 그도 장계취계를 취할 생각이었다.

어쨌든 그는 도망칠 수 없는 상황이었다.

두 사람은 정원의 나무 아래 차 마시는 곳에 앉았다. 백언청은 고북월 앞으로 네 가지 약재를 밀어 주며 진지하게 말했다.

"이것은 천상天桑, 지엽地葉, 인삼人蔘, 귀치鬼梔인데, 함께 달여서 하루에 세 번 복용하면 자네 내상 회복에 좋다네."

이 네 가지 약재 중 인삼을 제외한 나머지 세 가지는 매우 진귀한 약재들이었다.

"백 숙부께서 이렇게 돌봐 주시다니, 소생은 이 은혜를 갚을 길이 없습니다⋯⋯."

고북월이 아주 진실한 표정으로 또 읍을 했다.

"아이고!"

백언청이 얼른 막았다.

"북월 조카, 계속 이리 남처럼 굴면 민망하네! 자네는 부모님이 일찍 돌아가셨으니, 자네만 괜찮다면 나를 가족처럼 생각하게."

그는 말하면서 고북월의 손을 잡고 진지하게 말했다.

"북월 조카, 앞으로 공주의 안위는 모두 자네에게 달렸네! 용비야의 검술이 얼마나 놀라운지 그날 밤 자네도 보지 않았는가."

고북월은 고개를 끄덕이며 슬쩍 손을 뺐다.

"아, 정말 용비야가 동진의 태자일 줄은 몰랐습니다! 공주께서는 아직 서진 군대에 계십니까? 요즘…… 잘 지내시는지요?"

고북월은 지금 운공대륙 상황에 대해 전혀 아는 바가 없었다. 동진과 서진이 이미 휴전했고, 용비야와 한운석은 이미 화해했다는 사실은 더더욱 몰랐다. 백언청은 그에게 풍족과 적족이 이미 한편이 되었고, 함께 서진의 공주에게 충성하며 힘을 합쳐 적에게 맞서고 있다고 말해 주었다.

지금 영승이 동진 대군의 공격을 버티기만 하면 군역사가 군마를 끌고 와서 북려국의 기병을 얻어 낼 거라며, 석 달만 있으면 군역사가 군대를 이끌고 남하해서 영승과 합류해 용비야를 완벽하게 참패시킬 것이라고 했다.

백언청은 몇 번이나 고북월에게 그저 마음 푹 놓고 요양하면서 내상을 치료하라며, 전쟁은 걱정할 필요가 없다고 일렀다.

용비야를 패배시키고 나면 서주국과 천안국 두 나라는 전혀 문제 될 것 없으니, 1년 안에 반드시 서진을 다시 일으킬 수 있을 것이라고도 했다.

"모든 것이 다 잘되고 있으나……, 다만……."

백언청은 말을 하려다가 멈추었다.

"무슨 일입니까?"

고북월이 다급하게 물었다.

"이거 참, 공주는 감정적인 분인데, 마음을 쏟았던 용비야에게 이리 이용당하지 않았나. 시녀 말이 공주께서 밤에 잠을 잘 이루지 못한다고 하더군. 아무래도 마음의 상처 때문인 듯하네."

백언청은 마치 진짜인 것처럼 말했다.

고북월은 이 말이 어디까지 진짜이고 어디까지 가짜인지 몰랐으나, 가장 걱정스러운 부분이긴 했다.

갑자기 너무 많은 일이 일어났으니 한운석은 용비야를 오해할 게 틀림없었다. 게다가 풍족의 이간질까지 더해졌으니, 그 바보 같은 여자가 얼마나 마음 아파할까?

그녀가 용비야를 얼마나 좋아하는지는 그녀 자신보다 제삼자인 고북월의 눈에 더 선명하게 보였다.

그래서 그는 위험을 무릅쓰고 몰래 매를 통해 초천은에게 연락했고, 용비야가 한운석에게 전해 달라고 그에게 부탁했던 서신을 용비야에게 보냈다.

한운석에게 바로 서신을 보낼까도 생각했었지만, 서신이 백언청과 영승의 손에 들어가 일을 다 망치고 자기 속내도 탄로 날까 두려웠다. 결국 그는 가장 안전한 방법을 선택하여 초천은을 통해 용비야에게 서신을 보냈다.

한운석은 서진 진영에서 권력을 잡지 못한 꼭두각시 신세일 테고, 심지어 감시를 받고 있을 수도 있었다. 하지만 용비야는 달랐다. 동진 진영 전체가 한운석을 적대시해도, 용비야는 변함없이 모든 것을 통제할 수 있었다.

서신을 보낸 지 보름이 지났으니 용비야는 이미 서신을 받았을 게 분명했다. 그는 모든 희망을 용비야에게 걸었다. 용비야가 속히 방법을 찾아내 한운석에게 진실을 알리기를 바랄 뿐이었다.

고북월은 잠시 침묵했다가 담담하게 말했다.

"공주는 감정적인 분이시나 운공대륙에서 가장 책임감 있는 여자이기도 합니다. 백 숙부, 안심하십시오. 공주는 절대 연정에 눈이 멀어 자신의 신분을 잊으실 분이 아닙니다."

"그야 딩연하지!"

백언청이 얼른 대답한 후 또 물었다.

"북월 조카, 자네는 언제 공주의 신분을 알았나. 그때 독종금지에서 군역사와……."

고북월이 가볍게 탄식했다.

"그때 저는 독짐승에게 흥미가 있었을 뿐, 공주인 줄 몰랐습니다. 천녕국 궁에서 제가 은혜를 입은 적이 있어, 모욕당하는 모습을 보고 당연히 목숨을 다해 구하려 했지요."

그때 그는 한운석을 구하다가 군역사의 손에 죽을 뻔했었다. 꼬맹이가 도와주어 천만다행이었다.

이 일에 대해 백언청은, 군역사는 그의 제자인데 북려국 병권을 쥐고 있으며 풍족에 대해 일찍부터 역심을 품었다고 설명했다.

"아니……."

백언청은 탁자를 주먹으로 내리쳤다.

"아니, 이 군역사 녀석! 그때 나에게 한마디만 해 주었어도, 진작 자네를 찾았을 텐데!"

"백 숙부, 군역사가 역심을 품었다면, 어째서 일찌감치……."

고북월의 말이 끝나기도 전에 백언청이 진지하게 말했다.

"아직 때가 아니네. 지금 북려국 황제가 이미 그를 경계하고 있으니, 북려국 황제가 그를 혼내 준 후에 이 늙은이가 나서도 늦지 않네."

백언청이 다 말해 주지는 않았지만, 고북월은 아주 잘 이해했다. 그는 이미 용비야를 통해 북려국 상황을 알고 있었다. 적어도 그가 아는 바로 군역사는 동오족에게 사신으로 가는 기회를 틈타 북려국 태자를 죽였고, 지금은 또 그 많은 군마를 끌고 왔다. 북려국 황제는 호락호락한 상대가 아니니, 결코 대충 넘어갈 리 없었다.

백언청과 군역사 사이가 사제 관계 외에 또 무슨 관계인지, 백언청의 말 어디까지가 진실이고 거짓인지는 상관없었다. 백언청은 분명 군역사를 희생양으로 삼아 북려국 황제의 분노를 가라앉히고 그 틈에 직접 병권을 장악하려는 게 틀림없었다.

이것이 바로 백언청이 미적대며 북려국에 돌아가지 않은 이유로 보였다.

고북월은 시국을 정확하게 파악할 수는 없지만, 전에 알던 상황을 비추어 보았을 때 용비야가 이미 북려국에서 행동에 나섰을 것이라고 확신했다.

그러나 용비야도 백언청이 군역사마저 함정에 빠뜨릴 거라고는 생각하지 못할 텐데? 용비야가 군역사에게 맞서다가 도리어 백언청을 도와주는 꼴이 될까 걱정스러웠다!

"백 숙부, 정말 총명하십니다."

고북월이 그를 치켜세웠다.

"그럼 북월 조카는 언제, 또 어떻게 공주의 신분을 알게 되었는가?"

백언청은 또 이 질문을 던졌다.

떠보고 있는 게 분명했다. 사실 고북월은 그가 이 질문을 해 주길 오랫동안 기다리고 있었다.

"우연히 알게 되었습니다. 반년 전인가요. 공주 곁에 있는 시녀 백리명향이 공주의 등에 봉황 깃 모양의 모반이 있다고 말해 주었습니다."

고북월은 담담하게 거짓말을 했다.

"영족은 저 하나만 남았고, 유족의 군사 봉기는 실패로 돌아갔습니다. 용비야의 세력은 만만하지 않았고, 그는 야심이 가득한 사람이기도 했지요. 용비야가 공주의 신분을 알게 되었을 때의 결과를…… 소생은 상상도 할 수 없었습니다. 그저 잠시 속이며 몰래 지켜 드릴 뿐이었지요……."

그는 말하면서 쓴웃음을 지었다.

"소생은 정말 용비야가 동진의 후예인 줄은 몰랐습니다. 알았다면 이 생명을 바쳐서라도 소생이 공주를 데리고 떠났을 겁니다!"

고북월은 일찍부터 유족을 통해서 봉황 깃 모양 모반에 대해 알고 있었다. 그는 처음부터 그렇게 애를 써서 한운석을 독종갱으로 유인하여 신분을 확인할 필요가 없었다. 기회를 봐서 그녀의 등에 있는 모반만 확인하면 될 일이었다.

그러나 그는 한운석이 시녀의 시중을 받는 데 익숙하지 않다는 것을 알았다. 또 그는 절대 몰래 훔쳐보는 무례한 행동을 할 수 없는 사람이었다.

당시 소소옥이 한운석에게 화상을 입혔을 때, 그는 단번에 초천은의 명령을 받고 봉황 깃 모양의 모반을 노리고 벌인 짓임을 알아챘다.

백언청은 생각에 잠긴 듯이 고개를 끄덕였다. 고북월은 잠시 침묵했다가 일부러 의문스럽다는 듯이 말했다.

"이 백리명향이라는 시녀 이야기가 나와서 말인데, 소생이 보기에는 좀 이상했습니다……."

"어떻게 이상하던가?"

백언청이 아주 흥미를 보였다.

백언청, 기다려라

백언청이 백리명향에게 흥미를 보이자, 고북월은 백언청이 이미 용비야의 수에 걸려들었음을 확신했다!

당시 서정력의 진상을 숨기기 위해 그는 용비야를 도와 한운석을 속이며, 침을 놓는다는 이유로 백리명향을 천산에 보냈다.

"백리 낭자는 백리 장군부의 아가씨이고 백리원룡의 친딸인데, 어찌 된 일인지 진왕부에 공주의 시녀로 들어갔습니다."

고북월이 말했다.

"이 늙은이도 그 이야기는 들었다네. 당시 천녕국 도성도 그 일로 의론이 분분했지."

백언청이 물었다.

"장군부의 아가씨가 진짜 시녀로 들어간 것은 아니겠지?"

"당연히 그럴 수 없지요! 대외적으로는 시녀라고 했지만, 사실 공주를 따라다니며 침술과 독술을 배웠습니다. 공주는 별로 좋아하지 않았지만 쫓아내지 못했습니다. 소생이 보기에 용비야의 체면 때문에 그랬던 것 같습니다. 듣기로 진왕부는 지금까지 외부 손님이 유숙하는 경우가 없었는데, 백리 낭자는 시녀라는 정당한 명분을 내세워 진왕부에 들어와 살았습니다."

고북월이 말했다.

침묵하는 백언청의 눈동자에 어두운 그림자가 드리워졌다.

무슨 생각을 하는지 알 수 없었다.

고북월은 말을 이어갔다.

"이런 것들이야 별로 이상하지 않습니다. 소생이 이해되지 않는 것은 당초 용비야가 천산에서 부상을 입었을 때, 침을 놔야 한다며 특별히 백리명향을 산으로 부른 일입니다. 침을 놓는 기술이야 공주와 제가 백리명향보다 훨씬 뛰어납니다."

그제야 백언청이 입을 열었다.

"자네와 공주는 그때 의성 일에 신경 쓰느라 천산에 갈 여유가 없지 않았는가?"

"백 숙부께서 모르시는 게 있습니다. 소생은 용비야에게 황태의를 추천했으나, 용비야는 반드시 백리 낭자여야 한다고 했습니다!"

고북월은 진지한 얼굴로 말했다.

"소생이 보기에 이 일은 아주 수상합니다!"

백언청의 얼굴에 복잡한 빛이 스쳤지만, 그는 고개만 끄덕일 뿐 서정력과 쌍수에 대해 고북월에게 말하지 않았다.

최근 며칠 동안 그는 사람을 보내 내내 백리명향을 주시하며, 백리명향의 모든 것을 조사했다.

얼마 전에는 동진 병영에 첩자까지 잠입시켜 알아보려고 했다. 그런데 그가 고북월을 찾아왔을 때 막 도착한 소식에 따르면, 무희 첩자의 암살은 실패로 돌아갔고 셋 다 붙잡혔다고 했다.

사실 이번에 세 명의 무희 첩자를 보낸 주요 목적은 암살보다는 탐색이었다. 그는 백리명향을 아주 의심했지만 백리명향이 용비야와 쌍수를 진행할 사람이라고 완벽하게 확신하지는 않았다. 완전히 확신한 후에야 직접 나서서 백리명향을 죽일 생각이었다.

검술로 겨루게 되면 용비야보다 조금 못할 수 있어도, 그의 독술은 용비야를 제압하기에 충분했다. 그러므로 그는 반드시 용비야가 서정력의 세 번째 단계까지 수행하지 못하게 막아야 했다. 세 번째 단계는 무적 상태로, 그때가 되면 용비야가 그의 독술을 피하는 것은 아주 식은 죽 먹기였다!

고북월의 이 말과 무희 첩자들의 실패까지 더해지니, 백언청의 마음속 마지막 남은 망설임까지 다 사라졌다. 이제 그가 계획을 세우고 직접 나설 때가 되었다!

고북월은 쓸데없이 많은 말을 하지 않았다. 그가 용비야를 도와서 할 수 있는 일은 이 정도뿐이었다. 더 많이 도와주고 싶지만, 아무래도 백언청 앞에서 조급하게 굴 수 없었다.

백언청이 그를 과소평가한다고 그도 백언청을 과소평가할 리 없었다.

"백 숙부, 풍족은 어떻게 공주와 용비야의 출신을 알게 되었습니까?"

고북월이 진지하게 물었다.

백언청은 군역사가 어주도에서 가져온 인어족 피에 대해 설명했다. 한운석의 출신에 관해서는 한참 동안 망설이다가 마침내 담담하게 말했다.

"천심 부인과 독종의 후예가 부적절한 관계였다는 이야기를 자네는 어렸을 때 의성에서 들은 적이 있겠지?"

고북월은 깜짝 놀랐다. 짐작한 바는 있었으나, 자신의 추측이 맞기를 바란 건 아니었다.

"할아버지께서 언급하신 적이 있습니다."

그가 대답했다.

백언청이 탄식하며 말했다.

"그 독종의 후예가…… 바로 나일세!"

고북월은 순간 두 손이 굳어졌고 말이 나오지 않았다.

백언청, 독종 직계 후손인 그가 역시 천심 부인의 정인이자 한운석의 친부였다!

"그럼 백 숙부께서는 천심 부인이 서진의 후예임을 진작 알고 계셨습니까?"

고북월이 물었다.

백언청은 고개를 끄덕이며 부인하지 않았다.

"그렇다면 천심 부인은 왜 한종안에게 시집갔고, 백 숙부께서는 왜 공주에게 무관심했습니까? 어째서요?"

고북월이 다시 물었다.

"나는 천심이 바로 목심인 줄 몰랐네. 지난 몇 년 동안 나는 줄곧 목심을 찾고 있었지. 목심이 바로 천녕국의 천심이라는 것을 알아냈을 때, 그녀는…… 이미 난산으로 죽은 뒤였네! 운석은 이미 다 컸고!"

백언청은 격분하기 시작했고, 늙은 눈동자에 눈물 빛이 비쳤다.

"내 부친은 독종 직계 자손이었고, 모친은 풍족의 후예였네. 당시 나는 목심의 봉황 깃 모양의 모반을 보기 전까지는 목심이 서진 황족의 후예인 줄 몰랐어. 내가 풍족의 후예라는 것을 그녀에게 알려 줄 틈도 없이, 그녀는 내가 다른 여자와 부적절한 관계라고 오해하고 내 아이를 가진 채 떠났지……."

백언청은 여기까지 말하고는 목이 메어 더 말하지 못했다.

고북월의 눈에 의심하는 빛이 스쳤다. 그러나 백언청의 눈물은 진짜 같았다. 다 큰 대장부가 진심이 아니고서야 어찌 눈물을 흘릴 수 있을까?

하지만 그는 백언청의 설명은 조금도 믿지 않았다.

백언청이 한운석의 부친이라는 말은 진짜일 가능성이 컸다. 하지만 다른 설명은 모두 거짓이었다!

혁련취향이라는 첩자의 존재는 적어도 백언청이 일찌감치 한운석의 신분을 알고 한씨 집안에 매복시켜 놓았음을 의미했다. 백언청이 진심으로 한운석을 위하고 서진의 재건을 원했다면, 진작 한운석을 아는 체하고 행동에 나섰어야지 이렇게 용비야와 영승, 북려국 사이를 맴돌아서는 안 되었다!

고북월은 처음부터 백언청이 천하에 뜻을 두고 있는 줄 알았다. 그런데 지금 그는 조금 막막해졌고 심지어 두려움마저 생겼다. 한운석이 자신의 친부가 백언청이란 사실을 알면 어떤 심정이 될까? 또 어떻게 맞서야 할까?

"백 숙부……, 어째서 공주를 아는 체하시지 않습니까? 친부가 살아 있다는 사실을 알면, 공주는 분명 기뻐하실 겁니다."

고북월이 떠보듯 물었다.

백언청은 긴 한숨을 내쉬었다.

"이 늙은이는 그 아이에게 너무 많은 빚을 졌다네. 게다가 이런 중요한 시기에 모든 사실을 밝히면, 적족 쪽에서…… 역심을 품을 수 있네."

고북월은 이해하는 모습을 보였다. 두 귀족 모두 서진에게 충성을 다하지만, 정권을 놓고 다투기도 해야 했다.

백언청은 눈가의 눈물을 닦아 내고 웃으며 말했다.

"북월 조카, 이 일은 자네 한 사람만 알고 있으니, 우선……."

"백 숙부, 안심하십시오. 북월은 정도를 지킬 줄 압니다."

고북월이 얼른 약속했다.

백언청은 그제야 고개를 끄덕였다.

"자, 자네를 위해 약을 달여 주겠네. 자네는 어서 내공을 회복해야 해. 의성에서는…… 자네가 돌아오길 바라고 있네! 의성의 도움이 있으면, 북려국 황제는 분명 우리를 더 의지할 걸세."

"소생은 지금 당장 의성에 돌아갈 수 있습니다!"

고북월이 떠보기 위해 말했다.

과연 백언청은 거절했다.

"급할 것 없네. 우선 치료를 잘 하고 있다가 때가 되면 내가 자네를 데리고 가겠네!"

고북월은 입가에 냉소를 띠며 또 말했다.

"모든 일은 다 백 숙부 말씀을 따르겠습니다. 백 숙부께서 공주께 저 대신 안부를 전해 주십시오."

"안심하게. 자네가 내 쪽에 있는 걸 알면, 운석도 자네가 잘 요양하길 바랄 걸세. 필요한 약재가 있으면 얼마든지 말하게."

백언청이 대답했다.

고북월은 자신이 약을 달이고 싶었지만, 백언청은 친절하게 그를 돕겠다고 따라왔다. 약을 다 달이자, 백언청은 고북월에게 따뜻할 때 마시라고 고집을 부렸다.

고북월은 백언청이 약에 무슨 독을 탔는지는 몰라도, 분명 이 안에 독, 그것도 만성 독이 있다고 확신했다.

백언청의 의심을 사지 않기 위해 그는 매번 백언청이 보는 앞에서 약을 단숨에 다 마신 후, 몰래 구토제를 먹고 토해 냈다. 이 방법으로는 독소를 줄일 뿐이라서, 몸 안에 독약이 어느 정도 남을 수밖에 없었다.

백언청이 준 약은 그의 내상에 도움이 되는 했다. 다만 효과가 아주 미미할 뿐이었다.

약을 먹은 후 고북월이 탄식하며 말했다.

"백 숙부, 꼬맹이를 제게 빌려 달라고 공주께 부탁해 주시겠습니까? 그 녀석이 참 보고 싶습니다."

"독 저장 공간에서 치료받고 있는데, 빨리 회복해야 한다네. 상처가 회복되면 이 독짐승은, 대군과 맞먹을 수 있거든!"

백언청이 거절했다.

고북월은 꼬맹이가 백언청에게 잡혀 간힌 게 아닐까 의심했다. 그렇지 않았다면 꼬맹이 성질에 진작 탈출해서 그를 찾아왔을 게 분명했다.

백언청이 떠난 후 그는 바로 구토제를 먹고 나서 오장육부가 찢기듯이 고통스럽게 토해 냈다. 다 정리하고 의자 위에 털썩 주저앉은 그의 모습을 보니, 원래도 창백했던 얼굴에 핏기가 거의 없었고, 허약한 몸은 언제든지 사라질 것만 같았다.

독소를 최대한 남기지 않기 위해 그는 과도하게 많은 양의 약을 먹었고, 구토할 때마다 그의 위장과 목은 반 시진 정도 고통에 시달려야 했다. 이렇게 반 시진 동안 아픈 후에야 그는 겨우 한숨을 내쉬었다.

어려서부터 앓지 않은 병이 없었던 그였다. 고작 반 시진 정도의 통증쯤이야 괜찮았다. 그의 몸은 여전히 허약했지만, 눈가에는 음험하고도 차가운 눈빛을 번뜩이고 있었다.

그는 이미 서신을 보낼 방법을 찾아냈다.

백언청, 기다려라!

이때, 저 멀리 천녕국 도성 교외의 어느 숲속에서는 고칠소가 커다란 나무줄기 위에 드러누워 있었다. 원래는 어제 백옥교를 데리고 출발해서 소소옥을 구할 예정이었다. 모든 준비를 마치고 출발하려는데, 목령아가 갑자기 한마디를 꺼냈다.

"칠 오라버니, 오늘은 칠석이니 우리 내일 떠나요."

목령아가 말해 주지 않았다면 그는 날짜도 잊을 뻔했다.

칠석은 그의 생일이자 그의 이름이 '소칠'이라고 지어진 이유였다. 하지만 옥에 갇힌 고운천과 능고역을 제외하고는 누구도 몰랐다.

그를 가장 사랑하는 목령아도, 그가 가장 사랑하는 한운석도, 모두 알지 못했다.

고칠소는 목령아를 성에 내버려 두고 혼자 빠져나와 이 고요한 숲속에서 잠이 든 채 하루를 보냈다.

전에는 잠을 잘 이루지 못했는데, 이제는 쉽게 잠이 들어서 정말 좋았다!

숲속 새들이 소란스럽게 떠들기 시작하자, 고칠소는 나무에서 훌쩍 뛰어내려 나른하게 기지개를 켠 후 성으로 돌아갔다.

성에 돌아오니 목령아가 새빨간 토끼 눈을 하고 그의 앞에서 있었다.

"칠 오라버니, 어디 갔었어요. 령아는……, 령아는 오라버니가…….."

목령아는 목이 멘 나머지 뒤에 할 말을 잇지 못했다.

그가 또 전처럼 그녀를 버리고 흔적도 없이 사라진 줄 알았다.

"울보!"

고칠소가 그녀를 흘겨보았다. 이때 영안이 다가왔다.

"고칠소, 어디 갔었느냐. 우리 모두 온종일 널 찾아다녔다!"

"오늘 출발한다고 했는데 이 도련님을 왜 찾아다녀?"

고칠소는 아주 오만하고 못마땅한 말투로 말했다. 차가워진 그의 모습은 전혀 요염하지 않고 아주 냉염冷艶했다.

"영 족장이 지금 오고 있으니 조금만 기다려라. 너희와 함께 간다고 했다!"

영안이 대답했다.

그러자 고칠소가 바로 물었다.

"그럼 한운석은?"

동진과 서진이 휴전을 했으면 한운석도 그에게 서신을 보내야 했다. 뭔가 사정이 있는 게 분명했다.

영안은 목령아를 흘끗 본 후 말했다.

"양측 군대가 휴전을 하기는 했지만, 낙관할 수 있는 상황이 아니라 공주는 반드시 군에 남으셔야 한다. 용비야가 동진 병영에 있는 한 공주께서도 서진 병영을 지켜야 한다고 하셨다!"

고칠소가 더 물어보려고 하자 목령아가 그의 옷자락을 잡아당기며 낮게 말했다.

"칠 오라버니, 언니에게서 온 서신이 나한테 있어요."

목령아의 언니란 바로 한운석이었다. 그녀는 한운석 앞에서는 죽어도 그렇게 부르려고 하지 않았지만, 개인적으로는 아주 자랑스럽게 생각하며 그런 호칭이 술술 나왔다.

한운석에게 서신이 왔다는 이야기에 고칠소는 영안을 상대하기 귀찮아졌다.

"영승을 기다릴지 말지는 밤에 말해 주지. 이 도련님은 급한 일이 있어서."

그는 말하면서 목령아를 끌고 자리를 떠났다. 당연히 얼른 한운석의 서신을 보기 위해서였다.

영안은 막지 않고 소리 없이, 의미심장한 미소를 지었다.

음험한 눈빛으로 그를 기다려

고칠소는 목령아를 끌고 황궁에서 나와 뒤따라오는 사람이 없다는 사실을 확인한 후에야 멈췄다.

목령아는 얼른 밀서를 꺼냈다.

"칠 오라버니, 여기요. 오늘 아침에 막 도착했어요."

목령아도 서신 내용이 궁금하던 참이었다.

고칠소가 열어 보니 수려하고 힘이 있는 필체가 딱 한운석의 필적이었다. 서신은 크게 세 가지 내용을 담고 있었다.

첫째, 동진과 서진의 휴전에 관한 일로, 영승과 용비야의 합의 결과 휴전 후 각자 풍족에 맞서고, 풍족을 없앤 후 다시 전쟁을 치르기로 했다고 말했다.

둘째, 그에게 온 힘을 다해 영승을 도와 달라는 부탁이었다. 백옥교를 이용해 백언청을 찾으라며, 그녀를 증인으로 삼을 수 있으면 가장 좋다고 했다. 그럼 군역사의 실체를 밝혀서 북려국 황제의 인정을 받고, 나아가 북려국과 협력할 수 있다고 했다.

셋째, 그와 목령아에게 안부를 전하는 내용이었다. 그녀는 군에서 무탈하게 잘 지내니 걱정할 필요 없다는 이야기였다.

목령아는 빠르게 서신을 다 읽은 후 열정에 타올랐다.

"칠 오라버니, 반드시 용비야보다 먼저 언니를 도와 풍족을 제압해야 해요!"

사실 이 일에 관해서는 고칠소야말로 목령아보다 더 흥분하고 열정이 끓어올라야 했다.

그런데 그는 조금도 흥분하지 않았다. 도리어 길고 좁은 두 눈동자를 천천히 가늘게 뜨며 서신 속 글자 하나하나를 뜯어보았다.

곧 목령아는 그가 뭔가 이상함을 알아챘다.

"칠 오라버니, 왜 그래요?"

고칠소는 말없이 계속 서신을 뚫어져라 쳐다봤다. 한참 보던 그는 서신 봉투를 안팎으로 검사하고, 다시 봉투 밖 낙관 필적과 서신 필적을 대조했다.

"칠 오라버니, 지금…… 이 서신이 가짜인지 의심하는 거예요?"

목령아는 깜짝 놀랐다.

"이 필적이…… 같은 거야?"

고칠소가 그제야 입을 열었다.

목령아는 한참 동안 열심히 대조해 본 후, 확신에 차서 고개를 끄덕였다.

"똑같아요. 언니의 필적이 틀림없어요. 난 언니가 썼던 약방문을 많이 봐 왔어요. 지금도 갖고 있는걸요!"

목령아는 얼른 약방문 하나를 꺼냈고, 고칠소와 함께 필적을 대조했다.

"같아요!"

목령아는 더욱 확신했다.

고칠소도 혼잣말처럼 중얼거렸다.

"확실히 똑같군."

"그럼 틀림없어요! 칠 오라버니, 우리 영승이 오길 기다렸다가 함께 가요. 백옥교를 좀 더 심문하면, 다른 게 더 나올지도 모르잖아요!"

목령아가 진지하게 말했다.

고칠소는 아주 무시하는 눈길로 그녀를 보며 말했다.

"더 심문하려면 계속 고문해야 하는데, 너 같은 토끼 심장이 견딜 수 있겠어?"

며칠 전에는 그에게 더 고문하지 말라고 설득하더니, 오늘은 또 심문을 계속하라니, 이 계집애는 대체 무슨 생각인 거야!

목령아는 한참 고민하다가 진지하게 말했다.

"견딜 수 있어요! 나도 함께 심문할게요!"

착한 목령아의 마음속에 작은 악마가 사는 것인지, 아니면 이 작은 악마 같은 목령아의 마음에 토끼가 사는 것인지 알 수 없었다.

고칠소는 계속 서신 내용을 곱씹고 있었다. 원래는 목령아를 상대할 생각이 없었지만, 또 참지 못하고 질문을 던졌다.

"너는 독누이가 용비야를 내려놓지 못할 거라 하지 않았어? 그런데 지금은 왜 이렇게 흥분해서 두 사람이 빨리 전쟁을 시작하길 바라는 거야?"

목령아는 헤헤거리며 웃었다.

"칠 오라버니, 우리 언니는 보통 여자가 아니에요! 장담하는

데 언니는 이용당했어도 여전히 용비야를 아주 많이 사랑하고 있을 거예요. 하지만 언니는 서진 재건의 막중한 책임을 짊어 져야 해요! 용비야와 함께할 수 없지요! 그러니까 되도록 빨리 언니를 도와서 풍족을 무너뜨려야 해요! 지금 동진과 서진이 휴전하고 언니와 용비야가 대치 상태로 있는 시간이 길어질수 록 언니는 더 고통스러워져요! 오랫동안 괴로워하는 것보다 순 간의 고통이 나아요!"

고칠소는 그녀의 머리에 꿀밤을 쥐어박으며 말했다.

"네가 뭘 알아!"

목령아는 그를 노려보았지만, 설명하고 싶지 않았다.

그녀는 백옥교에게 모진 마음을 먹기 힘들었다. 그러나 칠 오라버니와 함께 싸우면서 한운석을 도와 영승과 함께 천하를 차지하고, 빨리 한운석을 해방시켜 줄 생각을 하니 아주 흥분 되었다.

그녀는 저도 모르게 한운석이 운공대륙의 여제가 되어 황관 을 쓰고 천하 위에 군림하는, 패기와 위엄이 넘치는 모습을 상 상했다.

"독누이가 우리한테 영승과 협력하라고 했다고?"

고칠소는 중얼중얼 혼잣말을 하기 시작했다.

목령아는 자신의 상상 속에 푹 빠져 칠 오라버니의 의혹에 신경 쓰지 못한 채 무심코 말했다.

"칠 오라버니, 지금 답신을 보낼까요?"

고칠소는 서신을 집어넣고 찬란하고 요사스러운 웃음을 지었다. 길고 좁은 아름다운 눈동자에 순간 음험한 기색이 스쳤다.

"그럴 필요 없어. 영승이 오길 기다리자!"

성으로 돌아온 후 고칠소는 영안과 만나려 하지 않았고, 목령아는 기쁨에 들떠서 영안에게 달려갔다.

"영안, 칠 오라버니가 영승이 올 때까지 기다린다고 했어. 얼른 영승보고 빨리 오라고 해. 너무 오래 걸리면 우린 먼저 갈 거야!"

"나이도 어린 것이 위아래가 없구나."

영안이 웃으며 말했다.

"우리 남매 이름을 대놓고 불러도 좋다고 누가 허락하더냐? 앞으로는 영안 언니, 영승 오라버니라고 해야 한다. 알겠느냐?"

나무라고 있는데도 말투는 아주 정다웠다. 모르는 사람이 보면 영안이 목령아와 아주 친한 사이인 줄 알 정도였다.

목령아는 턱을 높이 치켜들고 오만한 표정으로 말했다.

"나에게 언니는 당신들의 주인인 서진 공주 하나뿐이야! 영안, 나한테 위아래를 따지지 마. 진짜 제대로 따지기 시작하면, 당신들보다 내가 더 높거든!"

오만한 목령아가 뒤에서는 한운석의 이름을 자랑스럽게 내세우는 걸 한운석 본인이 안다면, 아주 배꼽 빠지게 웃었을 것이다.

영안이 이렇게 대놓고 모욕을 받은 적이 있었던가? 순간 분노가 치밀어 올랐지만 반박할 수 없었다. 영승이 어떻게든 이 계집아이를 남겨 두라고 분부하지 않았다면 가만 놔뒀을 리 없었다. 그녀는 목령아가 하는 말을 못 들은 척하고 바로 화제를 돌렸다.

"령아 낭자도 이제 나이가 적지 않은데, 공주께 좋은 혼처를 찾아 달라고 하는 게 어떠냐. 공주께서는 사람을 제대로 보실 줄 아는 혜안을 가졌으니, 대충 고르지 않으실 거다."

"내 혼사에 대해 걱정할 필요 없어."

목령아가 대놓고 말했다.

"고칠소에게 그렇게 괴롭힘 당하는 걸 보고 염려돼서 그런다!"

영안은 그녀를 흘끗 보고는 또 말했다.

"그날 밤, 영승이 널 풀어 주라고 하지 않았다면, 고칠소는 네가 죽어 가는 모습을 보면서도 영승을 놔주지 않았겠지?"

목령아의 눈동자에 고통스러운 빛이 스쳤다. 영안과 더 말하고 싶지 않아서 뒤돌아 가려는데, 영안이 황급히 막았다.

"애야, 네가 공주와 사이좋은 자매니까 네게 말해 주는 것이지, 다른 사람이었으면 상관도 하지 않았단다! 고칠소 같은 남자는 네가 들러붙을수록 더 너를 소중히 여기지 않아! 네가 차갑게 대하면 그때야 소중한 걸 깨닫지! 남자란 모두 그렇게 비굴하단다!"

마침내 목령아가 진지하게 영안을 바라보았다.

영안은 희망이 있다고 생각하고 또 설득하려고 했다. 그런데 목령아가 돌연 가까이 다가오더니 한 자씩 또박또박 말했다.

"영안, 틀렸어! 여자가 남자보다 더 비굴해! 날 더 싫어할 수록 난 더 가까이 붙어 있고 싶어! 평생 날 좋아하지 않아도 함께할 수만 있다면, 어떻게 되어도 난 좋아! 당신은 진짜 사랑을 해 본 적이 없어서 몰라!"

그녀는 말을 마친 후 시원스럽게 돌아서더니 뒤도 돌아보지 않고 떠났다. 놀란 표정이 된 채 남겨진 영안은 자신이 목령아를 남아 있게 할 수 있을지 의심스러웠다. 설마 비상수단을 써야 하나?

"족장님께 고칠소가 이미 걸려들었으니 속히 오시라는 서신을 보내게."

영안이 낮은 목소리로 곁에 있는 할멈에게 분부했다.

"예!"

할멈이 낮은 목소리로 말했다.

"주인님, 정 아가씨에게 보내신 물건이 전달되었습니다."

"그 아이가 뭐라고 하던가?"

영안이 진지하게 물었다.

"아무 말씀도 없으셨습니다. 당 문주가 잔치에 운공상인협회 장로들 몇 명을 초대해서 협력에 대해 고려하겠다고 했고, 정 아가씨는 처음부터 끝까지 한마디도 하지 않으셨습니다. 장로들이 아주 불만이었습니다."

할멈이 사실대로 대답했다.

"불만일 게 뭐가 있어! 당문과 운공상인협회의 협력을 성사시키려면 정아를 의지해야 하는데. 그 늙은이들이 한 번 이야기하러 간 게 무슨 도움이 되겠나?"

영안은 불만스러운 어조로 말했다. 어쨌든 그녀는 여동생을 아끼는 언니였다.

이때, 영정은 영안이 준 물건을 손에 쥐고 멍하니 있었다.

영안이 준 것은 바로 임신을 막는 기약으로, 먹으면 평생 다시는 아이를 낳을 수 없고, 생긴 아이도 없앨 수 있었다.

그녀와 당리가 혼인하기 전 영락이 직접 협상하러 당문에 왔을 때, 당리를 데릴사위로 보내라는 요청은 거절당했다. 협상 결과 그녀와 당리의 사이에서 자식이 생기면 장남은 당문에 남아 문주 자리를 계승하고, 차남은 운공상인협회로 보내 그녀의 직무를 계승하게 하자는 결론을 내렸다.

이 일은 백지 위에 검은 글씨로 써서 확실한 증거로 남아 있었다. 하지만 영승은 따로 그녀에게 시간을 1년만 주면서, 1년 안에 당문과 운공상인협회의 무기상 협력을 성사시키라고 명령했다.

1년의 시간을 주었다는 게 무슨 뜻이겠는가. 1년 안에 그녀가 양측 협력을 성사시키지 못할 경우, 영승이 공격할 테니 그녀는 안에서 대응하여 당문을 무너뜨리자는 의미였다!

이런 상황에서 그녀는 절대 아이를 가져서는 안 되었다. 가졌다간 아이에게 해를 끼칠 뿐이었다. 영안은 더욱이 그녀가 좋아하지 않는 사람의 아이를 가지지 않기를 바랐다.

손에 있는 약을 보면서 오랫동안 차갑게 얼어붙었던 영정의 마음이 조금 따스해졌다. 어쨌든 영씨 집안에 적어도 그녀에게 관심을 가지는 사람이 존재했다. 하지만 마음이 따스해질수록, 자책감은 더욱 심해졌다.

당문은 용비야의 세력이었고, 줄곧 적족을 속여 왔다. 그녀는 이 사실을 알고 영승에게 말해 줄 기회가 있었음에도 말하지 않았다. 말을 안 한 것뿐 아니라, 도리어 당리를 일깨워 주었다.

운공상인협회 장로들이 방문해서 협력 사안을 논의한 후 방금 돌아갔다. 지금 당리는 당문의 장로들과 함께 어떻게 용비야를 도와 적족과 맞설지 비밀 모의를 하고 있을 게 분명했다!

생각할 필요도 없었다. 그녀는 당리가 거짓으로 협력하여 운공상인협회 무기상을 차지할 것을 알았다!

그녀는 유죄였다!

그녀는 적족에게도, 서진에게도, 오라버니와 언니의 그 오랜 희생에 대해서도 면목이 없었다.

자신도 모르게 손으로 배를 쓰다듬고 있었다. 어떻게 해야 할지 누가 가르쳐 주면 얼마나 좋을까!

이제 시간이 얼마 남지 않았다. 어떤 선택을 하든, 빨리 선택해야 했다. 다시는 전처럼 당리와 거짓으로 꾸민 채 하루하루를 보내며 시간을 끌 수 없었다.

이때 갑자기 문이 열리고 당리가 안으로 들어왔다.

영정은 얼른 약을 소매 안에 숨기고, 무기력하고 죄책감에 가득했던 표정을 말끔히 지웠다. 당리가 감금한 죄수 신세가 되었어도, 그녀는 여전히 오만한 여왕님처럼 기고만장했다.

"배고파! 주방에 분부해서 먹을 것을 만들어 오라고 해. 팥

죽을 먹어야겠어!"

당리는 그녀를 차갑게 보고는 상대도 해 주지 않고 침상에 가서 앉았다.

영정이 말을 하려는 순간, 시녀가 음식을 들고 들어왔다. 거기에는 그녀가 말한 팥죽이 있었다. 1년 가까이 함께 지내면서 그녀가 무엇을 좋아하는지 그는 다 알고 있었다. 그런데 시녀가 음식을 내려놓기도 전에 그녀가 다 뒤집어엎었다.

"안 먹는다, 다 나가라!"

시녀는 너무 놀라서 황급히 나갔다.

당리는 흘끗 쳐다보기만 하고 말이 없었다. 높은 베개에 기댄 채 눈을 가늘게 뜬 모습이 아주 피곤해 보였다.

영정은 그의 앞으로 걸어가 큰 소리로 말했다.

"난 팥죽이 먹고 싶어. 못 들었어?"

당리가 거들떠보지도 않자 그녀는 멈추지 않고 연달아 네 번이나 고함쳤다. 마침내 당리가 눈을 뜨고 차갑게 말했다.

"바닥에 있잖아?"

바닥은 팥죽과 부서진 그릇, 젓가락이 뒤섞여 아주 엉망진창이었다.

"네가 만든 걸 먹을래!"

영정은 마치 응석받이로 자란 버릇없는 공주처럼, 막무가내로 소란을 피웠다.

늘 먹던 대로, 느끼할 정도로 달콤하게

방 안은 고요했고, 바닥은 엉망이었다.

당리는 침상에 기대앉은 채, 무표정한 얼굴로 영정이 막무가
내로 소란을 피우는 모습을 지켜보고 있었다.

이런 일이 처음은 아니었다.

혼인한 지 얼마 되지 않았을 때였다. 어느 날 밤, 영정은 배
가 고프다며 시녀를 시키지 않고 굳이 이미 곤히 잠든 당리를
깨워 먹을 것을 가져오라고 시켰다.

영정은 운공상인협회의 집행 회장이요, 운공상인협회라는
큰 사업을 관리하며 적족 영씨 집안이라는 큰 가업을 관장하
는 사람이었다. 그녀가 버릇없이 오냐오냐 키운 공주일 리 없
었다.

당리는 영정이 막무가내로 못살게 구는 게 다 그의 성질을
건드리려고 일부러 그런다는 사실을 알고 끝까지 맞춰 줬다.

당시 당리가 얼마나 연기를 잘했는지, 영정이 아무리 난리를
피워도 그는 공처가처럼 그녀를 모시며 힘든 일도 기꺼이 해
주려 했다.

그가 직접 주방에 가서 팥죽 한 그릇을 가져왔지만, 영정은
한 입 먹자마자 바닥에 내동댕이치며 너무 달고 느끼하다고 했
다. 그는 조금도 화내지 않고 허허 웃으면서 그녀에게 기다리라

고 한 뒤, 직접 죽을 끓여 설탕을 배로 집어넣고는 일부러 멍청한 척 그녀를 괴롭히려 했다. 그녀가 달고 느끼한 맛이 싫다고 하면, 다시 가서 한 그릇을 더 끓이되 이번에도 설탕을 두 배로 넣어서 다시는 그를 시키지 않을 때까지 계속할 생각이었다.

그런데 영정은 당리의 계략에 걸려들기는커녕, 단숨에 그릇을 비운 후 당리의 요리 솜씨를 칭찬하며 앞으로는 그가 끓인 팥죽만 먹겠다고 했다. 그리하여 그날 밤부터 영정은 사흘이 멀다 하고 당리를 괴롭혔다. 때로는 한밤중에, 때로는 새벽에, 당리가 얼마나 피곤하고 졸린지는 상관하지 않고 반드시 당리를 일으켜서 죽을 끓여 오게 했다.

당리도 만만한 상대는 아니었다. 그는 갈수록 죽에 설탕을 더 많이 넣었다. 하지만 영정은 그래도 다 먹을 수 있었다. 한번은 당리가 작은 그릇에 담긴 팥죽에 설탕을 열 숟가락이나 넣었지만, 영정은 눈썹 한 번 찌푸리지 않고 단숨에 그릇을 비웠다. 당리는 영정의 미각에 문제가 생긴 건 아닐까 의심스러울 정도였다!

이 달콤하고 느끼한 암투는 결국 당리의 패배로 끝났다. 그는 정말 영정이 이대로 먹다가 병이라도 생길까 무서웠다. 그때부터 죽을 끓일 때마다 그는 설탕을 더 많이 넣지 못했다. 영정도 맛이 다르다고 뭐라 하지 않고, 담담한 얼굴로 그릇을 깨끗하게 비웠다.

이 일로 당리는 한 가지 이치를 깨달았다. 이 여자와 승강이를 벌이지 말자. 여자가 작정하고 덤비면 진짜 무시무시하다!

과거 기억이 아직도 눈에 선한데, 이제는 같은 상황이라도 전과는 달라졌다.

당리는 눈썹을 치키고 영정을 바라보며 냉소를 금치 못했다.

"안 먹으면 관둬!"

그는 말을 마친 후 일어나 빠르게 밖으로 나갔다. 영정은 입구까지 쫓아갔지만 바로 시위들에게 가로막히는 바람에 방 안에 갇혀 나갈 수 없었다.

사실 그녀도 나갈 생각은 없었다. 그저 그런 흉내만 냈을 뿐이었다. 그녀는 오늘 밤 그가 돌아오지 않을 거라 확신했다. 그가 없어야 그녀는 냉정해질 수 있었고, 자신이 어떻게 해야 할지 생각할 수 있었다.

원락에서 나온 당리는 얼마 가지 않아서 당 부인과 마주쳤다.

당 부인은 초조한 얼굴이었다.

"아리, 장로들이 다 널 찾고 있다. 너…… 대체 야밤에 무슨 생각으로 주방에 숨어 들어가 죽을 만든 거니!"

그랬다. 영정이 뒤집어엎은 팥죽은 바로 당리가 당문 장로들을 바람맞히고 혼자 주방에 틀어박혀서 만든 죽이었다. 그도 자신이 오늘 왜 이렇게 미친 사람처럼 구는지 알 수 없었다.

"안 그랬는데요!"

당리가 부인했다.

"아버지는 속여도, 이 어미까지 속일 수 있을 것 같으냐? 아리, 솔직하게 말해 봐라. 너 영정을 정말 좋아하게 된 거 아니냐?"

당 부인이 진지하게 물었다.

당리는 그녀를 상대하지 않고 성큼성큼 앞으로 걸어갔다. 그러자 당 부인이 급히 따라가면서 언짢게 말했다.

"이 녀석아, 이 어미가 20여 년간 애지중지 키운 네 속 하나 모르겠니!"

당리는 여전히 입을 다문 채 회의장으로 들어갔다.

당 부인도 쫓아가지 않고 큰 소리로 외쳤다.

"여봐라, 영정을 회룡봉 정상에 가두고, 의여에게 잘 지키라고 해라!"

회룡봉은 당문 사당이 있는 곳으로, 선대 열조의 위패를 모시는 곳이었다. 전에 당 부인은 여 이모가 회룡봉에 갇힌 사실을 모르고 있었다. 한운석의 신분이 드러난 후 당자진이 충동적으로 회룡봉에 있는 여 이모를 찾아갔을 때, 당 부인은 그제야 이 사실을 알게 되었다.

지금 영정은 당문에 연금된 상태였다. 하지만 당 부인이 영정을 회룡봉에 있는 여 이모에게 보내면, 서진 진영을 몹시도 미워하는 여 이모의 괴롭힘을 받다가 사흘도 못 되어 죽을 게 분명했다.

당리는 여전히 앞으로 계속 가고 있었다. 당 부인은 입가에 미소를 지으며 속으로 숫자를 셌다.

"하나, 둘, 셋……."

그녀는 다섯까지 세면 될 줄 알았다. 그런데 넷도 안 되어서 당리가 걸음을 멈췄다.

당리는 고개도 돌리지 않고 차갑게 말했다.

"마음대로 하세요! 하지만 저 여자가 여 이모에게 괴롭힘을 받다가 죽으면, 운공상인협회 무기상을 손에 넣을 수 있을지 모르겠네요!"

그는 말을 마치고는 걸음을 크게 내디디며 가 버렸고, 당 부인은 몇 걸음도 채 쫓아가지 못했다.

"저 못된 놈!"

당 부인은 화가 나서 얼굴이 새파래졌다!

"마님, 화를 푸세요, 건강에 해롭습니다."

시녀가 다급하게 말했다.

"저 아이……, 저 아이는 대체 무슨 생각이란 말이냐?"

당 부인은 자신이 갈수록 아들을 이해하지 못한다는 사실을 깨달았다.

당 부인은 잠시 망설였다가 영정의 처소로 갔다. 영정은 이렇게 깊은 밤중에 당 부인이 올 줄은 생각도 못 했다.

그녀가 옷을 제대로 갖춰 입지도 못했는데, 당 부인은 모든 시녀를 물리고 침소로 들어갔다.

영정은 와룡산 정상에서 몇 달 머무르면서 당 부인과 여러 차례 부딪쳤다. 하지만 그때마다 항상 당리가 옆에서 지켜 주었기 때문에 이렇게 따로 만난 적은 없었다.

왜 그런지 몰라도 영정은 조금 당황스러웠다. 그녀는 복잡한 눈빛이 되어 아예 침상에 앉아 움직이지 않았다.

당 부인은 태연하게 한쪽에 앉아 담담하게 말했다.

"영정, 네가 아직 본 부인의 며느리인 걸 생각해서 네게 살길을 마련해 주려고 한다. 원하냐, 원하지 않느냐. 간단하게 대답해라."

"무기상은 내 목숨과도 같아요!"

영정이 차갑게 말했다.

당 부인이 이 야밤에 뭘 하러 왔나 했더니, '살길'을 마련해 주기 위해 온 것이었다. 순간 영정은 냉정함을 되찾았다.

당문에 돌아온 후 당자진 등 많은 사람이 그녀를 찾아왔었다. 다들 '살길'을 주겠다며 무기상을 노렸다. 그녀는 이미 적족을 한 번 배신했다. 두 번은 있을 수 없었다.

비록 당리가 이미 무기상의 모든 장부와 회계실 열쇠를 가져갔지만, 그녀의 개인 인장과 운공상인협회 장로회 인장이 없으면 당리는 무기상을 자신의 것으로 만들 수 없었다!

당 부인이 웃었다.

"무기상? 호호, 그건 남자들의 일이지! 영정, 본 부인은 너한테 적족에게 미안한 일을 하라는 게 아니다. 네가 마음을 다잡고 적족과 선을 그었으면 하는 것뿐이다. 그럼 나중에 당리가 무기상을 손에 넣었을 때 본 부인이 반드시 네 목숨을 살려 주고, 어떤 방법을 써서든 너를 당리 곁에 첩실로 남겨 두겠다. 동의하면 맹세해라."

무기상을 손에 넣은 후 당문의 진짜 배경을 공개하면, 적족의 영씨 집안도 당문을 어찌하지 못했다! 영정을 되찾는 일은 더더욱 불가능했다. 당자진의 성미와 장로회의 기풍을 생각하면, 영정은 반드시 죽은 목숨이었다.

당 부인은 자신이 영정에게 충분히 후한 조건을 제시했다고 생각했다. 아들이 사랑의 상처 때문에 당문과 사이가 나빠지면 어쩌나 걱정하지만 않았어도, 절대 이런 어리석은 일을 할 리 없었다!

영정이 참지 못하고 하하 소리를 내면서 크게 웃자, 당 부인이 화를 냈다.

"왜 웃느냐?"

"적족에게 미안한 일을 하라는 게 아니라고요? 당 부인, 당신 아들이 적족에게 잡혀서 당문 암기를 던져 주고도 비굴하게 살아 있을 수 있을까요?"

영정이 반문했다.

상황을 다 알면서 아무 행동도 하지 않고 아무것도 알려 주지 않는 게 더 파렴치한 배반이었다!

당 부인은 어떤 상황에서도 아들이 살아 있기를 바랐다. 그러나 그녀는 영정의 질문에 떳떳하게 '그렇다!'라고 대답할 수 없었다.

당 부인은 오랫동안 입을 다물고 있다가 결국에 씩씩거리며 말했다.

"영정, 왜 이리 고집을 부리는 것이냐? 네가 우리 당문에 투항하면, 당리는 절대 널 박대하지 않을 것이다!"

영정이 냉소를 지었다.

"당리 그 뻔뻔한 녀석은 전혀 아쉽지 않아요! 당 부인, 다른 일이 없다면 나가 주시죠!"

당 부인은 벌떡 일어나 노한 목소리로 말했다.

"영정, 이대로 시간을 끌 생각이겠지! 적족이 널 구해 낼 거라는 생각은 버려라! 잘 들어라, 무기상은 우리 당문 손에 들어오게 되어 있다! 당리가 무기상을 손에 넣는 날이 바로 네 제삿날이다!"

당 부인은 소매를 떨치며 홱 나가 버렸고, 영정은 차갑게 웃으며 조금도 동요하지 않았다. 그녀가 어찌 적족이 구출하러 와 줄 거라 기대할 수 있을까? 허튼소리!

영정은 문을 잠그고 영안이 보낸 약을 꺼내 들었다. 더는 망설이지 않았다. 그녀는 가루약을 물에 푼 후 옆에 있는 화분에 부어 흔적 하나 남기지 않았다.

영정은 만약 그녀가 영승을 배반하고 영승에게 당문의 실제 배경을 알려 주지 않았다는 사실을 영안이 알면, 다시는 약을 보내지 않고 심지어 자신을 여동생으로 여기지도 않을 거라고 생각했다.

그녀에게 낙태약이 왜 필요하겠는가! 그녀에게 필요한 것은 독약이었다. 먹으면 바로 죽는, 단번에 모든 것을 끝낼 수 있는 독약.

계속 살아 있으면 당리가 하라는 대로 좌지우지되어 영승을 속이고 운공상인협회의 무기상을 빼앗길 수밖에 없었다. 그녀는 이미 한 번 잘못을 범했다. 계속 잘못을 범했다간 죽어도 죄를 갚을 길이 없었다.

사실 의성에 있을 때 죽어서 모든 것을 해결했어야 했다. 의성에서 죽었다면 운공상인협회의 장로회가 당문에 와서 협상할 일도, 당리의 함정에 빠질 일도 없었다.

생각이 거기까지 미치자 영정은 늘 몸에 지니고 다니는 비수를 뽑아 들었다. 그러나 한참 동안 쥐고 있다가 결국에는 내려놓았다.

예전이었다면 과감하고 매섭게 결단을 내렸을 그녀였다. 타인이든 자기 자신에 대해서든, 설사 죽음 앞에서라도 그녀는 눈 한 번 깜빡하지 않았다. 살아야 한다면 제대로 살고, 죽어야 한다면 일찌감치 죽으면 되는 거 아닌가?

하지만 지금 그녀는 혼자가 아니었다.

또 자신도 모르게 손으로 배를 쓰다듬었다. 당리와 자신에게는 모질게 굴 수 있어도, 무고한 작은 생명에게까지 모질 수는 없었다.

사실 의성에서 그녀는 당리를 속이지 않았다. 그녀는 정말로 임신했고, 그의 아이를 가졌다. 그와 그녀의 아이였다.

그녀는 수만 번 상상했었다. 당리가 아기의 존재를 알게 된다면 어떤 반응을 보일까?

예전이었다면 분명 아주 멋진 연기를 보여 주었을 것이다. 흥분해서 그녀를 안고 몇 바퀴를 돌지 않았을까? 하지만 지금은?

의성에서 그는 말했었다. 그녀는 그의 아이를 가질 자격이 없다고, 의원을 부르는 것은 이 아이를 없애기 위해서일 뿐이라고.

아예 죽어 버리거나 아니면 배가 나올 때쯤 당문과 적족 둘

다로부터 도망쳐야 했다. 영정은 사실 이미 후자를 선택했다. 다만 도망치는 게 너무너무 어려웠다! 당리가 다시 그녀를 산 아래로 데려가 주지 않는 한, 그녀에게는 조금도 기회가 없었다.

그녀에게는 기껏해야 한 달 정도의 시간밖에 없었다. 영정은 모든 것을 다 걸기로 했다. 어쨌든 최악의 결과는 죽음이니, 더 나쁠 것도 없었다.

결심을 한 그날 밤, 영정은 아주 편안하게 잠을 이뤘다.

깊은 밤, 장로들이 모두 떠난 후 당리는 홀로 텅 빈 회의장에 앉아 있었다. 하얀 옷을 갖춰 입은 모습이 하늘에서 내려온 신선 같았다. 하지만 쓸쓸하고 고독한 뒷모습은 마치 지옥 깊은 곳으로 떨어져 영원히 구원받지 못하고, 해탈에 이르지 못하는 타락한 선인 같았다.

그는 아주 오랫동안 침묵하고 있다가 별안간 벌떡 일어나더니 미친 듯이 밖으로 쫓아나가 영정의 방문 앞까지 뛰어왔다.

야경을 서는 시위는 당리 때문에 깜짝 놀랐다.

"문주님, 무슨 일이 생겼습니까?"

"문을 열어라!"

그가 차갑게 말했다.

병영, 돌발 상황

시위는 감히 시간을 끌 수 없어 얼른 당리에게 문을 열어 주었다.

하지만 밖의 자물쇠가 열렸는데도 문이 열리지 않았다. 당리는 그제야 영정이 안에서 잠갔음을 알아챘다.

"문을 열라고 해라!"

그는 직접 손대지 않고 차갑게 말했다.

시위가 부르는 소리에 푹 자고 있던 영정도 잠에서 깨어났다. 하지만 영정은 아무 일도 없는 것처럼 몸을 돌려 베개 속에 얼굴을 파묻고 계속 잠을 잤다.

"문주님, 무슨 일이 일어난 것은 아니겠지요?"

시위가 걱정스럽게 물었다.

당리는 영정을 너무 잘 알았다. 그녀가 열어 주고 싶지 않다면 시위가 목이 터져라 큰 소리로 불러도 아랑곳하지 않을 것이었다.

그는 두말하지 않고 옆에 있는 낡은 창문을 통해 들어갔다!

그가 방 안에 들어왔는데도 영정은 여전히 이불 속에서 꼼짝도 하지 않고 있었다. 그녀는 난입해 들어온 사람이 다른 누구도 아닌 당리라는 것을 알고 있었다.

당리가 미친 듯이 빠르게 침상 앞으로 달려들었다. 하지만 고요하게 잠든 영정의 얼굴을 보는 순간, 그는 갑자기 냉정함을 되찾았다. 자는 척하고 있다는 사실을 알고도 굳이 들춰내지 않았다.

그는 뭘 하려고 이렇게 달려왔을까? 그 자신도 몰랐다. 그가 이렇게 서 있는 채로 반 시진 정도 지나자, 마침내 영정이 몸을 돌려 바라보았다.

"무슨 일이야?"

"마지막 기회야. 네 인장을 내놔. 그렇지 않으면 지금 당장 어두운 감옥에 집어넣겠어."

당리가 차갑게 말했다.

"마음대로 해."

영정은 여전히 똑같은 반응이었다.

당리가 갑자기 그녀의 손을 잡더니 밖으로 끌어냈다. 영정은 그의 손에 붙들린 채 문까지 끌려갔다. 문 앞에 있던 시위가 갑자기 뒤돌아서자, 당리는 그제야 영정의 옷차림이 단정치 못해 몸이 훤히 드러나 있음을 알아챘다.

안 그래도 어두침침하던 그의 안색이 갑자기 더 무시무시하게 어두워졌다. 당리는 시위를 발로 뻥 차서 저 멀리 날려 버린 후, 되돌아가 옷을 집어 영정에게 던졌다.

"뻔뻔하기는!"

"너한테 배운 건데!"

영정은 가만있지 않고 반박했다.

"입어!"

그가 노한 목소리로 말했다.

"난 좋은데 왜! 너하고 무슨 상관이야?"

영정이 반문했다.

지난 몇 달 동안 당리가 내내 져 주지 않았다면, 두 사람 성격에 하루에 몇 번이나 싸웠을지 알 수 없는 일이었다!

"너는 본 문주와 정식으로 혼인한 부인이라는 사실을 잊지 마! 네가 죽기 전까지 본 문주를 망신시켜서는 안 돼!"

당리는 말하면서 또 영정을 잡아끌려고 했다. 그런데 영정이 소리치며 막았다.

"이거 놔, 약속할게!"

그녀는 기회를 노리고 있었다. 그가 직접 찾아왔으니, 당연히 이 기회를 잡아야 했다. 방금 '마음대로 해.'라고 한 말도 일부러 그런 것뿐이었다.

"이제야 눈치 있게 구는군!"

당리는 바로 손을 뻗어 인장을 요구했다.

영정은 그를 한 번 훑어본 후 참지 못하고 하하 소리를 내어 웃기 시작했다.

"당리, 그렇게 연극을 잘하길래 똑똑한 줄 알았더니, 네가 이렇게 멍청할 줄은 몰랐다!"

"쓸데없는 말 말고 물건이나 내놔!"

당리가 차갑게 말했다.

"그렇게 중요한 물건을 내가 몸에 지니고 다닐 것 같아?"

영정이 반문했다.

"당문에 시집온 후에도 넌 여전히 무기상 전체를 관할하고 있었어. 인장을 몸에 지니고 다니지 않았다면 어떻게 무기상과 서신으로 왕래할 수 있었겠어?"

당리가 반문했다.

무기상 사람은 인장을 보고 일을 처리했다. 인장이 없으면, 영정이 아무리 많은 서신을 보내도 무기상 사람은 인정해 주지 않았다.

"내 서신은 모두 한 사람을 거쳐서 보내. 그 사람이 나 대신 인장을 찍은 후에 무기상으로 보내지! 믿든 말든 네 자유야."

영정이 설명했다.

"그 사람이 어디 있는데?"

당리가 물었다.

"북려국에 있어."

영정이 대답했다.

"그자에게 물건을 보내라고 해, 당장!"

당리는 명령조로 말했다.

"역시 멍청하구나!"

영정은 또 욕하며 말했다.

"인장을 그 사람 손에 남겨 둔 건 오라버니가 처음에 당문과 용비야의 관계를 의심했기 때문이야. 네가 지금 이렇게 행동하면, 오라버니의 의심만 살 뿐이야."

"북려국 어디에 있는 누구고, 어떻게 생겼는데?"

당리는 사람을 보내 찾을 생각이었다.

"이름은 구양정歐陽靖, 오라버니의 심복이야. 운공상인협회의 북려국 사업을 관리하고 있지."

영정은 어쩔 수 없는 척을 하며 담담하게 말했다.

"운공상인협회는 북려국에서 특별히 장사할 게 없어. 그 사람은 겉으로는 장사꾼이지만 실제로는 적족이 북려국에 심어 둔 밀정이고, 신분은 북려국 총상인협회 회장의 수양아들이야."

"짐 챙겨. 내일 널 데리고 산에서 내려갈 테니, 같이 찾으러 가. 속임수를 썼다가는 알아서 해!"

당리는 간단하게 말했다.

영정은 예쁜 손톱을 갖고 놀면서 차갑게 말했다.

"난 너하고 같이 안 가……."

"원하는 조건이 있으면 빨리 말해! 풀어 달라고 하는 건 절대 안 돼!"

사실 당리도 그녀를 잘 알았다.

"내 개인 인장을 갖고 와서 운공상인협회 무기상을 손에 넣으면, 내 목숨을 지켜 주고 맛있는 음식을 바친다고 약속해!"

영정이 진지하게 말했다. 그녀는 당리의 눈동자에 기쁜 기색이 스쳤다는 것을 알아차리지 못했다.

그는 그녀의 양보와 타협을 아주 오랫동안 기다렸다.

그녀가 한 걸음만 양보하려 한다면 그는 당문의 모든 장로에게 미움을 사고, 그의 아버지와 사이가 틀어지고, 동진 진영의 모든 사람에게 노여움을 사는 한이 있어도, 그녀의 생명을 지켜 줄 수 있었다!

그는 그녀가 떠나는 것도 싫었지만, 죽는 것은 더욱 싫었다.

"약속하지!"

당리가 새끼손가락을 내밀었다.

영정은 흘끗 보고는 하찮게 여기며 손가락 걸기를 거절했다. 대신 그의 손을 당겨서 손바닥을 마주쳤다.

그런데 영정의 손바닥이 당리의 손바닥에 닿는 그 순간, 당리는 갑자기 그녀의 작은 손을 홱 끌어 자신의 품속으로 잡아당겼다. 그리고 고개를 숙여 아주 친숙하게 입을 맞추었다. 패기 있게 그녀의 입술을 열어젖혀 거침없이 안으로 파고들어 갔다.

하지만 겨우 잠깐뿐이었다. 영정은 급히 그에게서 발버둥쳐 나와 이해할 수 없다는 눈빛으로 그를 바라보았다.

당리는 순간 정신을 차리고는 입꼬리를 올리며 냉소를 지었다.

"우리의 협력이 순조롭게 진행되었으면 좋겠군. 밤을 함께 보낼 여자가 하나라도 더 많으면 본 문주는……."

말이 끝나기도 전에 영정이 따귀를 때렸다. 얼마나 세게 때렸던지 당리의 맞은 얼굴이 바로 부어오르기 시작했다. 하지만 영정은 여전히 평온한 말투로, 심지어 웃으면서 당리에게 말했다.

"그렇게는 못 해. 아니면 지금 당장 날 죽여."

"내일 아침에 데리러 오지!"

당리는 이 말을 남기고 돌아서 가 버렸다.

입술에는 아직도 그의 숨결이 남아 있었다. 영정은 입을 벌려 웃기 시작했다. 온통 자조적인 웃음이었다.

깊은 밤, 저 멀리 군에 있는 용비야는 당리가 영정의 함정에 빠진 줄 모른 채, 직접 무희 첩자 세 명을 심문하고 있었다. 키 큰 무희와 대표 무희는 고문을 받다가 죽을 때까지 한마디도 하지 않았다. 이제 녹색 옷을 입은 무희만 겨우 숨이 붙어 있었는데, 그녀 역시 밤새 한마디도 하지 않았다.

용비야가 직접 첩자를 심문한 것 중 가장 실패한 경우였다. 심문은 실패했지만, 그는 백언청이 길러 낸 이 첩자들을 높이 평가했다. 그녀들은 그가 밤새 혹형으로 고문했는데도 끄떡도 하지 않았다.

그가 감방에서 나가자 한운석이 바로 다른 쪽에서 걸어왔다. 그녀는 밤새 구경만 했을 뿐 얼굴은 보이지 않았다.

"전하, 이 여자는 남겨 뒀다가 며칠 후에 다시 심문하시지요."

백리원륭이 권했다. 그는 한운석 앞에 서서 그녀를 막고 있었다.

용비야는 말없이 한운석을 향해 손을 내밀었다. 백리원륭은 내키지 않았지만 비켜야만 했다.

물 감옥은 병영 끝에 있는 강바닥의 종유굴에 마련되어 있었다. 인어족 병사가 지키고 있는 아주 은밀한 곳으로, 가는 길이 아주 험했다. 용비야는 종유굴에서 나올 때부터 한운석을 꼭 잡고 있다가 강가에 도착한 후에야 그녀를 놓아주었다.

백리원륭이 다가와서 입을 열기도 전에 용비야가 차갑게 말했다.

"본 태자는 오늘 밤 비밀리에 떠날 것이다. 군사 일은 백리 장군이 수고해 주게."

"전하, 그 단서를 사용할 생각이십니까?"

백리원륭이 낮은 목소리로 물었다.

한운석은 속으로 살짝 놀랐다. 백리원륭이 말하는 게 뭔지는 몰랐지만, 그 자리에서 묻지는 않았다.

"그렇다."

용비야가 분부했다.

"군의 모든 일은 다 평소대로 하고, 수륙 양군은 언제든지 전투할 준비를 하고 있거라. 그리고 천안국과 서주국의 동태를 잘 살펴야 한다."

"예."

백리원륭은 한운석을 슬쩍 보았다. 전하께서 한운석과 함께 가실 것이라는 생각이 들었다.

그가 어떻게 말씀드려야 하나 생각하고 있는데 서동림이 갑자기 급하게 달려왔다.

"전하, 장군, 취사반 쪽에 병사 여럿이 중독되었습니다. 무슨 독인지는 모르겠으나, 허연 거품을 물고 계속 경련을 일으키고 있어 군의관들도 속수무책입니다."

용비야와 백리원륭은 모두 놀랐지만 한운석은 두말하지 않고 얼른 취사반 쪽으로 뛰어갔다. 용비야는 바로 뒤따라갔고, 백리원륭은 복잡한 표정으로 제자리에 서 있었다.

"백리 장군, 함께 가시겠습니까?"

서동림이 떠보듯 물었다. 백리원륭은 그를 노려본 후 소매를 떨치며 갔다.

취사반에 도착했을 때, 백리원륭은 눈앞에 펼쳐진 광경에 깜짝 놀랐다! 서둘러 뒤따라온 서동림도 놀라움을 금치 못했다.

서동림이 떠나기 전에 병사들은 그저 흰 거품을 토하며 온몸에 경련이 일어난 상태였다. 그런데 고작 그 잠깐 사이에 이 병사들은 온몸이 새카매졌고, 얼굴마저 숯처럼 꺼멓게 변해 아주 무시무시했다!

한운석은 중독된 병사들 한 명 한 명에게 해약을 먹인 후, 바로 용비야를 돌아보며 말했다.

"한 사람만 살릴 수 있어요. 누굴 살려야 하죠? 빨리요!"

용비야가 입을 떼려는데 백리원륭이 놀라서 말했다.

"무슨 뜻이냐?"

한운석은 진료 주머니에서 금침과 물약을 꺼내면서 설명했다.

"백순금환사白脣金環蛇 독이에요. 이 독은 중독된 후 차 세 잔 정도 마실 시간이 지나면 반드시 죽어요. 독을 풀려면 해약을 먹인 후에 혈을 찾아서 배독해야 하는데, 지금은 시간이 얼마 없으니 한 사람만 살릴 수 있어요. 어서 선택을 내려 줘요. 안 그러면 한 사람도 못 살려요. 그리고 백리 장군은 어서 빨리 병사들에게 경계를 강화하라고 알리세요. 백순금환사는 일단 움직이면 무리를 지어 나타나니 적어도 천 마리는 될 거예요. 이 병사들만 공격할 리 없어요. 병영 근처에 큰 뱀 굴이 있는 게 틀림없어요!"

한운석은 말하면서 백리원룡에게 커다란 해약 보따리를 던져 주었다.

"물 두 항아리에 담갔다가 병사들에게 나눠 마시게 해서 사고를 미리 방지하세요!"

해약을 받아 든 백리원룡은 믿는 마음이 칠 할이요, 의심이 삼 할이었다. 용비야가 한운석을 믿으니 그도 믿었다. 용비야가 아무리 제멋대로여도, 군대 전체의 목숨을 가지고 장난을 치지는 않았다.

하지만 한운석은 그래도 서진의 공주였다! 그가 손에 쥔 것이 독약이라면, 백리 대군은 모두 몰살당했다!

용비야는 병사 중 가장 건장한 사람을 선택했다.

"저자를 살려라!"

서동림은 서둘러 병사의 웃옷을 벗겼다. 한운석은 아주 빠르면서도 정확하게 움직였다. 전문적으로 자신만의 침놓는 기술을 사용하는 모습이 아주 패기 넘치고 매력적이었다.

백리원룡은 이미 사람을 보내 긴급 상황을 알렸다. 하지만 여전히 해약을 손에 들고 주저하며 결정을 내리지 못하고 있었다.

용비야가 눈살을 찌푸리며 쳐다봤다.

"아직도 멍하니 서서 뭘 하고 있는가?"

백리원룡은 다급하게 자신의 막사로 돌아가 직접 해약을 물 두 항아리에 담갔다. 하지만 바로 병사들에게 나눠 주지는 않고, 병사 한 명에게 먹어 보게 했다.

병사가 마셔도 별다른 문제는 없었다. 군의관 두 명이 옆에서 번갈아 가면서 맥을 짚었다.

백리명향이 소식을 듣고 달려왔다. 백리원룡이 병사에게 약을 시험하고 있는 모습을 보고 백리명향은 초조한 마음에 설득하려고 했다. 그런데 이때 조 부장이 미친 듯이 달려 들어왔다.

"장군! 장군! 큰일 났습니다! 서쪽 병영에서 독사들이 대거 나타났습니다. 서쪽 병영 병사들이 모두 물렸고 열몇 명만 겨우 살아남았습니다! 지금 발견된 것만 해도 삼백여 마리는 됩니다. 숨어 있어 아직 찾아내지 못한 뱀이 얼마나 될지 모르겠습니다."

한밤중에 병사 대부분이 잠들어 있다가 독사들의 단체 공격을 받았으니, 막으려야 막을 수 없었다! 백리원룡도 이제 막 소식을 들은 터라 병사들은 아직 제대로 수비 배치 명령을 받지 못한 상태였다.

'적어도 천 마리'라는 한운석의 말이 떠오르자, 백리원룡은 눈앞이 캄캄해져 하마터면 쓰러질 뻔했다.

끝장이다!

당신도 갈 필요 없어요

백리원룡은 중요한 순간에 혼절하지 않도록 이를 악물고 버텼다.

"조 부장, 어서! 어서 항아리에 든 물을 모두에게 나눠 줘라. 한 사람이 한 모금씩 마시면 뱀독을 예방할 수 있다! 전군 경계 태세를 취하고 독사를 잡아라!"

백리원룡은 명령을 내린 뒤 즉시 서쪽 병영으로 달려갔다. 그가 도착했을 무렵 용비야와 한운석은 이미 와 있었다.

바닥에 그득하게 널브러진 시체는 족히 이백 구는 되었고, 물린 사람도 수백 명인 데다 모두 서둘러 해약을 먹어야 했다. 한운석이 가진 해독시스템이 그 자리에서 해약을 한 무더기 만들어 주었기에 망정이지, 그 와중에 약재라도 찾아야 했더라면 아무도 살아남지 못했을 상황이었다.

여전히 비밀 시위 차림인 한운석은 고급 군관들 옆에 웅크려 침으로 배독을 했고, 서동림과 비밀 시위 몇 사람이 그 주위를 에워싸서 아무도 가까이 오거나 방해하지 못하게 했다.

백리원룡은 용비야를 발견하지 못한 채 한운석을 보자마자 흥분해서 달려들었다.

"한……."

하마터면 입을 잘못 놀릴 뻔했지만 서둘러 말을 바꿨다.

"비운, 상황은……."

말이 끝나기도 전에 서동림이 사나운 목소리로 끼어들었다.

"비운을 방해하는 자는 가차 없이 처단하라는 전하의 명령이십니다!"

"난 그저 상황을 물으려는 것뿐……."

"백리 장군, 비운은 병사들을 구하느라 바쁩니다. 한시가 소중한 지금 장군의 한마디로 지체되어 한 사람이 죽어 나가면 책임질 수 있으십니까?"

서동림은 이렇게 따진 뒤 잊지 않고 일깨워 주었다.

"백리 장군, 이곳에 있는 목숨은 모두 장군의 책임입니다! 힘을 아끼시는 게 좋을 겁니다!"

백리원룡은 심장이 덜컥 내려앉아 곧바로 입을 다물었다.

그는 한운석을 바라보았다. 그녀의 표정은 진지하고 엄숙했고 손동작은 노련하고 재빨랐다. 긴박한 상황에서도 그녀는 당황하지 않았고 사람 목숨이 급하다는 이유로 처치 단계를 건너뛰지도 않았다.

그녀는 차분하고 냉정하고 과감했고, 단 한 치도 시간을 낭비하지 않았다. 흘러내린 머리카락도 조 할멈이 대신 걷어 주었고 그녀 자신은 모든 시간을 사람을 구하는 데만 썼다.

마음속에 품었던 거리감을 내려놓고 어떻게 도울 수 있는지, 또 어떻게 그 뱀들을 찾아낼 수 있는지 성의를 다해 한운석에게 가르침을 청하려던 백리원룡은 서동림에게 가로막히자 무척 불만스러웠다. 하지만 한운석이 구해 낸 병사들의 안색이 하나같이 돌아오자 진심으로 탄복했다.

물론 그도 너무 오랫동안 지켜보지는 않고 옆에 있는 사람에게 물었다.

"전하께서는 어디 계시냐?"

"전하께선 사람들을 데리고 독사를 잡으러 가셨습니다. 공주가 전하께 뱀을 유인하는 약을 드렸습니다."

서동림이 사실대로 말했다.

백리원룡은 따라가려다 말고 한마디 했다.

"잘 지켜라. 아무도 방해하지 못하도록!"

서동림은 화가 나기도 하고 우습기도 해서 모른 척했다.

이렇게 용비야는 사람들을 데리고 숨은 독사를 찾아 나서고, 한운석은 다친 사람들을 응급 처치하고, 백리원룡과 다른 이들은 해약을 전 막사의 병사들에게 보냄으로써 혼란한 현장은 빠르게 질서를 되찾아갔다.

백순금환사의 독은 무척 빠르게 발작해서 한운석의 동작이 아무리 빨라도 구할 수 있는 사람 수에는 역시 한계가 있었다. 다행히 서쪽 병영의 중독 사고를 일찍 발견한 덕에 제때 해약을 먹은 몇몇 병사들은 한운석이 침을 놓아 주지 않아도 목숨을 건졌다.

한운석은 응급 처치를 끝낸 후 물 한 모금 마실 틈도 없이 용비야를 찾아 나섰고, 용비야와 수색 상황에 관해 이야기를 나눈 뒤 길을 나눠 움직였다.

한운석은 용비야보다 훨씬 쉽게 독사를 찾아냈다. 특수한 약을 써서 독사를 유인할 필요 없이 해독시스템을 이용해 독사의 위치를 찾아낼 수 있기 때문이었다.

다음 날 오후가 되자 모든 작업이 거의 마무리 되었다.

"전하, 죽은 사람은 삼백칠십오 명, 다친 사람은 백삼십 명, 약을 먹고 나은 사람은 백한 명, 비운이 응급 처치로 구한 사람은 이십구 명입니다. 죽은 사람의 가족에게는 위로와 함께 소식을 전하고 후사를 처리했으며, 다친 사람은 모두 동쪽 병영으로 보내 요양하게 했습니다. 군의 장병들은 모두 해약을 먹여 예방 조치를 했습니다."

백리원륭은 그렇게 말한 뒤 양쪽 무릎을 꿇었다.

"소장이 군령을 어겨 큰 화를 일으켰습니다. 부디 벌을 내려주십시오!"

용비야는 호랑이 가죽을 덮은 커다란 의자에 앉아, 몸을 앞으로 숙이고 양손을 깍지 껴 입술에 댄 채 싸늘한 눈으로 깊고도 아득하게 백리원륭을 응시했다.

한참이 지났지만 그는 말이 없었다.

옆에 앉은 한운석은 죽은 백순금환사 한 마리를 손에 든 채 무슨 연구를 하는지 백리원륭 쪽에는 관심도 두지 않았다.

전하가 말이 없자 백리원륭은 한운석을 흘깃 쳐다보았다. 눈빛이 어두워졌다.

"후회하는가?"

갑자기 용비야가 차가운 목소리로 입을 열었다.

백리원륭은 가슴이 철렁했다. 전하의 저 새까만 눈동자는 한

눈에 자신을 꿰뚫어 볼 수 있을 것 같았다.

그는 한참을 망설이며 대답하지 않았다.

널따란 막사에는 그들 세 사람뿐이어서 바늘 떨어지는 소리도 들릴 만큼 고요했다.

고요하면 할수록 백리원룡은 더욱더 마음이 불안해졌다. 차라리 호되게 따귀를 때리고 발로 걷어차 준다면 좋을 텐데, 이런 침묵과 눈빛은 버텨 낼 수가 없었다.

용비야는 그렇게 한마디만 물었다. 백리원룡이 대답하지 않자 그 역시 다시 묻지 않고 물러가라는 뜻으로 말없이 손을 내저었다.

"전하……."

백리원룡은 하고 싶은 말이 산더미 같았지만 어떻게 말을 꺼내야 할지 몰라 결국 입을 다물었다.

그는 물러가지 않고 계속 꿇어앉아 기다렸다.

용비야는 천천히 눈을 감았다. 그의 양손에 점점 힘이 들어갔다. 백리원룡은 용비야의 분노를 느끼고 고개를 숙인 채 곧 쏟아질 폭풍우를 기다렸다.

한운석도 뭔가 느낀 듯이 고개를 들었다. 바로 그때 갑자기 서동림이 뛰어들었다.

"전하, 공주! 뱀들이……, 뱀들이 미쳤습니다! 어서 가 보십시오!"

어젯밤 현장에서 죽인 뱀은 약 육백 마리였고 산 채로 잡아 놓은 뱀도 삼백 마리 정도 있었다. 죽이지 않은 까닭은 한운석이 뱀 굴을 찾아내는 미끼로 쓰기 위해서였다.

백순금환사는 개미 떼와 습성이 아주 비슷했다. 둘 다 떼로 다니는 데다 생산을 담당하는 여왕이 있었다.

여왕 개미와는 달리 여왕 뱀은 무시무시한 독을 가지고 있을 뿐 아니라 강력한 공격력도 있었다.

이곳에 막사를 친 지 오래지만 그간 공격하지 않던 뱀 떼가 어젯밤에 갑자기 공격해 온 데는 분명히 무슨 이유가 있었다. 누군가 악의를 품고 조종했거나 부근에 있던 뱀 굴이 뜻밖의 자극을 받았거나 둘 중 하나였다.

이유가 무엇이든 간에 한시바삐 뱀 굴을 찾아 여왕 뱀을 잡아야 했다. 그렇지 않으면 그녀와 용비야가 떠난 다음 여왕 뱀의 독을 상대할 만한 사람이 이 군영에는 없었기 때문이었다.

"여왕 뱀이 놈들을 부르고 있는 게 분명해요! 가 봐요!"

한운석이 진지하게 말했다.

용비야는 백리원룡을 내버려 둔 채 한운석과 함께 성큼성큼 서쪽 병영으로 향했다. 백리원룡은 잠시 망설였지만 역시 쫓아갔다.

서쪽 병영은 잠시 놔둔 병사들의 시체뿐 텅 비어 있었다.

죽은 뱀이 바닥에 잔뜩 쌓여 있고, 산 뱀은 쇠로 된 우리에 갇힌 채 미친 듯이 우리를 기어오르고 물어뜯다가 이따금 독기를 뿜어냈다.

한운석은 가까이 가기도 전에 이상한 냄새를 감지하고 용비야와 다른 사람들을 잡아 세웠다.

"너무 가까이 가지 말아요. 독이 있어요!"

남들은 세워 놓고도 그녀 자신은 가까이 다가갔다.

용비야는 몹시 불만스러워하며 백리원룡과 비밀 시위들이 보는 앞에서 한운석의 옷자락을 잡아당겼다. 말은 없었지만 한운석이 더 다가가지 못하게 하려는 뜻임은 누구나 알 수 있었다.

한운석이 돌아보고 생긋 웃더니 나지막이 말했다.

"괜찮아요. 날 공격하는 독은 모두 내 것이 되니까요."

독 저장 공간 두 번째 단계까지 수련한 그녀는 백독불침百毒不侵(어떤 독도 해를 입힐 수 없음)의 몸이나 마찬가지여서 그 어떤 독도 두려워할 필요 없었다!

한운석은 쇠 우리에 접근해 공기 속에 퍼진 독 냄새를 맡아 보듯 눈을 감았다.

용비야와 다른 이들은 뒤에서 지켜보았다. 용비야조차 감히 방해하지 못하는 마당에 다른 이들은 말할 필요도 없었다.

한참 후에야 한운석이 눈을 뜨더니 뜻밖에도 좀 더 가까이 다가갔다. 하지만 바로 그때 백순금환사 한 마리가 난데없이 달려들며 입을 쩍 벌렸다.

"조심해라!"

용비야가 단박에 한운석을 끌어당기며 꾸짖었다.

"미쳤느냐!"

"난 괜찮아요! 정말이에요! 쇠 우리에 막혀 있어서 물지 못한다고요."

한운석이 답답한 투로 말했다.

그녀는 일할 때 방해받는 것을 무척 싫어했다. 그래도 방해한 사람이 용비야다 보니 성질을 참는 수밖에 없었다.

"뭘 하려는 거냐?"

용비야가 물었다.

"공기 속에 두 가지 독이 퍼져 있어요. 하나는 여왕 뱀이 뿜어낸 독이고 다른 하나는 여기 이 독사들이 뿜어낸 독이에요. 특성은 서로 다르지만 공기 속에서 서로를 찾아가 한데 섞이고, 그런 다음 새로운 독이 되어 주변 백 리까지 퍼지죠."

한운석은 그렇게 설명하면서 용비야의 손을 살짝 밀어낸 다음 다시 쇠 우리 옆으로 다가갔다.

"여왕 뱀의 독은 아주 강해요. 여왕 뱀의 독이 이 뱀들이 뿜은 독이 퍼지기도 전에 독소를 찾아낸 바람에 쇠 우리 속에 벌써 새로운 독이 생겼고 밖으로 퍼지기 시작했어요……."

"그렇다면 모두 중독되는 것이냐?"

백리원륭이 다급히 물었다. 동진의 군대는 이곳뿐만 아니라 주위 백 리 안에 여기저기 막사를 세워 놓고 있었다. 게다가 휴전 선포 후 고향으로 돌아오는 백성들도 점점 늘고 있었다.

만에 하나 독이 퍼지면 그 결과는 상상할 수도 없었다.

백리원륭은 이 말을 하자마자 후회했다. 한운석이 이 틈을 타서 그를 비웃을 것이 분명했다.

뜻밖에도 한운석은 쓸데없는 말을 할 여유가 없어 그저 차갑게 말했다.

"아니, 이 독은 뱀들이 서로 소통하기 위한 신호일 뿐 사람의 언어 같은 것이니 해를 입히진 않는다. 안심하게, 백리 장군."

백리원륭도 다소 민망해져 고개를 끄덕일 뿐 더는 말하지 않았다.

"독성으로 보아 여왕 뱀은 분명히 백 년은 족히 묵은 뱀일 것이네. 쉬운 상대가 아니야."

한운석이 진지하게 말했다.

"공주, 지난번 공주와 전하께서 함께 죽이셨다는 커다란 이무기는 천 년이나 묵었다고 했습니다. 고작 백 년 묵은 여왕 뱀쯤이야 상대하지 못할 이유가 없지요."

백리명향이 참다못해 나섰다.

"여왕 뱀은 상대하기 쉽지만, 여왕 뱀을 보호하는 뱀 떼는 쉬운 상대가 아니에요."

한운석은 가볍게 탄식하며 대답했다.

"그렇다면…… 뱀 굴에 독사가 더 있다는 말이냐?"

용비야는 깜짝 놀랐다.

"그래요!"

한운석은 고개를 끄덕였다.

"백 년 묵은 여왕 뱀의 굴에 있는 독사가 고작 천 마리 정도로 끝날 리 없어요. 그 정도는 새 발의 피죠. 일단 독이 퍼지면 뱀 굴에 있는 여왕 뱀이 감지할 것이고 어쩌면 다 함께 쏟아져 나올지도 몰라요. 놈들은 제일 상대하기 까다로운 백순금환사예요!"

그제야 다른 사람들도 어떻게 된 것인지 알았다.

"공주, 그렇다면 독이 퍼지지 않도록 막을 방법이 있습니까?"

서동림이 다급히 물었다.

"이 뱀들을 모두 죽여 버리면 된다! 하지만 그렇게 하면 뱀굴이 어디 있는지 찾아낼 수도 없고, 뱀 떼가 군영을 공격한 이유를 알아낼 수도 없다. 후환이 걱정이지!"

한운석이 진지하게 말했다.

"백리원륭, 언제든지 협조할 수 있도록 사람을 배치해라."

용비야가 즉각 명령했다. 그렇지만 한운석이 만류했다.

"그럴 것 없어요. 나 혼자면 돼요."

그렇게 말한 그녀가 몸을 돌려 용비야를 바라보았다.

"당신도 갈 필요 없어요."

정말 해 볼 테냐

용비야도 갈 필요가 없다고?

용비야 평생 누군가에게 이런 말을 들은 것은 처음이었다! 알다시피 그 어떤 일이건, 사람들은 늘 그를 찾고 그가 가 주기를 바라고 그에게 해 달라고 부탁했다.

그런데 이 여자는 참 대단하게도 '필요 없다'고 말했다.

용비야는 눈썹을 치키며 반문했다.

"확실한 것이냐?"

하지만 이건 반문이 아니었다. 말투로 보아 분명히 위협이자 경고였다! 한운석이 '그렇다'고 대답한다면 가만있지 않을 것이 분명했다!

뜻밖에도 한운석은 그 점을 깨닫지 못한 채 여전히 진지하고 엄숙한 얼굴이었다.

"그래요! 뱀 굴은 너무 위험하니 나 혼자 가겠어요. 당신들이 가면 위험할 거예요."

순간 장내가 조용해졌고 모두 용비야를 쳐다보았다. 백리원룡마저 가슴이 불안하게 오르내렸다. 솔직히 말해 자신이 한운석이라는 저 여자에게 몹시 감탄했다는 사실을 인정하지 않을 수 없었다.

정말 용감한 여자였다! 온 세상을 통틀어 감히 전하께 저런 말을 할 수 있는 사람은 저 여자가 유일했다! 지금 저 여자는 전하가 따라오면 거치적거리고 짐이 된다는 말을 하고 있었다.

용비야는 혀끝을 입꼬리에 살며시 갖다 대며 차가운 눈을 가늘게 좁혔다. 무슨 말을 하려는 것 같았지만, 그는 끝내 말없이 한운석을 응시하기만 했다.

한운석은 일단 전문가 상태에 돌입하면 아주 진지해지고 완전히 몰두해서 실사구시 원칙에 따라 행동했다. 용비야는 독술을 모르니 짐이 되는 건 당연했고 더욱이 뱀 굴은 그녀 혼자서도 충분히 처리할 수 있었다!

독 저장 공간은 무한대였다. 독기를 따라 뱀 굴을 찾아가서 약간만 힘을 들이면 뱀 굴 전체를 집어삼킬 수 있었다. 얼마나 간단한가!

이미 독 저장 공간 세 번째 단계를 열심히 수련하고 있는 만큼, 조금만 독을 집어넣어도 머리가 어지러워 혼절하던 예전의 그녀가 아니었다.

하지만 주위가 점점 더 조용해지고 용비야의 눈동자에 어린 위험한 기운도 점점 더 짙어지자 마침내 한운석도 이상한 분위기를 감지했고, 용비야의 눈동자가 서늘하게 자신을 주시하고 있다는 것을 깨달았다.

잘못한 구석이라곤 하나도 없는 그녀지만 까닭 없이 마음이 켕겼다.

"아, 아니…… 그러니까, 당신이……, 그게……."

"음?"

용비야는 흥미로운 듯 그녀를 쳐다보면서 대답을 기다렸다.

"그러니까 난……, 저기……. 난 뱀 굴을 처리할 방법이 있어요, 게다가 아주 안전하고요. 당신들이 따라오면 사실, 그게 사실은……."

한운석은 완곡하게 말하려고 했지만, 위협과 장난기가 어린 용비야의 눈빛을 대하자 도무지 잘 설명할 수가 없었다.

용비야가 한 발 다가와 거리를 바짝 좁히더니 오만하게 그녀를 내려다보았다. 그리고 재촉하는 게 분명하면서도 아주 참을성 있는 말투로 입을 열었다.

"사실은 뭐냐?"

'사실은 당신이 가도 도움이 되기는커녕 방해만 될 거예요. 그러게 누가 독술을 못 하래요? 당신이 문젠데 그런 식으로 보면 어쩔 거예요?'

……여기까지는 한운석이 속으로 한 말일 뿐 정말 입 밖에 내지는 못했다.

"응?"

용비야가 또다시 다가왔다. 한운석은 즉시 뒤로 물러섰다. 여기서 물러서지 않으면 용비야와 몸을 맞대야 할 지경이었다.

그의 태도로 보아, 확실하게 설명하지 못하면 이 많은 사람이 보는 앞에서 가만두지 않을 게 분명했다!

"전하, 이 일은 찬찬히 논의해 봐요."

한운석이 진지하게 말했다. 말하자면 장소를 옮겨 둘이서만 이야기하자는 뜻이었다. 둘만이라면 애교를 부리든 아양을 떨든 해서 그를 설득할 수 있을지도 몰랐다.

"벌써 독이 퍼졌다니 지체할 수 없다. 정말 혼자 가야겠느냐?"

용비야는 그녀의 말에 숨은 의미를 거부하면서 앞으로 나아갔다.

한운석은 계속 뒤로 물러섰다. 이 인간의 커다란 그림자가 덮쳐 오자 압박감에 숨을 쉴 수도 없었다.

그가 짐이 되는 게 귀찮아서가 아니라 정말로 가 봤자 아무 소용이 없어서였다. 독사 천 마리는 새 발의 피였다. 백 년 묵은 여왕 뱀 옆에는 독사가 적어도 만 마리쯤은 있을 테니까. 설사 미리 해약을 먹었다 해도 돌발 상황까지 막아 낼 수는 없을 것이었다.

이게 다 그의 안전을 위해서였다!

한운석은 눈을 찡그리고 용비야를 바라보았다. 할 말은 많지만 어떻게 말해야 할지 알 수가 없었다. 용비야는 그런 그녀를 바라보며 따져 묻지 않고 계속 다가오기만 했다.

그는 한 발 한 발 다가오고 그녀는 한 발 한 발 물러섰다. 그렇게 다가오고 물러서는 동안 두 사람은 주변 사람들을 까맣게 잊었지만, 주변 사람들은 그들에게서 눈을 떼지 않았다.

서동림과 비밀 시위들은 끊임없이 눈빛을 주고받으면서 웃고 싶은 것을 꾹 참았다. 그들은 전하와 공주 중 누가 누구를 길들일 것인지, 누가 누구를 더 겁낼 것인지를 놓고 남몰래 내기했다.

"서 형, 공주가 언제쯤 전하를 고분고분하게 길들이실까요?"

한 비밀 시위가 물었다.

"이 배은망덕한 놈!"

서동림이 욕했다.

"공주께서 전하를 길들일 수 있다면 우리에게도 좋지 않습니까?"

비밀 시위가 웃으며 말했다.

전하와 비교할 때 확실히 공주는 아랫사람에게 잘해 주는 편이었다.

백리명향은 서동림 일행의 이야기를 들으며 저도 모르게 입술을 깨물었지만, 무슨 생각을 하는지는 알 수가 없었다. 눈을 부릅뜨고 지켜보던 백리원륭은 이 모습을 보면 볼수록 화가 났다.

제발 좀 그만했으면!

군영이라 외부인도 없고 한운석 역시 시위로 위장하고는 있지만, 그래도 모두가 보는 앞에서 이건 아니었다. 체통은 어디에 던져 버리고 지금 이게 무슨 짓일까? 정말이지 군의 위엄에 대한 모욕이었다!

"전하, 상황이 급박하니 부디 빨리 결정을 내려 주십시오!"

도저히 참다못한 백리원륭이 큰 소리로 말했다.

용비야의 거대한 그림자가 한운석의 시선을 가렸다. 한운석은 한 발 크게 물러서서 살짝 몸을 돌려 백리원륭을 바라본 다음 꽤 거리가 있는 것을 확인하고 비로소 나지막이 속삭였다.

"용비야, 장난치지 말아요!"

용비야는 백리원룡의 말은 들은 척도 하지 않고 차갑게 물었다.

"한운석, 본 태자가 마지막으로 묻겠다. 확실히 본 태자가 갈 필요 없느냐?"

한운석은 속으로 한숨을 푹 쉬었다. 대답하기가 꺼려지긴 했지만 이 인간의 안전을 생각하면 끝까지 밀고 나갈 수밖에 없었다.

"확실……."

그 말이 끝나기도 전에 용비야가 또 한 걸음 다가왔다. 그녀는 무의식적으로 고개를 숙였다. 그의 발끝이 그녀의 발끝에 닿을 지경이었다.

한운석은 다시 물러났지만 뜻밖에도 등이 막사 바깥벽에 닿아 더는 물러설 곳이 없었다.

용비야는 마지막으로 한 걸음 다가와 한 손으로 벽을 짚고 고개를 숙였고, 마침내 그 비할 데 없이 육감적인 목소리를 한운석에게만 들릴 정도로 낮춰 말했다.

"한운석, 정말 해 볼 테냐?"

한운석은 울고 싶었다. 오늘에야 비로소 용비야가 얼마나 못된 인간인지 알 수 있었다!

"이렇게 여자를 위협하는 게 어딨어요! 뻔뻔하게!"

그녀도 소리 낮춰 비난했다.

"너만 위협할 뿐이다."

그는 아무렇지도 않은 얼굴로 말했다.

"나한테만 그런다고 해서 위협이 아닌 게 돼요? 뻔뻔하긴 똑같지!"

한운석이 반박했다.

"너에게만 뻔뻔할 뿐이다."

용비야가 또 말했다.

"나한테만 그런다고 뻔뻔한 게 아닌 게 돼요? 이 악당!"

한운석이 다시 비난했다.

용비야는 아무렇지도 않게 대답했다.

"너에게만 악당이다."

한운석은 다시 입을 열었다가 우뚝 멈췄다. 이렇게 말다툼을 해 봤자 끝없이 빙빙 돌 뿐이었다!

용비야는 벽을 짚었던 손을 그녀의 어깨에 내려놓고 가볍게 두드렸다.

"가자, 독이 퍼지고 있으니 서둘러야 한다."

한운석은 몹시 답답하고 억울했다. 어째서 매번 이런 식으로 저 사람에게 꼼짝없이 당하는 걸까. 지금은 상황이 긴박하니 다투지 않겠지만 다음번에는 반드시 끝까지 싸우겠다고, 그녀는 속으로 다짐했다.

"그래요. 가요. 하지만 내 말에 따라야 해요!"

이게 한운석이 결정한 하한선이었다.

"좋나!"

용비야는 시원스럽게 대답했다.

두 사람의 내밀한 담판이 끝난 뒤 용비야는 돌아서서 사람들을 바라보며 차갑게 말했다.

"백리원륭, 사후 처리를 맡기겠다. 서동림은 부하들을 이끌고 따라오도록."

"예!"

서동림은 전하와 공주와 함께 움직일 수 있어 무척 기뻤다.

하지만 백리원륭은 무릎을 꿇고 진지하게 말했다.

"전하, 소장도 함께 가서 죽은 형제들의 복수를 하고 싶습니다!"

용비야는 못 들은 척하고 돌아섰다. 그가 백리원륭의 잘못에 얼마나 분노하고 있는지는 하늘만이 알 일이었다.

백리원륭은 황급히 쫓아가 용비야 앞을 가로막고 무릎을 꿇었다.

"전하, 소장은 만 번 죽어도 할 말이 없습니다. 공을 세워 잘못을 씻는 것은 바라지도 않습니다. 그저 형제들의 복수를 해서 그들의 넋을 위로해 주고 싶을 뿐입니다! 부디 허락해 주십시오, 전하!"

한운석은 아무 말 하지 않고 무의식적으로 아래를 내려다보았다. 용비야의 성격상 그를 힘껏 걷어차 날려 버릴 수도 있었다.

그의 침묵은 그 무엇보다 무서웠다.

그러나 용비야가 폭발하기 직전에 별안간 백리명향이 뛰어들어 아버지 옆에 무릎을 꿇었다.

"전하, 아버지는 일군의 수장입니다. 잘못이 있건 없건 몸소 뱀 굴에 들어가 병사들을 위해 위험을 제거해야 마땅합니다. 이는 아버지의 책임이자 우리 인어족이 동진 군대에 가진 책임입니다!"

"네 아버지에게는 이미 그럴 자격이 없다!"

마침내 용비야가 입을 열었다.

"전하!"

깜짝 놀란 백리원룡이 연신 머리를 땅에 박았다. 백리명향 역시 반박할 수가 없어 아버지를 따라 머리를 조아렸다.

한운석은 짜증스러운 눈빛을 띠며 차갑게 말했다.

"용비야, 뱀 굴은 몹시 위험하니 이자만 혼자 편안하게 놔둘 순 없죠. 앞장설 사람이 필요한데 죽음이 두렵지 않다면 직접 하라고 해요!"

백리원룡은 즉시 고개를 들었다.

"두렵지 않습니다. 부디 허락해 주십시오, 전하!"

백리명향은 대경실색했다. 아버지는 독술을 전혀 모르고 무공도 평범하니 뱀 굴에서 앞장선다면 죽을 게 분명했다! 그녀는 다급히 한운석에게 애원의 눈길을 보냈지만, 애석하게도 한운석은 그녀를 쳐다보지도 않았다.

"확실한 것이냐?"

용비야가 차갑게 한운석에게 물었다.

"그래요. 막상 그 상황에 부닥쳐서 용기를 잃을까 봐 걱정이죠."

한운석이 대답했다.

"섶을 지고 불 속에 뛰어들어 만 번을 죽는다 해도 마다하지 않겠습니다!"

백리원륭은 단호하게 말하며, 자꾸만 옷자락을 당기는 백리명향을 쳐다보지도 않았다.

용비야도 더는 말하지 않고 한운석을 데리고 움직였다. 백리원륭은 무척 기뻐하며 재빨리 뒤를 따랐다. 백리명향이 따라오면서 초조하게 권했다.

"아버지, 전하께서 화가 나신 거예요. 화가 풀리시고 나면 아무 일 없을 거예요. 동진의 대군은 아버지께서 이끌어 주시길 바라고 있어요!"

"이번 일은 아비의 잘못이다. 전하께서 화가 풀리신들 무슨 소용이 있겠느냐?"

백리원륭은 자책을 금치 못했다.

사실 조금 전 전하가 후회하느냐고 물었을 때 그가 하려던 대답은 '후회하지 않는다'였다. 아무리 자책감에 휩싸인다 해도 그는 여전히 자신이 했던 행동을 후회하지 않았다. 그처럼 커다란 위험을 무릅쓸 수 없었기 때문이었다.

그는 전군이 한운석의 해약을 먹고 전멸하는 위험과 해약을 시험하느라 시간을 끌며 병사 수백 명을 희생시키는 위험 중 무엇이 더 심각한지 가늠해 보았다.

한운석은 누가 뭐래도 서진의 후예였다. 전하는 아니라고 해도 그로서는 전혀 방비하지 않을 수 없었다!

"아버지, 왜 그렇게까지 공주께 맞서세요? 뱀 굴에 가시거든 조금 굽히세요. 공주께선 도량이 넓으시니 분명히 아버지를 괴롭히지 않으실 거예요!"

백리명향이 거듭 권했다.

독술이 뛰어나 홀로 뱀 굴에 가겠다고 한 공주에게 정말로 앞장설 사람이 필요할 리 없었다. 공주는 백리원륭이 자신을 의심하는 것에 화가 나 일부러 그런 게 분명했다.

백리원륭은 노기 어린 눈으로 백리명향을 노려보았다.

"이 나더러 서진 공주에게 몸을 굽히란 말이냐? 흥, 꿈도 꾸지 마라!"

그의 시야에서 벗어나다

백리원륭이 어찌나 고집을 부리는지 백리명향처럼 성격 좋은 사람조차 화가 치밀 지경이었다.

"아버지! 아버지께 무슨 일이라도 생기면 우리 동진의 대군은 누가 이끌겠어요?"

백리원륭의 눈동자에도 씁쓸함이 스쳤다.

"전하께서 알아서 결정하실 것이다!"

한운석이 그처럼 난리를 피워도 묵과해 주는 전하가 있는데, 과연 그가 계속 동진의 대군을 이끌 수 있을까? 얼마 전에 '고향으로 돌아가겠다'고 전하를 협박했지만, 정말 그런 처지가 될 줄은 생각지 못한 일이었다.

"아버지!"

백리명향은 마음이 찢어지는 것 같았다. 이렇게 무력하고 슬퍼하는 아버지는 본 적이 없었다.

백리원륭은 죽음을 각오한 얼굴이었다. 그는 형제들의 복수를 하고 죽는 것이 돌아가서 벌을 받고 강등되어 체면이 깎이는 것보다 낫다고 생각했다.

"모두 그 독사 때문이에요!"

백리명향은 울음을 터트릴 것 같았다. 아버지가 목숨을 내놓아야 하는 위험에 처하자 온화하고 차분한 그녀도 초조해질 수밖에 없었다. 그녀는 공주가 진심이 아니기를 몹시 바랐다.

갑자기 백리원륭이 그런 그녀를 돌아보며 혼잣말했다.

"조용하기만 하던 곳에 왜 갑자기 독사가 들이닥쳤겠느냐?"

"방금 공주께서 뱀 굴을 찾아내면 알아낼 수 있다고 말씀하셨어요."

백리명향이 대답했다.

백리원륭은 한참 생각하다가 목소리를 낮췄다.

"그 여자라면 독사를 유인하는 것쯤 손바닥 뒤집듯 쉽지 않겠느냐?"

"쉿……, 아버지, 제발!"

백리명향은 앞에 가는 두 사람이 들었을까 봐 소스라치게 놀랐다. 아버지가 공주를 의심하지 않았다면 오늘 이런 불상사가 일어나지도 않았을 것이다.

백리원륭은 그래도 두려워하지 않고 잠시 고민하다가 말했다.

"독사 천 마리가 새 발의 피라면 뱀 굴에는 얼마나 많겠느냐? 정말 그 많은 뱀이 쏟아져 나온다면 저 여자의 독술이 아무리 높아도 혼자서 당해 낼 수 있겠느냐? 다 같이 따라오지 못하게 하는 것을 보면 혹시……."

"아버지, 함부로 추측하지 마세요!"

백리명향이 화를 내며 그 말을 잘랐다. 그녀가 아버지에게 성질을 부린 적은 이번이 처음이었다.

"명향, 저 여자는 서진 공주라는 것을 잊지 마라! 저 여자가 진작 자신의 신분을 알았더라면 네 목숨을 구해 주지 않았을지도 모른다!"

백리원륭이 일깨워 주었다.

"아버지! 전······."

"됐다. 네가 뭘 알겠느냐? 저 여자가 잘해 준다고 해서······."

"아버지, 저는 전하를 믿어요!"

백리명향이 백리원륭의 말을 끊었다.

"아비도 전하를 믿는다. 하지만 방비하지 않을 수는 없다! 이 아비의 어깨에는 동진 군대 수만 병사의 목숨이 얹혀 있다! 함부로 도박할 수는 없다."

백리원륭이 차갑게 말했다.

백리명향은 더 말하고 싶지 않아 차라리 고개를 돌려 버렸다. 백리원륭도 그녀를 내버려 둔 채 자기만의 생각에 빠졌다.

한운석과 용비야는 제일 앞에 서서 독기를 따라 군영 서쪽에 있는 숲속으로 들어갔다. 5리나 걸어갔지만, 여전히 뱀 굴은 보이지 않았다.

"이렇게 먼 거리라면 누군가 뱀 굴을 건드렸다 해도 반드시 군영 쪽으로 오진 않았을 텐데."

한운석이 나지막이 말했다.

백순금환사는 함부로 사람을 공격하지 않았다. 누군가 유인했든지 무슨 일로 놀랐든지 둘 중 하나였다. 본디 그녀는 뱀 굴이 군영에서 별로 멀지 않은 곳에 있어서, 군영의 일상적인 움직임이 독사를 놀라게 한 게 아닌가 의심했다. 그런데 지금 보니 독사의 습격은 인위적인 이유 때문인 것 같았다.

"주변 마을 사람들은 뱀독에 중독되지 않았는데 5리 이상 떨어져 있는 군영으로 독사가 몰려들다니, 이상하군!"

용비야도 분명하게 의심이 들었다.

바로 그때 한운석의 해독시스템이 경고를 울렸다. 그녀는 즉시 걸음을 멈췄다.

"왜 그러느냐?"

용비야가 물었다. 백리원룡과 백리명향도 멈췄고, 양쪽에서 쫓던 비밀 시위도 따라서 멈췄다.

"앞에 독이 있어요. 모두 제자리에서 움직이지 말아요."

한운석은 그렇게 말하며 나아가려 했지만 용비야가 붙잡았다. 그녀가 어쩔 수 없다는 얼굴로 말했다.

"뱀 굴은 아니에요. 멀지 않은 곳이니 여기서도 날 볼 수 있어요. 아무 일 없을 거예요. 정리한 다음 곧바로 돌아올게요."

용비야는 그제야 손을 놓았다. 예전에 한운석이 그랬던 것처럼, 그 역시 지금 이 순간 자신이 독술을 할 수 있었다면 얼마나 좋을까 하고 답답해했다.

한운석은 말한 대로 멀리 가지 않고 용비야의 시야 내에 머물렀다. 수풀 속에서 뭔가 찾는 것 같았지만 뭘 찾는지는 아무도 몰랐다.

잠시 후 그녀가 몸을 일으키고 용비야에게 손을 흔들었다.

"내게서 반 리 정도 떨어져서 따라와요!"

"무엇 때문이냐?"

용비야가 큰 소리로 물었다.

한운석은 환하게 웃었다. 용비야가 그녀의 뺨에 찍힌 볼우물을 똑똑히 보았는지 아닌지는 모르지만, 그녀는 웃으면서 말했다.

"내 말을 따르겠다고 약속했잖아요! 하라는 대로 해요!"

용비야는 웃음을 참을 수가 없었다. 입가에 더없이 보기 좋은 미소가 떠올랐으나 한운석이 똑똑히 보았는지 아닌지는 역시 알 수 없었다.

예전에는 절대 허락하지 않았을 일이지만 지금은 달랐다. 지금 그의 무공으로는 그녀가 시야 안에 있기만 하면 안전을 보장할 수 있었다. 그는 한운석에게 손을 내저으며 알았으니 계속 가라는 뜻을 전했다.

한운석은 계속 앞으로 나아가며 때때로 몸을 숙여 뭘 찾거나 줍곤 했다. 용비야는 호기심이 생겼고, 백리원룡은 더욱더 의심을 금치 못했다.

그렇게 5리를 더 걷던 한운석이 마침내 걸음을 멈췄다. 용비야 일행도 따라 멈췄다. 저 앞 멀지 않은 곳에 큼직한 구덩이가 하나 있었는데, 독종 금지의 갱처럼 크진 않지만 아주 작지도 않았다.

그들은 구덩이에서 대략 10미터 정도 떨어져 있었다. 한운석이 확신에 찬 목소리로 말했다.

"뱀 굴에 도착했어요."

용비야는 아무것도 느끼지 못했지만, 한운석은 멀찌감치 떨어진 곳에서도 짙은 독기를 느낄 수 있었다. 해독시스템이 탐지한 뱀 굴 전체의 독소치를 일반적인 백순금환사 한 마리를 기준으로 계산해 보면, 저 뱀 굴에는 적어도 독사가 이만 마리는 있었다! 한운석이 예측한 것보다 배나 많았다!

게다가 공기 속에 퍼진 독기의 영향으로 뱀 굴 바닥이 온통 들끓고 있었다. 수많은 독사가 구덩이 벽을 따라 미친 듯이 기어오르고, 가장 깊숙한 곳에 숨은 여왕 뱀조차 몸을 꿈틀거리며 끊임없이 독기를 내뿜었다.

한운석 같은 전문가조차 놀랄 정도였다. 자신이 독 저장 공간 두 번째 단계까지 수련했다는 사실이 그렇게 다행스러울 수가 없었다. 그렇지 않았다면 그녀 혼자서는 말할 것도 없고 용비야가 비밀 시위를 모두 불러와도 이 거대한 뱀 굴을 처치하지 못했을 것이다!

모을 수 있는 정보는 다 모은 다음 그녀가 사람들을 돌아보며 진지하게 말했다.

"구덩이 깊이는 60자 정도이고 독사가 약 이만 마리, 여왕 뱀 한 마리가 있어요……."

여기까지 말하자 사람들의 안색이 싹 변했다. 여왕 뱀 한 마리에 독사 이만 마리라니? 설령 독이 없다고 해도 다 죽이지 못할 숫자였다!

더구나 일단 독사가 뱀 굴을 벗어나 마음대로 돌아다니다가 군영에 들어가기라도 하면 더욱더 찾아내기 어려웠다! 한운석이 준 해약은 효과가 지속되는 데 한계가 있어서, 약효가 사라진 후 제때 보충하지 못하면 이 독사 떼를 막을 방법이 없었다.

용비야는 눈을 찡그리고 그녀 곁으로 다가갔다. 하지만 한운석이 백리원룡 부녀 곁으로 그를 밀어냈다. 그녀가 말을 이었다.

"독사가 벌써 독기를 뿜어내며 구덩이에서 기어오르고 있어요. 조금 있으면 밖으로 나올 거예요. 지금 우리 처지는 아주 위험하고 시간도 많지 않아요. 마지막으로 말하지만 모두 내 말에 따라야 해요. 그렇지 않으면 무슨 일이 벌어질지 몰라요!"

한운석은 홀로 뱀 굴 옆에 서서 진지하고 엄숙한 표정으로 온몸에서 함부로 건드리지 못할 기운을 뿜어냈다. 불만과 의심이 가득한 백리원룡마저 그 모습에 압도되어 찍소리도 내지 못했다.

용비야는 복잡한 눈빛을 띤 채 진지하게 말했다.

"알겠다. 조심해라."

한운석은 고개를 끄덕인 뒤 해약 몇 봉지를 꺼내 옆에 있는 독 시위 스무 명에게 나눠 주었다. 이들은 그녀가 중요한 순간에 도움이 될 수 있도록 비밀 시위 중에 뽑아서 직접 독술을 가르친 사람들이었다.

"조금 있으면 독사가 기어 나올 것이다. 너희 다섯 명은 전하와 다른 이들을 보호하며 150자 밖으로 물러나라. 절대 조심해야 한다, 알겠느냐?"

한운석이 진지하게 분부했다.

오기 전에 해약을 먹긴 했지만 이렇게 커다란 뱀 굴을 독 저장 공간으로 흡수하려면 얼마나 시간이 걸릴지 가늠이 되지 않앉다.

지금까지 흡수한 독 중에 가장 큰 것이 독 연못이었는데, 독 연못은 한 덩어리였던 반면 이 뱀 굴에 있는 여왕 뱀과 독사 이만 마리는 각각 다른 개체였다.

이 뱀 굴을 굴복시킬 자신은 있지만, 실제 경험이 없는 그녀로서는 무슨 상황이 벌어질지 예상할 수가 없었다. 그러니 용비야와 다른 이들의 안전을 지킬 만반의 준비를 해 둬야만 했다.

용비야 일행이 물러나자 한운석은 남은 독 시위에게 흩어져서 뱀 굴을 에워싸게 했다. 그리고 단 한 사람만 곁에 남겼다.

"독을 써서라도 가능한 한 독사가 튀어나오지 않게 해라. 알겠느냐?"

한운석이 물었다.

"알겠습니다! 안심하십시오, 주인님!"

독 시위가 일제히 대답했다.

모든 준비가 끝나자 한운석은 용비야를 흘끗 돌아보았다. 용비야는 눈을 찡그린 채 그녀를 응시하고 있었다.

그녀는 생긋 웃었지만 그는 여전히 엄숙했다.

그녀는 안심하라는 눈짓을 한 다음 과감하게 돌아서서 눈을 감았다.

사방이 더할 나위 없이 조용해졌다. 청력이 좋은 사람은 뱀 굴에서 나는 바스락거리는 소리가 점점 가까워지는 것을 들을 수 있을 정도였다. 용비야는 한운석이 대체 저 뱀 굴을 어떻게 하려는지 알 수가 없었다. 더 지독한 독을 써서 모조리 없애 버리려는 걸까? 아니면 저 뱀 떼를 독 저장 공간으로 흡수하려는 걸까? 흡수한다면 어떻게?

백리원룡과 백리명향도 호기심을 느끼고 한운석이 대체 뭘 하려는지 지켜보았다. 백리명향조차 한운석 혼자 저 많은 독사를 처리할 수 있다고는 믿지 않았고, 백리원룡은 더욱더 경계를 돋웠다.

잠시 후 한운석이 옆에 선 독 시위에게 소리 죽여 말했다.

"준비되었다. 내려가자."

"예!"

독 시위는 명령대로 그녀를 안고 곧장 뱀 굴로 뛰어내렸다! 순식간에 그녀의 모습이 용비야의 시야에서 사라졌다.

"한운석, 뭘 하는 거냐!"

용비야가 버럭 소리를 질렀다. 용서할 수 없는 짓이었다!

그가 이것저것 생각지 않고 쫓아가자 백리원룡이 뭔가 깨달은 듯 화들짝 놀라며 뒤따라왔다.

"전하, 조심하십시오! 이건 함정입니다! 함정이란 말입니다!"

이렇게 멀리 떨어진 뱀 굴이 군영까지 영향을 끼친 것은 암만 봐도 누군가 일부러 벌인 짓이었다! 전하더러 오지 말라고 해 놓고 스스로 뛰어내린 한운석의 행동은 아무래도 이상했다. 전하를 뱀 굴로 유인하려는 게 분명했다.

이건 틀림없는 함정이었다!

용비야와 백리원룡의 모습이 뱀 굴 속으로 사라지자 서동림은 당황해서 어쩔 줄 몰랐다.

공주는 함부로 움직이지 말라고 했지만, 전하마저 쫓아간 마당에 어떻게 해야 할까? 잠시 망설이던 그는 결국 사람들을 이끌고 쫓아갔다.

백리명향도 구덩이 가장자리로 달려가 예의마저 잊은 채 소리소리 질렀다.

"전하! 아버지! 공주께 폐 끼치시면 안 돼요!"

하지만 백리명향에게 대답하는 사람은 없었다.

결국 그녀 역시 마음을 굳게 먹고 아래로 뛰어내렸다. 하지만 그녀가 뱀 굴 바닥에 내려섰을 때 뱀은 단 한 마리도 보이지 않았다.

전하는 공주를 부축한 채 벽에 기대 있었고, 아버지와 서동림은 백리명향과 마찬가지로 영문을 모르는 얼굴로 사방을 둘러보고 있었다.

뱀은 어디 갔지?

정말 구역질 나

뱀은 어디 갔지?

모두 한운석을 쳐다보며 대답을 기다렸다.

한운석은 한 손을 용비야에게 맡기고 한 손으로 입을 가린 채 서 있었다. 얼굴에 핏기라곤 하나도 없고 입을 열기만 하면 토하기라도 하는지 말조차 하지 못했다.

뱀 굴에 들어온 사람 중에서 용비야의 속도가 제일 빨랐다. 그가 쫓아왔을 때 한운석과 독 시위는 아직 바닥에 내려서기 전이었다.

그는 구덩이 벽이 온통 독사로 뒤덮여 있는 것을 목격했다. 어찌나 빽빽한지 어느 꼬리가 어느 머리에 연결되어 있는지도 구분하기 어려울 정도였다. 독사들은 서로 이리저리 뒤엉켜 납작한 머리를 곧추세우고 새빨간 혀를 날름거렸다. 솔직히 말하면, 이 광경을 보는 순간 용비야마저 토할 뻔했다.

그가 뱀 떼를 발견하기 무섭게 놈들은 구덩이 벽에서 한운석을 향해 뛰어올라 그녀를 공격했고, 뱀 굴 아래쪽에 있던 독사들은 끊임없이 벽을 기어오르며 독을 뿜었다. 구덩이에 있는 뱀 전부가 한운석을 덮치려는 것만 같았다.

그렇지만 그 장면은 그야말로 찰나에 불과했다. 그가 독 시위의 손에서 한운석을 빼앗기도 전에 독사는 모습을 싹 감추었다.

그리고 그가 한운석을 보호하며 바닥으로 내려섰을 때는 단 한 마리도 남지 않았다.

그는 한운석을 야단칠 기회도 없었다. 그녀가 내려서기 무섭게 헛구역질을 해 댔고 지금에야 겨우 조금 좋아졌기 때문이었다.

그녀가 불편해하는 것을 보자 용비야는 화가 치밀었지만 아무리 화가 나도 눌러 참을 수밖에 없었다.

그가 소리 죽여 물었다.

"모두 독 저장 공간에 넣었느냐? 괜찮으냐?"

한운석은 대답하려고 했지만 입을 여는 순간 구역질을 참을 수가 없었다. 그녀는 모두 물러가라는 듯이 허둥지둥 손을 내저었다.

아무도 움직이지 않자 그녀는 더욱 초조해졌다.

"모두 물러가요, 어서! 버틸 수가 없어요! 어서 가라니까요!"

그 말이 끝나기 무섭게 그녀는 정말 토하기 시작했다. 완전히 엉망이 될 정도로 토해 대면서도 그녀는 계속 손을 내저으며 사람들을 내보내려 했다.

"모두 위로 올라가서 기다려라!"

용비야가 차갑게 말하며 한운석을 부축하고 등을 두드려 주었다. 사람이 너무 많으면 방해만 될 뿐이라는 것을 그도 알고 있었다.

서동림과 독 시위는 감히 명령을 어길 수 없어 즉시 물러갔지만, 백리원룡 부녀는 움직이지 않았다.

"전하, 대체 어떻게 된 일입니까?"

백리원륭이 초조하게 물었다.

한운석은 구역질을 참으려 애쓰면서 초조한 표정을 지었다. 말은 할 수 없었지만 온 힘을 다해 손을 저으며 그들을 내보내려 했고, 가라는 듯이 용비야도 밀어냈다.

"전하, 가시지요!"

백리원륭은 과감하게 말했다. 이번 일은 이상하기 짝이 없었고 음모의 냄새가 짙게 났다. 한운석은 그더러 앞장서라고 했는데 어쩌다 일이 이렇게 되었을까? 상황이야 어떻건 이 수상쩍은 곳에서 벗어나는 게 상책이었다!

"먼저 올라가라!"

용비야가 버럭 화를 냈다.

백리명향이 다급히 아버지를 잡아끌었지만 백리원륭은 그 손을 뿌리쳤다.

"전하, 공주. 함께 나가시지요. 이곳은 오래 머물 곳이 못 됩니다!"

한운석의 눈동자에 분노가 이글거리더니, 그녀는 느닷없이 용비야를 백리원륭 쪽으로 홱 밀치며 화를 냈다.

"용비야, 가요! 설명해 줄 시간이 없어요!"

하지만 용비야는 그럴 수가 없었다.

마침내 한운석도 더는 참지 못했다. 그녀가 고운 눈썹을 찡그리는 순간, 등 뒤에서 '쾅' 하는 소리가 나더니 땅이 마구 뒤흔들리고 먼지가 뿌옇게 피어올랐다.

한운석은 별안간 바닥에 털썩 쓰러져 이것저것 생각지도 않고 마구 구역질을 했다.

정말이지 역겨워서 견딜 수가 없었다!

독사 이만 마리에 거대한 이무기 같은 여왕 뱀을 독 저장 공간에 넣었더니 뱀이 공간을 가득 채우고 이리저리 움직여 댔다.

독사를 넣으면 독 저장 공간에는 나쁠 게 하나도 없었지만, 그녀로선 도무지 견딜 수도, 무시할 수도 없었다. 머릿속을 점령한 뱀들이 복잡하게 한데 뒤엉키고 납작한 머리를 곧추세웠다.

몸과 마음이 뱀에게 점령된 것 같았다.

세상에!

한운석이 조금만 더 참았더라면 분명히 미쳐 버렸을 것이다! 만반의 준비를 했지만 유독 이 문제만큼은 방비가 되어 있지 않았다. 자신이 독사 때문에 구역질을 일으킬 거라곤 생각지도 못했다.

그녀의 독의毒醫 인생에서, 그리고 눈부신 전투 역사에서 처음 겪는 대실패였다!

"뱀이⋯⋯!"

갑자기 백리명향이 날카롭게 비명을 질렀다. 뿌옇게 피어올랐던 먼지가 흩어지자 한운석 뒤에서 커다란 물체가 나타났다. 거대 이무기 같은 백순금환사로 족히 세 사람 키만 한 뱀이었다. 바닥에 쓰러진 한운석은 그 이무기와 비교되어 유난히 작아 보였다.

저놈이 바로 이 뱀 굴의 여왕 뱀이었다!

여왕 뱀은 요사한 느낌을 주는 새빨간 눈을 한 채 빨간 혀를 날름거렸다. 무엇보다 역겨운 것은 그 몸을 빽빽하게 뒤덮은 독사들이었다.

한운석은 도저히 견딜 수가 없어서 일단 여왕 뱀과 독사 일부를 내보내 숨을 좀 돌린 다음, 독사를 이용해서 해독시스템으로 서둘러 약재와 독약을 만들었다.

어쨌든 독사가 그녀를 공격하기만 하면 독 저장 공간에 넣을 수 있었다. 그래 봤자 조금 역겨울 뿐이니 몇 번 넣었다 뺐다 하다 보면 해독 공간이 이 독사를 약으로 만들 수 있을 터였다.

하지만 용비야 일행이 이곳에 있으면 위험했다!

그녀가 내보낸 독사는 말할 것도 없고 이 뱀 굴 자체에도 곳곳에 독기가 스며 있었다. 비록 해약을 복용했지만 지속 시간이 정해져 있는 데다 약성이 부족해서 뱀 굴의 독성까지 막을 수는 없었다.

결과적으로 아주 귀찮게 된 셈이었다.

여왕 뱀은 밖으로 나오자 어떻게 된 일인지 몰라 어리둥절해 하다가 백리명향의 비명을 듣고 마구잡이로 그녀를 덮쳤다.

한운석은 몹시 초조했다.

"용비야, 명향을 데리고 나가요, 어서!"

용비야가 움직이기도 전에 백리명향에게서 가장 가까이 있던 백리원륭이 딸을 확 잡아당겼다. 여왕 뱀은 허탕을 치고 바닥에 부딪혔다가 곧 고개를 돌려 그들을 노려보았다. 여왕 뱀에게 매달려 있던 독사가 후두두 땅에 떨어져 똑같이 공격할 기회를 노렸다.

"용비야, 독 저장 공간에 대해서 알고 있잖아요. 가요! 난 괜찮아요! 이 뱀 굴 안에 구멍이 나 있어요. 내가 남아서 처리하지 않으면 독사가 달아날 거예요."

한운석은 성질을 누르고 진지하게 설명했다.

"백리원룡, 딸을 데리고 나가라. 명령이다!"

용비야가 사납게 외쳤다.

그는 떠날 생각이 없었다. 비록 독술은 못 하지만 그의 속도라면 언제든 달아날 수 있었다. 군역사도 상대할 수 있는데 하물며 여왕 뱀 한 마리쯤 상대하지 못할까? 한운석 혼자 이곳에 남겨 둘 수는 없었다. 설사 그녀의 능력이 지금보다 훨씬 더 뛰어나다 해도 안심이 되지 않았다.

게다가 한운석은 지난번에 독 연못을 흡수하고 며칠이나 혼절하기도 했으니 걱정되는 게 당연했다. 지금도 저렇게 불편해하고 있는데.

더군다나 독사의 습격은 누군가 일부러 꾸민 짓이었다. 만에 하나 뱀 굴 안에 다른 매복이 있다면 큰일이었다.

"명향, 가거라! 전하께서 가지 않으시면 나도 가지 않겠다!"

백리원룡이 차갑게 말했다.

"두 분이 가지 않으시면 저도 안 가요!"

백리명향도 고집을 피웠다.

이 말이 떨어지기 무섭게 여왕 뱀이 다시 공격해 왔다. 몸집은 크지만 움직임은 더없이 빨랐다. 그리고 확실히 영리했다. 여왕 뱀은 한운석이나 용비야를 놔두고 백리원륭 부녀를 공격했다.

백리원륭은 미처 피하지 못했지만 다행히 용비야가 밀어서 피하게 해 주었다. 그는 백리명향 쪽으로 쓰러졌다.

여왕 뱀이 한운석을 공격하지 않으면 한운석도 놈을 흡수할 수가 없었다. 몸집이 저렇게 크니 독을 쓴다 해도 쉽게 죽일 수 없어서 용비야가 처리하는 수밖에 없었다.

여왕 뱀은 백리원륭 부녀가 쓰러지자 즉시 고개를 돌렸고, 머리는 용비야를 향한 채 백리원륭 부녀를 향해 꼬리를 휘둘렀다.

한운석은 저 부녀 때문에 화가 나서 죽을 지경이었다.

여왕 뱀조차 그들보다 훨씬 영리했다! 백리원륭과 백리명향의 무공으로 어떻게 저 여왕 뱀을 당해 낼 수 있을까?

한운석은 구역질을 꾹 참고 느닷없이 백리원륭 부녀에게로 몸을 날렸다. 그녀가 이렇게 나올 줄은 아무도 몰랐다. 여왕 뱀조차 무척 의외였는지 백리원륭을 때리려던 커다란 꼬리를 우뚝 멈췄다.

여왕 뱀은 한운석을 꺼리는 게 분명했다.

한운석이 백리원륭 부녀를 보호하자 여왕 뱀은 재빨리 마음을 바꿔 용비야를 공격했다. 거대한 몸이 순식간에 그를 덮치며 입에서 독기를 뿜어냈다!

"용비야, 조심해요!"

한운석은 깜짝 놀라 여왕 뱀을 향해 허둥지둥 침을 몇 대 날렸다. 하지만 가느다란 침으로는 저렇게 큰 뱀을 어떻게 할 수 없었다.

백리원륭 부녀도 깜짝 놀랐다. 백리원륭이 달려가 검으로 뱀 꼬리를 힘껏 찔렀다. 한운석이 막으려 했지만 이미 늦은 후였다.

이 정도로는 여왕 뱀을 해치기는커녕 도리어 자극할 뿐이었다. 과연 여왕 뱀이 미친 듯이 꼬리를 휘둘렀다.

한운석은 화가 나서 욕설을 퍼붓고 싶은 심정이었다!

뱀 꼬리는 독이 없으므로 독 저장 공간도 그녀를 보호해 줄 수 없었다! 백리명향과 백리원륭은 그래도 무공을 익혔으니 어떻게든 피할 수 있지만 그녀는 아예 방법이 없었다.

거대한 꼬리가 그녀의 얼굴로 날아들었다. 위기일발의 순간, 그림자 하나가 여왕 뱀이 뿜어낸 독기를 뚫고 휙 날아왔다. 용비야가 아니면 또 누굴까?

그가 한운석을 잡아당기는 순간 뱀 꼬리가 힘차게 벽을 때려 커다란 구멍이 뻥 뚫렸다.

용비야와 한운석은 뱀 꼬리 오른쪽에 쓰러졌고, 백리원륭과 백리명향은 뱀 꼬리 왼쪽에 쓰러졌다.

백리원륭이 허둥지둥 일어났다.

"전하, 괜찮으십니까!"

용비야가 분통을 터트렸다.

"당장 꺼져라. 그렇지 않으면 본 태자가 죽여 주마!"

용비야는 중독된 상태였다. 그것도 아주 심각하게. 그의 차가운 눈동자가 무시무시하게 번뜩이며 찬 기운을 내뿜자 백리원륭 부녀는 가슴이 서늘했다.

그렇지만 새까매진 그의 입술을 보고서는 도저히 떠날 수가 없었다.

그러는 사이 여왕 뱀이 또다시 꼬리를 높이 쳐들었다. 그 어마어마한 속도에 모두 경악했다. 용비야가 제일 반응이 빨라 한운석을 보호하며 순식간에 물러났다.

"용비야, 어쩔 수가 없어요, 먼저 올라가요."

이제는 한운석도 여왕 뱀이 달아나게 둘 수밖에 없었다.

그러나 그 말이 끝나는 순간 그녀의 안색이 하얗게 질렸다. 해독시스템이 당장 용비야를 해독해야 한다고 알려 준 탓이었다. 빨리 해독하지 않으면 그는 제때 구하지 못한 다른 병사들과 똑같은 최후를 맞을 터였다.

설사 용비야가 해약을 먹었다 해도 여왕 뱀이 뿜은 독기를 이겨 낼 수는 없었다! 여왕 뱀의 독은 일반 독사의 독보다 몇 배나 강했다.

"해독해야 해요! 용비야!"

한운석은 당황한 나머지 손까지 바르르 떨었다.

그 어떤 일 앞에서도 당황하지 않는 그녀도 유독 용비야 앞에서는 그럴 수가 없었다. 이 남자가 없는 세상이 어떨지, 그녀로선 상상조차 할 수 없었다.

그녀는 당황한 나머지 해약을 세 봉지나 꺼내 용비야에게 먹였다.

"용비야, 당장 배독해야 해요. 그렇지 않으면……, 그렇지 않으면 죽어요!"

옆에 있던 백리원룡과 백리명향도 그 말을 듣고 딱딱하게 몸이 굳었다. 바로 그때, 여왕 뱀의 꼬리가 한운석과 용비야를 후려쳤다!

용비야는 한운석을 끌어안고 피하려고 했지만 뜻밖에도 한운석은 그를 힘껏 밀어냈다. 그 순간, 뱀 꼬리가 거칠게 한운석의 다리를 때렸고 한운석은 곧장 바닥에 털썩 주저앉았다. 이 정도 힘이면 다리뼈가 부러지지 않는 게 이상했다!

모두 깜짝 놀랐고 용비야는 순간적으로 정신을 차리지 못했다. 한운석이 자신을 밀어낼 거라곤 생각조차 못 한 일이었다. 그녀가 미치기라도 했을까? 비록 중독되긴 했지만 그에게는 아직 내공이 남아 있었다!

한운석은 두 다리가 말하기 어려울 만큼 아팠다. 자신이 이토록 지독한 통증을 견딜 수 있을 거라곤 지금껏 한 번도 생각해 본 적이 없었다. 그녀가 큰 소리로 외쳤다.

"용비야, 무공을 써서도 안 되고 진기를 써서도 안 돼요. 그랬다간 독소가 더 빨리 퍼져서 아무도 당신을 못 구해요! 제발 부탁이에요!"

이제 보니…….

떠올리면 슬픈 지난 일

이게 바로 한운석이 용비야를 밀어낸 이유였다! 이 긴박한 상황에서 그녀에겐 선택의 여지조차 없었다. 방금 그를 밀어내지 않았다면 그는 진기를 써서 그녀를 데리고 날아갔을 것이고 그렇게 되면 구해 낼 희망이 없었다.

용비야는 자신이 그토록 소중히 여기는 여자를 바라보았다. 그녀가 눈앞에 쓰러져 있는데도 자신에게는 상황을 바꿀 힘이 없었다. 그의 깊은 눈동자에는 평생 꺼질 것 같지 않은 분노의 불길이 이글이글 타올랐다. 들고 있는 검이 주인의 분노를 감지한 듯 웅웅 소리를 냈다.

"용비야, 부탁이에요! 제발!"

한운석은 거의 울 것 같았다. 그가 충동적으로 움직여 모든 것이 돌이킬 수 없게 될까 겁이 났다.

이런 결과는 꿈에서도 생각지 못한 백리원륭과 백리명향도 당황한 나머지 눈이 휘둥그레졌다. 백리원륭도 더는 한운석을 의심할 이유가 없었다.

한운석의 다리가 부러졌으니까! 정말 부러졌으니까!

여왕 뱀은 누구도 봐주지 않았다. 한운석이 다치고 용비야가 움직이지 못하게 되자 교활한 여왕 뱀은 뭔가를 깨달은 듯 홱 몸을 돌려 또다시 꼬리로 한운석을 내리쳤다.

바로 그 순간 백리원룡이 몸을 날렸다. 그는 한운석을 잡아당겨 피한 다음 용비야 쪽으로 데려가며 큰 소리로 외쳤다.

"명향, 올라가서 구원군을 청해라!"

백리명향도 정신을 차리고 즉시 위로 올라가며 외쳤다.

"서동림! 서동림!"

그렇지만 곧 구덩이 벽에서 독사 한 마리가 튀어 올라 그녀에게 덤벼들었다. 그녀는 놀라 비명을 지르며 그대로 아래로 떨어졌다. 그제야 얼마 전까지 여왕 뱀에게 매달려 있던 독사들이 구덩이 벽에 잔뜩 붙어 기어오르고 있는 것을 알 수 있었다.

백리명향은 뱀을 무서워했다. 정말 끔찍하리만치 싫어했다. 하지만 그래도 단호하게 다시 몸을 날렸다.

그리고 그때 여왕 뱀이 또다시 공격했다. 백리원룡의 능력에도 한계가 있어서 한운석과 용비야를 모두 데리고서는 멀리 달아날 수가 없었다. 가까스로 공격 두 번을 피했지만 그 이상은 방법이 없었다.

"백리원룡, 우릴 오른쪽으로 데려가거라. 어떻게든 차 한 잔 마실 시간을 벌어야 전하를 해독할 수 있다!"

한운석은 속에서 화가 부글부글 끓었지만 그래도 백리원룡밖에 의지할 데가 없었다.

"반드시 해내겠습니다! 군령장을 쓰겠습니다!"

백리원룡이 결연하게 대답했다.

그는 이를 악물며 용비야와 한운석을 데리고 꼬리 공격을 피한 다음 뱀 굴 오른쪽 구석으로 갔다.

"백리원륭, 너무 멀리 떨어지지 마시오. 여왕 뱀은 독으로 나를 공격할 용기가 없으니 꼬리만 쓸 것이오! 우리 뒤에 서 있으면 중독될 일은 없소!"

한운석이 말했다.

"예!"

백리원륭은 곧바로 대답했다. 생각해 보면 중남도독부에서도 그는 한운석이 하라는 대로 따랐던 사람이었다!

지난 일을 떠올리자니 눈물이 났다…….

한운석도 백리원륭이 얼마나 시간을 벌어 줄 수 있을지는 신경 쓰지 않았다. 오로지 한 가지, 용비야를 해독하고 그의 목숨을 살릴 생각뿐이었다.

그가 살아야 모두가 살 수 있었다. 그에게 무슨 일이 생기면 누가 여기서 살아 나갈 수 있을까?

백리원륭에게 나머지를 맡기고 돌아선 그녀는 곧 용비야의 차가운 눈과 마주쳤다. 그 속에는 하늘과 땅을 무너뜨릴 듯한 분노가 가득했다!

그녀는 깜짝 놀라 황급히 그의 손을 잡았다.

"야, 내 말 들어요. 제발 좀 냉정해져요! 난 괜찮아요! 정말이에요! 그냥……, 그냥 다리가 부러진 것뿐이고 치료할 수 있어요!"

그가 갑자기 검을 뽑아 여왕 뱀에게 달려들지나 않을까 걱정스러웠다. 그렇게 되는 순간 기혈이 심장으로 역행해 그간의 노력이 물거품이 될 터였다.

예상대로 용비야의 손은 검을 꽉 쥐고 있었다. 한운석은 재빨리 그 손을 잡아 눌렀다.

"용비야, 내 목숨이 당신 손에 달렸어요! 당신 몸에 있는 독을 제거하지 않으면 우리도 다 죽어요! 내 다리가 당신과 내 목숨보다 중요하겠어요? 용비야, 제발 부탁이에요!"

한운석은 시간이 없었다. 정확히 말하면 용비야에게 시간이 없었다.

한운석은 한 손으로 그의 허리띠를 풀어 옷을 벗기면서 다른 손으로는 그가 무공을 쓰지 않도록 손을 잡아 눌렀다.

옷을 벗긴 뒤에는 두 손을 다 써서 침을 놓아야 했다. 하지만 그는 여전히 부러진 그녀의 다리를 노려보기만 했고, 그가 내뿜는 살기도 점점 짙어지고 있었다.

한운석은 용비야의 손을 잡아 자신의 심장에 갖다 댔다.

"용비야, 내게 힘을 줘요!"

말을 마친 다음 그녀는 그의 손을 놓고 복부에서 혈 자리를 찾아 침을 놓기 시작했다. 어떻게든 집중하라고 자신을 몰아세우면서.

용비야는 한 손은 검 자루에, 한 손은 한운석의 심장에 대고 있었다. 한 손에는 분노가 다른 한 손에는 부드러움이 어렸고, 한 손은 차가웠지만 다른 한 손은 따뜻했다.

그는 늘 자제력이 강해서, 지금처럼 목숨을 내던져서라도 하늘과 땅을 모조리 무너뜨리고 싶은 충동에 휩싸인 적은 단 한 번도 없었다!

몇 번이나 한운석을 밀어내려고 했으나 아무래도 콩콩 뛰는 그녀의 심장에서 손을 떼기가 아쉬웠다. 그는 자기 통제력의 끄트머리에서 헤매고 있었다.

갑자기 복부가 서늘해져 내려다보니 한운석이 눈물을 흘리고 있었다. 눈물방울이 그의 아랫배에 툭툭 떨어졌다. 그제야 그는 언제나 굳건하고 차분하던 그녀의 얼굴이 어느새 눈물투성이가 되어 있다는 것을 깨달았다.

한운석은 침을 놓으면서도 다리 통증을 참고, 용비야가 충동적으로 움직일까 걱정하고, 백리원룡이 여왕 뱀을 막을 수 있을까 염려하느라 집중할 수가 없었다. 잠시면 처리할 수 있는 일이었는데 지금은 아무리 해도 해내지 못할 것 같았다.

그녀도 붕괴 직전이었다!

용비야는 그제야 분노의 소용돌이에서 깨어났다. 이런 상황에서 어떻게 자제력을 잃을 수 있을까? 어떻게 무너질 수 있을까? 한운석이 그를 필요로 하는데!

능력이 아무리 대단하고 신분이나 지위가 아무리 높아도, 그로서는 영원토록 그녀를 이길 수 없는 것이 하나 있었다.

바로 마음의 힘이었다.

그 어느 때라도 그의 마음은 그녀보다 강해야만 했다. 그래야 그녀를 보호할 수 있었다!

마침내 그가 검을 내려놓고 두 손으로 그녀의 어깨를 잡으며 부드럽게 말했다.

"운석, 걱정 마라……. 아무 일 없을 것이다! 날 믿어라. 틀림없이 괜찮을 것이다.”

한운석은 그가 주는 힘을 얼마나 바랐는지 몰랐다. 그의 부드러운 목소리가 들리자 그녀의 마음도 비로소 차분해졌다. 그가 침착하다면 그녀 역시 침착해질 수 있었다.

그녀는 눈물을 닦고 마음을 가다듬었다. 동작이 훨씬 노련하고 깔끔해졌다.

그때 백리원륭은 이미 여왕 뱀의 꼬리를 몇 번이나 맞은 상태였다. 가슴과 등을 맞긴 했지만 내공으로 보호한 덕분에 그나마 뼈는 무사했다.

검은 이미 한쪽에 나동그라진 후였고, 내상을 입어서 망가진 몸만 이끌고 뱀 꼬리에 맞설 수밖에 없었다.

그는 온 힘을 다해 내공을 모두 끌어서 올리고, 한운석의 뒤쪽 얼마 떨어지지 않은 곳에서 마보馬步(두 발을 넓게 벌리고 무릎을 굽힌 무공의 기본 자세)를 취하고 서 있었다.

뱀 꼬리가 한운석 일행에게 날아들면 반드시 먼저 그에게 닿을 수밖에 없는 위치였다.

‘퍽’ 하고 커다란 소리가 났다. 뱀 꼬리가 힘차게 내리찍자 백리원륭의 입에서 새빨간 피가 쏟아졌다. 비록 쓰러질 듯 비틀거렸지만 그는 여전히 이를 악물고 버텼다.

곧이어 다시 뱀 꼬리가 날아들고 ‘퍽’ 하는 소리가 또 울려 퍼졌다. 백리원륭은 몸을 휘청하며 뒤로 넘어질 뻔했다. 천지가 뱅뱅 도는 것 같고 눈앞이 까맸다. 백리원륭은 차라리 두 눈을 감고 눈앞에 있는 모든 것을 잊었다. 몸에 입은 상처도 잊었다.

그의 머릿속에 한운석이 중남부 명문세가 가주들과 설전을 벌여 백리 장군부에 권력을 쥐여 주던 장면이 떠올랐다. 그때 그 여자는 서진과는 아무런 관계도 없는 순수한 진왕비였고, 그가 자랑스럽게 여기던 여주인이었다.

퍽! 퍽! 퍽!

여왕 뱀은 미친 듯이 꼬리를 휘둘렀다. 꼬리의 힘은 갈수록 더 강해지고 속도도 갈수록 더 빨라졌다. 백리원륭의 피가 뱀 꼬리 위까지 튀었다.

그는 본래부터 여기서 죽을 준비를 하고 있었다. 이렇게 죽는 것이 그에게는 도리어 다행일 정도였다.

차 한 잔 마실 시간은 대체 얼마나 긴 걸까?

백리원륭은 시간이 얼마나 지났는지도 몰랐다. 몸에 있던 내공이 거의 사라졌다는 것만 느낄 뿐이었다. 어느덧 두 다리에서 힘이 빠지고 그의 몸은 하릴없이 뒤로 넘어갔다.

"왕비마마, 얼마나 되었습니까?"

그는 혼잣말을 중얼거렸다. 자신이 '왕비마마'라고 부른 줄도 알아채지 못했다.

전하가 그저 천녕국의 진왕이고 한운석도 그저 그들의 왕비라면 모든 것이 훨씬 단순하지 않았을까.

그는 군인이었다. 군사를 이끌고 전투를 치르며 돌격해서 적을 죽이는 사람이었다. 전략을 짜고 모략을 꾸미는 것은 전하가 지시하거나 모사들이 상의해서 알려 주었다. 그는 모든 것이 단순해지기를 그 누구보다 바랐다.

그의 딸들은 혼사도 마음대로 하지 못했다. 그가 제일 아끼던 큰딸은 이름을 숨긴 채 멀리 북려국으로 시집갔다. 이제 그 자신을 제외하면, 백리 장군부에 대소저가 있었다는 사실을 아는 사람은 아무도 없었다. 막내딸 명향은 그의 곁에 가장 오래 남아 있었지만 가장 많이 고생했다.

그 모든 것이 복수를 위해서, 동진을 다시 일으키기 위해서였다!

그런 그가 서진 공주를 경계하는 것이 무슨 잘못일까? 전하께서 제멋대로 하시는 것도 묵인해 줬는데, 설마하니 경계하는 마음조차 허락되지 않는 것일까?

하지만 지금은 그 자신조차 자신이 옳은지 그른지 판단이 서지 않았다.

백리원륭이 서서히 무너지는 순간 서동림이 그를 껴안았다. 귓가에 어렴풋이 서동림의 목소리가 들렸다.

"여봐라, 백리 장군을 위로 모셔라."

그 후 백리원륭은 정신을 잃었다.

백리명향은 이미 구덩이 위에 올라가 있었다. 서동림이 독시위 스무 명을 이끌고 구덩이에 있는 그들을 구하러 갔다. 그도 진작 내려가고 싶었지만 전하의 명령도 있고 내려갔다가 전하와 공주의 짐이 되어 발목을 잡을까 봐 참았던 것뿐이었다.

그는 백리명향이 완전히 올라오기도 전에 그녀가 부르짖는 소리를 듣고 상황이 나쁘다는 것을 알아차렸다. 그래서 즉시 내려갔고 때맞춰 백리 장군을 구할 수 있었다.

공주는 아직 전하의 독을 배독하는 중이었다. 서동림은 그 옆을 지켰고, 독 시위 스무 명은 힘을 합쳐 여왕 뱀을 막았다. 공주에게 시간을 벌어 주기에는 충분했다.

그때 뱀 굴 위에서는 비밀 시위가 피투성이가 된 백리원룡에게 진기를 밀어 넣어 주고 있었다. 하지만 그래도 백리원룡의 입에서는 끊임없이 피가 흘렀다. 비밀 시위들도 약간 당황했다.

그 옆에 주저앉은 백리명향은 둑이 터진 것처럼 눈물이 쏟아져 울음을 멈출 수가 없었다.

"아버지……, 아버지, 버티셔야 해요! 몸소 군대를 이끌고 천녕국과 북려국으로 쳐들어가겠다고 하셨잖아요. 전하께서 황위에 오르시는 것을 두 눈으로 똑똑히 보시겠다고 하셨잖아요!"

백리명향의 울음은 처량한 목소리가 되어 나왔다.

"흑흑……, 아버진 전하께서 동진을 다시 일으키면 몸소 물에 들어가서 사강 밑바닥에 잠긴 인어병의 해골을 꺼내겠다고 인어족 사람들에게 약속하셨어요! 그들에게 가족을 찾아 주고, 비석을 세워 이름을 알리게 하시겠다고 약속하셨잖아요. 아버지, 돌아가시면 안 돼요……. 이렇게 가실 순 없어요……."

얼마나 지났을까, 한운석이 마침내 용비야의 독을 성공적으로 제거했다. 독 시위 스무 명과 서동림이 한운석을 보호하자 용비야는 검을 들고 분노에 차서 여왕 뱀을 공격했다!

뒷걱정이 없어진 그는 한운석이 알려 준 대로 여왕 뱀이 뿜은 독기를 손쉽게 피했고, 삼 초 안에 거대한 여왕 뱀을 네 동강 낸 다음 곧이어 벽을 기어 다니는 독사들을 모조리 찔러 죽였다.

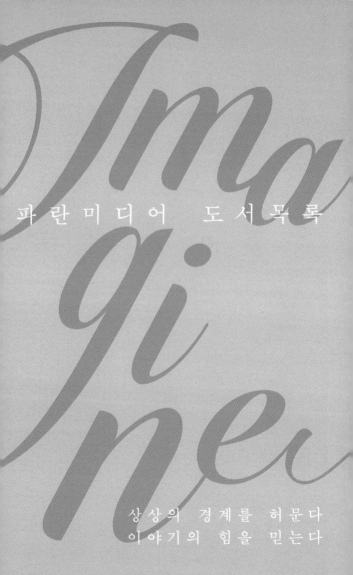

파란미디어 도서목록

상상의 경계를 허문다
이야기의 힘을 믿는다

새파란
상상

e-mail paranbook@gmail.com
cafe cafe.naver.com/paranmedia
facebook facebook.com/paranbook
tel 02, 3141, 5589 **fax** 02, 3141, 5590

인간의 모험 본능을 자극하는 최고의 장르, SF
휴고, 네뷸러, 디트머, 로커스 상을 휩쓴 SF 대작 〈링월드〉

SF의 대가 래리 니븐 컬렉션

링월드 프리퀄 1 **세계 선단**
래리 니븐 & 에드워드 M. 러너 공저 | 고호관 옮김 | 값 14,000원

우주적 규모의 적자생존 서사시, 세계 선단 시리즈의 서막!

《링월드》에 숨어 있던 이야기들.
파란만장 흥미진진한 미스터리의 시작

링월드 프리퀄 2 **세계의 배후자**
래리 니븐 & 에드워드 M. 러너 공저 | 고호관 옮김 | 값 15,000원

은폐되고 삭제되고 망각된 진실을 찾아서

십팔 세에 무제한 출산권을 획득한 천재 물리학자 카를로스 우,
은하핵의 붕괴를 촬영한 전설의 조종사 베어울프 섀퍼,
모든 것을 의심하는 편집증 수사관 지그문트 아우스폴러,
세 사람의 진실을 향한 대도약이 시작된다!

링월드 프리퀄 3 **세계의 파괴자**
래리 니븐 & 에드워드 M. 러너 공저 | 고호관 옮김 | 값 15,000원

영원한 적도 영원한 아군도 없다!
아주 다른 무대의 전혀 새로운 이야기

어디 있는지도 모를 고향 지구와 새로 찾은 고향 뉴 테라, 지켜야
할 모든 사람들을 위하여! 낯선 우주의 한복판에서 치밀하고도
집요한 지그문트의 작전이 펼쳐진다.

링월드 프리퀄 4 **세계의 배신자**
래리 니븐 & 에드워드 M. 러너 공저 | 김성훈 옮김 | 값 15,000원

《링월드》는 루이스 우의 첫 모험이 아니었다!
이번 위기에는 세계 선단 일조 퍼페티어의 운명이 걸려 있다!

이름을 잃고 자기 정체도 모르는 채 백삼십 년을 망명자처럼 떠
돌던 루이스 우. 분더란트 내전의 포로로 약물중독의 나락에 빠
져 있던 그에게 퍼페티어 정찰대원 네서스가 던진 거부할 수 없
는 제안!

브레인 임플란트 이혜원 지음 | 값 10,000원

백두산 폭발로 벌어진 아비규환!
거대한 음모 속에 숨겨진 살인극

"이젠 학습법이 아니라 뇌를 바꿔야 합니다!"
우리의 삶을 바꾸는 브레인 임플란트의 세계에 오신 것을 환영
합니다.

초인은 지금 김이환 지음 | 값 10,000원

우리 시대의 모순을 안은 초인이 온다!

하늘을 날고 모든 것을 듣고 모든 것을 보는 초인이
시민들을 지켜준다.
초인은 무엇 때문에 사람들을 위해 봉사하는 것일까?
그를 믿어도 되는 것일까? 초인은 선한 사람인가?

킬러에게 키스를 김상현 지음 | 값 11,000원

그동안 고마웠어. 그 말을 끝으로 이메일 주소 하나 남기지 않고
깨끗이 사라졌던 여자 친구가 실은 킬러였다!

그녀에게 묻고 싶은 말이 있어 국가정보부의 작전에 동참한
평범한 한 남자의 슬프고도 웃긴 이야기.

고스트 에이전트 김상현 지음 | 값 12,000원

《킬러에게 키스를》두 번째 작품.

당안리 화력발전소를 노린 폭탄 테러, 서울 전역에서
테러리스트가 출몰하고 급기야 국가정보부가 공격당한다!
그 누구도 절대 막을 수 없다!

이순신의 나라 임영대 지음 | 각 권 12,000원 (전2권)

이순신이 살아남은 조선!
새로운 바람이 분다, 새로운 나라가 온다!

임진왜란이라는 절체절명의 국난에서 우리 민족을 구원한
이순신 장군. 그런 이순신 장군이 만일 죽지 않고 살아남았다면
과연 무슨 일이 벌어졌을까?

살해하는 운명 카드 윤현승 지음 | 값 11,000원

다섯 장의 카드, 다섯 개의 운명.
모두가 승리할 수도 있고, 모두가 패배할 수도 있다.
인생 막다른 골목에서 받아들인 위험한 초대.
오직 운명을 거역한 사람만이 승자가 된다!

체탐인 – 조선스파이 정명섭 지음 | 값 11,000원

얼굴도 이름도 바뀐 복수의 화신이 돌아오다

아무 것도 할 줄 모르는 백면서생에서 난데없이 야생의 현장에
떨어진 병조판서의 아들 조유경. 하지만 이대로 죽을 수는 없
다. 자신의 모든 것과 사랑하는 약혼녀까지 앗아가버린 원수들
에게 복수를 해야만 한다.

붉은 말 백성민 이야기그림집 | 값 22,000원

네이버 한국만화 거장전 제1호 작가 백성민의 새로운 만화 모음집.

〈장길산〉, 〈싸울아비〉, 〈광대의 노래〉 등 역사만화의 거장 백성
민이 새롭게 선보이는 이야기그림 〈붉은 말〉. 우리나라의 신화
와 전설, 전래동화 등에서 폭넓게 소재를 취하여 새로운 해석을
내보이는 만화들에서 삶의 위안을 찾아낼 수 있을 것이다.

태릉좀비촌 임태운 지음 | 각 권 13,000원 (전3권)

대한민국 최강 좀비 군단이 몰려온다!
네이버 화제의 연재작 – 영화화 결정

올림픽을 대비해 맹훈련 중인 태릉선수촌에 좀비 바이러스가 발
생했다. 운동으로 단련된 역대 최강의 좀비들이 몰려온다. 사랑
하던 동료들에 맞서 사랑하는 사람들을 지켜야 하는 이야기!

화이트리스트–파국의 날 박철현 지음 | 값 11,000원

2019년 8월 2일 일본의 화이트리스트 발표
누구에게 닥친 파국의 날인가!!

2019년 3월 15일 대한민국을 화이트리스트에 삭제하라는 지시
가 경제산업성 동아시아 무역관리관 히라오 아쓰시에게 내려
온다. 북한 쪽으로부터 정보를 확보하라는 지시에 의해 히라오
는 총련 산하의 평화통일연합의 송석진을 만나는데……

일을 마친 그가 한운석 앞에 내려섰다. 한운석이 예전처럼 벌떡 일어서서 목을 끌어안아 주기를 무척 바랐지만, 한운석은 바닥에 앉아 있을 수밖에 없었다. 차마 그녀의 다리를 살필 엄두조차 나지 않았다. 감당할 수 없는 끔찍한 결과를 마주할까 봐 두려웠다.

정말…… 부러진 것뿐일까?

한운석은 창백한 얼굴로 그를 향해 웃어 보였다.

"괜찮아요!"

그는 아무 말 없이 그윽한 눈빛으로 그녀를 응시하며 한참 동안 말이 없었다.

이렇게 서로를 마주할 때면 둘 중 누구의 마음이 좀 더 강할까?

잇자국, 그녀의 흔적

용비야와 한운석은 둘 다 강력한 힘과 강인한 마음을 지니고 있었지만 서로의 앞에서는 쉽사리 무너질 수 있었다. 상대를 향한 마음 때문에 심란해지는 것이었다.

이제 완전히 침착함을 되찾은 한운석은 침묵하고 있는 용비야를 바라보았다. 자신의 다리에 정말 무슨 문제라도 생겼다면, 그가 닥치는 대로 모두 죽여 버렸으리라는 것은 그녀도 잘 알았다.

그가 자제력을 잃을까 두려웠지만, 한편으로는 자신 때문에 무너지는 그의 모습을 보고 싶은 나쁜 생각도 들었다. 물론 그들이 안전한 곳에 있다는 전제하에서.

한참이 지나도 용비야는 움직일 생각을 하지 않고 준수한 눈썹만 점점 더 찡그렸다.

이 인간은 눈썹을 찡그리는 것조차 어쩜 저렇게 멋있을까? 한운석이 아무리 나쁜 생각에 빠졌다 해도 그의 저런 모습은 마음이 아팠다.

다리가 아직도 아팠지만 그녀는 생긋 웃었다.

"그냥 부러진 거예요. 정말이라니까요. 큰 문제없어요."

위험이 가시자 그제야 그녀도 제 다리를 살필 여유가 생겼다. 자세히 보지 않아도 그냥 뼈가 부러졌을 뿐 회복될 상처라는 것을 확인할 수 있었다. 아무 의원이나 불러서 뼈를 고정하게 하면 별문제 없었다.

용비야는 믿기지 않는 얼굴로 가만히 그녀를 바라보기만 했다. 그 눈동자에 짙게 물든 아픔과 자책감은 쉽사리 흩어지지 않을 것 같았다.

그 강력한 뱀 꼬리에 맞았는데, 내공이 조금 있다 한들 쓸 수도 없는 한운석이 정말 단순히 뼈만 부러졌을까?

그의 얼음장 같은 얼굴에는 엄숙함과 함께 자책감과 아픔, 사랑스러움, 그리고 당황함이 묻어 있었다. 그 모습을 본 한운석은 웃음이 나올 뻔했다. 방금 겪은 생사의 관문 따위는 아무것도 아닌 것 같았다. 그저 그가 무사하면 그뿐이었다.

그녀는 그의 손을 잡고 살랑살랑 흔들었다.

"정말이라니까요! 거짓말이면 난 바보, 멍청이에요! 아파 죽겠으니까 어서 의원을 불러 줘요."

용비야는 그제야 정신을 차렸다.

"정말이냐?"

"나 참, 짜증나게 왜 이래요!"

한운석은 기막혀했지만, 옆에 있던 비밀 시위는 놀라서 온몸에 식은땀이 날 정도였다.

이 세상에 전하께 짜증난다는 말을 할 수 있는 여자가 있다니? 생각만 해도 무시무시했다!

그보다 더 무서운 것은 전하가 웃었다는 사실이었다. 전하는 고개를 가로저으며 쓴웃음을 지었다.

용비야는 이 여자를 어떻게 할 방법이 없었지만, 어쨌든 참 다행이었다. 그녀에게 정말 무슨 일이 생겼다면 그 자신도 무슨 일을 벌였을지 알 수가 없었다. 그가 몸을 숙이려는데 한운석이 가로막고 그를 향해 손을 내밀었다.

"숙일 필요 없어요. 날 일으켜 줘요."

그는 누구보다 존귀한 사람이니 무슨 일이 있어도 몸을 숙이게 할 수 없었다. 물론 그녀 자신도 존귀했기 때문에 그와 어깨를 나란히 할 생각이었다!

"그러지!"

그가 곧바로 대답했다.

아무리 봐도 꿀이 뚝뚝 떨어지는 두 사람이었다. 주위에 있는 시위들은 그 대화를 음미했고, 서동림은 남몰래 《야석어록 夜汐語錄》에 그 두 마디를 적어 넣었다. 하지만 시심은 부득불 두 사람을 떼어 놓아야 했다.

"전하, 공주께서는 다리가 부러지셨으니 일으키지 않는 게 좋겠습니다."

서동림은 절로 탄식했다.

공주는 그래도 칠품 의성 등급을 받았고 의학원 장로회에 한 자리 차지하고 있는데 어떻게 이런 응급 치료 상식도 모를까?

하긴, 조금 전 그 위험했던 상황을 돌이켜보면 서동림 자신마저 간담이 서늘할 정도였으니 뭐든 다 잊어버렸다고 해도 이상할 게 없었다. 공주가 저렇게 웃을 수 있는 것만 해도 무척 다행이었다.

서동림이 권하자 용비야는 즉시 동작을 멈췄고 한운석도 함부로 움직이려고 했던 자신에게 깜짝 놀랐다.

뼈가 부러지면 최대한 빨리 나무판자로 상처를 고정해야만 했다. 그렇지 않으면 골절 부위가 쉽게 흔들려 신경과 혈관에 영향을 미쳐 마비될 수 있었다.

그녀는 그제야 제 다리가 아프기만 한 게 아니라 마비된 것처럼 저릿저릿하다는 것을 깨달았다. 뼈가 부러진 뒤로 백리 원룡에게 붙잡혀 이리저리 끌려 다녔고 오랫동안 꿇어앉아 용비야에게 침을 놓는 바람에 벌써 골절 부위가 이상하게 비틀렸다. 어혈까지 비치는 것을 보면 내출혈이 일어난 게 분명했다.

그녀는 아직 꿇어앉은 자세를 유지하고 있었다. 다친 곳에 신경을 쓰기 시작하자 곧 참을 수 없는 통증이 느껴졌다.

"서동림, 당장 의원을 불러라!"

용비야가 차갑게 명령했다. 뼈가 부러지는 일은 사실 그와 같이 무예를 익히는 사람에게는 별로 심각한 일도 아니었다. 아무나 불러서 붙이게 하고 고정하면 곧 나았다.

하지만 상대가 한운석이니 아무렇게나 할 수 없었다.

그도 뼈를 붙일 줄 알았지만 지금은 한운석을 보면서 애만 태울 뿐 함부로 부축해 일으키지도 못했다.

한운석은 제 손으로 침을 놓아 통증을 줄였다.

"용비야, 날 좀 잡아서 앉혀 줘요."

이렇게 꿇어앉아 있는 건 좋은 방법이 아니었다. 신경을 압박해서 어혈이 생기고 마비만 심해질 뿐이었다.

"아플 것이다. 내 손을 깨물어라."

용비야는 한 손으로 그녀를 부축하며 다른 손을 내밀었다.

침을 놓았으니 그렇게까지 아프지 않을 줄 알았는데, 이제 보니 통증 관리에 대한 자신의 능력을 과대평가했던 모양이었다. 한운석은 몸을 움직이자마자 너무 아파서 헉하고 찬 숨을 들이켰다.

용비야는 초조했지만 그래도 그녀를 똑바로 앉혀야만 했다.

"조금만 참아라. 아프면 물고."

그는 정말 손을 내밀었고 그녀는 정말 그 손을 깨물었다. 보고 있던 비밀 시위들은 서로를 마주 보았다. 몹시도 충격적인 장면이었지만 한편으로는 너무너무 궁금했다.

……전하를 깨물면 어떤 기분일까?

한운석은 앉을 수가 없어 바닥에 누웠다. 그리고 용비야의 손에는 잇자국이 깊게 남았다. 그는 잇자국을 흘끗 보기만 하고 곧바로 비밀 시위에게 모두 돌아서라고 명령했다. 그런 다음 한운석의 긴 치마를 들어 올려 종아리를 살폈다. 한운석은 그의 팔에 남겨진 잇자국을 계속해서 응시했다.

그녀의 상처를 한 번 살펴본 용비야는 정말 생각보다 심각하지는 않다는 것을 확인하고 이상한 눈빛을 지었다. 곧바로 한운석의 맥을 짚어 보았더니 뜻밖에도 그녀는 가벼운 내상을 입었다.

"조금 전에…… 내공을 썼느냐?"

그가 이해가 가지 않는다는 얼굴로 물었다.

"아뇨…… 쓸 줄도 모르는걸요."

한운석도 자신에게 내공이 생긴 줄은 알았지만 쓰는 법은 몰랐다.

용비야의 몸에 있는 내공은 두 종류로, 하나는 서정력이고 다른 하나는 범천력이었다. 한운석에게 준 것은 범천력이지만, 그녀의 몸에 들어간 범천력이 자동으로 몸을 보호할 줄은 생각지 못한 일이었다.

이런 자동 방어 능력은 보통 오 할 이상 내공을 수련해야만 가질 수 있었다. 그런데 뜻밖에도 한운석은 이 할만으로도 해낸 것이었다. 그녀의 타고난 자질은 역시 놀라웠다.

"아무래도 너는 범천력에 잘 맞는 모양이구나. 범천력이 보호해 주지 않았더라면……."

용비야는 말을 끝맺지 않고 긴 한숨으로 대신했다.

서동림이 곧 의원을 데려왔다. 아무래도 공주의 신분을 비밀에 부쳐야 했기에 그가 데려온 사람은 군의관이 아니라 근처 마을에 있는 의원이었다. 그들 모두 변장을 하고 있어서 보통 사람은 신분을 알아볼 수 없었다.

뱀 굴에 들어온 의원은 여왕 뱀 사체를 보자 화들짝 놀랐고, 용비야의 얼음장 같은 두 눈을 마주했을 때는 아예 놀라 쓰러질 뻔했다.

"의원, 안심하시오. 이곳은 안전하오."

서동림이 소리 낮춰 위로하자 의원은 그제야 마음을 가라앉혔다.

그는 한운석의 상태를 자세히 살핀 다음 치료를 시작했다. 비밀 시위는 모두 등을 돌렸지만, 용비야는 옆에 책상다리를 하고 앉아 지켜보는 바람에 의원에게는 부담이 컸다. 뼈를 붙이는 일은 맥을 짚는 것과는 달리 가리개를 쳐서 시선을 가릴 수가 없었다. 의원은 자신이 무슨 큰 죄라도 지은 기분이 들어 아예 용비야 쪽을 쳐다보지도 못했다.

뼈를 붙일 때는 환자와 이야기를 하며 주의를 돌려놓고 순간적으로 움직여야 하는데, 용비야가 지켜보고 있어 차마 입을 열 수도 없었다. 모든 준비가 끝난 뒤 의원은 마음 굳게 먹고 다리를 확 잡아당겼다가 힘껏 밀었다!

"아악……!"

한운석은 너무 아파서 죽을 것 같았다. 의원은 멈추지 않고 곧이어 다른 쪽 다리를 붙였다. 실고 가늘게 아픈 것보다 짧고 굵게 아픈 편이 나았으니까!

한운석은 도저히 견딜 수가 없어서 용비야의 손을 잡아당겨 확 깨물었다. 그것도 아주 세게.

용비야는 눈살 한 번 찌푸리지 않고 그녀가 하는 대로 내버려 둔 채 다른 손으로 그녀의 앞머리를 매만져 주었다. 더없이 다정한 동작이었다.

의원은 이제 죽었구나 싶었지만 용비야가 화를 내지 않자 몹시 다행스럽게 여겼다. 서둘러 약을 바르고 다리를 고정한 다음 잘 싸매자 모든 것이 끝났다.

의원은 약을 지어 주고 주의 사항을 몇 가지 알려 준 다음 허둥지둥 서동림에게 달려갔다. 아직도 두려움이 가시지 않은 상태였다. 용비야가 갑자기 기분이 나빠져 자신의 눈을 뽑아 버리지 않을까 몹시 불안했다.

그렇지만 용비야는 의원을 쳐다보지도 않았다. 그의 주의는 온통 한운석에게 쏠려 있었다.

"아직도 아프냐?"

"안 아파요."

한운석은 그의 손을 가리키며 미안한 표정을 지었다.

"당신은…… 아프죠? 미안해요……."

그제야 용비야도 왼쪽 손아귀가 피범벅이 되고 잇자국이 아주 깊이 찍혀 있는 것을 알아차렸다.

"어서 처치하지 않으면 흉터가 남을 거예요."

한운석이 다급히 말했다.

일부러 그런 것이 아니라 조금 전에는 정말 참을 수가 없어서였다. 손아귀는 가릴 수 있는 부분이 아니어서 만에 하나 흉터가 남으면 누구나 쉽게 볼 수 있었다.

용비야는 손을 들고 진지하게 살피다가 마침내 웃음을 지었다.

"하하, 됐다. 흉터가 생기게 놔두지. 참 보기 좋겠군."

"용비야!"

한운석은 다급했다.

"네가 본 태자에게 칠석 선물로 준 셈 치겠다!"

용비야는 기분이 무척 좋았다.

한운석은 기가 막혔지만, 달리 방도가 없어서 오늘 밤 그가 잠들면 몰래 상처를 치료해야겠다고 생각했다.

잇자국은 다른 흉터와는 달라서 한눈에 누군가가 깨문 자국임을 알 수 있었다. 게다가 굵기를 가늠하면 여자가 깨문 자국이라는 것도 알아낼 수 있었다. 용비야는 그녀가 저지른 범죄의 증거를 남겨 두려는 게 분명했다!

의원이 돌아가려는데 용비야가 느닷없이 입을 열었다.

"반드시 백 일을 기다려야 하느냐?"

뼈나 근육을 다치면 낫는 데까지 백 일은 걸렸다.

"예, 예⋯⋯. 그렇습니다! 백 일이 지나야 나으니 백 일 안에는 절대⋯⋯."

의원은 더듬거리면서 일반적인 상황을 늘어놓으려 했지만, 용비야가 차갑게 말을 끊었다.

"빨리 치료하는 약은 없느냐?"

한운석은 웃음을 터트렸다.

"서동림, 의원을 보내 줘라. 진맥료도 잊지 말고."

시골 의원이 은거한 세외고인도 아닌데 그런 걸 어떻게 알까? 염라대왕같이 차가운 이 남자가 자꾸만 캐물었다간 놀라 죽을지도 몰랐다.

"일단 돌아가서 의성과 약성 쪽에 물어봐요."

그녀는 참지 못하고 나지막이 탄식을 흘렸다.

"고북월이 있었으면 좋았을 텐데⋯⋯."

그에게는 아직 연락이 닿지 않았다.

아아, 백의 공자. 백언청 손에 잡힌 당신은 무사한가요? 언제쯤 돌아와서 이 운석 낭자에게 모든 걸 털어놓을 건가요?

서동림은 부하를 시켜 의원을 돌려보내게 했다. 상처를 고정했으니 이제 한운석도 움직일 수 있었다. 용비야는 한운석을 번쩍 안아 들고 밖으로 나가려다가 고개를 돌렸다.

"서동림, 저 여왕 뱀을 데려가서 잘게 썰어 개에게 먹여라!"

그 말에 한운석은 기가 막혔다.

"여왕 뱀은 귀한 거예요! 서동림, 뱀 머리와 내단內丹은 내게 가져와."

서동림도 이 여왕 뱀의 몸이 보물단지라는 것을 당연히 알고 있었다. 하지만 전하가 개에게 먹이라고 했으니 아까운 마음을 참고 잘게 썰어서 개에게 주는 것 말곤 달리 방법이 없었다.

용비야는 한운석을 안고 가뿐하게 뱀 굴 위로 올라갔다. 그때쯤 벌써 날이 밝아 있었다.

백리원륭 부녀는 아직 바깥에 있었지만 상황은 좋지 않았다.

그들을 무시하고

용비야와 한운석이 뱀 굴 밖으로 날아갔더니 백리원륭과 백리명향이 아직 바깥에 있었다.

백리원륭은 이미 혼절한 상태였다. 온몸이 피투성이에다 입가에도 핏자국이 있고 얼굴은 죽은 사람처럼 창백했다. 비밀 시위는 포기하지 않고 끊임없이 그에게 진기를 불어넣었다.

비밀 시위는 어젯밤 뱀 굴에서 백리원륭이 전하의 명령을 어긴 것을 모르는 데다, 백리원륭이 인어족의 수장이자 동진 군대의 원수로서 군에서는 일인지하 만인지상의 자리에 있었기에 아무리 큰 죄를 지었어도 전하의 말씀이 없는 한 함부로 어떻게 할 수 없었다. 그래서 일단 필사적으로 살리려는 것이었다.

옆에 꿇어앉은 백리명향은 밤새 울어서 눈이 빨갛게 충혈되다 못해 떨어져 나갈 것처럼 아팠다. 용비야와 한운석이 올라오자 그녀는 황급히 일어났다. 하지만 하룻밤 내내 꿇어앉아 있어 다리가 마비된 바람에 두어 걸음도 못 가 쓰러지고 말았다. 그녀는 허둥지둥 일어나 손을 뻗었다. 용비야의 다리를 붙잡고 싶었지만 차마 용기가 나지 않아 손을 거두고 힘을 다해 머리를 조아렸다.

"전하, 아버지와 제가 잘못했습니다. 부디 아버지를 살려 주세요! 전하, 아버지는 심각한 내상을 입었습니다. 오직 전하만이 구하실 수 있습니다! 이렇게 부탁드립니다. 제발 살려 주세요!"

그녀는 눈물로 애원하며 열심히 머리를 조아렸다.

"전하, 아버지가 죽을 수도 있습니다……. 흑흑, 전하, 제발……."

쿵쿵 이마를 찧는 소리가 쉬지 않고 울렸다. 좀 더 세게 그녀가 머리를 조아려야만 전하의 마음이 풀리기라도 하는 듯이.

용비야의 얼굴은 얼음처럼 차가웠고 눈동자에는 하늘을 찌르는 분노가 담겨 있었다. 그는 백리명향에게는 눈길도 주지 않고 싸늘한 눈길로 백리원룡을 바라보았다. 기분이 좋았던 한운석도 백리명향을 보자 어제 억눌렀던 분노가 화르르 끓어올랐다! 어젯밤 저들 부녀가 용비야의 명령을 듣고 떠나기만 했다면 다친 사람도 없이 모두 안전해졌을 터였다!

그녀는 뱀 굴이 구체적으로 어떤지 몰랐기에 용비야까지 위험을 무릅쓰게 할 수 없었다. 그래서 그를 내보내려고 했지만, 지금 용비야의 무공이라면 짐이 되지 않는다는 것이 사실로 증명되었다.

하지만 백리원룡 부녀는 정말이지 미련한 자들이었다! 특히 백리원룡, 저 노인네는 그녀가 나쁜 마음을 품었다 의심해서 떠나지 않으려 했다는 게 훤히 보였다. 의심이야 할 수 있지만, 그 위험한 상황에서 그렇게까지 고집을 피우다니!

"전하, 아버지가 그간 큰 공은 세우지 못했다 해도 노고는 있었으니 그걸 봐서라도 부디 살려 주세요! 부탁드립니다, 전하!"

그녀는 계속해서 울면서 애원했다.

"전하, 인어족 전체를 대표해 부탁드립니다! 아버지는 이렇게 떠나시면 안 됩니다! 전하……."

용비야가 말이 없자 백리명향은 황급히 고개를 들어 한운석을 바라보았다.

"왕비마마……."

익숙한 네 글자를 입에 담는 순간 백리명향의 눈물이 또 둑 터진 듯이 쏟아졌다. 왜 또 옛날 호칭을 썼을까?

그녀에게 '왕비마마'는 몹시 가깝고 마음을 편안하게 해 주는 호칭이지만, '공주'는 너무 낯설고 두려운 호칭이었다.

어쩌다 이렇게 됐을까? 그녀는 아주아주 오래전에 그 봉황 깃 모양 모반을 봤고, 아버지보다, 또 세상 사람들보다 먼저 왕비마마가 바로 공주라는 것을 알게 된 사람이었다.

"공주, 이렇게 부탁드립니다! 아버지 대신 공주께 사죄드릴 테니…… 부디 아버지를 구해 주세요! 공주께서 저더러 소나 말이 되어 시중들라 해도 그렇게 하겠습니다. 부디 아버지를 살려 주세요!"

한운석의 눈동자도 용비야 못지않게 차가웠다. 그녀는 주제도 모르고 나서는 사람을 아주 싫어했다. 백리명향은 어젯밤 뱀 굴에 내려와서는 절대 안 되는 사람이었다!

그녀는 한마디도 없이 오만하게 백리명향을 내려다보았다. 흐트러진 매무새며 머리카락, 새빨갛게 충혈된 눈과 눈물에 얼룩진 얼굴, 이마에 배어 나온 핏방울과 새파랗게 든 멍이 보였다. 그녀가 가엾어 보이면 보일수록 마음속에서는 점점 더 화가 치밀었다!

뭐 하러 저렇게까지 낭패한 꼴로 가엾게 구는 거야? 단정하고 당당하고, 나아갈 때와 물러날 때를 잘 알던 백리명향은 어디로 갔지?

공주의 차가운 눈빛을 대하자 백리명향은 심장이 철렁했고 눈물은 더욱더 펑펑 쏟아졌다. 공주가 나서 주지 않으면 그 누구도 전하를 설득하지 못한다는 것을 그녀도 알고 있었다.

할 수 있는 말이란 말, 부탁이란 부탁은 다 했으니 이제는 한운석을 올려다보며 애원하는 수밖에 없었다. 그녀는 더 이상 '공주'라고 하지 않고 '왕비마마'라고 불렀다. 이 호칭을 쓰면 모든 것이 예전으로 돌아가 서로 대립하지도 않고 원수가 되지도 않는 것처럼.

"왕비마마……, 왕비마마……, 이렇게 부탁드립니다. 제발……."

그렇다 해도 한운석은 여전히 흔들리지 않았다. 지금 그녀는 단 한마디도 하고 싶지 않았다.

용비야는 오래 서 있지 않았다. 그는 비밀 시위에게도 한마디 말없이 한운석을 안고 돌아서서 걸어갔다. 백리명향은 당황한 나머지 앞뒤 가리지 않고 뒤따라가 그의 다리를 부둥켜안았다.

손이 닿기 무섭게 용비야가 발길질을 했다.

"꺼져라!"

백리명향은 옆으로 나뒹굴었다. 결국, 완전히 무너진 그녀가 큰 소리로 울음을 터트렸다.

"아버지……, 아버지……."

한운석은 답답한 숨을 내쉬었다. 보고 싶지 않았지만 무슨 이유에선지 저도 모르게 고개가 돌아갔다.

그제야 그녀는 바다에 쓰러진 백리명향의 양팔 안쪽 옷이 갈 가리 찢기고 팔에 잇자국이 잇달아 나 있는 것을 발견했다. 쌍을 이룬 잇자국은 하나같이 깊숙한 구멍을 만들고 있었다. 바로 백순금환사에게 물린 자국이었다. 오른팔 안쪽은 그나마 드문드문했지만, 왼팔 안쪽은 손목까지 자국이 **빽빽**해서 보기만 해도 소름이 끼칠 정도였다!

어젯밤 뱀 굴에서 올라가며 얼마나 많이 물렸던 걸까? 한운석은 여왕 뱀과 함께 독 저장 공간에서 풀어놓았던 뱀이 적어도 삼백 마리는 됨직 했던 것을 떠올렸다.

저 많은 상처라니, 백리명향의 팔에 매달렸던 뱀은 대체 몇 마리나 되었던 걸까? 뱀을 겁내지 않는 여자가 어디 있을까? 사실 한운석도 뱀을 싫어해서, 어젯밤에도 구역질을 견디지 못하고 여왕 뱀을 풀어놓고 말았다.

한운석의 시선이 저도 모르게 아래로 움직였다. 백리명향의 몸과 다리에도 뱀에 물린 자국이 여기저기 나 있었다. 중독된 흔적은 없었다. 아마 독 시위가 적잖이 해약을 먹인 모양이었다.

솔직히 말하면 한운석도 저 연약한 여자가 무슨 수로 그 독사들을 뿌리치고 올라가 구원병을 불렀는지 상상하기 힘들었다.

백리명향은 한운석이 자신을 훑어보고 있는 것도 몰랐다. 이제는 부탁할 용기조차 없어 하염없이 울기만 할 뿐 어떻게 해야 좋을지도 몰랐다.

용비야가 한 걸음 한 걸음 멀어지자 백리명향의 모습도 한운석의 시야에서 조금씩 조금씩 희미해졌다.

막사에 도착해 앉자마자 한운석은 서동림에게 약병 하나를 쥐어 주며 나지막이 말했다.

"근처에서 의녀를 찾아 백리명향을 살피게 해라."

독사에게 그렇게 많이 물렸으니, 아무리 해약을 먹어 독을 제거했다 한들 상처를 처치하지 않으면 감염되어 문제가 생길 수도 있었다.

"공주, 어젯밤에 대체 무슨 일이 있었습니까? 전하께서 왜 백리 장군을 모른 척하십니까?"

서동림이 소리 죽여 물었다. 한운석이 간략하게 이야기해 주자 서동림도 안색이 창백해졌다.

"백리 장군이 어떻게 그런……."

한운석은 아무 말 없이 손을 저어 그를 내보냈다.

옆에 앉아 있던 용비야도 한운석과 서동림이 나눈 대화를 들었다. 그는 아무 말 하지 않고 면사를 꺼내 왼쪽 손아귀에 찍힌 잇자국을 조심조심 싸맸다. 단순히 감염을 막으려는 것뿐이어서 약을 바르지는 않았다.

한운석이 뭐라고 말하려는데 그는 틈을 주지 않고 조 할멈을 불러 한운석을 씻기고 옷을 갈아입히라고 분부한 다음 자신도 씻으러 나갔다. 온몸에 피가 묻어 냄새가 고약했다.

두 사람이 깨끗이 씻고 나자 조 할멈이 먹을 것을 가져왔다. 그사이 용비야는 서신 두 통을 썼다. 한 통은 의성, 한 통은 약성에 보내는 것으로 모두 약을 청하는 내용이었다.

크게 다친 건 아니지만 그는 한운석이 내일 당장 낫기를 바랐다. 그녀가 잠시라도 상처를 입고 있는 것을 두고 볼 수가 없어서였다.

조 할멈도 다친 공주를 보자 할 말이 산더미였지만, 전하가 함께 있어서 감히 뭐라 하지 못하고 입을 꾹 다물었다.

백리명향과 백리원륭을 어떻게 처리할지, 용비야는 여태 한마디도 없었다. 한운석도 망설였지만 결국 묻지 않았다.

"당신, 백언청을 찾아낼 단서가 또 있다고 어제 그랬죠? 그게 뭐예요?"

한운석은 그 일에 더 관심이 있었다.

무희들을 심문해서 알아낸 것은 없지만, 어젯밤 용비야는 그녀를 데리고 군영을 떠나겠다고 했다.

"소소옥이다."

용비야가 담담하게 말했다.

"소옥이 소식이 있었군요!"

한운석은 몹시 기뻐했다. 소소옥은 실종된 지 오래였다. 용비야 곁에 돌아온 다음 날 서동림에게 물어봤지만, 애석하게도 서동림 역시 고개를 저었다.

"소식은 계속 있었다."

용비야가 대답했다.

"무슨 말이에요?"

한운석은 깜짝 놀랐다.

"당신……, 당신 내게 속이는 게 있어요?"

용비야는 젓가락을 내려놓고 진지하게 말했다.

"나쁜 소식이니 마음의 준비를 해라."

"소옥이는 어디 있어요? 어떻게 되었어요?"

한운석은 마음이 급했다.

용비야는 그녀를 바라보며 어쩔 수 없다는 듯한 표정을 지었다. 그는 그녀의 거의 모든 것을 좋아했지만 이 점만은 좋아하지 않았다. 그녀는 곁에 있는 사람들에게 너무 자비롭고 너무 마음이 약했다. 그들은 그녀의 약점이 될 수 있었다. 심지어 치명적인 약점이!

"말해요!"

한운석은 벌떡 일어나려 했다.

용비야가 눈을 찌푸리며 불쾌한 표정을 짓자 한운석도 그제야 다시 앉았다.

"말해 봐요. 들을 준비 됐어요."

"소소옥은 고작 첩자일 뿐인데 뭘 그렇게 긴장하느냐?"

용비야는 불쾌하게 물었다. 칠 푼쯤 진지하면서도 삼 푼쯤…… 질투가 묻은 목소리였다.

한운석이 말이 없자 용비야가 불쾌한 목소리로 말했다.

"너는 언젠가 그 자비심 때문에 화를 입을 것이다."

한운석은 반박할 마음이 없었지만 그의 엄숙하고 차가운 눈을 보자 참지 못하고 입을 열었다.

"용비야, 소옥이는 그저 어린아이예요. 아무리 나쁜 아이라도 그 마음속에는 착한 천사가 살고 있다고요. 그 아이에게 착해질 기회를 주는 게 왜 나빠요?"

"백리명향은?"

용비야가 차갑게 반문했다. 비록 터놓고 말하지 않았지만 두 사람 다 속으로는 생각하고 있던 이름이었다.

사실 한운석은 자비로운 사람이 아니었다. 그저 마음에 드는 사람을 믿고, 친구를 필요로 하는 사람일 뿐이었다.

한운석은 그 화제를 피하며 다급히 물었다.

"소옥이는 대체 어떻게 된 거예요?"

"아직 살아 있다."

용비야도 그녀를 너무 오래 걱정하게 하지는 않았다.

"그럼 마음의 준비를 하라는 말은 뭐예요? 대체 무슨 일인데요?"

한운석은 알 수가 없었다.

용비야는 그제야 혁련 부인이 북려국 첩자라는 사실을 들려주었다. 그 소식을 들은 한운석은 몹시 마음 아파했! 가까이 있던 첩자가 혁련 부인일 줄은 상상도 못 한 일이었다!

그들 모자에게 얼마나 잘해 줬는데!

"혁련취향은 아주 일찍 한씨 집안에 시집갔으니 백언청은 일찍부터 네 신분을 알고 있었던 게 분명하다. 확실히 그자가 네 아버지일 가능성이 크다."

용비야는 담담하게 말했다. 한운석의 영혼이 진짜 한씨 집안 딸이 아니라는 것을 아니 이런 이야기가 덜 부담스러웠다.

한운석은 한참 넋을 놓고 있다가 제일 먼저 이렇게 물었다.

"당신, 일이를 인질로 잡고 있어요?"

"그렇다. 한운일은 이미 소 귀비 손에 있다."

용비야가 대답했다.

"정말 그 아이를 해치진 않겠죠? 일이는 그냥 어린아이예요. 분명히 첩자에 관해서는 몰랐을 거예요."

한운석은 한운일이 고북월에게서 의술을 배울 때 보이던 그 진실하고 순진한 표정을 떠올렸다. 절대 지어낼 수 있는 표정은 아니었다.

"혁련취향이 소 귀비에게 잘 협조하는지에 달려 있다."

다시 말하면 혁련취향이 협조하지 않으면 한운일도 좋은 꼴을 당하지 못한다는 뜻이었다.

한운석은 분노해서 탁자를 내리쳤다.

"용비야, 혁련취향은 죽이든 말든 아무 말 하지 않겠어요. 하지만 일이는 털끝 하나도 건드리면 안 돼요! 아이를 그렇게 대하는 건 명예롭지 못한 짓이에요!"

용비야는 심문하는 눈길로 차갑게 그녀를 바라보며 무시무시한 침묵에 빠졌다. 하지만 한운석도 절대 양보하지 않았다.

"명예롭지 못해요!"

아이를 좋아하느냐

"명예롭지 못하다? 첩자를 상대할 때도 명예가 필요하느냐?"

용비야가 차갑게 반박했다.

"혁련취향은 자신이 첩자인 것을 알고 있었으니 아이는 낳지 말았어야 했다! 이 모두 그녀가 자초한 일이다."

"하지만 아이는 죄가 없잖아요!"

한운석이 반박했다. 소소옥은 지은 죄가 있으니 극형을 받아도 자초했다고 할 수 있었다.

하지만 한운일은? 한운일은 제 어머니가 어떤 사람인지도 몰랐다! 한운일도 피해자였다!

한운일은 어른이 되면 그녀를 보호해 주겠다고 한 적도 있었다! 어머니가 첩자라는 것을 알았다면 고집 센 그 아이는 분명 울음을 터트렸을 것이다.

용비야는 가만히 한숨을 쉬었다. 장수가 세운 혁혁한 공 아래에는 수많은 죽음이 있기 마련이지만, 그는 지금껏 무고한 어린아이를 해친 적은 없었다. 소 귀비도 정말 한운일을 어떻게 할 리 없었다. 기껏해야 가짜로 꾸며 혁련취향을 놀래 주는 것이 고작일 것이었다. 아이를 자신의 목숨보다 중요하게 여긴 혁련취향은 소 귀비가 그 어떤 명령을 해도 거역하지 않았다.

용비야가 방금 그런 말을 한 것은 일부러 한운석을 격분시키기 위해서였다. 예상대로 그녀는 흥분을 감추지 못하고 버럭 화를 냈다.

용비야가 탄식하는 것을 보자 그녀도 그가 자신을 시험했다는 것을 깨달았다. 누군가 한운일의 소식을 가져와 위협하면, 아마도 그녀는 그 소식의 진위를 따지지도 않고 침착성을 잃어버릴 것이다.

이제 보니 용비야가 그녀더러 자비롭다고 한 것은 이런 의미였다.

한운석은 가련한 표정으로 용비야를 바라보았다. 자신이 충동적으로 행동하고 잘못을 저질렀음을 알고 있어서였다. 이런 자비심 때문에 자신이 다치는 건 상관없지만 혹시 용비야같이 '무자비한 악당'의 발목을 잡게 된다면, 잘못이 컸다.

용비야는 쌀쌀하게 그녀를 응시하며 아무 말하지 않았다. 한운석은 눈을 찡그린 채 반성했다.

이 장면을 본 조 할멈은 초조해서 어쩔 줄 몰랐다. 전하와 공주의 말다툼을 목격한 게 처음도 아닌데, 세상 무서운 줄 모르는 공주가 또 무슨 말로 전하의 화를 돋울까 가슴이 조마조마했다.

조 할멈은 두 번 세 번 망설였지만 결국 참지 못하고 헤죽거리며 끼어들었다.

"전하, 공주께서는 아이를 좋아하신답니다. 그러니 어쩌겠습니까. 훗날 공주께 아이가 생기면 더욱더 충동적이 되실 게 분명합니다. 전하께서 잘 지켜보셔야지요."

정말이지 말 많은 조 할멈이었다!

이 말이 떨어지기 무섭게 용비야와 한운석이 일제히 그녀를 바라보았다. 조 할멈은 가슴이 철렁했지만 그래도 헤죽헤죽 바보 같은 웃음을 지었다.

용비야와 한운석 둘 다 무표정했다. 그들은 조 할멈을 오래 쳐다보지 않고 약속한 듯 고개를 돌리다가 우연히 서로 눈이 마주쳤다. 한운석은 곧바로 고개를 숙였지만, 내내 엄숙하던 용비야는 도리어 웃음을 참지 못했다. 아무리 심각한 문제도 이 순간만큼은 아무것도 아니었다!

그가 물었다.

"아이를 좋아하느냐?"

한운석이 대답하기도 전에 용비야가 또 물었다.

"남자아이가 좋으냐, 여자아이가 좋으냐?"

한운석은 천성적으로 차가운 용비야의 얼굴을 가만히 바라보았다. 그가 이런 질문을 할 줄은 상상조차 하지 못했다.

하지만 옆에 선 조 할멈은 이미 함박웃음을 지으면서, 장대한 몸집을 한 전하가 조그만 어린아이를 안고 있는 모습을 상상했다.

한운석은 뭐라고 대답해야 할지 몰랐다.

방금까지 분명히 아주 심각한 이야기를 하고 있었잖아, 안 그래? 나도 크게 반성하고 있었고.

"음, 당신이 한 말은 명심할게요. 그리고 난…… 아이를 좋아해요. 그러니까……, 일이를 너무 괴롭히지 말아요, 네?"

한운석은 기회를 틈타 부탁했다. 이 세상에는 절대적인 정의가 없다는 것을 그녀도 알고 있었다. 그녀 자신도 역시 비열한 수법을 쓴 적이 있었다.

하지만 비열한 수법과 비열한 장난은 무고한 어린아이에게 쓰는 것이 아니었다! 한운일이 어려움에 부닥친 걸 알고도 좌시할 수는 없었다.

"좋다."

용비야는 시원하게 대답한 뒤 더는 아이 이야기를 묻지 않았다.

조마조마하던 한운석의 심장도 결국 제자리를 찾았다. 비록 말은 하지 않았지만 혁련취향의 배신은 진심으로 간담이 서늘했다. 집안 어른 중에 모처럼 자신을 잘 대해 준 사람이었는데 그럴 수가…….

한운석은 더는 혁련취향을 언급하지 않고, 품에서 조그만 보따리를 꺼내 탁자에 올려놓았다.

"이건 어젯밤 뱀 굴에 가는 길에 주운 거예요."

용비야가 보따리를 풀어 보니 깨진 돌멩이가 들어 있었다. 돌멩이에서 희미한 향이 났다.

"이건?"

"백순금환사가 아주 좋아하는 거예요. 누군가 이걸 길에 뿌려 독사를 서쪽 병영으로 유인한 거죠. 지금은 가을이니 뱀이 겨울을 날 먹을 것을 비축할 때예요. 먹을 것을 발견한 다음 한

꺼번에 나오지 않고 우선 선발대를 보낸 거죠."

한운석이 확신에 찬 목소리로 말했다.

"좋아하는 먹을 것이라면 왜 이렇게 남겼겠느냐?"

용비야가 되물었다. 한운석이 가져온 돌멩이가 꽤 많았기 때문이었다.

하지만 그는 질문하자마자 깨달았다.

이 돌멩이는 독사가 군영에 들어간 다음 누군가 일부러 놓아둔 것이었다. 즉, 증거였다! 독사의 습격이 우연한 사고가 아니라 누군가 일부러 꾸몄다는 사실을 증명할 수 있는 증거.

그와 한운석 사이의 오해가 풀리지 않았다면, 한운석이 아직 서진 군영에 있었다면, 그는 독술사를 찾아서 이 사건을 해결하려 했을 것이다. 독술사가 이 증거를 찾아냈더라면, 한운석이야말로 가장 의심스러운 상대였다!

지금은 동진과 서진이 휴전한 상태였다. 휴전 이유가 무엇이든, 서진이 이렇게 음험한 수법을 썼으니 동진은 분명히 분노해서 당장 다시 전투를 벌였을 수도 있었다.

그러니 진짜 흉수의 목적은 동진 군영을 교란하는 것이 아니라 동진과 서진을 싸움 붙이고 숙적 사이의 원한에 기름을 끼얹는 것이었다!

한운석은 돌멩이로 장난을 치며 말했다.

"백리원룡이 의심하는 것도 당연해요!"

백리원룡은 본래 용비야의 명령 때문에 내키지 않는데도 그녀를 '인질'로 받아들였다. 이런 일이 일어났으니 백리원룡이 어떻게 그녀를 의심하지 않을까? 어떻게 진짜 홍수의 함정에 빠지지 않을 수 있을까?

한운석은 자신이 진짜 서진 공주가 아니라는 사실을, 자신이 용비야의 곁에 있다는 사실을 다행으로 여겨야 했다. 특히 이 증거를 몸소 찾아낸 것은 더욱더 다행으로 여겨야 했다. 그렇지 않았다면 서진은 황하에 몸을 던져도 그 누명을 씻을 수 없었을 것이다.

"백언청이냐?"

용비야가 차갑게 물었다.

"그자 말고 누가 있겠어요?"

한운석은 속이 답답했다.

"용비야, 그자의 독술로 서진 군영과 동진 군영을 혼란에 빠뜨리는 건 어렵지 않아요. 뱀 굴 하나로 대군을 몰살시킬 수도 있고요. 그자는 대체 어쩌려는 걸까요?"

백언청이 동진 및 서진과 천하를 다툴 생각이었다면 벌써 싸움을 벌였지, 지금까지 기다릴 까닭이 없었다. 천하의 대권을 노리는 것 같지는 않은데, 이렇게 혼란을 일으키는 목적은 대체 무엇일까?

지피지기면 백전불태라고 했지만 지금 그들은 백언청의 목적조차 확실히 알지 못하니 싸울 수도 없었다. 어쩌면 이처럼 이겼다고 자부하면서도, 실제로는 백언청의 또 다른 음모에 빠져든 것인지도 몰랐다.

용비야도 짚이는 데가 없어 차분하게 말했다.

"어쨌든 서둘러 고북월을 찾아야 한다."

한운석도 힘껏 고개를 끄덕였다.

"내일 출발해요. 내 다리는 걱정하지 말아요. 바퀴 달린 의자만 있으면 돼요!"

한운석은 군영에 남아 기다리고 싶은 마음이 전혀 없었다! 물론 용비야는 소소옥을 가둔 저택으로 쳐들어가 백언청을 찾을 만큼 멍청하지 않았다. 소소옥이라는 실마리와 백리명향이라는 미끼를 합쳐 함정을 파 놓고 백언청이 걸려들기를 기다려야 했다.

용비야는 한운석의 다리를 흘끗 보더니 많이 망설였다. 의원 말처럼 그녀의 다친 뼈가 붙을 때까지 백 일이 걸린다면 한운석이 완전히 낫기를 기다렸다간 호기를 놓치고 말 터였다.

지체할 시간이 없었지만, 그렇다고 다친 그녀를 데리고 여기저기 다닐 수도 없었다. 만에 하나 회복에 안 좋은 영향을 미쳐 후유증이 남으면 나중에 후회해도 소용없었다.

용비야가 망설이는 것을 보자 한운석은 영악한 표정을 지으며 그의 손을 잡고 애교를 부렸다.

"용비야, 공적이든 사적이든 우린 당장 고북월을 구해 내야 해요. 내 다리는 정말 괜찮아요. 백 일이나 기다려야 한다면 난 절대 못 견딜 거예요! 우리 내일 떠나요, 네?"

용비야는 애원하는 그녀의 얼굴만 보고도 항복했지만, 한운석은 또다시 그의 손을 잡아당겼다.

"비야, 그러겠다고 해요, 네?"

용비야는 누가 봐도 어쩔 줄 모르는 표정으로 두어 번 헛기침하더니 다소 어색하게 말했다.

"알았다, 알았어. 본 태자……가 곧 가서 그렇게 준비하게 하겠다. 가는 동안 말 잘 들어야 한다."

"잘 들을게요!"

한운석은 무척 기뻐했다.

용비야는 정말 곧바로 준비하러 갔다.

물론 내일 비밀 출행에 관한 일만 처리한 것은 아니었다. 그는 서동림에게 횃불을 가져가 뱀 굴을 태우게 했다. 그리고 일부러 독술사 수십 명을 보내 주위를 지키게 하는 동시에, 서쪽 병영이 막심한 피해를 보았고 병사 수천 명이 중독으로 죽었는데 진짜 흉수는 오리무중이라는 가짜 소식을 퍼트리게 했다.

만약 그들이 하룻밤 만에 여왕 뱀을 처리했다는 것을 백언청이 알면 한운석 짓이라고 의심할 것이 틀림없었다.

용비야는 비밀 시위에게 방어를 강화하고 첩자를 찾아내라는 분부까지 내렸다. 독사를 유인한 사람은 아마도 백언청 본인이 아니라 그 부하였을 것이다. 그 무희들이 아니라도 이 부근에는 분명히 백언청 사람들이 숨어 있었다.

용비야가 그 일을 다 처리했을 때쯤 하늘은 이미 어둑해져 있었다.

움직일 수가 없는 한운석은 본부 막사에 앉아 용비야가 받은 상주문을 뒤적였다. 그날 오후 동안 조 할멈은 보약을 세 그릇이나 가져왔다.

백리원룡 부녀에 관해서는 반나절이나 소식이 없었다. 용비야가 온종일 그들에게 신경 쓰지 않았다는 뜻이었다. 대신 서동림이 보고하러 와서, 의녀를 불러 백리명향의 상처를 모두 치료했다고 알려 주었다. 한운석은 고개를 끄덕였을 뿐 별말 하지 않았다.

서동림이 떠난 후 조 할멈이 참다못해 권했다.

"공주, 명향이 뱀 굴에 내려간 것은 아버지가 공주께 불리한 행동을 할까 봐 걱정해서랍니다."

조 할멈이 벌써 백리명향을 만나 봤다는 사실은 생각해 보지 않아도 알 수 있었다. 한운석은 여전히 말이 없었다.

조 할멈은 확실히 백리명향을 만났고 한바탕 꾸짖기도 했다. 백리명향은 절망과 자책에 휩싸인 나머지 이제 울지도 않고 벙어리처럼 침묵에 빠져 있었다.

"공주, 뱀 굴로 가는 동안 백리 장군은 공주께서 전하께 나쁜 짓을 한다고 의심했다더군요. 명향이 여러 번 권했지만 소용없었고, 그래서 초조한 마음에 아버지를 쫓아 내려갔던 겁니다."

한운석이 조 할멈을 돌아보며 차갑게 말했다.

"첫째, 그들은 용비야가 중독되는 데 직접적인 영향을 끼쳤네. 그리고 둘째, 그들은 용비야의 부하면서 용비야가 두 번 세 번 떠나라고 명령했는데도 모두 거역했네! 그런 큰 죄는 용서할 수 없어!"

"공주!"

조 할멈은 초조해졌다.

"생사의 관문 앞에서 냉정할 수 있는 사람이 어디 있겠습니까! 그들도 상황을 몰랐던 겁니다. 전하를 걱정한 마음을 보아 화를 푸시지요. 공주께서 나서지 않으시면 전하는 절대로 그들을 용서해 주지 않으실 겁니다!"

한운석은 냉소를 지었다.

"복종이 뭔지 아나? 상황을 모르더라도 반드시 따르는 것이 복종일세! 주인이 무슨 일이건 부하에게 꼬치꼬치 설명해야만 명령을 내릴 수 있다는 건가?"

조 할멈은 할 말이 없었다. 마침내 조 할멈도 공주가 진짜 화가 난 이유를 알아챘다.

한운석은 차갑게 분부를 내렸다.

"조 할멈, 나 대신 백리명향에게 말을 전해 주게. 말을 듣지 않는 시녀는 필요 없으니 앞으로 다시는 '소인'이라고 자칭하지 말라고."

조 할멈은 답답한 마음으로 고개를 끄덕이고 물러났다. 조 할멈이 막 나가려는데 용비야가 들어왔다. 방금 한운석이 한 말을 다 들은 게 분명했다.

내일이면 출발해야 하니 어떻게 됐든 오늘 밤 안에 백리원룡 부녀를 처리해야 했다.

다친 사람을 괴롭히면 안 돼요

용비야는 한우석과 조 할멈의 대화를 분명히 듣고도 안으로 들어온 뒤 백리원룡 부녀에 관한 이야기는 한마디도 하지 않았다.

한운석이 그 일을 어떻게 생각하는지는 모르지만, 그녀 역시 복잡한 눈빛을 띤 채 자세히 묻지 않았다.

그녀가 자리에 앉아 꼼짝도 하지 않자 그는 그녀 앞에 몸을 웅크리고 상처를 살폈다.

"어떻느냐? 아직 아픈 것이냐?"

"아뇨. 두드려 봐요!"

한운석은 제 손으로 다리를 고정한 나무판자를 두드렸다. 정말 하나도 아프지 않았다.

그렇다 해도 용비야는 마음이 아파서 두드려 볼 수가 없었다. 그는 저녁 식사를 가져오게 한 다음 상주문을 정리하고 손을 씻고 평상복으로 갈아입었다.

한운석은 앉아서 그가 움직이는 모습을 지켜보며 입꼬리에 웃음을 머금었다. 얼마나 행복한지 자신조차 가늠이 되지 않았다.

용비야가 뭘 하든 보기만 해도 기쁘고 눈이 즐거웠다. 잘생긴 남자를 보면 몸과 마음이 건강해진다는 말이 꽤 일리 있는 것 같았다.

용비야는 일을 마친 후 물을 떠서 한운석의 손을 씻겨 주었다. 한운석은 아무 말 없이 허리를 굽히고 꼼꼼하게 손을 씻겨 주는 그의 모습을 바라보았다.

이 장면을 그려서 박제시켜 놓고 평생토록 볼 수 있다면 얼마나 좋을까.

이 순간만큼은 그들도 평범한 부부였다. 나라의 대사를 걱정할 필요도 없고, 오로지 손 씻고 밥 먹는 일상생활만 신경 쓰는 평범한 부부.

"용비야……."

"응?"

"어쩌다 당신을 만났을까요? 어쩌다 이렇게 만난 걸까요?"

용비야는 그녀를 흘깃 보았을 뿐 대답이 없었다.

"용비야……."

"응?"

"우린 어쩌다 만났을까요?"

용비야는 여전히 대답 없이 그녀의 손을 깨끗이 닦아 주었다. 한운석이 고개를 들어 그를 바라보며 부드럽고 느릿느릿하게 말했다.

"용비야, 난……."

용비야가 커다란 손으로 그녀의 눈을 가렸다.

"쓸데없는 생각 말고 밥 먹을 준비나 해라."

"쓸데없는 생각이 아니에요. 난……."

"밥 먹자!"

그가 그녀의 말을 끊었다. 천성적으로 차가운 그는 감정이 끓어오르지 않는 한, 한운석과 함께 이런 달콤하고 부드러운 감정 문제를 토론할 성격이 못 되었다. 그는 몹시 어색한 듯이 정이 담뿍 담긴 한운석의 시선을 피했다.

회피하는 그를 바라보던 한운석이 별안간 까르르 웃었다.

"용비야, 난 말이에요, 내 손은 멀쩡한데 뭐 하러 손까지 씻겨 주는 걸까 말하려던 차였어요."

용비야는 그제야 그녀를 돌아보았다. 분명히 당황한 얼굴이었다. 이렇게 어리숙하고 민망해하는 그의 모습을 처음 본 한운석은 참지 못하고 더 큰 소리로 웃어 댔다.

용비야는 눈을 찡그렸다. 마침내 놀림당한 것을 깨달은 그가 손을 흔들어 한운석의 얼굴에 물을 뿌리자 그녀는 얼른 피했다.

용비야가 대놓고 그녀의 몸에 물을 뿌리자 다리를 다친 그녀는 피할 수가 없었다. 그녀가 돌아보면서 말했다.

"알았어요, 알았어. 장난이었어요!"

용비야는 웃기는커녕 엄숙하고 차가운 얼굴로 또 물을 뿌렸다. 한운석의 옷이 축축하게 젖었다. 한운석도 피하지 않고 얼굴을 굳히며 도전적으로 그를 바라보았다.

두 사람은 진지한 얼굴로 대치했다. 용비야는 서서히 두 눈을 가늘게 뜨고 혀끝을 입꼬리에 갖다 대며 위험한 기운을 풍겼다. 한운석도 지지 않으려고 턱을 치켜들고 노려보았다.

용비야가 앞으로 몸을 숙여 두 손을 그녀 옆에 짚고 싸늘하게 살폈다. 다른 사람이라면 벌써 놀라 혼절했겠지만 한운석은 마주 노려보며 경고를 보냈다.

용비야는 그녀의 경고를 무시하고 천천히 고개를 숙여 그녀를 깨물려는 자세를 취했다. 한운석은 그를 가로막으며 엄숙하게 자신의 다리를 가리킨 다음 여왕처럼 도도한 자세로 물러나라고 손짓했다.

정적 속에서 결국 용비야가 참지 못하고 웃음을 터트렸다. 한운석도 뜻을 이뤄서 기뻐하는 간사한 사람처럼 웃어 댔다.

그런데 웬걸, 용비야가 또다시 몸을 바짝 숙여 오며 위협하는 표정을 지었다. 한운석은 두 손을 그의 단단한 가슴에 대고 경고했다.

"다친 사람을 괴롭히면 안 돼요!"

그녀는 다친 사람이니 무슨 짓을 해도 용비야가 다 양보해야 했다!

"그럼……, 괴롭히는 방식을 바꾸지."

용비야가 소리 죽여 말했다. 뜨거운 숨결이 귓가에 흩뿌려지자 한운석은 저도 모르게 진저리를 쳤다. 용비야의 입술이 어느새 그녀의 민감한 신경을 희롱했다.

세상에, 이 인간이 미쳤나 봐.

그녀는 허둥지둥 그를 밀어냈다.

"안 돼요!"

그는 목소리를 더욱 낮게 깔았다.

"가만히, 움직이지 마라."

그녀는 움직이지 말고 가만히 있기만 하면 되었다. 그가 다 해 줄 테니까.

한운석은 얼굴이 온통 새빨개졌다. 어떻게 그래! 상상할 수도 없는 일이었다.

용비야가 그녀의 젖은 옷을 벗기려 할 때 문밖에서 서동림의 목소리가 들려왔다.

"전하, 소장군이 뵙고자 합니다!"

두 사람은 멈칫했다. 한운석은 곧바로 깔깔깔 웃음을 터뜨렸고, 용비야는 불쾌한 눈빛을 하고서도 재빨리 몸을 일으켰다.

한운석이 깨끗한 옷으로 갈아입고 났을 때 용비야의 얼굴은 물이라도 떨어질 듯 음침해졌고 한운석의 웃음은 그칠 줄 몰랐다.

한운석은 용비야가 아무리 불쾌하더라도 소장군을 만나 주리라는 것을 알고 있었다. 그들은 내일 떠날 예정이고 용비야는 아직 백리원릉에 대한 처분을 내리지 않았다. 즉, 부탁하러 올 사람을 기다리는 게 분명했다! 벌써 하루가 지났으니 부탁하러 올 사람이 도착했을 시간이었다.

서동림이 말한 소장군이란 다름 아닌 백리원릉의 아들 중에 가장 뛰어난 셋째 아들 백리율제였다. 지난날 병사를 이끌고 어주도를 포위했던 사람이 그였고, 독 안개를 만났을 때 그가 보여 준 침착함에 한운석도 깊은 인상을 받았다.

백리율제는 들어오자마자 무릎 꿇고 예를 올렸다.

"전하, 소장이 아버지 대신 사죄드리러 왔습니다! 아버지가 군령을 어긴 죄는 만 번 죽어 마땅합니다. 소장이 대신 벌을 받겠으니 부디 아버지의 목숨만은 살려 주십시오!"

방금 전 진짜 진수성찬을 눈앞에 두고도 먹지 못했던 용비야는 음침한 얼굴로 저녁 식사를 하며 그에게 눈길도 주지 않았다.

전하가 말이 없자 백리율제는 불안해져 다시 말했다.

"전하, 큰 싸움이 눈앞인데 군에 장수가 없을 수는 없습니다! 아버지도 잘못을 알고 있으니 부디 그간의……."

용비야는 '그간의'라는 말이 아주 싫은 것처럼 손을 들어 막으며 차갑게 말했다.

"독사 일은 한운석이 처리했다. 그러니 이 일은 한운석의 생각을 들어 봐야겠지."

백리율제는 깜짝 놀라 믿을 수 없는 표정을 지었다. 숨겨 뒀던 분노가 차츰차츰 눈동자 위에 떠오르는가 싶더니 마침내 그가 정면으로 한운석을 바라보았다.

한운석도 뜻밖이었다. 그녀는 밥을 먹으며 재미있는 구경을 할 생각이었지 용비야가 갑자기 이쪽으로 뜨거운 감자를 던질 줄 전혀 몰랐다.

개인적인 생각을 묻는다면, 그녀는 백리원룡이나 백리명향 같이 어리석은 자들을 다시는 보고 싶지 않았다. 하지만 이 문제는 개인적인 생각으로 처리할 수 없었다. 그 부녀의 신분이 너무 남다르기 때문이었다.

'과오'를 따지자면 그들 부녀는 군령을 어긴 죄를 지었다. 용비야는 군주고, 군주가 군영에 있을 때 군주의 명령은 곧 군령이었다. 군주의 명령이든 군령이든 어기는 자는 용서할 수 없었다.

'공로'를 따지자면 백리원륭은 목숨을 걸고 그녀에게 용비야를 치료할 시간을 벌어 주었고, 백리명향은 성공적으로 구원병을 불렀다.

'공로'가 큰지 '과오'가 큰지, 아니면 공로와 과오를 상쇄할 수 있는지는 군주인 용비야의 한마디에 달려 있었다.

용비야가 그녀에게 어떻게 생각하느냐고 물으면, 그녀는 용비야의 입장에서 이 문제를 생각해야 했다.

백리원륭은 인어족 수장이고 동진의 대장군이었다. 군사적인 면에서도 용비야에게는 큰 도움이 되는 유능한 장수이고 동진 군영 최대 원로이기도 했다. 이 중요한 때 백리원륭을 죽이거나 대장군 직위를 박탈하면 영향이 컸다. 군심이 동요하고 인어족의 불만을 일으키게 될 뿐 아니라, 당장 동진 군영에서 백리원륭의 직무를 완전히 대체할 수 있는 적당한 인재를 찾아낼 수도 없었다. 눈앞에 있는 소장군은 아무래도 아직 경험이 부족했다.

백리원륭을 해임하면 일시적으로 분이 풀리긴 하겠지만, 동진 군대에 대해서는 책임감 없는 행동이었다. 뭐니 뭐니 해도 백리원륭이 군령을 어긴 것은 바로 '서진 공주' 때문이지, 다른 군무 때문이 아니었다. 다른 일에서는 백리원륭도 용비야에게 절대복종했다.

사실 백리원륭이 서진 공주인 한운석을 고집스럽게 의심하는 것이, 어떤 의미로는 직무를 다한 것이라고 볼 수도 있었다. 한운석도 비록 화는 나지만 탄복하기도 했다.

평생 원한을 갚기 위해 살고, 또 싸워 온 군인이 무슨 수로 그 원한을 쉽사리 잊을 수 있을까? 무슨 수로 그 원수를 쉽사리 믿을 수 있을까?

한운석은 백리원륭을 해임할 수 없다는 것을 알았고, 용비야가 백리원륭을 해임할 생각이 없다는 것도 진작 알아차렸다. 용비야가 백리원륭을 해임할 생각이었다면, 당시 뱀 굴에서 나왔을 때 아무 말하지 않았을 리도 없고 비밀 시위가 백리원륭에게 진기를 불어넣도록 내버려 두었을 리도 없었다. 직접 구해 주진 않았지만, 비밀 시위가 구하는 것을 막지도 않았다.

백리명향이 예전처럼 총명했다면 그 점을 알아차렸을 터였다.

백리명향의 처분에 대해서는 한운석은 이미 명확한 태도를 보였다.

백리명향은 죽을 수도 없고 벌을 받을 수도 없었다. 그래서 한운석 역시 막사로 돌아오자마자 서동림에게 의녀를 불러 그녀를 치료해 주게 했다.

그들에게는 백리명향의 신분이 백리원륭보다 더 남달랐다. 용비야는 그토록 심혈을 기울여 백리명향을 미끼로 삼았고 백언청도 이미 걸려들었다. 그런데 이럴 때 어떻게 백리명향을 버릴 수 있을까?

사실 막사로 돌아온 뒤 한운석은 분노하면서도 이 모든 것을 이미 확실히 내다보고 있었다. 용비야가 계속 말이 없자 그녀는 그가 어떤 생각인지 매우 확신했다.

한운석은 침묵했고 백리율제는 분노한 눈길로 그녀를 노려보았다. 반면 용비야는 옆에 아무도 없는 것처럼 느긋하게 밥을 먹었다.

한운석은 쓴웃음을 지었다. 용비야는 그녀가 이 일을 잘 처리할 것이라고 왜 저렇게 확신하는 걸까?

이 일의 결론은 명확하지만, 어떻게 처리하는지가 또 다른 난제였다!

백리원륭과 백리명향의 죄를 무조건 사해 주면 군주로서 용비야의 위엄이 깎일 수밖에 없었다. 백리원륭의 성격으로 보아 앞으로 더 막무가내로 나올지도 몰랐다. 명령을 어기고도 벌을 받지 않는 선례는 절대로 남겨선 안 되었다. 특히 군대에서는.

만약 벌을 내린다면 어떤 벌을 내려야 할까? 가볍게 벌하자니 벌하지 않는 것이나 마찬가지고, 무겁게 벌하자니 시기가 시기여서 그럴 수도 없었다.

한운석은 고민에 빠졌지만, 백리율제는 그렇게 인내심이 크지 않았다. 그가 갑자기 머리를 땅에 박으며 외쳤다.

"전하, 아버지는 명령을 어겼으니 참수당해야 마땅합니다. 소장이 아버지 대신 벌을 받겠으니 대국을 위해 이번 한 번만 아버지를 용서해 주십시오!"

용비야는 냉소를 터트렸다.

"백리율제, 네 말은, 우리 동진의 대군이 네 아버지 없이는 단 한 걸음도 진군할 수 없을 것이라는 뜻이냐? 본 태자가 대국을 장악하지 못한다는 뜻이냐?"

백리원륭이 없으면 골치 아파질 일도 많아지고 수많은 일이 뒤로 밀리겠지만, 그가 없다고 해서 용비야의 세상이 혼란에 빠진다는 의미는 아니었다!

백리율제는 깜짝 놀라 연신 부인했다.

"소장이 말솜씨가 없어 실언했습니다. 부디 벌을 내려 주십시오!"

한운석은 화도 나고 우습기도 했다. 백리율제는 어째서 자신에게는 빌지 않는 걸까?

용비야는 방금 '독사 일은 한운석이 처리했다. 그러니 이 일은 한운석의 생각을 들어 봐야겠지.'라고 했다.

그는 '한운석'이라고 했지, '서진 공주'라고 하지 않았고 '그녀'라는 대명사를 쓰지도 않았다. 이는 그가 이미 독사 일을 개인적인 일로 처리하고 백리원륭이 '서진 공주'를 의심한 일을 없었던 셈 치기로 양보했다는 의미였다.

그들 부자가 한운석에게 감사하고 잘못을 시인하기만 하면, 용비야도 대국을 보아 눈감아 줄 생각이었다!

한운석은 어쩔 수가 없다

백리율제가 아버지 대신 감사하고 질못을 시인하면, 한운석은 못 이긴 듯이 용비야에게 백리원륭과 백리명향을 봐 달라고 청할 수 있었다. 그녀가 나서 주면 용비야에게도 백리원륭과 백리명향을 가볍게 처벌할 길이 열렸다.

한운석은 열심히 머리를 조아리는 백리율제를 힘껏 걷어차 주고 싶었다. 병사를 이끄는 사람의 머리가 이것밖에 안 되는 거야? 조금만 돌려 말하면 알아듣지를 못하잖아!

용비야는 동진 군대의 위엄을 고려할 수밖에 없어서, 백리율제에게 '서진 공주'를 향해 감사하라고도 하지 않았고 장병들이 보는 앞에서 체면을 깎지도 않았다. 이 막사 안에서 '한운석'에게 개인적으로 잘못을 인정하고 고맙다고 하면 그뿐이었다. 그런데 그 정도도 못 할까?

한쪽은 잘못을 인정하고 감사해하고, 한쪽은 타협하고 설득하는 셈이니 양쪽 모두에게 공평했다. 모두가 의심과 신분을 내려놓고 대국을 위해 한바탕 연기를 하면 좀 좋을까?

그런데 백리율제는 그녀의 존재를 싹 무시하고 상황을 더욱 더 어렵게 만들었다. 용비야가 화를 내지 않으면 그게 더 이상할 지경이었다.

한운석마저 용비야가 분노를 억누르지 못하는 것을 느낄 수 있었다. 그녀인들 다를까?

용비야는 탁자 모서리를 짚은 손으로 서서히 주먹을 쥐었다. 그가 입을 열려는 찰나에 한운석이 그 손을 붙잡았다.

그녀는 일단 용비야를 위해 한 번 더 침착해지자고 자신을 달랬다.

'서진 공주'인 자신이 이곳에 오지 않았다면 그도 이런 성가신 일을 겪지 않았을 터였다.

한운석은 약삭빠르게 눈을 반짝이며 진지하게 말했다.

"전하께서 운석에게 물으시니 사실대로 말해야겠지요?"

"말해라."

이번에는 용비야도 한운석이 뭘 하려는지 짐작할 수 없었다.

백리율제는 다시 한번 그녀를 노려보았다. 불안함이 섞인 눈빛이었다.

"전하, 저는 개인적으로 백리 장군과 명향이 잘못하지 않았다고 생각합니다. 백리 장군이 제때 해약을 나눠 주지 않은 것은 신중했기 때문이지요. 어쨌든 이 '서진 공주'가 준 해약이니만에 하나 독약이라면 동진의 전군이 무너지고 백리 장군이 가장 큰 죄인이 될 테니까요!"

한운석이 이렇게 말하자 백리율제는 물론이고 용비야마저 아주 뜻밖이라는 표정이 되었다. 이 여자는 무슨 연기를 하려는 걸까?

한운석은 말을 계속했다.

"뱀 굴에서 백리 장군과 명향이 군령을 어기긴 했지만 역시 충심에서 비롯된 행동이었습니다. 한번 물어보시지요. 충성심 강한 군인 가운데 주인의 안위도 모른 체하고 혼자 살겠다고 달아나는 사람이 있을까요? 제 개인적으로는, 백리 장군이 차라리 군령을 어길망정 전하와 함께 움직이고 함께 싸우고자 한 것은 용기 있는 행동이라고 생각합니다. 전하께선 백리 장군을 처벌하지 말고 오히려 상을 내리셔야 합니다!"

어떤 도리건 모두 사람의 입으로 결정되는 것이었다. 옳고 그름 역시 변치 않는 기준이 있다기보다 논쟁으로 정해지는 법이었다.

한운석은 말 잘하는 제 입이 미워 죽을 지경이었지만, 그래도 단호하게 말을 이었다.

"제 생각에는 백리 장군에게 비밀 시위 열 명을 내리는 게 좋을 것 같습니다. 상처 치료를 돕고 안전을 지키기 위해서지요."

여기까지 듣자 백리율제는 충격을 감출 수 없었다. 한운석이 이번 기회에 개인적인 원한을 갚으려고 아버지와 전하를 이간질할 줄 알았지, 이런 말을 할 줄은 생각지도 못했기 때문이었다. 아버지는 두 번이나 군령을 어겨 이미 벌을 받을 준비가 되어 있었다.

용비야는 알아들은 듯 입꼬리에 빙그레 미소를 떠올렸지만, 티내지 않고 계속 말하라는 손짓을 했다.

"백리명향은 공이 가장 큽니다. 그녀가 목숨 걸고 구원병을 부르지 않았다면 뱀 굴에서 무슨 일이 생겼을지 상상할 수도 없지요. 저는 전하께서 명향에게 군대 계급을 내리고 그 군공을 기록해야 한다고 생각합니다."

한운석의 말이 끝나자 백리율제는 눈을 부릅떴다. 화가 난 게 아니라 놀란 것이었다. 이를 본 용비야는 하마터면 웃음을 터트릴 뻔했다.

"좋다, 네 말대로 하자!"

그는 시원시원하게 허락했다. 한운석이 하는 말은 무조건 들어주는 사람 같았다.

용비야는 즉시 명령을 내려 한운석이 말한 대로 백리원륭과 백리명향에게 상을 내리게 한 뒤, 그들의 공로만 언급하고 뱀 굴의 진실과 백리원륭이 두 번이나 명령을 어긴 사실을 숨겼다.

군의 장병들은 독사의 위협에서 벗어난 것을 무척 기뻐했고, 백리원륭 부녀가 상을 받은 일을 축하했다.

백리명향은 중사中士 계급을 받아 동진 군대의 첫 번째 여자 병사가 되었다.

백리율제는 한운석이 대체 왜 이러는지 도무지 알 수가 없어서 달리다시피 백리원륭의 막사로 찾아갔다. 백리원륭은 비밀 시위의 도움을 받아 저녁 즈음에 깨어나 있었다. 그와 백리명향도 막 소식을 듣고 충격을 감추지 못했다.

"아버지, 한운석은 무슨 생각일까요?"

백리율제가 다급히 물었다.

백리원륭은 입을 꾹 다물었다. 뱀 굴에서 전하를 걱정하며 어쩔 줄 몰라 하던 한운석의 모습이 저도 모르게 머릿속에 떠올랐다. 깨어난 후로 지금까지 그는 줄곧 자책하면서, 그날 저

녘 전하가 했던 말을 생각하고 또 생각했다.

그리고 마침내 깨달았다. 한운석을 믿지 않겠다고 고집을 피울 수는 있지만, 전하의 선택과 판단은 반드시 믿어야만 했다는 것을.

해약 문제와 뱀 굴에서 있었던 모든 일은 한운석의 마음도 전하와 마찬가지로 떳떳하다는 것을 증명해 주었다. 백리원륭은 다시 한번 그 여자가 서진 공주가 아니라면 참으로 좋았을 것이라며 마음속 깊이 탄식할 수밖에 없었다.

"아버지, 그 여자는 대체 무슨 생각일까요?"

백리율제는 초조해 어쩔 줄 몰라 하며 다시 물었다.

갑자기 백리원륭이 웃음을 터트렸다.

"하하하, 그 여자가 남자가 아닌 게 아쉽지만, 한편으로는 다행이다!"

한운석은 위기에 빠진 그들 부녀에게 돌을 던지지 않고 도리어 은혜를 베풀었다. 그래서 그들 부녀는 또다시 그녀에게 빚을 졌다.

무엇보다 중요한 것은 한운석이 제안한 상이었다. 그에게 비밀 시위 십여 명을 보내 준 것은 상을 내린 것 같지만 사실은 그들을 통해 가까이서 그의 일거수일투족을 감시하고 견제하겠다는 뜻이었다.

또 백리명향에게 군대 계급을 내렸으니, 백언청을 유인하는 임무가 끝나면 그녀는 반드시 군에 남아야 했다. 즉, 더는 전하와 공주 곁에 남아서 시중들 수 없었다.

수법이 아주 훌륭했다! 정말이지 영리하고 이성적인 판단이었다. 때로는 전하조차 그 여자만큼 냉정하고 이성적이지 않을지도 몰랐다.

그녀가 남자였다면 전하에게 가장 큰 적이 되었을 것이다.

백리원륭은 분하면서도 탄복했다. 솔직히 말해 한운석의 행동은 이번 기회에 명분을 내세워 개인적인 원한을 갚기보다는 대국을 더 생각해서 한 일이었다.

또 그 덕분에 전하도 백리원륭 자신과 백리명향을 놓아주었다. 그렇지 않았다면 전하의 성격상 대국을 고려해 중벌을 내리지는 않았더라도 반드시 개인적인 처벌을 내렸을 터였다.

백리원륭으로서는 한운석을 도저히 어쩔 수가 없었다.

눈을 내리깔고 있는 백리명향은 군대 계급을 받은 일을 기뻐하지도 않았다. 하룻밤 시달린 탓에 완전히 힘이 빠진 그녀는 그 소식을 듣고도 소침해져 절망스러운 분위기만 풍겼다.

얼마 지나지 않아 서동림이 찾아왔다.

"명향 낭자, 전하의 명령입니다. 내일 그분들을 따라 이곳을 떠나 북상해야 하니 짐을 챙기라고 하십니다."

백리명향은 그제야 절망에서 깨어났다.

"북상이라면……, 어딜 가는 건가요?"

"전하께서 정하실 일입니다. 저희 같은 아랫사람이 무슨 수로 꼬치꼬치 묻겠습니까?"

서동림이 되물었다.

"알았어요."

백리명향은 곧바로 고개를 끄덕였다.

"명령대로 하겠습니다!"

그때쯤 용비야는 이미 행동으로 한운석을 한바탕 칭찬해 준 뒤였다. 한운석은 입술이 살짝 부르텄지만 그를 어쩔 수가 없었다.

용비야도 백리원륭과 같은 생각이었다.

"네가 남자였다면 우리는 반드시 싸움을 치렀을 것이다!"

"지금도 싸우고 있잖아요."

한운석이 진지하게 말했다.

함께 있으면 너무나 행복해서, 앞으로도 이렇게 한마음으로 어깨를 나란히 할 수 있으리라는 착각에 빠져 언젠가 창칼을 맞대야 한다는 것을 잊어버리곤 했다.

용비야의 눈빛이 살짝 어두워지자 한운석은 화제를 돌렸다.

"영승에게 알려야 할까요? 어쨌거나 이간질이 목적이니 백언청이 동진 쪽에 손을 썼다면 서진 쪽에도 무슨 짓을 했을지 모르잖아요?"

"벌써 사신을 보냈다."

용비야는 담담하게 대답했다. 그는 영승에게 사람을 보내 상황을 알리기만 한 게 아니라 한운석이 서진 군영에 있는 것처럼 가장하라고 요구했다.

그제야 안심한 한운석은 그가 든 밀서 몇 통을 바라보다가 문득 생각난 듯이 말했다.

176

"고칠소가 아직 답신을 안 보냈는데 무슨 일이 있는 건 아니 겠죠?"

영승의 성격으로 보아 당장 고칠소에게서 백옥교를 빼앗지 않으면 이상한 일이었다. 어쨌든 그곳은 영승의 근거지니 아무 래도 고칠소와 목령아가 걱정스러웠다.

고칠소와는 평생의 원수라도 되는지, 한운석이 고칠소라는 이름을 꺼낼 때마다 용비야는 콧방귀를 뀌었다. 그가 차갑게 말했다.

"그자 걱정은 그만해라. 하늘이 무너져도 아무 일 없을 테 니까."

한운석도 더 말하지 않고, 나중에 서동림을 시켜 서신이 제 대로 전달되었는지 알아보기로 했다.

너무 오래 지체되는 바람에 음식이 모두 식었다. 용비야는 조 할멈에게 다시 식사를 차리게 한 다음, 그녀와 마주 앉아서 중요한 이야기는 하지 않고 조용히 밥을 먹었다.

한운석은 용비야에게 반찬을 집어 주더라도 밥에 올려 주기 만 했는데, 용비야는 직접 그녀의 입에 넣어 먹여 주었다.

밤이 되자 한운석은 지쳐서 일찍 잠들었지만 용비야는 쉴 수 가 없었다. 내일 출발해야 하니 상주문을 다 처리해야 하기 때 문이었다. 한운석이 자다가 깨어났더니 용비야가 막 자러 오는 중이었다.

일어날 생각이었던 그녀는 그가 들어오는 것을 보자 재빨리 자는 척했다.

그는 다친 곳을 건드릴까 봐 그녀를 안지 않고 옆에 누워 같은 베개를 벴다. 그리고 그녀의 손을 잡아 자신의 배 위에 놓고 커다란 손으로 덮었다.

한운석은 한참 동안 기다리다가 살짝 움직여 보았다. 용비야가 눈치채지 못하는 걸 보면 잠든 게 분명했다.

그녀는 손을 빼고 일어나 앉은 다음, 다시 한동안 기다리면서 용비야가 움직이지 않는 것을 확인한 후에야 비로소 조심조심 그의 왼손을 잡고 면포를 풀었다.

깊이 찍힌 잇자국은 불그스름하던 것이 거무스름해지고 있었다.

"바보!"

마음이 아프면서도 웃음이 났다. 그녀는 미리 몰래 지어 놓은 약을 가져와서 조심스럽게 상처에 바르기 시작했다.

군영의 가을밤은 몹시도 조용했다.

그녀는 희미한 빛에 의지해서 진지하고 조심스럽게 움직였다. 마치 도둑질이라도 하듯, 크게 움직였다가 들킬까 봐 두려웠다.

평소라면 약을 바르는 게 큰일도 아니었지만, 이번에는 엄청나게 힘을 들여서야 겨우 끝냈다. 그녀는 참았던 숨을 가만히 토해 냈다. 상처를 다시 싸매려는데 용비야가 불쑥 말했다.

"한운석, 정말 아이가 좋으냐?"

한운석은 심장이 입 밖으로 튀어나올 것처럼 놀랐다.

놀란 가슴을 안고 용비야를 바라보니, 용비야는 그제야 천천히 눈을 뜨고 몸을 일으켰다. 그는 손에 바른 약을 닦아 내면서 물었다.

"남자아이가 좋으냐, 여자아이가 좋으냐? 응?"

그는 아직도 낮에 조 할멈이 한 말을 기억하고 있었다!

한운석이 그의 손을 바라보며 진지하게 말했다.

"정말 흉터가 남을 거예요. 보기 안 좋아요!"

용비야는 제 손에 만들어 놓은 그녀의 걸작을 감상하며 말했다.

"어렸을 때 당리가 모반에 관한 전설을 이야기해 주었다. 모반은 사실 전생의 연인이 남긴 잇자국인데, 만약……."

만약······.

"만약······."

용비야는 말을 하려다 입을 다물었다. 한운석이 이 '잇자국'에 대한 이야기에 전혀 흥미가 없어 보여서였다.

"안 믿느냐?"

용비야가 물었다.

용비야같이 차가운 사람이 이렇게 낭만적인 전설을 입에 담는 게 얼마나 어려운 일인지 모를까? 그런데도 그녀가 흥미를 보이지 않는 건 정말 사치였다! 세상 여자들이 이 일을 알면 반드시 한운석의 혼백을 자근자근 짓밟아 영원히 다시 태어나지 못하게 해도 이상하지 않았다.

그런들 어쩌나. 한운석은 사치를 부릴 만했다.

한운석은 흥미도 없고 믿지도 않았다. 의원으로서, 또 용비야의 지어미로서, 그녀가 가장 관심 있는 부분은 그의 손에 난 상처가 감염되지 않는지, 흉터가 남지 않는지 하는 것이었다.

당리가 여자를 꼬드기는 거짓말에 능한 건 이상하지 않지만, 용비야가 왜 그런 말을 듣고 믿기까지 했을까? 불가사의한 일이었다.

"용비야, 그런 전설을 믿어요?"

한운석이 반문했다.

용비야는 손아귀의 잇자국을 살며시 쓰다듬으며 쿡쿡 웃었다.

"네가 깨물었으니 믿고 싶다."

"만약……, 다음은 뭔데요?"

한운석도 그제야 호기심을 보였다.

그런데 용비야가 말해 주지 않았다.

"비밀이다!"

겨우 요만큼 궁금했던 한운석도 용비야가 뜸을 들이자 괜히 마음이 달았다.

"말해 봐요. 만약 뭔데요?"

용비야는 대답 없이 면포로 다시 잇자국을 싸매면서 잊지 않고 경고했다.

"다시는 손대지 마라!"

"만약 뭔데요?"

한운석은 억울한 표정이었다. 그렇게 구미를 당겨 놓으면 이 길고 긴 밤 어떻게 잠들라고?

용비야는 그녀를 모른 척하고 모로 누웠다. 한운석은 다친 다리를 끌고 가까스로 옆으로 누워 그를 간지럽혔다.

"말해요! 어서!"

용비야는 간지럼을 참지 못하고 웃으면서도 말하지 않았다. 한운석이 점점 더 심하게 간질이자 마침내 견디지 못한 용비야가 그녀의 손을 잡고 자기 몸에 꽉 눌렀다.

"자꾸 움직이면 용서하지 않겠다."

이 경고는 아주 쓸모가 있어서, 한운석은 즉시 동작을 멈췄다.

용비야가 그녀를 감싸 안으며 물었다.

"한운석, 남자아이가 좋으냐, 여자아이가 좋으냐?"

한운석은 콧방귀를 뀌었다.

"비밀이에요!"

용비야는 실소를 터트렸다.

"말 안 할 테냐?"

한운석은 입을 꾹 다물고 완강한 태도를 보였다. 용비야가 간질이자 한운석은 다급해졌다.

"다친 사람한테 이러는 게 어딨어요! 용비야, 잠깐만……."

그녀는 움직이지도 못하는 두 다리로 어렵게 일어나서 피했지만, 용비야가 또 그녀를 잡아 눕히고 마구 간질였다. 그녀는 숨을 못 쉴 만큼 웃어 댔다.

"말 안 할 테냐?"

"죽어도 말 안 해요!"

용비야는 못되게도 입으로 그녀의 옷깃을 물었다. 한운석은 깜짝 놀랐지만 그 뒤로 용비야는 더는 그녀를 간질이거나 강압적으로 굴지 않고 갑작스럽게 부드러워졌다. 한운석은 자기 다리가 완전히 움직일 수 없는 건 아니라는 사실을 깨달았다. 그가 이끌어 주자 그녀는 순순히 협조하며 그대로 그의 부드러움 속에 푹 빠져 모든 것을 잊어버렸다.

그날 밤, 한운석은 어떻게 잠들었는지도 몰랐다. 한번 맛을 본 용비야는 정말이지 그녀가 견디지 못할 만큼 몰아붙였다.

그간 너무 지쳤기 때문인지, 그렇게 잠든 한운석은 이튿날 정오에나 깨어났다. 그때쯤 용비야는 이미 준비를 다 마친 후였다. 조 할멈이 시중을 들기 위해 옆에서 기다리고 있었다. 용비야가 불편해서가 아니라 몰라서 못 하는 일도 있기 때문이었다.

"전하, 소인에게 맡기시지요. 금방 됩니다."

조 할멈이 문가에서 히죽 웃으며 말했다.

뜻밖에도 용비야는 그녀를 차갑게 훑어보며 나지막한 소리로 말했다.

"앞으로는 그런 너절한 것을 함부로 보여 주지 마라."

너절한 것이 검은 표지를 씌운 그 책이 아니면 뭘까? 조 할멈은 전하도 그 책을 좋아하는 것으로 오해하고 있었다. 당황한 그녀는 전하가 나간 다음 공주가 소리쳐 불렀을 때야 겨우 정신이 돌아왔다.

신분을 속이기 위해서 한운석은 여전히 시위 차림을 했다. 용비야가 오늘 아침 백리원륭을 보러 갔는지 아닌지 그녀도 몰랐지만, 묻고 싶은 생각도 없었다.

군영에서 벗어나자 그녀는 새장에서 풀려난 새처럼 몸과 마음이 홀가분해졌다.

마차는 군영 북쪽에 서 있었고, 몰래 따르는 비밀 시위와 독시위 외에는 마차를 모는 고 씨와 백리명향뿐이었다.

고 씨는 용비야 전용 마차 옆에 서 있고, 서동림과 백리명향은 비교적 작은 다른 마차 옆에 있었다. 한운석이 그쪽을 흘끗 보니 그 마차에 바퀴 달린 의자가 실려 있었다. 하지만 그녀는 바퀴 달린 의자를 쓸 기회는 많지 않으리란 생각이 들었다.

대충 살핀 다음 한운석은 용비야에게 얼른 마차에 오르라고 했다. 백리명향이 달려와서 훌쩍이며 사과하는 모습을 또 보고 싶지 않아서였다. 다행히 백리명향은 그러지 않았다. 그저 공손하게 고개를 숙였을 뿐 그들을 제대로 쳐다보지도 못했다.

출발한 뒤 서동림이 마차를 몰면서 소리 죽여 말했다.

"명향 낭자, 전하께서 낭자가 그 물건을 가져왔는지 확인해 보라고 하셨습니다. 이번 출행은 아주 중요합니다."

백리명향은 소매 속에 숨긴 물건을 움켜쥐며 진지하게 말했다.

"가져왔어요. 전하께 안심하시라고 전해 주세요. 저는 반드시 임무를 완수할 거예요."

한참 있다가 서동림이 가볍게 한숨을 쉬며 말을 꺼냈다.

"명향 낭자, 공주께서 도량이 넓으셔서 벌이 아닌 상을 내리신 겁니다. 낭자가 전하를 위해 그 일을 잘 처리한다면, 돌아온 후 반드시 승진하실 겁니다. 그렇게 군에 남으면 당연히 시집가실 필요도 없지요. 낭자의 손위 누이들과는 달리 평생 평온하게 사실 수 있습니다."

백리명향은 한참 동안 침묵하다가 비로소 담담하게 대답했다.

"공주를 만난 것은 제 평생의 복이에요."

"아시면 됐습니다. 군의 다른 사람들이 전하께서 낭자를 곁에 두신 진짜 이유를 모르고 이리저리 떠들어 대는 건 마음에 두지 마십시오."

서동림이 이렇게 세심할 리 없었다. 이 말은 떠나기 전에 조 할멈이 전해 달라고 당부한 것이었다.

비록 마차 안에 있었지만 서동림에게 이런 말을 듣자 백리명향은 얼굴이 확 달아올랐다. 그날 밤 모닥불 야외 연회에서 사람들이 마구 떠들 때도 그녀는 차분했다. 하지만 사적인 자리에서 서동림에게 귀띔을 받자 꼭꼭 숨겨 둔 마지막 비밀이 모두의 앞에 훤히 드러난 기분이었다.

전하를 좋아하는 것이 얼마나 주제넘은 짓인지! 하지만 주제넘은 짓이라는 걸 잘 알면서도 참을 수가 없었다. 자신을 제어할 수도 없었다.

감정을 마음대로 제어할 수 있다면, 감정이라고 부를 수도 없지 않을까?

평생 이 비밀을 마음속 깊이 감춰 둘 생각이었는데, 전하가 그녀를 골라내 곁에 두고 미끼로 삼을 줄은 꿈에서도 몰랐다. 그날 밤 모닥불 야외 연회에서 모두가 그 일을 두고 떠들어 댈 줄도 몰랐다. 늘 그녀를 시집보낼 생각만 하던 아버지가 한운석이 서진 공주라는 이유만으로 황후 자리를 염려하게 될 줄은 더욱더 몰랐다.

이 모든 것은 너무 갑작스럽고 너무 공교로웠다.

지금 이 상황은 마치 발가벗고 사람들 앞에 선 것처럼, 그녀에게 오로지 '부끄러움'만 주었다!

어째서 남몰래 좋아할 수도 없을까? 이 비밀을 평생 가져가기로 마음을 굳혔는데. 그런데 왜 지금은 남몰래 좋아하는 것조차 안 되는 걸까?

정말, 진심으로 그 이상은 바라지 않았다. 공주 곁에 남아서 성심성의껏 시중들고 성심성의껏 돌봐 주고 싶었다.

사실 공주가 군대 계급을 수여하지 않았더라도 임무를 완수하면 더는 곁에 남아 있을 수도 없었다. 마음속에 간직한 마지막 비밀이 사람들에게 알려졌는데 무슨 낯으로 공주를 대하고 무슨 낯으로 전하를 대할까?

백리명향은 울고 싶을 만큼 괴로웠다. 갑자기 진왕부, 그리고 약귀당에서 보낸 나날이 간절히 그리웠다. 그때 공주는 몸소 그녀에게 독술과 의술을 가르쳤다. 분명히 나이는 그녀보다 어린데 마치 언니 같았다.

백리명향의 비애는 그녀 자신은 용비야와 한운석을 전부로 생각하는 반면, 용비야는 한 번도 그녀를 마음에 둔 적이 없고 한운석도 예전처럼 그녀를 신경 쓰지 않는다는 것이었다.

그때 용비야와 한운석은 백언청을 유인해 낼 대책을 논의하고 있었다. 용비야는 오늘 아침에 비밀 시위에게서 확실한 소식을 들었다. 줄곧 소소옥을 뒤쫓던 비밀 시위가 사흘 안에 몰래 소소옥에게 접근할 기회를 얻게 되었다는 소식이었다.

소소옥과 연락이 닿기만 하면 백언청을 유인하는 것은 손바닥 뒤집듯 쉬웠다.

"그러니까 백언청이 소소옥 쪽에 없단 말이죠?"

한운석이 진지하게 물었다.

"음. 소소옥이 갇힌 곳은 천녕국 경내다. 삼도 암시장에서 가까운 곳에 있는 흑루黑樓라는 버려진 저택이지. 비밀 시위가 오랫동안 뒤쫓았지만 백언청의 행적은 발견하지 못했다.”

용비야는 그렇게 말한 다음 덧붙였다.

“어쩌면 다녀갔지만 비밀 시위가 발견하지 못했을 수도 있다. 비밀 시위도 최근에야 흑루에 접근할 수 있었으니까.”

“소소옥의 입을 빌려 미접몽의 비밀을 누설시켜 백언청을 흑루로 유인할 생각이에요?”

한운석은 무척 의외였다. 그녀는 지금껏 이번 출행에서 백언청을 유인할 미끼는 백리명향인 줄 알고 있었다.

그전만 해도 용비야는 내내 백언청이 백리명향에게 접근하기를 기다렸지만, 백언청은 여태까지 몸소 모습을 드러내지 않았고 용비야도 일찌감치 포기했다.

“그렇다. 미접몽은 독종의 물건이다. 당시 모비께서 크나큰 대가를 치른 끝에 독종 금지에서 찾아내셨지. 백언청이 독종의 직계 자손이라면 분명 미접몽을 알 것이다.”

용비야가 설명했다.

“그자는 미접몽을 찾고 있는 게 분명하니 소소옥이 입을 열기만 하면 틀림없이 직접 올 것이다.”

한운석은 그제야 용비야가 어떤 함정을 팠는지 알 수 있었다. 그녀가 물었다.

“그럼 백리명향은…….”

용비야는 눈동자를 음험하게 번쩍였다.

“이번에 백언청을 유인해 내면 어떤 대가를 치르더라도 절대 달아나게 놔두지 않을 것이다. 북려국 일도 언제까지나 미룰 수는 없다. 백리명향은 백언청을 죽일 열쇠다!"

한운석도 알아들었다.

백언청이 백리명향을 발견하면 그녀를 용비야와 쌍수를 할 사람으로 오해하고 반드시 먼저 목숨을 앗으려고 할 터였다. 백언청이 백리명향을 공격하면, 그녀는 가지고 있는 물건으로 백언청을 겨냥할 계획이었다.

"좋은 방법이군요!"

한운석이 혼잣말했다.

용비야와 한운석은 비밀리에 북상하는 한편 비밀 시위와 소소옥의 소식을 기다렸다. 소소옥은 영민하니 비밀 시위가 그녀에게 접근하기만 하면 반드시 적절하게 처리할 것이라 한운석은 믿었다.

그들이 출발했을 때쯤 영승은 막 천녕국 도성에 도착해 고칠소를 만났다.

"이번 출행은 위험하니 령아 낭자는 가지 않는 게 좋겠소."

영승의 말투는 상의가 아니라 명령이었다.

고칠소가 눈에서 싸늘한 빛을 뿌리며 목령아의 고운 어깨를 감싸 안고 히죽거렸다.

"아이고 어쩌나, 이 아이는 이 어르신이 어딜 가든 떨어질 줄 모르고 졸졸 쫓아다니는걸. 이 어르신도 이제 습관이 되어서 이 아이가 없으면 도저히 불편해서 말이야."

그는 보란 듯이 영승을 쳐다보았다.

"그러니 어쩔 거야?"

"고칠소가 독누이뿐만 아니라 다른 누이까지 아끼는 줄은 몰랐군."

영승은 다소 의심스러운 기색으로 가식적인 웃음을 지었다. 지난번 목령아가 영안의 손에 죽을 뻔했을 때 눈길 한 번 주지 않았던 고칠소였다.

고칠소의 태도가 갑자기 진지해졌다. 그는 목령아를 놔주고 영승의 어깨를 툭툭 두드렸다.

"사실은 이 아이 언니가 부탁했어. 이 아이에게 무슨 일이라도 생기면 이 어르신은 끝장이야. 나도 어쩔 수가 없다고!"

그러자 영승의 의심도 많이 풀어졌다. 그는 백옥교를 끌어오게 한 다음 출발할 준비를 했다.

목령아는 고칠소의 단 두 마디에 기분이 하늘 높이 날아올랐다가 곧바로 추락했고, 마음을 가다듬기까지 한참이 걸렸다. 그녀가 볼 때 칠 오라버니가 어딘지 이상한 것 같았지만 어디가 이상한지 콕 집어 말할 수가 없었다.

그날 영승과 고칠소도 출발해 삼도 암시장 쪽으로 북상했다. 그들이 용비야보다 일찍 도착할 것 같았다.

칠 오라버니의 일 망치지 마

용비야와 한운석이 북싱하는 동안 의성과 약성에서 적잖은 약을 보내 주었다. 약왕 노인도 용비야의 서신을 받고 약려에서 가장 좋은 고약을 보냈다.

이 세상에서 가장 효과 좋은 고약은 고북월이 써 버렸기 때문에 그들이 보내 준 약재는 하루 만에 한운석을 낫게 해 주지 못했지만, 그래도 어느 정도 회복 시간을 줄여 주었다.

한운석이 매일 제때 약을 바르고 재차 다치지 않고 잘 요양한다면 한 달가량이면 거의 나을 수 있었다.

이번 출행이 중요하긴 해도, 용비야는 한운석의 상태를 우선순위에 놓고 가는 동안 삼시 세끼를 꼬박꼬박 챙겼고, 예전처럼 낮이건 밤이건 길을 재촉하지도 않으면서 거의 매일 객잔에서 밤을 보냈다.

이날 밤도 그들은 저녁나절 어느 현성에 도착해 객잔에 묵었다. 용비야는 한운석을 안아 마차에서 내렸다. 서동림이 바퀴 달린 의자를 가져왔지만 이제 보니 한운석은 이미 잠들어 있었다.

"됐다."

용비야가 담담하게 말했다.

서동림은 다급히 길을 비켜 주었고, 백리명향은 그들 뒤에서 한참 지켜보다가 따라갔다.

전하와 공주 곁에는 시녀가 없어서 서동림 혼자 따라다니며 시중들었다. 하지만 서동림은 남자다 보니 아무래도 불편한 점이 있었다. 공주는 다리까지 다쳐서 여러 가지를 전하가 직접 해 주어야 했다.

오는 동안 그녀는 자원해서 시중들겠다고 말하고픈 충동이 몇 번이나 들었지만 끝내 용기를 내지 못했다.

백리명향이 위층으로 올라갔을 때 서동림이 물을 들고 지나가는 게 보였다. 그녀는 두 번 세 번 망설이다가 입을 열었다.

"서 시위, 내가 할까요?"

"전하께서 시중들 필요 없다 하셨습니다. 이 물만 가져다 드리면 끝입니다. 명향 낭자도 일찍 쉬시지요."

서동림은 그렇게 말하고 사라졌다.

백리명향은 입술을 깨물며 말없이 자리를 피했다. 어떻게 쉴 수 있을까? 오는 동안 단 하룻밤도 푹 잠들지 못했다.

한밤중에 한참 동안 전전반측하던 그녀는 결국 일어나 문밖 난간으로 나가 마당 위로 별이 가득 펼쳐진 하늘을 멍하니 바라보았다. 얼마 지나지 않아 그녀는 저도 모르게 고개를 돌려 꼭 닫힌 맞은편 방문을 바라보았다.

전하와 공주는 분명히 잠들었겠지?

백리명향은 그렇게 문밖에 서서 꼬박 밤을 새웠다. 그녀가 무슨 생각을 하는지 아무도 알지 못했다.

사실은 용비야와 한운석도 자고 있지 않았다. 그동안 용비야는 때때로 한운석에게 내공을 주입해 주었다. 내공이 강해지면서 한운석은 어떻게 내공을 운용하는지를 배우기 시작했다. 용비야는 그녀에게 내공을 넘겨줄 때마다 일정 시간을 들여 회복할 필요가 있었다.

누구에게나 무공에 소질이 없다고 알려진 한운석은 그렇게 아무도 모르게 무공 고수로 변해 갔다.

이튿날 객잔을 떠날 때쯤 비밀 시위가 고칠소의 답신을 가져왔다. 한운석이 용비야의 눈초리를 받으며 서신을 펼쳐 보자, 단 한 줄만 쓰여 있었다.

무슨 수를 써서든 부탁한 것을 완수할 거야. 백옥교는 아직 자백하지 않았는데 진전이 있으면 다시 연락할게.

한운석이 예상한 답신이었다. 그래서 그녀는 깊이 생각하지 않았고, 용비야는 흘끗 보기만 한 뒤 무표정한 얼굴로 가타부타 말이 없었다.

"걱정하지 마요. 고칠소가 당신을 돕지는 않겠지만 당신 일을 망치지도 않을 테니까."

한운석이 웃으며 말했다.

용비야는 가볍게 코웃음을 쳤지만 별말 하지 않았다.

한운석이 고칠소에게 한 부탁은 백옥교를 심문해 고북월을 찾아내라는 것이었지, 동진과 서진 그리고 백언청과의 싸움에 말려들라는 것이 아니었다.

한운석은 백옥교가 어서 빨리 고북월의 소재를 자백하기만 바랐다. 그렇게 되면 그녀와 용비야는 백언청을 흑루로 유인해 그가 자리를 비운 사이 고칠소를 시켜 고북월을 구할 생각이었다.

한운석이 고칠소에게 서신을 보내려는데 용비야가 말렸다.

"행적을 노출하지 마라. 누가 뭐래도 그자는 영승 쪽에 있다."

한운석도 옳은 말이라고 생각했다. 아무래도 매를 통해 보내는 서신은 절대적으로 안전하지 않으니 가능한 한 서신 왕래를 줄이는 편이 좋았다.

객잔을 떠난 후 그들은 계속 북상했다.

한운석 일행이 열흘쯤 갔을 때, 영승과 고칠소 일행은 이미 삼도 암시장에 도착했다. 지금 그들은 삼도 암시장 입구에 있었다.

영승이 계속 가려고 했지만 고칠소가 가로막았다.

"백옥교, 이곳에서 흑루까지는 반나절 거리지?"

"맞아. 빠르면 반나절도 안 걸려."

백옥교가 사실대로 말했다. 눈동자 깊숙한 곳에 복잡한 빛이 어른거렸다.

삼도 암시장은 흑루에서 가까울 뿐 아니라 삼도전장과도 무척 가까웠다! 삼도전장을 지나면 곧 북려국 땅이었다. 그녀는 사부를 배신하기로 했지만, 그렇다고 영승에게 의탁하기로 했다는 뜻은 아니었다.

언제나 사형인 군역사를 걱정했던 그녀는 삼도 암시장에 이르자 더욱 걱정스러워져 어쩐지 달아나고 싶은 생각이 샘솟았다. 그녀는 북려국 땅까지 달아나기만 하면 쉽게 사형에게 연락할 수 있다고 생각했다. 북려국 남부는 기본적으로 사형의 세력권이었다.

"백옥교. 네 사부가 흑루에 있을까?"

고칠소가 또 물었다.

"확답은 못 해. 하지만 사부가 안 계시더라도 내가 틀림없이 사부를 유인할 수 있어!"

백옥교는 진지하고 믿음직스럽게 말했다.

"그럼 암시장에서 잠시 쉬면서 상황부터 살펴본 다음 천천히 논의하자."

고칠소는 어깨를 으쓱하며 영승을 돌아보았다.

"입구까지 왔는데, 우리 영 족장께서 주인으로서 해야 할 도리를 다하셔야 하지 않겠어?"

삼도 암시장은 역사가 길고 얽힌 세력도 복잡해서, 천역 암시장과는 비교도 할 수 없었다. 운공상인협회는 천역 암시장에서 가장 큰 세력은 아니었지만, 삼도 암시장에서는 반쯤 주인이라고 할 수 있었다. 운공상인협회 배후에 삼도 암시장처럼 역사가 오래된 상인 집안, 적족이 있었기 때문이었다.

영승은 아무 표정 없이 대답했다.

"이리로."

암시장은 아무나 들어갈 수 있는 곳이 아니었다. 특히 삼도 암시장 같은 곳은 신분과 자격을 증명하고 복잡한 검사를 받아야 했다. 하지만 영승의 안내로 고칠소 일행은 전용 통로를 이용해 순조롭게 들어갔다.

목령아와 백옥교도 당연히 삼도 암시장의 존재를 알고 있었다. 목령아는 별로 흥미가 없었지만 백옥교는 가는 내내 경탄을 금치 못했다. 적족에 대해 잘 몰랐던 그녀는 적족이 이렇게 어마어마한 재력과 민간 세력을 가지고 있는 줄은 상상조차 하지 못했다.

그녀는 참지 못하고 고개를 들어 영승을 흘끔거렸다. 저 남자는 산처럼 우뚝하면서 냉혹하고 존귀하며, 젊은 나이에도 큰 권력을 쥐고 있었다. 그녀는 저도 모르게 영승과 사형을 비교해 보았다. 사부에게 속지만 않았어도 사형의 능력이면 영승이나 용비야처럼 권력을 손에 쥐고 혼자서 한몫을 할 수 있었을 것이란 생각이 들었다.

삼도 암시장은 운공대륙 최대 암시장이지만, 여기서 '최대'라는 말은 면적이나 규모가 아니라 거래액을 의미했다. 이곳에서 하루에 거래되는 물품 가격은 때때로 군郡 하나의 열흘치 재정 수입에 맞먹기도 했다. 나라와 맞먹을 정도의 부富라고 해도 지나치지 않았다.

영승은 고칠소 일행을 운공상인협회 근거지인, 삼도 암시장에서 가장 화려한 전각에 묵게 했다.

백옥교는 곧 시종들에게 끌려가 갇혔고, 고칠소와 목령아는 방을 나란히 배정받았다. 영승이 사라지자 목령아는 곧바로 고칠소를 찾아갔다.

"칠 오라버니, 왜 여기로 오자고 했어요? 여긴 영승의 근거지라고요!"

목령아가 속삭였다.

고칠소는 푹신한 긴 의자 위에 편안하게 누워서 실눈을 뜨고 쉬는 중이었다. 바쁘게 달려오다 보니 피곤해 죽을 것 같았다.

"칠 오라버니……."

목령아가 그의 소매를 잡아당기자 고칠소는 그녀 앞으로 우아하게 손을 뻗었다.

"자, 좀 주물러 줘."

애초에 거절할 배짱도 없는 목령아는 신이 나서 그의 손을 잡고 살며시 주무르기 시작했다. 그러면서도 깨우쳐 주는 것을 잊지 않았다.

"칠 오라버니, 여긴 영승의 근거지예요."

"그자의 근거지면 어때서?"

고칠소가 나른하게 물었다.

목령아는 뭐라고 대답해야 할지 몰라 한참 생각하다가 차라리 직설적으로 털어놓았다.

"영승을 의심하고 있는 거죠?"

고칠소가 눈을 반짝 떴다.

"너까지 알아차렸어?"

그는 진작 영승을 의심하고 있었다. 목령아 같은 바보도 알아차릴 정도라면 영승도 벌써 눈치채지 않았을까?

목령아는 더없이 진지하게 말했다.

"칠 오라버니, 난 진작 알아봤어요. 하지만 영승은 아직 모를 거예요. 영승은 오라버니를 모르지만 난 오라버니를 잘 알기 때문에 알아차린 거예요."

고칠소는 눈썹을 치키고 목령아를 훑어보면서 울어야 할지 웃어야 할지 망설였다.

"네가 나의 뭘 알아?"

목령아더러 정말 대답해 보라고 하면 그녀도 구체적으로 할 말이 없었다.

"어쨌든 난 오라버니를 알아요. 확신하지만 오라버니는 분명히 영승을 의심하고 있어요. 그렇죠?"

고칠소는 손가락을 까딱이며 목령아에게 가까이 오라고 했다. 목령아가 두말없이 다가갔지만 너무 가까이 오는 바람에 고칠소는 별수 없이 약간 물러나 거리를 벌렸다.

그가 나지막이 말했다.

"누이, 알아차렸어도 계속 연기해. 괜히 들켜서 이 칠 오라버니의 일을 망치면……, 흐흐."

고칠소는 마른 웃음을 두어 번 지으며 경고했다.

"가만 안 둘 줄 알아!"

뜻밖에도 목령아는 쿡쿡 웃음을 터트렸다.

"난 오라버니가 가만 안 두는 게 좋아요. 평생 가만 안 두면 좋겠어요."

고칠소는 일순 멍해졌다. 얼어붙은 그를 보자 목령아의 웃음도 입술 위에서 딱딱하게 굳었다. 너무 기쁜 나머지 속마음을 털어놨다는 것을 뒤늦게야 깨달은 것이었다.

고칠소는 곧 정신을 차리고 히죽 웃었다.

"잘하고 있어. 남자에게 집적거리는 법도 배우고. 하하하, 아무래도 네 언니는 네가 시집 못 갈까 봐 걱정할 필요가 없겠어."

칠 오라버니의 요염하게 웃는 모습과 눈부시게 반짝이는 눈을 보자 목령아는 하마터면 참지 못하고 그에게 이렇게 말해 줄 뻔했다.

'난 칠 오라버니가 아니면 시집 안 가요.'

……하지만 결국 말하지 못했다. 용기가 없어서가 아니라 두려워서였다. 이 말을 하고 나면 칠 오라버니에게 명확히 거절할 이유를 주게 될까 봐 두려웠다.

사랑한다는 말을 감히 하지 못하는 것은 추구할 용기가 없어서가 아니라, 그저 그 순간 모든 기회를 잃게 될까 두려워서였다.

칠 오라버니, 령아는 오라버니가 늙을 때까지, 늙어서 도망치지 못할 때까지 기다릴 거예요. 아무도 오라버니를 원하지 않을 때까지, 오라버니가 죽을 때까지 기다릴 거예요!

령아는 반드시 꿋꿋이 살아갈 거예요. 오라버니보다 단 일각이라도 더 오래 살 거예요. 살아서 한 침상을 쓰지 못해도 죽어서는 함께 묻힐 거예요!

칠 오라버니, 저 자신도 오라버니를 얼마나 사랑하는지 모르겠어요.

고통과 기쁨을 모두 마음속에 숨긴 채, 목령아는 여전히 웃음을 지었다. 그녀도 이미 고칠소처럼 언제 어디서건 아무렇지 않은 양 환하게 웃는 법을 배웠다.

"칠 오라버니, 대체 영승의 뭘 의심하는 거예요? 그 사람이 언니를 괴롭혔어요?"

목령아가 물었다.

고칠소는 소리를 낮췄다.

"그 서신은 가짜야."

"그럴 리가요?"

목령아는 깜짝 놀랐다.

"독누이는 우리더러 백옥교를 심문해서 고북월을 구해 낼 방법을 찾으라고 했어. 영승을 도와 백언청을 상대하라는 게 아니야."

고칠소는 진지하게 말했다.

고칠소는 온종일 히죽거리며 진지한 구석이라곤 전혀 없는 척하지만, 사실은 무척 세심해서 조그마한 단서조차 놓치지 않았다. 한운석이 남몰래 그와 목령아에게 부탁한 말이 없었다면, 영승이 위조한 서신은 정말로 그를 속일 수 있었을 것이다.

하지만 한운석은 미리 그와 목령아에게 당부해 두었고, 이를 모르는 영승은 그를 속일 수가 없었다.

한운석의 최대 관심사는 고북월이었다. 그런데 지난 서신에는 세 가지 부탁이 쓰여 있었지만 고북월은 언급하지도 않고 도리어 영승을 도와 백언청을 찾아내라는 것만 강조했다.

그게 위조한 게 아니면 뭘까?

삼도 암시장의 세력

고칠수가 알려 주자 목령아는 시난번 한운석이 두 사람에게 했던 말을 떠올리고 밀서 내용과 비교해 본 다음 마침내 깨달았다.

그녀가 다급하게 물었다.

"칠 오라버니, 언니가 영승에게 무슨 일을 당한 건 아니겠죠? 영승이 어떻게 이럴 수 있어요? 서진 황족을 배신하려는 걸까요?"

한운석은 서진 황족의 공주이고 영승의 주인이었다!

영승이 한운석의 밀서를 위조했다면 진짜 밀서는 감추고 있을 터였다.

한운석이 보낸 진짜 밀서 내용은 뭘까? 진실? 구원 요청? 동진과 서진이 휴전한 이유는 또 뭘까?

"칠 오라버니, 영승이 언니를 연금하고 지난번 초씨 집안처럼 언니를 꼭두각시 삼으려는 건 아니겠죠?"

목령아는 마음이 어지러웠다.

고칠소도 오는 동안 걱정을 많이 했다. 진작 사람을 보내 조사하게 했지만 애석하게도 쓸 만한 소식은 얻지 못했다. 그가 보낸 사람은 서진 군영으로 들어갔지만 주 영채에는 접근하지 못했다. 게다가 다시 서신을 보낼 수도 없었다. 그랬다가 밀서

가 영승의 손에 들어가면 자신이 의심하는 것마저 발각될까 걱정스러워서였다.

몇 번이나 동진 쪽에 물어볼까 생각하기도 했지만 그는 결국 그러지 않았다. 용비야 그놈이 쉽게 협조해 줄 리 없었다. 공연히 용비야에게 서진 쪽 상황을 알려 줘 웃음거리만 될 뿐이었다.

고칠소는 어쩔 수 없이 마음을 가라앉히고 영승 쪽부터 손을 쓰기로 했다. 영승이 무슨 꿍꿍이든 간에 적어도 정말 한운석을 어떻게 하진 못했을 터였다. 그로서는 꾹 참으면서 영승을 잡아 두는 방법뿐이었다.

영승을 인질 삼아 협박하면 서진 군대가 그의 독누이를 내놓을 것으로 믿어 마지않았다.

"칠 오라버니, 그럼 우린 이제 어떡하죠?"

목령아는 초조해서 발을 동동 굴렀다.

"뭘 그렇게 초조해해?"

고칠소는 언짢은 목소리로 물었다.

"칠 오라버니는 왜 안 초조해요?"

목령아는 이해가 가지 않았다. 한운석이 천녕국으로 잡혀갔을 때만 해도 칠 오라버니는 미친 사람처럼 그녀를 찾아다녔는데.

"그야 독누이가 용서해 줬거든!"

고칠소는 히죽거리며 말했다.

그는 그저 하고 싶은 대로 할 뿐이지 충동적인 사람은 아니었다. 지난번 충동적으로 나선 것도 오로지 독누이가 다시는 자신을 아는 척하지 않을까 봐 걱정스러워서였다. 독누이가 용서해 주기만 하면 아무리 큰일이 벌어져도 그의 세상과 그의 마음이 무너질 일은 없었다.

목령아는 반짝이는 그의 눈빛을 피해 진지하게 물었다.

"칠 오라버니, 영승의 근거지에 와서 대체 뭘 하려는 거예요?"

고칠소가 몸을 일으키더니 목령아의 이마에 세게 꿀밤을 먹였다.

"삼도 암시장이 영승의 근거지라고 누가 그래?"

목령아는 억울한 표정이었다.

"오라버니가 그 사람한테 주인 노릇 하라고……."

그렇게 말하는 순간 목령아도 갑작스레 뭔가 깨달았는지 고칠소의 팔을 움켜쥐었다.

"칠 오라버니, 그게……, 그게 무슨 말이에요?"

고칠소는 싸늘하게 웃었다.

"운공상인협회 세력이 삼도 암시장에서 예전만 못한 지 벌써 한참 됐어. 영승은 지금 반도 주인이 못 된다고."

목령아는 찬 숨을 들이켜며 놀란 소리로 말했다.

"칠 오라버니, 설마……."

"쉿……."

고칠소는 길고 고운 손가락으로 목령아의 빨간 입술을 누르며 신비로운 표정을 지었다.

삼도 암시장은 한때 적족이 제패했지만, 나중에 새로운 세력이 일어나면서 운공상인협회는 점점 주도권을 잃었다. 일찍이 20년 전부터 삼도 암시장에는 세 곳이 엇비슷한 세력을 이루게 되었는데, 바로 운공상인협회의 만상궁萬商宮, 고칠소가 가진 금익궁金翼宮, 그리고 지금까지 수수께끼로 남아 있는 동래궁東來宮이었다.

고칠소는 본래 삼도 암시장과 아무 관계도 없었고, 그저 가끔 삼도 암시장에 와서 약재를 경매한 것이 전부였다. 5년 전, 금익궁의 주인이 중병에 걸려 직접 약귀곡에 약을 구하러 왔는데, 고칠소는 터무니없게도 약 한 포를 금익궁과 바꾸자고 했다.

금익궁 주인이 제아무리 재물을 좋아한들 결국은 목숨이 더 소중했다. 그는 살기 위해 금익궁을 고칠소에게 넘길 수밖에 없었고, 그때부터 고칠소는 삼도 암시장의 대사업주가 되었다. 그는 남몰래 약재 매매 사업을 적잖이 끌어 들여 금익궁에 많은 돈을 벌게 해 줌으로써 주인 자리를 공고히 했다.

이 말을 들은 목령아는 멍해졌다. 자신이 칠 오라버니를 잘 안다고 자신만만하게 말했는데, 지금 생각하니 어쩐지 슬펐다. 어쩌면 그녀는 칠 오라버니가 몇 가지 신분을 가졌는지조차 알지 못하는지도 몰랐다.

"칠 오라버니, 그럼 동래궁 주인은 또 누구예요?"

목령아는 중얼거리듯 물었다.

"동래라면……, 자기동래紫氣東來라는 뜻일까요?"

자기동래라는 뜻이라면 동래궁은 황족과 관련되어 있을 가능성이 컸다. '자기동래'는 동쪽에서 오는 보랏빛 상서로운 징조이고, 제왕의 기운을 상징했기 때문이다.

"알아내지 못했어. 동래궁은 항상 눈에 띄는 일은 하지 않거든. 하지만 요 몇 년 사이 거래를 꽤 많이 가져가서 진짜 겨루면 만상궁은 상대가 되지 않을 수도 있어."

고칠소가 진지하게 말했다.

목령아가 다급히 물었다.

"그럼 우리가 영승과 싸우고 동래궁은 건드리지 않으면, 동래궁이 끼어들지는 않겠네요?"

고칠소는 더없이 사람 좋은 미소를 지었다.

"걱정하지 마, 안 끼어들어."

목령아는 안심했다가 곧 흥분했다.

"칠 오라버니, 그럼 우린 어떻게 영승과 싸워요?"

고칠소는 그녀의 귀에 대고 소리 죽여 한참 동안 속삭였다. 목령아는 듣는 내내 히죽히죽 웃었다. 무척 기대되었다.

영승은 내일 고칠소와 함께 흑루로 가서 살펴보고 먼저 상황을 탐문한 다음 다시 움직이기로 했다. 어쨌든 백옥교의 말을 완전히 믿을 수 있는 것도 아닌데다 백옥교가 흑루를 떠난 사이 그곳 상황이 변했을지도 몰랐다.

영승은 사람을 보내 고칠소와 목령아를 단단히 감시하게 한 다음 다시는 그들을 찾아가지 않았다.

만상궁 집사는 그가 돌아왔다는 소식을 듣자마자 찾아왔다. 만상궁이 맡은 큰 거래 몇 건을 그가 결정해 줘야 했기 때문이었다.

야심한 밤은 암시장이 가장 번화할 때였다. 영승은 집사에게

근 반년간의 암시장 상황에 대해 보고를 들으면서 경매장 몇 곳을 돌아보았다. 그런 그도 영정과 당리가 삼도 암시장 입구에서 말다툼하고 있다는 사실은 전혀 모르고 있었다.

영정은 더는 남장을 하지 않았다. 우아한 연노란색 치마에 얇은 면사 조끼를 입고 머리는 한쪽으로 치우치게 묶어서 귀부인 같은 자태가 뚝뚝 흘렀다. 남장해도 누구나 그녀가 여자인 걸 알아보았지만, 오히려 곱게 단장하니 운공상인협회 사람조차 그녀가 영정이라는 걸 알아차리지 못했다. 아무래도 그녀가 구름같이 머리채를 올리고 우아한 차림을 한 모습을 본 사람이 없었기 때문이다.

그녀는 요 며칠 예전만큼 편히 지내지 못한 게 분명한데도 약간 살이 붙었는지 전처럼 야위어 보이지 않았다. 도리어 옆에 있는 당리가 훨씬 야위어 있었다.

당리와 그녀는 북려국에 있는 구양정이라는 남자를 찾아 영정의 개인 인장을 돌려받기 위해 북쪽으로 가는 중이었다. 그러다 오늘 저녁나절 삼도 암시장을 지나게 되자 영정은 한사코 암시장에 가서 놀자며 당리를 잡아끌었다.

"삼도 암시장 만상궁이 너희 운공상인협회의 진짜 소굴인 걸 내가 모를 줄 알아!"

당리가 사정없이 까발렸다.

"후후, 운공상인협회에 대해서 참 많이도 아는구나!"

영정은 냉소를 금치 못했다.

"당리, 당신과 내 첫 만남이 정말 우연이었어?"

그들이 만나기 전에 용비야가 이미 운공상인협회와 적족 영씨 관계를 간파했는데, 당리가 어떻게 모를 수 있을까? 그때는 그녀가 당리에게 약을 썼지만, 지금 보면 득을 본 사람은 당리고 영씨 집안은 엉망으로 손해를 본 셈이었다.

"쓸데없는 생각 마! 그날 네가 누군지 알았더라면 차라리 기녀를 불렀으면 불렀지, 네겐 손가락 하나 대지 않았을 테니까!"

당리의 입가에 어린 조소에 영정은 눈이 따끔따끔 아팠다. 그럴수록 그녀는 더욱 오만하게 웃었다.

"일찍 알지 못해서 안됐군. 후후, 당신은 나한테 먹혔어!"

당리는 두 눈을 가늘게 떴다.

"갈 거야, 안 갈 거야?"

"돈을 써 본 지 너무 오래되어 손이 근질근질해. 들어가서 몇 가지만 사게 해 줘. 날이 밝자마자 떠나면 되잖아. 내가 누군지 알리진 않을 거야, 약속해."

영정이 진지하게 말했다.

"꿈도 꾸지 마!"

당리는 사정없이 그녀의 팔을 낚아채 끌고 가려고 했다. 그런데 뜻밖에도 영정의 태도가 싹 바뀌었다. 그녀는 갑자기 나긋나긋해져서 두 팔로 당리의 목을 휘감고 그를 올려다보며 아양을 떨었다.

"아리, 내가 하잔 대로 해, 응? 응? 신분은 잘 숨길게, 맹세해! 아리……."

당리는 쌀쌀한 얼굴로 못 들은 척 성큼성큼 앞으로 걸어갔다.

영정은 포기하지 않고 조그마한 손으로 당리의 얼굴을 어루만지며 더없이 부드럽게 말했다.

"아리, 우리 약속했잖아. 내 인장을 주면 날 죽이지도 않고 영원히 당문에, 당신 옆에 있게 해 주겠다고. 하룻밤 부부도 만리장성을 쌓는다는데 우린 혼례를 올린 지 1년이 다 됐어. 그런데 내가 거짓말하겠어?"

당리는 얼굴을 돌리고 입꼬리에 냉소를 떠올렸다. 영정이 하는 말은 황당하기 짝이 없고 우스울 만큼 가식적이었다.

"아주 상상의 나래를 펴는군. 누가 널 영원히 내 곁에 있게 해 주겠대?"

"그럼 날 놓아줄 거야?"

영정이 눈썹을 치켰다.

당리는 가슴이 턱 막히고 몹시 조급해졌다. 그는 그녀를 안지 않고 내려놓은 다음, 손을 잡고 앞으로 걸어갔다. 뜻밖에도 영정이 느닷없이 그를 와락 끌어안으며 억지로 자신을 보게 했다.

"아리, 사실은 나도 운공상인협회에 돌아가고 싶지 않아. 임무를 완수하지 못했으니 돌아가 봤자 무슨 처벌을 받을지도 모르는걸. 영승은 다시는 내게 운공상인협회 일을 맡기지 않을 거야. 어쩌면 언젠가 필요할 때가 오면 돈 많은 노인네 노리개로 내줄지도 몰라."

"그만해!"

당리가 사나운 목소리로 외쳤다. 그 자신조차 무엇 때문에 화가 나는지 알 수가 없었다.

"평생 당문에 갇혀 있는 게 운공상인협회로 돌아가는 것보다 낫단 말이야. 내가 바본 줄 알아?"

영정은 한 번도 당리에게 이렇게 부드럽게 말한 적이 없었다. 그녀가 일부러 이렇게 나오는 것을 뻔히 알면서도 낭리는 그 말을 끊어 버리기가 아쉬웠다.

어쩌면, 이번 일이 끝나면 이 여자의 이런 부드러운 목소리를 영원히 들을 수 없을지도 몰랐다.

"아리, 지난 일은 내가 잘못했어. 우리 다시 시작하자."

영정은 잠시 망설이다가 느닷없이 팔로 당리의 목을 휘감고 강제로 자신의 눈을 들여다보게 한 다음 말했다.

"아리, 당신을 사랑해!"

당리는 살짝 당황했지만, 곧 버럭 화를 내며 그녀를 밀어냈다.

"영정, 장난은 그만해. 내가 세 살 먹은 어린애처럼 쉽게 속아 넘어갈 줄 알아? 하하하, 말해 주는데, 네가 정말 날 사랑한다 해도 난 네게 요만큼도 관심이 없어! 우습지도 않은 그 표정, 저리 치워."

영정의 얼굴 위로 희미하게 떠올랐던 애절함이 순식간에 사라졌다. 비록 장난이긴 했지만 시험이기도 했었다. 당리는 그녀에게 명쾌한 답을 주었다.

그녀는 속으로 웃었다. 뭐 하러 이렇게까지 했느냐고 자신을 비웃었다.

분명히 떠나기로 마음먹었는데, 뭐 하러 이런 연극을 했을까?

그녀는 다소 흐트러진 머리카락을 정리한 다음 차갑게 말했다.

"알았어. 사실대로 말할게. 만상궁에는 삼대 재물 창고가 있어. 그중 한 곳 열쇠를 내가 갖고 있고 그 안에 든 돈을 가져갈 생각이야. 같이 들어가면 너한테도 반 나눠 줄게. 방금 내가 말한 건 모두 사실이야. 다시 운공상인협회로 돌아가면 편안한 나날을 보낼 수 없을 테니 내가 마땅히 받아야 할 것들을 가져와야겠어."

당리의 눈빛이 복잡해졌다. 그는 재물에는 별로 관심이 없었지만 이번은 만상궁 깊숙이 들어가 볼 기회였다.

설사 영정이 암시장에서 무슨 수작을 부린다 해도 충분히 대응할 수 있었다. 어쨌든 삼도 암시장이 영씨 집안만의 근거지는 아니었으니까!

우린 절대 떨어지지 않아

삼도 암시장은 입장 관문이 높다지만, 보통 사람이나 그렇지 당리는 겁낼 이유가 없었다. 하지만 영정에게 똑똑히 말해 둬야 할 것들이 있었다.

그는 영정을 훑어보며 차갑게 말했다.

"돈은 얼마나 가져올 거야?"

영정은 속으로 안도의 숨을 쉬었다. 당리가 이렇게 묻는 것은 흥미가 있다는 뜻이었다.

"은자와 땅문서까지 치면 헤아릴 수도 없어. 아무튼 평생 먹고살 돈은 될 거야."

영정이 대답했다. 사실은 창고에 돈이 얼마나 있는지도 몰랐고 아예 열쇠조차 없었다. 만상궁 창고 열쇠는 영승 혼자 관리했고, 그녀는 제아무리 운공상인협회에서 열심히 일해도 그 열쇠를 가질 권한이 없었다.

솔직히 요 몇 년간 그녀가 모아 둔 비상금이면 매일 팍팍 써도 다 쓰지 못할 정도여서, 위험을 무릅써 가며 만상궁에서 재물을 훔칠 필요도 없었다.

이런 핑계를 댄 것은 그저 당리를 속이기 위해서였다. 심지어 '구양정'이라는 사람도 허구 인물이었다! 당문에서 북려국으로 가려면 삼도 암시장을 반드시 들러야 할 것으로 예측하고 그런 거짓말을 한 것이었다. 삼도 암시장에 들어가기만 하면 당리를 따돌릴 수 있었다.

당리, 오늘 밤만 지나면 안녕이야, 다시는 보지 말자!

적족, 너희도 오늘 밤만 지나면 안녕이야. 다음 생에도 만나지 말자!

당리는 그런 사실을 전혀 몰랐다. 그저 영정이 암시장에서 몰래 소식을 전해 영씨 집안에 구원을 요청하려는 것이라고만 여길 뿐이었다. 그도 만상궁 창고에 든 재물을 노리는 건 아니었다. 방금 영정에게 그렇게 물은 것은 만상궁의 진짜 재력을 알아보기 위해서였다.

"왜, 만상궁 창고에 그 정도밖에 없어? 다른 건?"

당리는 또 떠보았다.

물론 영정도 아는 것이 더 있었다. 하지만 아무리 적족을 떠나기로 했다 해도 더는 그 어떤 비밀도 털어놓을 수는 없었다. 그녀는 눈썹을 치키며 웃었다.

"당연히 다른 것도 있지. 하지만 가져올 수도 없고 갖고 싶지도 않아. 가자, 가서 보면 당신도 알 거야."

"좋아! 같이 가 주지!"

당리에게 이런 대답을 듣자 며칠 동안 우울하던 영정의 기분이 환히 밝아졌다. 하지만 한편으로는 까닭 없이 슬프기도 했다.

슬퍼? 그녀는 아주 실용적인 사람으로, 어려서부터 지금까지 이런 기분은 느껴 본 적이 없었다. 하지만 깊이 생각하고 싶지도 않고 그럴 용기도 없어서, 마음속 깊은 곳에서 솟아나는 감정을 과감하게 무시하고 호들갑스럽게 당리의 어깨를 때렸다.

"당신이 이렇게 믿어 주니까 그 보답으로 얻은 돈을 반 나눠 줄게. 당문에 돌아간 다음 날 잘 보살펴 줘야 해. 알았지?"

반짝이는 눈동자와 감격에 찬 표정 덕에 그 말은 꼭 진짜처 럼 느껴졌다.

당리는 대답하지 않고 소매에서 정교하고 예쁜 백옥 팔찌 하 나를 꺼냈다. 그 팔찌를 보자마자 영정의 안색이 싹 바뀌었다.

"당리, 무슨 뜻이야?"

이 팔찌는 형탁刑鐲이라고 하는 당문 암기의 일종으로, 주 로 적의 양손을 묶는 데 사용했다. 기능은 수갑과 아주 비슷하 지만 수갑보다 훨씬 유용했다. 두 개로 된 이 백옥 팔찌는 손목 에 따라 크기가 자동 조절되고, 일단 팔에 차면 벗을 수 없었 다. 게다가 육안으로는 제대로 보기 힘든 가느다란 실이 팔찌 두 개를 연결하고 있는데, 길어야 1미터 정도밖에 늘어나지 않 고 아무리 날카로운 검으로도 자를 수 없었다.

이 팔찌 한 쌍을 양손에 차면 그 사람은 기본적으로 손을 쓸 수 없게 되고, 두 사람이 각각 하나씩 차면 두 사람은 그림자처 럼 붙어 다녀야 하며 기껏해야 1미터 이상 떨어질 수 없었다.

놀람과 당혹감에 찬 영정의 시선을 받으며, 당리는 태연자 약하게 팔찌 한쪽을 제 손에 찼다. 그런 다음 손을 들고 영정의 눈앞에 흔들어 보였다.

"예쁘지?"

영정은 분노와 증오에 찬 눈빛을 지은 채 아무 말도 하지 않았다. 다른 쪽 팔찌를 꺼낸 당리는 얼음장 같은 태도로 돌변하더니 구제 불능의 악당처럼 웃었다.

"정정, 내가 끼워 줄게. 우리 평생 떨어지지 말자. 응?"

한순간 영정마저 황홀감에 빠져들었다. 마치 그가 매일같이 집적대던 몇 달 전으로 돌아간 것 같았고, 마치……, 마치 미운 정 고운 정 다 든 다정한 부부가 된 것 같았다.

그녀는 오래오래 그 팔찌를 바라보며 아무 말이 없었다.

"싫어? 싫으면 그냥 계속 북쪽으로 갈까?"

당리는 여전히 웃고 있었지만 몹시도 무정했다.

영정은 입술을 살짝 깨물었다. 차분해 보이지만 마음속에서는 어지럽게 소용돌이가 치고 있었다. 이렇게 된 이상 당리가 더는 양보하지 않으리라는 것을 그녀도 알 수 있었다.

만약 그녀가 거절하면, 그들은 삼도 암시장을 지나쳐 계속 북상해야 했다. 계속 간들 어디서 구양정이란 사람을 찾을 수 있을까? 그녀는 북려국에 대해 아무것도 몰랐고, 그곳에 가면 달아날 기회는 더욱 없을 것이었다.

결국에는 당리에게 거짓말을 들킬 가능성이 농후했다. 일단 그녀가 달아날 생각을 했다는 걸 당리가 알면 아마 다시는 당문을 벗어나지 못할 터였다.

그렇다고 해도 저 제안을 받아들여 팔찌를 차면 무슨 수로 달아날 수 있을까?

달아날 경로까지 다 생각해 두었는데 당리 저 인간 때문에 이러지도 저러지도 못 하게 된 상황이었다. 호랑이 등에 올라

탄 셈이라 뛰어내릴 수도 없는데, 어쩐다?

당리는 재촉하지 않고 눈썹을 치킨 채로 그녀를 훑어보며 끈기 있게 기다렸다. 그의 싸늘한 눈빛은 그녀의 음모를 비웃는 듯했다. 그를 바라보는 영정은 절망을 넘어 분노를 느꼈다. 와락 달려들어 당리를 힘껏 깨물어 주고 싶어 미칠 것 같았다.

어째서 이 세상에 저런 남자가 있는 거야? 어째서 난 저런 남자를 만난 거야? 전생에 저 남자한테 큰 빚이라도 졌던 거야? 그날 길에서 만난 사람이 저 남자가 아니었다면, 정말 도를 닦는 공자였다면 모든 것은 달라졌을 것이다!

그랬다면 그녀는 운공상인협회에 계속 남아 장사에만 전념할 수 있었다. 그랬다면 음모와 술수가 난무하는 동진과 서진 양대 진영의 충돌에 휘말릴 필요도 없었고, 이렇게 지칠 필요도 없었다.

"당리!"

그녀는 그에게 할 말이 생각난 듯 갑작스레 노성을 터트렸다.

"여기 있잖아!"

당리는 담담하게 대답했다.

영정은 뱃속에 가득 담아 두었던 말을, 마음 가득 눌러 두었던 진심을, 결국 꿀꺽 삼켰다. 아무리 진심을 말한들 그가 믿어 줄까? 믿어 준다 해도 정말 그와 함께 있을 수 있을까?

어려서부터 그녀는 원하는 게 있으면 쟁취했고, 언제나 당당하게 생각하고 행동하며 단 한 번도 움츠러든 적이 없었다. 당리가 동진 사람이 아니라면, 설사 자신을 좋아하지 않는다 해

214

도 반드시 노력해서 쟁취했을 것이다. 하지만 당리는 동진 사람일 뿐 아니라 충성심이 넘쳤다. 그녀가 쟁취하고 싶어도 그럴 수가 없었다.

그녀도 적족을 떠날 수는 있지만 절대 배신할 수는 없었다!

결국, 그녀는 진심 어린 말을 삼키고 애교 띤 웃음으로 대신했다.

"좋아, 끼워 줘. 우리 부부는 앞으로 절대 떨어지지 않는 거야."

그녀는 이렇게 말한 뒤 더없이 확고한 목소리로 덧붙였다.

"다음 생에도 같이 해야 해!"

"좋아!"

당리는 흔쾌히 대답하고는, 고개를 숙여 영정에게 형탁을 끼워 주었다. 마치 아내에게 장신구를 해 주는 것처럼 몹시도 진지한 얼굴이었다.

영정은 그 모습을 보며 속으로 냉소했다.

떨어지지 말자? 이 세상에 떨어지지 않는 짝이 어딨어? 한 손을 잘라 버리면 떨어지지 않겠다는 말은 우스개가 될 터였다.

당리, 우리 다음 생에도 함께 하자!

형탁을 다 끼우자 영정은 손을 들어 자세히 살피고는 웃으며 말했다.

"참 예쁘네."

"마음에 들면 줄게. 계속 끼고 다닐 거지?"

당리도 웃었다.

영정은 진지해졌다.

"미리 말해 두는데, 암시장에서 나오는 즉시 빼 줘!"

당리는 대답하지 않고 영정에게 복면을 씌워 주며 태연하게 말했다.

"가자."

본모습을 감추기 위해서 영정은 당리를 전용 통로로 데려가지 않았다. 그녀에게도 나름대로 검문을 피할 수 있는 가짜 신분이 있었다. 사실 당리도 삼도 암시장에 들어갈 방법을 다양하게 갖고 있었지만 내내 아닌 척했다.

그들이 마지막 검문소를 지날 때쯤, 당리는 검문소를 지키는 사람을 향해 눈에 띄지 않게 눈짓했고, 영정은 알아차리지 못했다.

밤이 깊을수록 암시장은 더 시끌시끌해졌다. 특히 경매장과 도박장이 그랬다. 검문소를 지난 후, 영정은 당리를 데리고 가장 가까이 있는 도박장으로 향했다. 당리는 한눈에 이 도박장이 만상궁 소유라는 것을 알아보았다.

흥청흥청한 분위기가 얼굴을 덮치고 고요함은 사람들 틈에 파묻히자, 당리가 소리 죽여 물었다.

"바로 창고로 가는 거야?"

"당연하지. 지금은 만상궁이 가장 바쁠 때니 가장 좋은 기회야. 비밀 통로를 알고 있는데 이따가 갈 거야. 당신은 저 수비병들을 처리해 줘. 물건을 손에 넣으면 비밀 통로로 나가는 거야!"

영정이 속삭였다.

저 앞에 있는 곳은 만상궁에서 가장 사람이 붐비는 도박장이었다. 그녀는 안으로 들어간 다음 당리가 신경 쓰지 못하는 틈을 타 손을 자르고 혼란을 일으킨 뒤 달아날 생각이었다.

저 도박장에는 곧장 만상궁 전용 통로로 이어지는 비밀 통로가 하나 있었다. 그 비밀 통로까지 달아나기만 하면 안전했다. 그곳은 만상궁 시위가 지키고 있으니 당리는 들어올 수 없었다.

어쨌든 영승은 군영에 있고, 그녀가 위장한 신분도 만상궁에서 어느 정도 먹히니 시위도 절대로 가로막지 못할 터였다. 그런 다음 아무 핑계를 대고 떠나면 그만이었다. 나중에 진상이 드러나 영승이 시위들을 심문한다 해도 아무 소용없었다.

영정은 뭐니 뭐니 해도 장사꾼이었다. 그녀가 볼 때 손 하나를 주고 배 속에 있는 아이와 자신의 자유를 얻을 수 있다면 그럴 가치가 있었다.

두 사람은 차츰차츰 사람들 틈에 섞였다. 앞뒤 좌우가 온통 이리저리 다니는 사람들로 몹시 붐볐다. 내리뜬 당리의 눈동자는 복잡한 빛을 띠고 있었다. 그렇게 걷고 걷던 그가 느닷없이 영정을 품으로 잡아당겨 사람들에게 부딪히지 않도록 보호했다. 그는 그녀를 다소 세게 끌어안으면서 나지막이 말했다.

"순순히 말 듣는 게 좋아. 수작 부리지 말고."

"대체 무슨 말이람."

영정은 태연하게 응수했다. 지금 그녀는 주변의 도박꾼들을 살피고 있었다.

도박꾼들에게는 절대 하지 말아야 할 일이 많은데, 특히 그들은 돈을 걸 때 방해받는 것을 가장 싫어했다. 험악한 사람을 찾아 힘껏 몸을 부딪치면, 차 한 잔 마실 시간 안에 도박장 전체가 발칵 뒤집히리라고 보장할 수 있었다.

영정은 이내 화려한 옷을 입은 장한을 골랐다. 탁지에 놓인 산가지(노름판에서 돈 대신 쓰는 패)를 흘끗 보니 남은 게 별로 없었다. 적잖은 돈을 잃은 것이 틀림없었다.

돈을 잃은 사람은 특히 성미가 불같기 마련이었다. 그러잖아도 풀 데가 없어서 답답해하고 있을 때 그녀가 부딪치기만 하면…….

그들은 차츰차츰 그 장한과 가까워졌다. 그런데 바로 그때, 별안간 오른쪽에서 누군가 홱 밀치고 들어왔다.

"조심해!"

당리가 놀란 목소리로 외치고는 다급히 영정을 보호하며 옆으로 피했다.

"부딪히지 않았어?"

당리가 물었다.

"괘……, 괜찮아."

영정이 차분하게 대답했다. 사실은 부딪혔다 해도 큰 문제는 없었다. 그 사람의 움직임이 그리 크지 않았기 때문이었다.

완전히 틀어진 사이에 뭐 하러 이렇게 보호하는 걸까?

영정은 자신이 당리의 품을 몹시 그리워했다는 것을 깨달았다. 오늘이 지나면, 영원히 다시는 이런 일이 일어나지 않을 것이다. 그에게 안겨 보호받는 일도, 고개를 들면 하늘에서 내려온 신선처럼 청수하고 탈속한 그의 얼굴이 보이는 일도.

그들은 한 걸음 한 걸음 북적이는 사람들을 헤치고 앞으로 나아갔다. 목표로 삼은 장한에게 거의 닿기 직전인데도 영정은 움직이지 않았다. 결국 그들은 그 장한을 지나쳤고 아무 일도 일어나지 않았다.

영정은 곧바로 모진 마음을 먹고 두 번째 목표를 찾았다. 하지만 기회를 눈앞에 두고도 또 놓치고 말았다.

이어서 세 번째 목표, 네 번째 목표를 찾았지만 여전히 움직일 수가 없었다.

포옹 한 번으로도 평생 그 사람을 그리워하게 되는 일도 얼마든지 있기 마련이었다.

좀 더 가면 비밀 통로였다. 영정은 별수 없이 또 선택해야 했다. 그녀가 다섯 번째 목표를 고른 뒤 모질게 마음먹고 당리의 품에서 벗어나려는 순간, 멀지 않은 곳에서 낯익은 사람의 모습이 시야에 들어왔다. 그 사람이 쓴 청동으로 만든 가면은 입과 코를 모두 가리는 형태였고 가면 밖으로는 눈만 드러나 있었다. 그 눈은 아주 깊었고 눈빛은 고독하면서도 오만했다!

언제나 태연하던 영정이 갑자기 몸을 덜덜 떨기 시작했다.

그 사람이 다름 아닌 그녀의 친오라버니이자 만상궁의 주인인 영승이기 때문이었다!

낚인 사람은 대체 누굴까

영승!

영정은 이곳에서 영승과 마주치리라곤 꿈에서도 생각지 못했다. 그는 지금쯤 군영에 있어야 하지 않는가? 비록 만상궁 주인이라지만 천녕국에 내란이 일어난 후로 영승이 친히 장사에 간섭한 적은 아주 드물었다.

이런 중요한 때 그가 여긴 무슨 일일까?

영정은 동진과 서진이 휴전한 것만 알고 구체적인 이유는 알지 못했다. 게다가 한운석이 이미 용비야에게 돌아갔다는 것은 더욱더 몰랐다.

영정이 다음으로 한 생각은 바로 한운석이 영승과 같이 왔는가 하는 것이었다. 사실 그녀에겐 아무리 생각해도 알 수 없는 일이 하나 있었다. 한운석은 분명히 당문과 용비야의 관계를 진작 알고 있었는데 어째서 영승에게 알리지 않았을까?

영정은 당문에 끌려가면서 계속 기다렸고, 운공상인협회 장로들이 당리를 찾아와 담판을 지었을 때야 한운석이 영승에게 사실대로 말하지 않았음을 확신했다.

서진 공주인 한운석이 무슨 꿍꿍이로 그랬을까?

영정은 의심스러웠지만, 제 코가 석 자인 마당에 그것까지 신경 쓸 겨를이 없었다. 지금 그녀는 당황해서 아무 생각도 들지 않았다. 그저 영승에게 들킬까 봐 무의식적으로 고개를 숙이는 게 고작이었다.

하지만 곧 잘못되었다는 것을 깨달았다.

그녀가 복면을 했다 한들 당리는 변장하지도, 숨지도 않았으니 일단 들키면 영승은 곧 그녀가 누군지 알아차릴 터였다.

어떡하지?

영정은 냉정해지고 싶었다. 냉정하게 방법을 생각해 내고 싶었다. 생각하면 분명히 방법이 있을 것이다!

하지만 뭘 해도 냉정해질 수가 없었다. 영승이 삼도 암시장에 있다는 건 그녀의 계획이 실패라는 말이었다. 도망가기도 글렀고, 다시는 삼도 암시장을 벗어날 기회도 없었다!

당황함, 우울함, 놀라움, 실망과 억울함이 한꺼번에 가슴속에 치밀어 오르자, 영정은 갑자기 몹시 피로해져 엉엉 울고 싶었다.

이럴 땐 어떻게 해야 할까? 그녀에겐 오라버니도 있고 언니도 있지만, 어려서부터 오라버니와 언니에게 의지해 본 적 없이 늘 홀로 억척스럽고 굳세게 살아왔다. 그렇지만 지금은 갑자기 누군가에게 의지하고 싶고, 누군가 와서 어떻게 하라고 알려 주었으면 하는 생각이 간절했다.

친오라버니가 눈앞에 있고 남편도 바로 옆에 있지만 둘 다 의지할 수 없는 사람들이었다.

영승은 경매장 둘러보기를 막 끝내고 쉬러 가려던 참이었다. 그런데 지나는 길에 도박장이 보이자 저도 모르게 도박장으로 들어섰다. 어려서부터 군에 들어간 그가 제일 먼저 배운 것은, 바로 자신 없는 싸움은 하지 말라는 것이었다.

삼도 암시장의 도박장은 한 번도 패를 사용한 확률 노름을 운영한 적이 없었다. 이곳에서 하는 것은 오로지 운에 달린 노름이었다. 그래서 영승은 이곳 도박장을 무척 싫어했고, 사업장을 둘러볼 때도 이곳에 들르는 일이 드물었다.

오늘 들어온 까닭은 마침 답답한 기분을 풀 곳이 없었기 때문이었다. 신나게 도박을 하고 나면 기분이 조금 좋아지지 않을까 싶었다.

용비야가 한운석을 인질 삼아 데려간 일은 적족과 운공상인 협회 고위층만 아는 정보였고, 용비야를 향한 한운석의 감정에 관해서는 오직 그와 정 숙부만 알고 있었다. 한운석이 용비야를 따라간 후 그의 기분은 맑은 날이 없었다.

"산가지 삼만을 바꿔 오게."

영승이 차가운 목소리로 정 숙부에게 분부했다.

"주인님은 도박하신 적이 없지 않습니까."

정 숙부가 나지막이 말했다.

"삼만을 가져오라고 했네! 세 번 말해야 하나?"

영승이 불쾌한 듯이 물었다.

정 숙부는 그제야 쭈뼛거리며 물러갔다. 영승은 북적이는 사람들을 쳐다보다가 우연히 익숙한 얼굴을 발견했다.

"당리……."

그가 중얼거렸다.

산가지를 담은 통을 가져오던 정 숙부도 영승의 시선을 따라 고개를 돌리다가 역시 한눈에 당리를 알아보았다. 당리는 복면한 여자를 품에 보호하면서 비좁은 사람들 틈에서 오른쪽 앞으로 걸어가고 있었다.

　"정 소저 아닙니까?"

　정 숙부는 몹시 의외라는 얼굴이었다.

　"왜 얼굴을 가렸지?"

　영승은 즉시 이상한 것을 알아차렸다.

　적족과 운공상인협회의 관계가 공표된 이후로 적족에는 더 비밀이 없었다. 길가는 사람 누구든 삼도 암시장 만상궁이 적족 세력이라는 것을 알고 있었다. 당리도 당연히 알고 있을 테니 영정도 숨길 필요가 없었다.

　필시 전용 통로를 쓰지도 않아서 만상궁 사람들 역시 그녀가 온 것을 몰랐을 것이다. 복면으로 얼굴을 가린 것을 보면 누가 알아보는 것을 원치 않는 게 분명했다.

　무엇 때문일까?

　영승의 말에 정 숙부도 고개를 갸웃했다.

　"이상하군요! 단순히 놀러 온 길이라 아랫사람들을 놀라게 하지 않으려던 걸까요?"

　영승의 눈이 번쩍 빛났다. 다른 사람들은 몰라도 그는 영정에 대해 잘 알고 있었다. 저 누이는 재물을 가장 중요하게 생각해서 절대로 이런 도박장에 발을 들일 사람이 아니었다.

　당리에게 억지로 끌려온 게 아니라면 분명히 무슨 음모가 있었다!

영승은 잠시 고민하다가 고개를 숙여 정 숙부의 귓가에 뭐라고 나지막이 분부한 다음 돌아서서 비밀 통로로 들어갔다.

당리는 아직 영승을 발견하지 못했지만, 영정은 영승이 이미 자신들을 발견했다는 것을 알아차렸고 영승이 정 숙부의 귀에 속삭이는 장면도 똑똑히 보았다.

그녀는 당리를 잡아끌고 떠나고 싶어 죽을 지경이었으나 확실히 지금 이 상황은 호랑이 등에 올라탄 격이었다. 당장 떠나면 머리 회전이 빠른 영승은 분명히 그녀를 의심할 터였다. 하지만 삼도 암시장과 삼도전장은 모두 영승의 세력 범위였다. 그들은 달아날 수 없었다!

당황한 와중에 그녀의 손은 저도 모르게 배로 향했고, 한번 닿은 뒤에는 떨어질 줄 몰랐다. 벌써 조금씩 태동이 느껴지는 아랫배를 손으로 살며시 덮는 순간 그녀는 완전히 차분해졌다.

이 세상에 자신이 의지할 만한 사람, 힘을 주는 사람이 있다는 사실이 갑작스레 와닿았다. 그 사람은 바로 배 속에 있는 작은 생명이었다. 당리가 그녀에게 남긴 흔적, 그녀가 유일하게 데려갈 수 있는 추억.

어머니는 강했다!

차분해진 영정은 이내 생각을 정리했다. 달아날 기회가 있든 없든 우선 영승이 자신과 당리에게 품은 의심을 없애야 했다. 그렇지 못하면 당리는 삼도 암시장에서 죽는 수밖에 없었다.

여기까지 생각이 미치자 영정은 갑자기 당리의 손을 와락 움커잡았다. 몹시 두려웠다.

품에 있는 여자의 속이 얼마나 여린지 전혀 알지 못하는 당리가 나지막이 물었다.

"뭐해?"

영정이 대답하기도 전에 어디서 나타났는지 야윈 중년인 한 명이 불쑥 다가와 당리의 손에 산가지를 쑤셔 넣었다.

"이보시오, 공자. 오늘 내 운수가 아주 지독하구려! 딱 봐도 오늘 처음 온 모양인데, 제발 대신 몇 번 쳐서 운수 좀 바꿔 주시오!"

영정은 이 야윈 중년인이 정 숙부가 보낸 바람잡이라는 것을 단박에 알아차렸다. 일단 꼬드김을 당하면 아무리 의지가 강해도 가산을 탕진할 때까지 돈을 잃기 마련이었다.

영승은 당리가 도박으로 당문을 통째로 말아먹게 만들려는 걸까? 당리가 정말 당문을 말아먹으면, 그녀는 암기 문제로 노심초사할 필요가 없었다.

하지만 당리에게는 치명적인 타격이었다! 그렇게 심각한 상황에 부닥쳤을 때 당리가 어떤 꼴이 될지, 또 용비야에게 무슨 벌을 받을지, 영정으로선 상상조차 할 수 없었다.

지독한 영승!

그녀가 지금 복면을 벗고 누군지 밝힌 다음 당리를 도우면 영승은 그녀가 이상하다는 것을 눈치챌 게 분명했다. 그러니 남몰래 알려 주는 수밖에 없었다.

사실 영정이 알려 주지 않아도 당리 역시 한눈에 이 야윈 중년인이 바람잡이라는 것을 알아보았다. 영정의 암시는 그에게 커다란 위안을 주었다.

그는 시원시원하게 받아들였다.

"좋소이다. 이 도련님께서 공짜로 운수를 좀 바꿔 주지. 어디요? 갑시다!"

야윈 중년인은 몰래 눈을 반짝이며 허겁지겁 길을 안내했다.

초조해진 영정이 당리의 손바닥을 힘껏 꼬집었다. 당리는 그녀가 아무리 꼬집어도 모른 척했다. 입가에 슬며시 즐거운 웃음이 피어올랐지만 자신조차 알아차리지 못했다.

결국, 참다못한 영정이 소리 죽여 말했다.

"당리, 이건 함정이야! 조금 전에 영승을 봤어. 그가 우릴 알아본 거라고!"

당리도 소리를 죽였다.

"아이고, 우리 정정이 이번에는 결국 내 편이 되었네?"

그녀가 이런 말을 하는 건 정말 재물을 훔치기 위해 암시장에 왔고, 그를 속이지 않았다는 뜻이었다.

"나⋯⋯, 난⋯⋯."

순간적으로 뭐라고 설명해야 할지 몰랐던 영정은 당리가 끝까지 오해하게 놔둔 채 조용히 말했다.

"당신은 못 이겨. 바람잡이가 데려가는 판에는 죄다 사기꾼들뿐이라고! 당리, 몇 판만 하고 그만둬. 하관荷官(옛날 도박장에서 패를 섞는 사람)에게는 당신이 당문 문주인데 주인을 만나야겠다고 해. 난 영승이 의심하지 않게 당신더러 계속하라며 연기할게.”

당리는 고개를 숙이고 그녀를 바라보다가 갑자기 싱긋 웃었다. 의성을 떠난 뒤로 이렇게 밝게 웃은 적이 없던 당리였다.

그가 말했다.

“정정, 날 속이지 않은 보답으로 네가 받아야 할 돈을 따 줄게. 오늘 밤에 창고를 털 필요 없겠어.”

“당리! 당신은 못 이겨! 다 선수들이란 말이야!”

영정은 초조해서 그의 발을 꾹 밟았다.

“내기할래?”

당리가 나지막이 웃었다.

“내가 지면 널 놔줄게. 내가 이기면…….”

당리는 잠시 생각해 본 다음 그녀의 귀에 대고 속삭였다.

“네 개인 인장을 되찾은 다음, 당문으로 돌아가서 아이를 가질까?”

아이가 생기면, 어머니와 함께 힘을 합쳐 훨씬 쉽게 그녀의 목숨을 지킬 수 있었다.

영정은 눈시울이 빨개졌지만 여전히 차가운 목소리로 말했다.

“난 당신 아이를 가질 자격이 없어. 가지고 싶지도 않고! 말해 두는데, 내 말을 듣지 않았다가 무슨 일이 생기면 그때 가서 뭐라고 하지 마!”

당리는 쌀쌀하게 웃고는 더 말하지 않았다.

그들은 곧 야윈 중년인에게 이끌려 커다란 도박판 앞에 도착했다. 영정은 단박에 이 자리에 있는 하관이 정 숙부라는 것을 알아보고 거의 절망에 빠졌다. 정 숙부의 매같이 날카로운 눈 앞에서는 당리에게 소리 죽여 말할 용기조차 나지 않았다.

어떡하지? 당리 저 멍청이. 어쩌자고 정 숙부의 함정 속으로 뛰어든 거야!

"이 분은……."

정 숙부가 웃으며 물었다.

"내 친구요. 하하하, 대신 몇 판 두기로 했다오. 지면 내가 돈을 내고 이기면 이 친구가 돈을 가져갈 거요!"

야윈 중년인이 재빨리 대답했다.

"허허, 미리 정해 놓으셨다니 다행입니다."

정 숙부는 고개를 끄덕인 뒤 패를 섞기 시작했다.

이 판에서 하는 노름은 큰 수 작은 수 걸기로, 결과 숫자를 보고 승패를 결정하는 것이었다.

당리도 아무 말 없이 손에 쥔 산가지를 요리조리 굴리면서 정 숙부가 패 섞는 모습을 가만히 바라보았다.

솔직히 말해 영승과 영정은 당리를 몰라도 너무 몰랐다. 이 당문의 후계자께서는 계집질만 빼고, 먹고 마시고 노름하는 데 아주 도가 튼 사람이었다. 그는 열세 살에 당문 시위를 따라 몰래 도박장에 간 뒤로 5년 동안 내리 돈을 잃었다. 하지만 열일곱 살 때부터는 다시는 돈을 잃지 않았다. 다름 아니라 그 자신이 선수가 된 덕분이었다.

정 숙부의 그 어떤 움직임도 그의 눈을 피하지 못했다.

날이 밝을 때까지 당리는 도박판을 떠나지 않았다. 처음에는 잃기도 하고 따기도 했지만, 나중에는 계속 따기만 했다. 갈수록 큰돈을 걸어 대는 것으로 보아 차차 빠져들기 시작한 것 같았다.

영정은 이런 속임수에 아주 익숙했다. 정 숙부는 당리가 계속 따게 해 주면서 도박에 빠져들게 했다. 도박에 완전히 미쳐야만 전 재산을 걸게 되기 때문이었다.

영승은 내내 눈에 띄지 않는 곳에서 그 광경을 지켜보다가, 고칠소가 나타나 툭 치자 그제야 고칠소, 목령아와 함께 흑루를 정탐하러 갔다.

그리고 그때, 아직 오는 중인 용비야는 이미 검문소를 지키는 사람이 보낸 밀서를 받고 당리와 영정이 암시장에 갔다는 것을 알았다.

"당리가 영정을 데리고 그곳엔 무슨 일이지?"

용비야로선 생각해 봐도 알 수가 없었다. 물론 당리는 도박을 좋아하지만 헤어나지 못할 정도는 아니어서 이런 중요한 때 영정을 데리고 삼도 암시장에 갈 리 없었다. 뭐니 뭐니 해도 삼도 암시장의 만상궁은 영씨 집안의 근거지였다.

"오늘 밤에는 괜히 길을 돌아서 성에 들어가지 말아요. 여기서 삼도 암시장까지는 별로 멀지 않을 테니 서둘러서 가 봐요, 네?"

한운석은 진지하게 말한 다음, 용비야가 허락하지 않을까 봐 일부러 제 다리를 툭툭 쳐 가며 덧붙였다.

"제때 약만 바르면 돼요. 음식 같은 건 큰 영향도 없다고요."

용비야는 그제야 허락했다.

"빠르면 닷새 정도 만에 갈 수 있으니 삼도 암시장에서 쉬도록 하자. 그곳에서 흑루까지는 멀지 않다."

오랫동안 당리를 만나지 못한 한운석은 어쩐지 그가 보고 싶었다. 그녀가 아직도 용비야와 찰싹 달라붙어 있는 것을 알면 당리는 어떤 반응을 보일까?

미접몽의 행방

　용비야와 한운석이 아직 오고 있는 사이, 고칠소와 영승은 이미 흑루의 허실을 정탐한 후였다.

　백옥교의 말에 따르면 흑루는 백언청이 삼도전장 부근에 마련한 거점인데, 소소옥은 처음부터 이곳에 갇힌 게 아니라 나중에 끌려왔다고 했다.

　흑루는 은밀한 곳이라 방비가 삼엄하지 않아서, 지키는 사람이라고는 독술 고수 몇 명이 전부였다. 백옥교는 저 독술 고수들을 꼬드겨 백언청을 유인하도록 협조하게 만들 수 있다고 했다. 하지만 영승과 고칠소는 쉽사리 그녀를 믿지 않았다.

　흑루를 살펴본 두 사람은 백옥교가 거짓말을 하지 않았다는 것을 알 수 있었다. 확실히 흑루의 방비는 별로 엄하지 않았다. 그들은 삼도 암시장으로 돌아와 사람을 시켜 백옥교를 데려오게 했다.

　"네 사부가 소소옥을 잡아 둔 까닭이 무엇이냐?"

　영승이 차갑게 물었다.

　백옥교는 복잡한 눈빛을 지으며 대답했다.

　"사부님은 한운석이 아랫사람에게 잘해 준다는 소문을 들으셨어. 특히 소소옥은 친동생처럼 대한다더군. 아마 소소옥을 납치해서 한운석을 위협하려던 것 같아."

그 말에 영승과 고칠소는 약속이나 한 듯 일제히 큰 소리로 웃음을 터트렸다. 마치 굉장한 우스개라도 들은 사람 같았다.

하지만 그리 오래 웃지는 않고 서로 상대가 웃는 것을 보자 즉시 뚝 그쳤다. 공교롭게도 웃음을 그치는 시점도 꼭 약속한 것처럼 똑같았다. 두 사람은 괜히 민망해져 시선을 피했다.

백옥교는 그 웃음소리에 간담이 서늘했다. 고칠소가 웃는 것도 무서운데 영승까지 더해지자 정말이지 견딜 수가 없었다.

영승과 고칠소는 동시에 웃음을 그친 뒤 곧 입을 다물고 상대방이 먼저 말을 하길 기다렸다. 자칫하다 또 동시에 입을 열어 민망한 상황이 연출될까 싶어서였다.

고칠소는 속으로 구시렁거렸다.

'에이, 귀신에게 홀렸나!'

영승도 얼음장 같은 얼굴로 잠시 기다렸지만 고칠소가 말할 기미가 없자 가볍게 헛기침을 했다. 그 소리를 들은 고칠소는 영승이 말을 하려는 것을 알고 입을 다물었다.

이것도 마음이 통했다고 볼 수 있지 않을까?

무엇 때문인지는 몰라도 고칠소는 갑자기 용비야를 떠올렸다. 영승과 함께 있으면 용비야와 함께 있을 때의 기분과 비슷했다.

하지만 영승보다 용비야와 대거리하는 게 더 좋았다. 그에게 용비야는 아주 도전할 만한 상대였다.

"백옥교, 나를 바보로 아느냐? 아니면 네 사부를 바보로 아는 거냐? 소소옥은 고작 하녀지, 고북월이 아니다! 백언청이 소소옥을 붙잡고 있다 해서 한운석을 협박할 수 있을 것 같으냐? 말해 봐라!"

영승이 차갑게 물었다.

한운석이 아무리 아랫사람에게 잘한다 해도 하녀 하나 때문에 대국을 모른 체하고 백언청에게 협박당할까? 백언청이 소소옥을 잡아 둔 데는 분명히 더 중요한 이유가 있었다.

고칠소는 턱을 매만지며 진지한 얼굴로 물었다.

"백옥교, 네 사부가 바보일까, 아니면 영승이 바보일까?"

이 말에 영승의 얼굴이 약간 일그러졌다. 그가 화를 내려는 순간 고칠소가 백옥교에게 다가갔다. 그는 옆에 몸을 웅크리고 흥미로운 듯이 그녀의 턱을 들어 올리더니 히죽거리며 물었다.

"아니면 우리 독누이를 바보로 생각한 거야?"

백옥교의 얼굴 한쪽은 이미 망가져 있었다. 그녀는 고칠소가 웃을 때 얼마나 무시무시하고 잔혹한지 더할 나위 없이 잘 알고 있었다. 영승이 심문한다면 독을 써서 달아날 기회라도 있었다. 하지만 영승도 바보가 아니어서 그녀를 심문할 때면 늘 고칠소를 끌어들였다.

그 오랜 세월 사부에게 배운 독술은 고칠소 앞에서는 조금도 효과가 없었다.

"미접몽 때문이야!"

백옥교는 곧바로 협조했다. 마지막 패는 남겨 두었다가 영승과 고칠소를 이간질할 계획이었는데 그것마저 틀린 것 같았다.

이 말이 나오는 순간 영승과 고칠소 둘 다 안색이 변해서 또

한 번 약속이나 한 듯 서로를 쳐다보았다.

미접몽을 얻는 자가 천하를 얻는다는 말은 영승도 들어 본 적 있었다. 그리고 고칠소는 근 2년간 미접몽을 깨뜨리는 방법을 찾고 있었다!

영승이 입을 열려는데 고칠소가 선수를 쳐서 차갑게 물었다.

"소소옥이 미접몽의 행방을 안다는 걸 너희 사부가 어떻게 알아?"

그 말을 듣자 영승은 바로 입을 다물었다.

미접몽이 정말 한운석 손에 있을까? 한운석은 한 번도 그런 이야기를 한 적이 없었다. 지금 그녀는 용비야와 함께 있으니 미접몽도 용비야의 손에 들어간 게 아닐까?

"사부는 소소옥도 백리명향과 똑같이 한운석이 가까이 부리는 하녀인 데다 한운석에게 독술을 배웠다고 하셨어. 그러니까 알고 있을 가능성이 커."

백옥교는 서둘러 대답했다.

고칠소는 눈동자에 교활한 빛을 반짝이며 물었다.

"백리명향과 똑같이? 설마 네 사부가 백리명향도 의심하는 거야?"

고칠소가 바짝 다가서자 백옥교는 와락 겁이 나 차마 숨기지 못했다.

"그, 그래."

"후후후."

고칠소는 웃었다.

"단순히 한운석에게 독술을 배웠다는 이유로 그렇게 확신한다고? 누굴 속이려 들어? 백리명향은 용비야 쪽 사람이지 한운석 사람이 아니야. 이 어르신이 한운석과 얼마나 오래 알고 지냈는데, 한운석이 미접몽을 갖고 있다면 모를 리가 있어? 잘 들어, 계속 거짓말하면 얼굴 망가뜨리는 거로 끝나지 않을 줄 알아."

백옥교는 기겁해서 허둥지둥 해명했다.

"사, 사실은 사부님도 한운석을 의심하신 게 아니야. 아마 용비야를 의심하셨을 거야. 백리명향의 피가 아주 기괴해서 미접몽을 깨뜨릴 가능성이 매우 컸거든."

고칠소는 속으로 쾌재를 불렀다. 그가 원한 것도 바로 이 말이었다!

"그러니까, 미접몽이 용비야 손에 있다는 거야? 한운석이 아니라?"

영승에게 들으라고 일부러 한 말이었다.

고칠소는 미접몽에 관한 모든 것을 똑똑히 알고 있었다. 백리명향의 피는 바로 미인혈이고, 확실히 미접몽을 깨뜨릴 수 있었다.

그는 모두 알면서도 백옥교의 입을 빌려 영승에게 말을 전했다. 이렇게 해야 영승이 미접몽은 용비야가 가지고 있다고 믿게 될 것이고 그래야 한운석이 귀찮아지지 않았다.

내내 침묵하던 영승이 혼잣말처럼 중얼거렸다.

"소소옥과 백리명향 모두 한운석에게 독술을 배웠으니, 네 사부는 한운석이 용비야를 도와 미접몽을 연구하고 있다고 의심한 거야? 소소옥과 백리명향이 돕고 있다고 생각했고?”

고칠소는 속으로 가만히 웃었다. 영승은 역시 영리했다.

“맞아, 그거야!”

백옥교는 황급히 고개를 끄덕였다.

고칠소는 마음 상한 척 탄식했다.

“허, 이 어르신이 독누이에게 그렇게 잘해 줬는데 미접몽같이 어마어마한 비밀을 알면서 말도 안 해 준 거야? 나한테 말했으면 내가 확실하게 빼앗아 줬을 텐데!”

고칠소는 열심히 연기하며 영승이 용비야에게 창끝을 겨누도록 유도했다. 하지만 애석하게도 영승은 그의 말에 전혀 귀기울이지 않고 있었다. 그는 이미 넋이 나간 상태였다.

영승은 속에서 쓴웃음을 금치 못했다. 지금쯤 한운석이 용비야와 미접몽을 연구하고 있을지도 모른다는 생각이 들었다.

서진의 공주가 동진의 태자를 도와 미접몽을 깨뜨리고 그에게 천하를 안겨 준다? 이 무슨 일인가?

정말이지 치욕스러웠다!

“여봐라, 백옥교를 가두고 본 족장의 허락 없이는 누구도 접근하지 못하게 해라!”

영승은 그렇게 말한 뒤 일어났다.

“이봐!”

고칠소가 그를 쫓아갔다.

“어쩌려는 거야?”

영승은 대답하기는커녕 고개도 돌리지 않고 가 버렸다. 그에겐 냉정해질 시간이 필요했고 분노를 풀 곳이 필요했다. 그렇지 않으면 참지 못하고 한운석을 찾아 동진 군영으로 달려갈지도 몰랐다.

어떻게 그녀가 이럴 수가.

설사 서진을 돕지 않더라도, 그를 돕지 않더라도, 용비야를 도와 서진에 맞서게 해서는 안 되었다!

영승은 그렇게 가 버렸지만 도리어 고칠소는 서두르지 않았다. 그에게는 기다릴 시간이 얼마든지 있었다. 자기만의 계략을 펼치려면 그 역시 시간이 필요했다.

고칠소가 막 밀실에서 나왔을 때 목령아가 흥분해서 달려왔다.

"칠 오라버니! 칠 오라버니, 내가, 내가 누굴 봤는지 맞혀 봐요!"

"귀신이라도 봤어? 왜 이렇게 호들갑이야?"

고칠소는 퉁명스럽게 물었다.

목령아는 도박장에서부터 한 번도 쉬지 않고 단숨에 달려오느라 마구 숨을 헐떡였고 몹시 흥분해 있었다.

"당리예요! 당리를 봤다고요!"

고칠소가 두 눈을 가늘게 떴다.

"그자가?"

"그래요! 도박장에서 아주 신나게 놀고 있어요. 벌써 산가지를 수천이나 땄다니까요. 여자가 함께 있는데 얼굴을 가리고 있어요. 아마 영정일 거예요!"

목령아는 다급히 말했다.

"칠 오라버니, 당리가……, 당리가 속아서 온 건 아니겠죠? 만상궁은 영정네 근거지잖아요?"

고칠소는 고개를 외로 꼬아 그녀를 흘끗 바라보았다.

"그게 너하고 무슨 상관이야?"

목령아는 어리벙벙해져 그 말에 대답하지 못했다.

그들은 당문과 용비야의 관계를 똑똑히 알지 못했고, 인척인 당문과 운공상인협회가 실제로 어떤 관계인지는 더욱더 몰랐다. 목령아는 고민에 빠졌지만, 고칠소는 전혀 흥미를 느끼지 못했고 관심도 없었다. 목령아가 뭐라고 대답해야 할지 몰라 하자 그는 쳐다보지도 않고 지나가면서 한마디 툭 던졌다.

"이런 중요한 때 쓸데없는 일에 신경 쓰지 마!"

영승이 그렇게 가 버린 후 며칠이 지났지만 고칠소도 구태여 그를 찾아가지 않았다.

그는 만상궁 사람들에게 거금을 받아다가 목령아를 데리고 당리가 있는 곳의 이웃 도박장에서 펑펑 쓰면서, 남몰래 영승을 위해 깊고도 깊은 함정을 팠다. 목령아는 맹한 얼굴로 고칠소를 따라 이 판 저 판 도박판을 옮겨 다녔다. 너무 신이 나서 이곳에 온 목적을 잊어버릴 정도였다.

그리고 요 며칠 당리는 거의 온종일 도박판에 붙어 있었다. 그날 하루 딴 돈은 아낌없이 야윈 중년인에게 준 다음 자기 돈으로 계속 도박을 했고, 영정까지 끌어들여 돈을 걸게 했다. 그는 계속 이겼고 이틀 밤낮 돈을 땄다.

그러나 나흘째부터 내리 잃기 시작했다. 잃으면 잃을수록 거는 돈은 점점 커졌고, 하루 만에 이틀간 딴 돈을 탈탈 털리고 적잖은 손해를 떠안았다.

닷새째 저녁에는 몸에 지니고 있던 값나가는 물건이란 물건은 모두 잃다시피 했고, 손에 남은 산가지는 고작 은자 한 냥 가치밖에 없게 되었다.

그는 성질을 부리며 도박판 위에 산가지를 힘껏 팽개쳤다.

"반드시 되찾고 말겠다!"

초췌해진 그의 옆얼굴을 흘끗 본 영정은 가슴이 찢어질 것처럼 아팠다.

'아리, 이기겠다고 했잖아. 이기면 날 당문에 데려가서 아이를 만들겠다고 했잖아.'

마음 같아서는 이렇게 말해 주고 싶었지만, 안타깝게도 그럴 수가 없었다. 요 며칠 그녀는 당리에게 그만하라고 할 수 없었다. 정 숙부가 몇 번이나 질책하는 시선을 보냈기 때문이었다.

어떡한담? 철든 이후로 지금까지 억척같이 살아오면서 이렇게 무력감을 느낀 적은 한 번도 없었다.

"작은 수!"

당리가 큰 소리로 외치며 마지막 남은 산가지를 던졌다.

정 숙부가 웃으며 말했다.

"나리, 그 정도로 얼마나 따겠습니까? 부인께서 차고 계신 팔찌가 아주 예뻐 보이는데 담보로 맡기시지요. 산가지 서른 개,

어떠십니까?"

당리가 찬 팔찌는 소매 속에 가려져 있었고, 팔찌를 연결한 가느다란 실은 잘 모르는 사람은 알아차리지 못했기 때문에 영정이 찬 팔찌는 꼭 진짜 장신구처럼 보였다.

영정은 평소 장신구를 즐겨 하지 않아서 몸에 지닌 값나가는 것이라곤 정말 이 '팔찌'밖에 없었다. 정 숙부는 그 팔찌가 뭔지 알아차린 게 아니라 그저 그들이 가진 것을 다 털어 당리를 안 달하게 하려는 것뿐이었다.

영정도 이 '팔찌'가 지독하게 싫었지만, 지금 이 순간은 당리가 마지막 이성까지 잃어버릴까 겁이 나 참지 못하고 탁자 밑에서 몰래 그의 손을 잡았다.

당리는 잠시 망설이다가 허허 웃었다.

"그건 아내에게 선물한 것이라 죽어도 못 내놓소. 산가지 하나로 천천히 놀지, 뭐."

조마조마하던 영정의 심장이 겨우 제자리를 찾았다. 그가 한 말이 진심이 아니라는 걸 분명히 알면서도 어쩐지 감동적이었다.

정 숙부도 서두르지 않고 당리가 몇 번 더 돈을 따게 해 주었다. 당리는 돈을 따자 다시 흥분했다. 시끌시끌한 이 도박장에서 당리의 목소리가 제일 컸다.

바로 그때, 용비야와 한운석이 삼도 암시장에 도착했다.

달아 두마, 자격이 생길 테니

전용 통로를 지나 방해받지 않고 순조롭게 삼도 암시장 중심가의 가장 번화한 지역으로 들어간 한운석은, 용비야가 삼도 암시장에도 작지 않은 세력을 가진 것을 깨달았다. 그리고 '동래궁'이라는 세 글자를 본 순간 저도 모르게 중얼거렸다.

"자기동래……."

그녀는 바퀴 달린 의자에 앉아 의아한 얼굴로 용비야를 돌아보았다. 용비야는 그녀의 앞머리를 쓰다듬고는 아무 말 없이 손수 의자를 밀고 안으로 들어갔다.

한운석은 곧 양쪽에 잔뜩 늘어선 하인들을 발견했다. 그들은 몹시 공손한 태도로 허리 숙여 인사하며 감히 고개도 들지 못했다.

한운석이 아직도 진실을 눈치채지 못했다면 진짜 바보였다. 그간 아무리 생각해도 알 수 없던 일들이 마침내 오늘에서야 답을 찾았다.

용비야는 천녕국 황족에게 주는 용돈을 받지 않았고 조정의 봉록도 받지 않았다. 더구나 선제가 승하한 뒤로는 받은 상도 별로 없었다. 그렇다면 가장 부유한 강남에 있는 그 많은 사업장은 어디서 났고, 한도 없는 금패는 어디서 났을까? 그녀에게 선물을 줄 때마다 보여 준 그 어마어마한 씀씀이는 또 어떻게 된 걸까?

이제 보니, 바로 이 동래궁 덕분이었다.

천역 암시장에서 있었던 곡식 판매 사건 이후 삼도 암시장을 집중적으로 공부한 한운석은 당연히 동래궁의 명성도 들어서 알고 있었다. 삼도 암시장 내에서 동래궁의 새력은 수년간 삼도 암시장을 지배했던 만상궁을 일찌감치 뛰어넘었다. 하지만 그녀는 용비야가 동래궁의 주인일 거라곤 짐작도 하지 못했다.

지금 보니 사유 재산이건 공공 재산이건, 용비야야말로 제일가는 부자였다!

한운석은 저도 모르게 또 고개를 돌리고 그를 올려다보았다.

"뭘 보느냐?"

용비야가 담담하게 물었다.

"이렇게 부자란 걸 왜 말해 주지 않았어요?"

한운석이 웃으며 물었다.

"잊었다."

용비야의 이번 대답에는 한운석도 따질 말이 없었다.

"내가 진심으로 당신을 좋아한 게 아니라 재산을 탐내는 걸까 봐 겁이 났죠?"

한운석이 장난스럽게 물었다.

그래도 한운석이 농담을 하면 꼭 받아 주는 용비야였다. 그가 반문했다.

"탐이 나느냐?"

"네!"

한운석은 망설임 없이 고개를 끄덕였다.

용비야는 두말없이 소매에서 열쇠 하나를 꺼내 한운석에게 건넸다.

"받아라."

옆에 있던 서동림과 백리명향은 얼이 빠졌다. 전하가 공주를 얼마나 아끼는지는 잘 아는 두 사람이지만, 이렇게까지 아낌없이 퍼 줄 거라곤 상상도 하지 못했다.

이 열쇠는 동래궁 대창고의 열쇠였다. 동진을 다시 일으키기 전까지 동래궁 대창고는 동진의 국고나 마찬가지였다! 요 몇 년간 천녕국 조정이 백리 장군의 수군에 보조금을 지급한 것을 빼면, 동진 군영의 지출은 모두 이 창고에서 나갔다.

서동림의 머릿속에 당자진과 여 이모, 백리원륭의 엄숙한 얼굴이 떠올랐다. 혹여 전하가 이런 행동을 했다는 걸 그들이 알면 어떤 표정을 지을까.

백리명향은 복잡한 마음을 안고서 크고 높은 전하의 뒷모습을 흘끗 바라보았다. 오래전 처음 만났을 때만 해도 그토록 차가웠던 사람이 이렇게 될 줄은, 이렇게 한도 끝도 없이 한 여자를 사랑하게 될 줄은 도무지 짐작할 수가 없었다.

용비야는 한운석이 앉은 의자를 밀고 벌써 그들보다 저만치 앞서가고 있었다. 한운석은 열쇠를 살피다가 나지막이 물었다.

"장방帳房(재산 출납을 관리하는 곳) 열쇠예요?"

"창고 열쇠다. 넣어 둬라."

용비야는 한담이라도 나누듯 태연자약했다.

도리어 한운석이 화들짝 놀라 황급히 열쇠를 돌려주었다.

"싫어요. 동진의 재물 창고잖아요."

동진의 옥새를 보관하는 것도 부담 백배인데 창고 열쇠까지 가지고 있으라니. 행여 창고에 무슨 일이 생기면 동진의 그 오랜 신하들이 그녀 탓이라고 우겨 댈 게 분명했다.

"탐나지 않느냐?"

용비야가 눈썹을 세우며 물었다.

"탐내는 데도 상도란 게 있어요. 이런 건 필요 없으니 가져 가요."

한운석이 진지하게 말했다. 동진의 옥새는 그저 잠시 맡고 있다가 풍족의 문제가 해결되면 그에게 돌려줄 물건이었다. 하지만 창고 열쇠는 가지고 있다 한들 무슨 소용일까? 창고에 든 물건은 그녀의 것도 아니고 명분도 없었다.

한운석은 무척 진지했다.

"용비야, 당신 개인 물건은 아무리 귀중해도 받겠어요. 하지만 동진의 물건은 받을 자격이 없어요."

용비야도 그렇게까지 깊이 생각해 본 것은 아니었다. 그저 한운석이 좋아하면 내 주는 것이 몸에 배어 있던 것뿐이었다. 한운석이 이렇게 일러 주자 그도 그녀가 무엇을 꺼리는지 이해했다.

동래궁은 비록 동진 황족이 그에게 남겨 준 자산이지만, 그가 동래궁을 넘겨받은 이래 지금까지 재산 가치가 열 배나 뛰었다. 그가 원하기만 하면 며칠 안에 공공 재산을 사유 재산으로 바꿀 수 있었다. 사실상 그에게는 공공 재산이든 사유 재산이든 똑같았다.

한운석이 꺼리자 그도 길게 설명하지 않고 열쇠를 다시 받으며 차분하게 말했다.

"자격이 생길 테니 일단 달아 두지."

그를 돌아본 한운석은 저도 모르게 약간 슬퍼졌다. 동진과 서진의 원한이 한바탕 오해여서 풀 수 있다면 좋겠지만, 그렇지 않다면 과연 그녀에게 자격이 생길까?

사실 그녀는 저 재산이 조금도 탐나지 않았다. 그를, 그리고 그의 마음을 가졌는데, 무엇이 더 탐날까?

동래궁의 외관은 소박하고 눈에 띄지 않았지만, 안은 극도로 화려해서 번쩍번쩍하게 꾸민 만상궁과 비교해도 전혀 손색이 없었다. 용비야는 한운석을 자신의 침궁으로 데려갔다. 침궁은 동래궁에서 가장 깨끗하고 은밀한 곳에 깊숙이 자리하고 있어서 아무도 방해할 수 없었다.

침궁 뒤에 있는 온천이 눈에 들어오자 한운석은 편안한 온천욕이 몹시 그리웠다. 하지만 애석하게도 다친 다리를 물에 넣을 수가 없었다. 두 사람은 정리를 마친 다음 여행의 피로를 씻어 냈고, 용비야는 정확히 시간을 맞춰 한운석의 약을 갈아 주었다.

보름간 용비야의 정성 어린 보살핌에 의성과 약성에서 보내준 여러 명약의 약효가 더해져, 한운석의 다리는 보통 상황보다 훨씬 빨리 좋아졌다.

걸을 수 없다뿐이지 벌써 일어날 수도 있었다. 물론 용비야는 그녀가 서 있는 것을 절대로 허락하지 않았다. 이대로라면 앞으로 보름 후면 거의 나아서, 며칠 연습한 다음 정상적으로 걸을 수 있을 것이다.

요 며칠 바쁘게 길을 갔기 망정이지, 그렇지 않았다면 한운석의 성격상 도저히 가만히 앉아 있지 못했을 터였다.

한운석은 편하게 입는 폭넓은 치마로 갈아입은 뒤 긴 평상에 앉아 있다가, 용비야가 고약을 만들어 오는 것을 보자 재빨리 치맛자락을 무릎까지 걷었다.

알다시피 그에게 걷어 올리게 했다가는 뒷일을 감당할 수 없기 때문이었다.

무릎까지만 드러냈고 다친 다리라고 해도, 그 다리는 여전히 온갖 연상을 불러일으켰다. 오는 동안 용비야는 벌써 몇 차례나 약을 발라 준 다음 그대로 그녀를 덮쳤고, 늑대의 화신이 되어 그녀를 남김없이 잡아먹었다.

늑대의 화신이 되기 직전까지는 용비야도 꽤 뚝심이 강했다. 늘 전심전력으로 약을 갈아 주면서 한운석이 말을 걸어도 길게 이야기하지 않고 단답형으로만 대답했다.

오늘 밤에는 그에게 덮칠 기회가 오지 않았다. 용비야가 한운석의 상처를 싸매기 무섭게 바깥에서 서동림의 목소리가 들려왔기 때문이었다.

"전하, 흑루 쪽 보고입니다."

"들어오너라."

용비야가 말하며 방에서 나갔다.

서동림은 들어오자마자 보고했다.

"어젯밤 조호이산계를 써서 비밀 시위가 소소옥에게 말을 전했고 모두 적절하게 처리했습니다."

용비야는 만족했다.

"당장 사람을 배치해라. 그자가 뛰어들기를 기다리겠다!"

"예!"

서동림은 한마디 덧붙였다.

"소소옥이 비밀 시위를 통해 공주께 말을 전해 달라고 했습니다. 공주가…… 그립다고 합니다."

방에서 그 말을 들은 한운석은 갑자기 눈시울이 빨개졌다. 정이 많아서가 아니라 소소옥의 성격을 너무 잘 알기 때문이었다.

쇠심줄같이 질긴 그 아이는 평소에도 감상적인 말을 할 줄 몰랐다. 감상적인 말을 하려고 하면 오히려 쓸데없이 정이 많다고 투덜거리곤 했다. 그런 아이가 저런 말을 한 걸 보면 정말 심한 고초를 겪은 게 분명했다.

설사 용비야가 빠져나갈 틈 하나 없는 매복을 펼쳤다 해도 여전히 위험이 가득했다. 한운석은 무슨 일이 있어도 최선을 다해 소소옥의 안전을 지켜야겠다고 생각했다.

사실 서동림은 사실을 모두 말하지 않았다. 비밀 시위가 흑루에 잠입해서 소소옥을 만났을 때, 소소옥은 숨만 겨우 붙어 있는 상태여서 그들이 구하러 갈 때까지 버틸 수 있을지 아무도 확신할 수 없었다.

흑루의 감옥에는 거대한 십자가가 세워져 있고 조그마한 소소옥은 그 십자가에 묶인 채 고개를 푹 숙이고 있었다. 어둠 속에서 보면 버려진 헝겊 인형 같았고 온몸에서 죽음의 기운을 풍겼다.

하지만 커다란 두 눈에는 시종일관 고집이 번뜩이고 있었다. 비밀 시위가 잠입하기 전에도 고집스럽게 버텨 왔는데, 하물며 비밀 시위가 숨어들어 주인의 명령을 전한 지금은 말할 것도 없었다. 주인은 그녀의 목숨을 구해 준 은인이었다. 무슨 일이 있어도 멋들어지게 임무를 완성해서 주인에게 보답해야 했다.

고요한 와중에 별안간 차가운 물이 확 쏟아져 소소옥의 온몸을 흠뻑 적셨다. 물이 머리카락과 옷을 타고 흘러내려 방울방울 바닥에 떨어졌다. 주위가 워낙 조용해서 똑똑 물방울 떨어지는 소리가 유난히 또렷하게 들렸다.

이곳 수비병이 늘 하는 장난이었다. 온갖 고문이란 고문은 다 맛보여 준 후 달리 재미있는 게 없자, 그들은 이런 식으로 매일 밤 그녀에게 찬물을 끼얹고 창문을 열어 쌀쌀한 가을바람에 옷을 말리게 했다. 그리고 그녀가 추위에 열이 오르고 병이 나서 아픔에 실컷 시달린 다음, 거의 죽을 때쯤에야 약을 먹였다.

지금까지 그녀는 늘 고개를 숙인 채 그들이 괴롭히건 말건 관심을 보이지 않았다. 관심을 보이지 않으면 저들도 흥이 다해 떠나겠지만, 관심을 보이면 오히려 사서 고생하기 마련이었다.

그렇지만 이번에는 그녀도 고개를 들고 입가에 사악한 웃음을 지어 보였다.

"이봐, 공을 세울 기회를 줄게. 어때?"

그 말이 떨어지자 수비병 두 사람의 눈이 환하게 빛났다.

"못된 계집 같으니라고. 그래, 이제 못 견디겠지? 불 테냐?"

"요 천한 것아, 일찍 불었으면 아무 일 없었을 텐데 뭐 하러 괜히 버티다가 실컷 고생만 했어? 우리까지 이곳에 처박혀 있게 만들고!"

소소옥은 냉소를 터트렸다.

"불어? 불면 날 살려 줄 테냐?"

수비병은 나이는 어려도 영특하고 노련한 소소옥의 성격을 익히 겪었기에 쓸데없이 길게 이야기할 생각이 없었다.

"천한 계집, 말을 하려면 어서 하고 방귀를 뀌려면 어서 뀌어라! 그렇지 않으면……, 흐흐흐!"

"일부러 우릴 놀리는 걸세. 죽어 봐야 눈물을 흘릴 모양이지. 누구 없느냐, 채찍을 가져와!"

그 말이 떨어지자마자 소소옥이 차갑게 말했다.

"네 주인에게 전해. 미접몽이 용비야 손에 있는지 아니면 한운석 손에 있는지 알고 싶으면 직접 와서 이야기하라고! 이 고모할머니께서 기분이 좋으면 용비야와 한운석이 어떻게 미접몽을 깨뜨렸는지 알려 줄 수도 있다!"

이 말에 두 수비병은 몹시 놀랐다. 두 사람은 한 번 서로를 쳐다본 후 황급히 사람을 불러 소소옥을 잘 감시하게 한 뒤 허겁지겁 서신을 띄워 보고했다.

미접몽은 중대한 문제였다! 주인이 오랫동안 미접몽을 찾아 다녔지만 여태 아무 실마리가 없었다.

수비병이 바삐 서신을 써서 백언청에게 보낼 때쯤, 이 모든 것을 손아귀에 쥔 용비아는 한운석과 함께 도박장으로 놀러 가는 길이었다. 두 사람이 찾아간 곳은 동래궁 도박장이 아니라 만상궁이 운영하는 도박장 중 가장 큰 곳이었다.

총집결, 일척천금

　용비야와 한운석 둘 다 변장을 했다. 하얀 옷을 입고 은색 가면을 써서 타고난 제왕의 기운을 조금 가린 용비야는 마치 신비한 귀공자처럼 보여서 가까이 가고 싶지만 차마 그럴 수 없는 기분을 느끼게 했다.

　한운석은 남장을 하고 팔자수염을 붙였다. 바퀴 달린 의자에 앉았지만 꼿꼿한 기질은 그대로였다. 다만 용비야같이 사람이 함부로 가까이 오지 못하게 하는 타고난 차가움은 없어서 아무리 봐도 성격 좋은 공자 같았다.

　"진 형."

　한운석은 보란 듯이 그에게 읍을 하며 '진' 자를 성으로 삼아 불렀다.

　"비운."

　용비야는 이 가명이 마음에 드는지 웃음을 참지 못했다. 서로 형이라고 부르기로 했지만, 그는 기어코 '형' 자를 뺐다.

　두 사람은 도박장에 들어가자마자 사람들의 이목을 끌었지만 완전히 주목받은 것은 아니었다. 도박장에는 본래부터 가면을 쓰고 신분을 숨긴 사람들이 적지 않은 탓에, 이미 익숙해진 사람들은 구태여 이들이 가면 뒤에 어떤 얼굴을 숨기고 있는지, 또 어떤 신분을 숨기고 있는지 알아내려 하지 않았다.

한운석과 용비야가 미처 몇 걸음 가기도 전에 너무나도 익숙한 목소리가 들려왔다.

"이겼다! 하하하, 이 나리가 이겼어!"

바로 용비야의 훌륭하신 아우, 당리의 목소리였다.

만상궁에서 가장 큰 이 도박장의 이름은 천금청千金廳이었다. '일척천금一擲千金(한 번에 금 천 냥을 쓴다는 뜻)'의 뜻이라고 말하는 사람도 있지만, 이곳에 도박하러 오는 사람들은 '천금을 써 버려도 다시 돌아온다千金散盡還復來(이백의 시 〈장진주將進酒〉의 한 구절)'는 뜻으로 해석하길 좋아했다.

도박장 사업만 따지면 동래궁도 금익궁도 만상궁을 따르지 못했으므로, 이곳 천금청은 삼도 암시장에서 가장 붐비는 도박장이자 가장 복잡하고 헤아리기 어려운 도박장이라 할 수 있었다.

그래서 이 도박장이 생긴 이래 이곳에서 지나치게 나대는 사람은 아무도 없었다. 당리가 처음이었다!

그가 외치는 소리는 도박장 전체의 시끄러운 소리를 뒤덮을 정도여서 소리를 지를 때마다 모두의 이목을 끌었다. 심지어 이웃집에 있던 손님들마저 이끌려 올 정도였다.

용비야와 한운석은 서로를 쳐다보았지만 아무 말 하지 않았다. 비밀 시위가 밀서를 잔뜩 보내 당리가 도박장에서 뭘 하고 있는지 보고하지 않았다면, 한운석은 당리가 함정에 빠져 제힘으로는 벗어나지 못하는 것으로 오해했을 정도였다.

사실 당리가 삼도 암시장에 들어서자마자 검문소를 지키는 사람이 그를 알아보고 바로 동래궁에 소식을 전했다. 비밀 시위는 제일 먼저 이 소식을 용비야에게 보고했고, 동시에 밀정을 보내 당리를 바짝 따라다니며 상황을 알아보게 했다.

밀정도 처음에는 당리가 도박판의 함정에 빠진 줄 알았지만, 밀정을 알아본 당리가 몇 차례 눈짓하자 비로소 당리가 아직 제정신이라는 것을 알았다.

"옆에 있는 복면 쓴 여자는 영정이겠죠?"

한운석이 나지막이 물었다.

"음."

용비야도 나지막이 대답했다. 그는 한운석의 의자를 밀며 인파를 뚫고 당리가 있는 도박판에 다가갔다.

그 도박판은 이미 삼도 암시장 전체의 주목을 받고 있었다. 하지만 대부분은 아직 옆에 서서 구경하기만 할 뿐 함부로 끼어들지 못했다. 이따금 당리의 운에 기대 보려고 조금씩 돈을 거는 사람이 전부였다. 누가 뭐래도 오늘 당리의 운수는 대통이어서 내내 돈을 따고 있었다.

다른 도박판과는 달리 당리가 있는 도박판은 처음 거는 돈으로 산가지 삼천만 이상을 요구했다. 암시장을 통틀어 시작점이 가장 높은 도박판이었다.

즉 자리를 얻어 편안하게 앉아서 도박을 즐기려면 한 번에 은자 삼천만 냥을 내놓아야 한다는 뜻인데 이는 결코 적은 돈이 아니었다. 그래서 이 커다란 타원형 탁자에 앉은 사람은 당리를 제외하면 중년 남자 셋뿐이었다.

용비야는 자신용으로 삼천만, 한운석용으로 삼천만, 합계 육천만을 단번에 내놓고 당리 오른쪽에 앉았다.

돈을 따서 한창 흥분해 있던 당리는 그들을 흘낏 보기만 했을 뿐 알아보지 못했다. 용비야의 눈동자에 확연하게 불쾌한 빛이 번쩍였다. 반면 한운석은 흥미로운 듯 영정을 살펴보았다. 이제 보니 아주 조금 살이 붙은 것 같았다.

마음이 편하면 살이 찌는 법이지만, 연금되어 있던 영정이 살이 찌다니 의아했다. 마음이 편한 걸까, 아니면 자신감 충만하게도 이 상황을 만회할 수 있으리라 믿는 걸까?

게다가 당리는 곱게 당문에 앉아 있을 것이지, 뭐 하러 영씨 집안 근거지까지 와서 도박을 하는 걸까? 한운석은 아무리 생각해도 알 수가 없어서 자연스레 영정을 의심했다.

그때쯤 하관이 패를 다 섞고, 사람들에게 돈을 걸라고 예의 바르게 청했다.

"작은 수! 이번에도 작은 수야! 작은 수에 천만!"

당리가 탁자를 힘껏 내리치며 일어섰다.

"작은 수가 아니면 앞으로 내 성씨를 거꾸로 쓰겠어!"

순간 모두의 시선이 당리의 몸에 쏠렸다. 한운석은 당리가 연기하고 있다는 걸 전혀 알아차리지 못하고 눈을 하얗게 흘겼다. 이 녀석이 정말 혼이 홀랑 빠졌잖아.

바로 그 순간, 하관 정 숙부가 영정에게 눈짓했다. 이게 벌써 세 번째여서 영정도 더는 못 본 척할 수가 없었다.

그녀가 냉소를 지으며 당리에게 말했다.

"그렇게 확신한다면서 왜 다 걸지 않아? 성씨를 거꾸로 써 봤자 무슨 소용이야?"

영정은 이렇게 말하면서 남몰래 당리를 슬쩍 잡아당겼다. 당리는 하관에게 보여 주기 위한 연기라는 것을 알고 그녀에게 장단을 맞춰 주었다.

"에이, 좋아. 다 걸지 뭐! 하하하, 기다려. 이 지아비가 돈을 따면 맛있는 거 사 줄게!"

장내에 있던 적잖은 여자들이 폭소를 터트렸다. 그렇게 많은 돈을 따서 맛있는 것을 사 준다니 어쩜 저렇게 귀여울까! 저런 남자는 아내를 무척 소중히 할 게 분명했다. 한순간 사방에서 애모의 눈길이 쏟아졌다.

당리는 확실히 여자를 구슬리는 데 일가견이 있었다. 평소라면 한운석도 분명히 큰 소리로 웃었겠지만 지금은 도무지 웃음이 나지 않았다. 당리가 영정의 꼬임에 당해 이곳에 왔다는 확신이 더욱 강하게 들었다.

만약 그녀가 당리와 영정이 서로에게 품은 진심을 알았더라면, 이 세상에 자신과 마찬가지로 사랑하는 사람과 대립하는 상황에 부닥친 여자가 또 있다는 것을 알 수 있었을 것이다.

하지만 애석하게도 그렇지 못했다. 한운석은 영정이 당리를 속이고 당리는 그걸 역이용하면서 남몰래 서로 겨뤄 왔다는 것만 알고 있었다. 그리고 지금은 당리가 절대 우세했다.

서진 공주라는 신분을 벗어던진다면 한운석 역시 자신이 당리 편이라고 시원시원하게 말할 수 있었다. 당리와 영정이 벌이는 이 창칼 없는 전쟁에서, 그녀는 당연히 당리가 이기기를 바랐다. 비록 당리가 심각한 구석 없이 대충 사는 사람이긴 해도 진지해지면 그래도 믿을 만했다. 그에게는 영정보다 더 좋은 여자가 어울렸다.

'와르르' 하는 소리와 함께 당리가 느닷없이 앞에 쌓아 둔 산가지를 모조리 앞으로 밀어냈다. 온종일 딴 덕에 산가지는 벌써 오천만이 넘었다.

영정은 화들짝 놀랐다. 방금 당리를 슬쩍 잡아당겨 연기일 뿐이니 모른 척하라고 알려 준 그녀였다. 그런데 당리가 이렇게 제멋대로 굴 줄이야!

순간 장내가 떠들썩해졌다. 꽤 많은 사람이 하던 걸 멈추고 구경을 하려고 탁자를 에워쌌다. 알다시피 당리는 마지막 승부를 건 셈이었다. 여기서 지면 빈털터리였다!

주위에서 의견이 분분하게 일었다. 같은 도박판에 앉아 있던 중년 남자 셋은 그를 따라 할 생각이 없어 보였고, 서서 구경하다가 한 번씩 끼던 사람들은 함부로 움직이지도 못했다. 이런 상황에서는 직접 돈을 걸기보다 구경하는 편이 훨씬 재미있었다.

"나리께서는 과연 시원시원하시군요!"

정 숙부가 웃으며 말했다. 영정이 얻어 낸 성과가 꽤 흡족했다.

그는 주변을 한 번 둘러본 후 물었다.

"더 거실 분 있으십니까?"

용비야는 태연자약하게 산가지 오백만을 내밀어 당리와 똑같이 작은 수에 걸었다. 정 숙부는 그에게도 예의 바른 미소를 지어 보였지만 별로 주의하지 않았다. 어쨌든 이곳에는 가면을 쓴 사람이 너무 많았고, 오백만은 당리가 쏟아부은 돈 앞에서는 대수로운 편도 아니었다.

당리도 그쪽을 흘낏 돌아보았지만 여전히 신경 쓰지 않았다.

한운석은 이제 당리의 부주의함을 욕하는 것을 그만두고, 자신과 용비야가 너무 변장을 잘한 덕분으로 생각하기로 했다.

"하지 않겠느냐?"

용비야가 나지막이 물었다.

"흥미 없어요. 구경만 할래요."

한운석도 내기는 좋아했지만, 기술이라곤 전혀 없고 오로지 운과 속임수에만 의지하는 이런 식의 도박은 하지 않았다. 삼천만을 내고 자리를 차지했으니 재미있는 구경을 다 한 다음 환불하면 손해는 아니라고 생각했다.

용비야도 자꾸 권하지는 않았다. 하관은 한 번 더 사람들에게 물어보고 아무도 걸지 않는 것을 확인한 다음 주사위 그릇을 열려고 했다. 바로 그때, 구경꾼들 바깥에서 비할 데 없이 낮고 육감적인 목소리가 들려오는 바람에 모두가 그쪽으로 고개를 돌렸다.

"기다려라. 이 도련님께서도 걸겠다!"

일부러 꾸며 낸 목소리여서 본래 목소리를 알아낼 수가 없었다.

사람들이 알아서 길을 터 주자, 흑의를 입은 공자가 성큼성큼 다가왔다. 흑의는 눈에 띄지 않았지만, 얼굴에 쓴 가면은 대놓고 뻐기려는 의미가 분명했다! 흑의 공자가 쓴 순금으로 제작한 가면은 등불이 비추자 휘황찬란하게 번쩍이며 유난히 빛을 냈다.

그의 화려함에 비해, 뒤따르는 여자는 거의 눈에 띄지 않는 차림이었다. 열일고여덟 살쯤 되는 그녀는 노란 장삼을 입고 하얀 면사를 단 삿갓으로 머리를 완전히 덮어 썼기에 얼굴을 전혀 볼 수 없었다.

한운석도 모인 사람들처럼 노란 장삼을 입은 여자에게는 신경 쓰지 않고 흑의 공자의 얼굴에만 주의를 집중했다. 다가가서 이렇게 묻고 싶은 생각이 절로 들었다.

'여보세요, 공자. 황금 가면을 쓰면 무겁지 않아요?'

덕분에 뽐낼 시간을 빼앗긴 당리는 다소 기분이 상했다. 흑의 공자와 노란 장삼을 입은 여자가 자리에 앉자 그가 짜증스럽게 재촉했다.

"걸려면 어서 거시오. 내 시간까지 낭비하지 말고."

흑의 공자는 판돈을 흘끗 보더니 물었다.

"이게 다 얼마나 되지?"

"여기 이 당 공자께서 오천만 정도 거셨고, 여기 진 나리께서 오백만을 거셨습니다."

정 숙부는 그렇게 설명한 후 직무를 다하는 목소리로 물었다.

"공자, 두 분은 얼마나 거시겠습니까?"

흑의 공자는 정 숙부에게 신경 쓰지 않고 돈을 걸지 않은 세 중년 남자를 돌아보며 웃는 얼굴로 물었다.

"세 분은 걸지 않으시오?"

세 중년인은 모두 신중한 성격이고 도박보다는 돈을 더 좋아해서, 충동적으로 걸거나 뽐내려고 하지 않았다. 세 사람은 일제히 고개를 저었다. 그중 한 사람이 겸손하게 웃으며 말했다.

"조금 전까지 실컷 놀아서 이제는 쉴까 하오. 마음껏 즐기시오."

뜻밖에도 흑의 공자는 안색을 싹 바꿨다.

"하지 않으려거든 저리 물러가시지. 이 도련님의 흥을 깨지 말고!"

그렇게 말한 그가 이번에는 용비야와 한운석을 바라보며 가소로운 듯 손을 휘저었다.

"오백만? 거하게 놀지 못할 것 같으면 그쪽도 저리 가시지! 이분 공자와 내가 천금청을 거덜 낼 테니, 방해하지 말라고!"

이 말이 떨어지자 정 숙부의 안색도 살짝 변했다. 눈에 띄지 않는 곳에 숨어 있던 영승은 더욱더 불쾌해했다. 이 흑의 공자가 고칠소가 아니면 또 누굴까?

막 돌아온 참인 영승은 흑루의 상황과 내일의 계획을 논의하려고 고칠소를 찾아가려던 중이었다. 그런데 뜻밖에도 그자가 당리 옆에 와 있었다. 고칠소와 목령아는 각자 산가지 육천만을 가지고 있었는데, 사 온 것이 아니라 공짜로 얻은 것이었다. 이웃 도박장에서 잘 놀고 있던 그가 무슨 소동을 피우러 천금청에 왔을까?

"가서 고칠소를 불러올까요?"

시종이 소리 죽여 의견을 물었다.

"됐다. 일단 저자가 뭘 하려는지 지켜보겠다."

영승이 차갑게 대답했다.

그간 함께 있으면서 그도 어느 정도 고칠소의 성격을 파악했다. 한번 하기로 마음먹은 이상 불러도 돌아올 사람이 아니었다. 그는 아직 정 숙부의 능력을 믿었다. 고칠소가 소동을 피워도 두렵지 않았고 이길까 봐 걱정스럽지도 않았다. 지금 경솔하게 나섰다가는 도리어 당리의 흥만 깨뜨릴 터였다.

알다시피 도박판에 푹 빠진 사람에게 가장 나쁜 것이 바로 방해를 받아 흥이 깨지는 것이었다. 일단 방해를 받으면 쉽게 정신이 들기 때문이었다.

고칠소가 나타난 것은 꼭 나쁜 일이라고 할 수 없었다. 어쩌면 당리를 더 흥분하게 몰아붙일 수 있을지도 몰랐다!

도박, 득 본 사람은 누구

영승은 여전히 가만히 기다렸다. 만에 하나 고칠소를 자극하면 자신의 계획에서 잃는 것이 더 많아서였다. 은자 수천만 냥쯤은 그도 얼마든지 감당할 수 있었다.

"예."

시위가 고개를 끄덕이더니 다시 말했다.

"주인님, 당리는 오늘 내내 이기고 있습니다. 절반은 정 숙부가 져 준 것이고 절반은 운입니다."

"후후, 오늘은 운이 좋군."

영승은 냉소를 지었다.

"정 숙부는 한 번 더 종일 이기게 해 준 다음 모레 손을 쓰려는 생각입니다. 고리대금을 하는 형제들에게는 잘 일러두었습니다."

시위가 나지막이 말했다.

도박장에서 가장 무서운 부류는 도박판을 여기저기 기웃거리며 높은 이율로 돈을 빌려주는 자들이었다. 도박장은 결코 노름꾼들에게 돈을 빌려주지 않았다. 돈이 필요해진 노름꾼들은 고리대금업자에게 빌려야 하는데, 일단 그들과 얽히고 나면 돌이킬 기회가 없었다.

이들은 암시장에서 가장 암흑 같은 세력이었다. 그들은 어딘가에 속하지도 않았고, 노름꾼들에게 돈을 빌려줘도 도박장 측의 제재를 받지도 않았다. 하지만 받은 이자에서 일정 비율을 떼서 도박장에 주기는 했다. 도박장과 서로 상부상조하는 관계라 할 수 있었다.

노름꾼이 돈을 떼먹더라도 고리대금업자 또한 도박장의 체면을 보아 그 안에서 사람들을 괴롭히지는 않았다. 하지만 도박장 밖을 나서면 달랐다. 돈이 없으면 목숨으로 갚아야 하는 게 그들의 법칙이었다!

영승의 계략은 절묘했다. 당리가 도박장에 빚을 지면 만상궁도 사위인 그를 괴롭히기가 뭣했다. 하지만 당리가 고리대금업자에게 빚을 지면 만상궁은 중개인으로서 협상에 나서 이득을 미끼로 당문과 운공상인협회 무기상이 협조하도록 위협할 수 있었다.

영승은 정 숙부의 능력을 믿었다. 그는 꼬치꼬치 분부하지 않고 영정 쪽을 흘끗 보더니 곧장 나갔다. 그러다가 무의식적으로 바퀴 달린 의자에 앉은 한운석에게 눈길을 주었다.

물론 남장을 한 데다 수염까지 붙인 한운석을 알아볼 수는 없었다. 그는 그저 어딘지 낯익다고 느꼈을 뿐 별생각 없이 떠나갔다. 흑루 쪽에도 그가 가서 챙겨야 할 일이 있었다.

도박장의 흥청거림은 계속되었다.

용비야와 한운석도 흑의 남자가 고칠소란 것을 알아차리지 못했고, 그의 도발에도 동요하지 않았다. 정 숙부는 다른 사고가 생기는 것을 원치 않아 웃으면서 고칠소를 달랬다.

"공자, 공자께서 돈을 거시기를 모두가 기다리고 있습니다."

당리도 불쾌한 얼굴로 재촉했다.

"무슨 쓸데없는 말이 그리 많아? 돈을 걸려거든 어서 걸어! 돈도 없는 놈이 도련님이 어쩌고 좋알좋알!"

고칠소는 즉시 안색을 굳히고 탁자를 내리치며 일어나 소리쳤다.

"큰 수다! 이 도련님은 큰 수에 걸겠다! 일억 이천만!"

이 외침에 장내가 갑자기 조용해졌다. 모두가 고칠소 쪽을 돌아보았는데 하나같이 입을 떡 벌리고 눈을 휘둥그레 뜬 상태였다.

한 번에 일억 넘게? 대체 누구지?

사람들이 주목하는 가운데 고칠소는 아주 경박하게 웃어 댄 다음 자신과 목령아가 가지고 있던 산가지를 모조리 앞으로 밀었다. 높다랗게 쌓인 산가지 두 더미가 쓰러지며 와르르하고 소리를 내자 사람들은 약속이나 한 듯 똑같은 생각을 했다.

'정말 돈을 물 쓰듯 쓰는구나.'

제일 먼저 정신을 차린 사람은 목령아였다. 그녀는 막고 싶었지만 막을 수가 없자 너무 아까워서 울음이 터질 것 같았다. 그녀는 도박을 전혀 좋아하지 않았고, 단순히 영승을 한번 긇려 주고 싶어 따라온 것뿐이었다. 저 산가지 육천만을 죄다 은자로 바꾸면 경매장에서 제일 좋은 약재를 살 수 있었다!

당리도 깜짝 놀라 넋이 나갔다. 일억이 그렇게 많은 돈은 아니고 거기에 이천만을 더해도 아주 많다고 할 순 없지만, 그래도 저 흑의 공자에게는 이번이 첫판이었다! 첫판에 저 정도면 삼도 암시장 도박장의 기록을 깨는 일이었다! 여태 누구도 첫판에 이렇게 모질게 나온 적은 없었다!

첫판부터 이러면 나중에는 어떻게 될까?

여기서 지면, 계속하지 않을 수도 없었다. 그럼 어떻게 계속해야 일억 이천만보다 더 벌 수 있을까?

반면 여기서 이기면, 저 씀씀이에 두 번째 판에 적게 걸었다가는 사람들의 웃음거리가 될 터였다.

솔직히 당리는 저 흑의 남자가 형이 아닌지 의심스러웠다. 이 세상에서 도박 첫판에 일억 넘게 걸 사람이 형 말고 또 있을까?

이건……, 이건 마치 제 돈 주고 산가지를 산 것 같지 않을 정도로 어마어마한 씀씀이였다!

하지만 형이 이런 곳에 나타날 리가 없었다! 특히 저렇게 눈에 띄는 금빛 찬란한 가면을 썼을 리도 없었다.

당리는 복잡한 눈빛을 띤 채 저 흑의 남자가 바람잡이는 아닐까 고민했다.

"어디서 나타난 부자일까요?"

한운석도 깜짝 놀라 소리 죽여 물었다.

"당리를 함정에 빠뜨리러 온 바람잡이는 아니겠죠?"

장내에서 가장 태연한 사람은 용비야였다. 그는 주위에 소란이 일건 말건 흔들리지 않고 차분하게 말했다.

"지켜보자."

벌써 속이 타들어 가기 시작한 정 숙부는 옆에 있는 시종에게 끊임없이 눈짓했다. 시종은 한참만에야 정신을 차리고 영승을 찾아 도박장 뒤로 달려갔다.

"주인님! 주인님! 큰일 났습니다! 고칠소 그자가……, 그자가……."

눈썹을 찡그린 채 고민 중이던 영승은 시종이 달려들자 금세 기분이 나빠져 차갑게 말했다.

"왜 이리 호들갑이냐. 조용히……."

미처 말이 끝나기도 전에 시종이 다급히 말했다.

"고칠소 그자가 첫판에 일억 이천만을 걸었습니다!"

영승은 처음에는 깜짝 놀랐지만 곧 탁자를 내리치며 일어나 밖으로 나갔다. 그는 위층에 자리한 잘 감춰진 관람석에서 아래를 내려다보았다.

널따란 도박장에 펼쳐진 도박판은 하나같이 중단된 채, 모두가 고칠소와 당리 쪽을 바라보고 있었다. 천금청 입구에도 벌써 사람들이 북적였다. 정 숙부가 부르는 숫자가 큰 수인지 작은 수인지 모두가 기다리고 있었다!

"주인님, 어떡할까요?"

시종이 물었다.

영승은 눈을 찌푸렸지만 흥분하지는 않았다.

"지켜보자."

일단 주사위를 굴린 다음 사람들이 각각 큰 수와 작은 수에 걸고, 그 후 뚜껑을 열어 주사위 눈금을 확인하는 게 이 노름의 순서였다. 정 숙부는 상황에 따라 필요할 때 속임수를 써서 주사위 눈금을 조종했다.

도박판 하관들은 눈과 머리가 비할 데 없이 빨라서 노름꾼의 심리를 속속들이 짐작할 수 있었다.

노름꾼이 큰 수나 작은 수 중 어디에 걸지 확신이 생기면 주사위를 굴릴 때 수작을 부렸고, 확신이 생기지 않으면 노름꾼이 돈을 건 다음 뚜껑을 열 때 수작을 부렸다.

고칠소가 판을 뒤흔들어 놓지 않았다면 정 숙부는 당리와 천천히 놀아 주면서 승부를 마음대로 조작할 수 있었다. 하지만 고칠소가 끼어들자 그를 경계할 수밖에 없었다.

정 숙부는 복잡한 눈빛을 띤 채 속으로 생각했다. 고칠소는 당리처럼 내내 이곳에 붙어 있지는 않을 터였다. 그에게는 할 일이 있었으니까.

"여러분, 잘 보십시오!"

정 숙부는 전형적인 하관의 웃는 얼굴로 돌아간 다음 천천히 뚜껑을 열었다.

한순간, 널따란 도박장이 몹시도 조용해졌다. 하지만 그 조용함은 잠깐에 불과했다. 느닷없이 당리가 자리에서 펄쩍 뛰어오르며 외친 탓이었다.

"작은 수! 아하하하! 작은 수야! 작은 수다! 내가 이겼어!"

그는 흥분한 나머지 영정을 꽉 끌어안았다가 곧 흑의 남자를 향해 도발하는 시선을 던지며 일부러 길게 늘여 말했다.

"자악은 수우!"

사실은 일부러 꾸며 낸 흥분이었다. 정 숙부가 주사위를 굴릴 때부터 속임수를 써서 '큰 수'를 만들었다는 것은 그도 알고 있었다. 정 숙부는 그를 지게 할 생각이었다.

하지만 흑의 남자가 끼어들자 정 숙부는 그를 이기게 해 줄 수밖에 없었다. 그는 정 숙부가 뚜껑을 열면서 또 속임수를 써서 '큰 수'를 '작은 수'로 바꾸는 것을 보았다.

오늘 하루 동안 당리가 따든 잃든 모두 정 숙부의 손아귀에서 놀아난 것 같지만, 사실 이 모든 것은 그 자신의 손아귀에 들어 있었다. 이번만큼은 그도 평소답지 않게 재주를 숨기고 멍청한 척하고 있었다.

가면 아래 있던 고칠소의 얼굴은 완전히 흙빛이 되었다! 도박은 그의 장기였다. 금익궁을 넘겨받기 전에도 종종 삼도 암시장 도박장에 와서 놀았고, 금익궁을 차지한 후에는 한동안 제가 운영하는 도박장에 틀어박혀 재주를 익히기도 했다. 이기든 지든 제 돈이었으니 돈을 잃을 일은 없었다.

방금 그는 정 숙부가 뚜껑을 열며 수작을 부리는 것을 분명히 보았다. 고칠소는 서서히 두 눈을 좁히고 극도로 위험한 분위기를 뿜어냈다.

오냐, 날 곯려 주겠다 이거지? 영승이 공짜로 준 일억 이천만을 되찾아 가겠다 이거지? 이봐, 영승. 지난 빚은 일단 달아 놓더라도 새로 생긴 빚은 당장 갚아 주겠다!

고칠소는 느닷없이 옆에 선 시종에게 금패 하나를 휙 던졌다.

"일억 이천만 찾아와!"

곧 시종이 산가지 일억 이천만을 가져와 고칠소 앞에 잔뜩 쌓았다. 배나 되는 돈을 딴 당리 앞에도 일억 정도가 쌓여 있었다. 정말이지 큰 판이었다.

정 숙부의 안색도 거의 시커메져 있었다. 그는 잠시 기다렸지만 영승이 사람을 보내지 않자 단호하게 다시 판을 정리하고 주사위를 굴렸다.

"여러분, 거시지요."

정 숙부는 냉정하게 말했다.

당리는 전혀 망설이지 않고 천 정도를 '작은 수'에 걸었다. 고칠소는 눈동자에 비웃음을 떠올린 채 일억 넘는 돈을 '큰 수'에 밀어 넣었다. 용비야는 움직이지 않고 지켜보았다.

정 숙부는 모진 눈빛으로 과감하게 뚜껑을 열었다.

이번에도 당리가 미친 듯이 웃어 댔다.

"작은 수다! 또 작은 수야, 하하하! 또 작은 수라고!"

정 숙부가 또 속임수를 부려 고칠소를 지게 만든 게 분명했다.

당리야 얼마를 걸든 마지막에 다시 뱉어 내게 할 수 있었지만, 고칠소에게 승리를 안겨 줄 수는 없었다!

고칠소가 몇백만이나 이삼천만 정도만 걸었다면 몇 번 이기게 한 다음 보냈겠지만, 일억이 넘는 돈은 손해가 컸다. 고칠소는 한 번 땄다고 곧장 물러날 사람이 아니었다.

적어도 몇 번은 이겨야 할 텐데, 억이 넘는 돈으로 몇 번 이기면 손해는 수억이었다! 도박장은 그만큼 손해를 볼 수는 없었다. 대가가 너무 컸다!

고칠소의 눈동자에 어린 노기가 더욱 짙어졌다. 그는 또다시 금패를 던졌다.

"일억 이천만 더!"

곧 산가지가 도착했다. 이번에도 정 숙부는 고칠소가 지고 당리가 이기게 했다.

잇달아 세 번을 진 고칠소는 총 삼억 육천만 냥을 잃었고, 잇달아 세 번 이긴 당리는 총 이억 오천만 냥 정도를 땄다.

아무리 호방한 재력가라도 금패로 마련할 수 있는 은자에는 결국 한도가 있었다. 영승에게 공짜로 받은 일억 이천만을 빼고 고칠소가 직접 입은 손해만 해도 이억 사천만이었다. 그에게는 이제 금패 두 장밖에 남지 않았다.

"한 번 더!"

네 번째에도 고칠소는 또 일억 이천만을 잃었다. 당리마저 속으로 하관이 참 지독하다고 탄식할 정도였다.

고칠소는 이미 분노가 극한까지 타오른 상태였다. 그는 마지막 금패를 시종에게 던졌다.

"한 번 더!"

시종은 또 한 번 산가지를 마련해 왔다. 정 숙부가 판을 시작하려는 순간, 고칠소와 당리가 일제히 일어섰다.

순간 모두가 깜짝 놀랐다. 정 숙부는 태연해 보였지만 심장이 튀어나올 것처럼 두근거리고 있었다. 멀리서 지켜보던 영승역시 냉정함을 잃은 지 오래였다.

알다시피 고칠소는 내리 네 판을 졌고, 당리의 손에는 산가지가 이제 오억 가량 있었다. 두 사람의 결정이라면 그게 뭐든

간에 무시무시할 터였다.

"여봐라, 고칠소를 데려와서 잃은 돈은 내가 모두 돌려주겠
다고 해라."

영승이 과감하게 결정을 내렸다.

그런데 애석하게도 시종이 고칠소 옆에 가서 속삭인 직후,
당리가 쿡쿡거리며 입을 열었다.

"이렇게 많이 땄으니 그만할래. 아무렴, 그만해야지!"

당리는 태연해 보였지만 사실 속으로는 기뻐서 날뛰고 있었
다. 본래는 내일 진짜 행동을 개시해서 이억쯤 따고 떠날 생각
이었는데, 뜻밖에도 저 흑의 공자가 끼어드는 바람에 한 일도
없이 이만큼 득을 본 것이었다.

오억 냥! 오억은 적은 돈이 아니었다! 형이라도 눈을 잔뜩 찌
푸렸다가 겨우 내놓을 만한 돈이었다.

여기서 계속하면 머리에 구멍이 뚫린 사람이나 다름없었다!

장내는 침묵에 휩싸였다. 정 숙부의 손은 눈에 띄게 떨리고
있었고 영승의 안색은 하얘졌다. 용비아는 여전히 태연했고,
한운석은 웃음이 나오려는 것을 몇 번이나 참았고, 고칠소는
위층에 있는 영승을 올려다보았다.

그 외에 다른 사람들은 하나같이 눈이 휘둥그레졌다. 영정까
지 포함해서!

저들을 보내지 마라

당리의 입에서 나온 '그만할래' 한마디에 장내에 있던 사람들의 눈이 휘둥그레졌다. 더없이 흥청거리던 현장 분위기는 찬물을 끼얹은 듯 순식간에 착 가라앉았다.

본래는 봉이었던 당리가 최대 승리자가 되어 오억을 땄고, 고칠소는 네 판에 사억 팔천만을 잃었다. 비록 영승이 준 돈 일억 이천만이 있지만 그래도 차 한 잔 마실 시간 동안 삼억 육천만을 날렸으니 그가 최대의 패배자였다. 그리고 선을 잡은 천금청은 일억 가량을 잃었다.

바꿔 말하면, 당리가 딴 돈은 대부분 고칠소의 돈이었다. 고칠소는 시종이 한 말을 듣고 전혀 거리낌 없이 고개를 들어 위층에 있는 영승을 바라보았다. 영승은 이미 관람석 안쪽으로 물러나 아무도 그를 볼 수 없었다.

사실 고칠소는 이웃 도박장에서 신나게 놀다가 천금청의 소란을 듣고 구경도 할 겸 좀 더 재미있게 놀아 보려고 온 것이었다. 영승에게 일억 이천만을 뜯어내긴 했지만, 도박에서는 지더라도 깨끗이 따라야 하는 법이었다. 정 숙부가 속임수를 쓰지 않았다면 설령 제 돈을 잃었다 해도 기꺼이 받아들였을 것이다.

하지만 네 판 모두 정 숙부가 그를 골탕 먹이려고 속임수를 썼다. 그러니 왜 화가 안 날까?

제 돈을 당리가 따갔건 말건 상관없었다. 그가 아는 것은 이곳이 천금청이고, 영승이 이곳 주인이라는 것이었다. 영승이 사람을 보내 뭐라고 했더라? 돌아오라고? 잃은 돈을 돌려주겠다고? 꿈 깨시지! 거금을 걸고 하는 도박의 흥이 깨졌으니 몇 차례 갚아 주지 않으면 고칠소가 아니었다!

상황이 이상하게 흘러가는 것을 보자 정 숙부도 차마 더 진행할 수가 없었다. 고칠소 저자는 종잡을 수도 없고 원칙도 없는 사람이었다. 만에 하나 정말 감정이 틀어지면 함께 흑루를 상대하는 일을 언제까지 질질 끌지 모를 일이었다.

고칠소가 잃은 삼억 냥은 큰돈이지만 천금청이 내놓지 못할 정도는 아니었다. 일단 대국을 생각하면 돈을 써서 화를 무마해야 했다. 당리 쪽은 호기를 놓친 게 아쉽지만 나중에 갚아 주는 수밖에 없었다.

영승이 무슨 생각을 하는지 모르는 정 숙부는 이 상황에서는 알아서 물러나 상대를 달래는 길밖에 없다고 생각했다. 비록 도박장 풍격에 맞지는 않지만 상대가 고칠소니 별수가 없었다.

"허허, 당 공자께서 그만하시겠다니 여러분들도 조금 쉬시지요. 차 한 잔 마신 다음 다시 시작하겠습니다."

정 숙부가 말했다. 그에게는 고칠소와 단독으로 이야기할 시간이 필요했다.

고칠소는 그제야 그를 돌아보며 가소로운 듯이 웃었다.

"왜, 이 도련님이 너무 많이 져서 감당 못 할까 봐?"

"아닙니다, 아닙니다, 무슨 그런 말씀을요. 당 공자께서 그만 하시겠다니 우리도……."

정 숙부의 말이 끝나기 전에 고칠소가 마지막 남은 금패를 정 숙부의 얼굴에 집어 던졌다.

"놀이를 바꾸겠다. 현물을 걸지! 이 금패는 한도 없는 금패다. 네가 이기면 네 것이고 네가 지면 너희 주인을 데려와서 금패로 배상해라!"

한도 없는 금패라는 말을 듣는 순간 주위에 있던 모두가 눈을 빛냈다. 운공대륙의 금패는 어디에서나 사용할 수 있었다. 금패에는 등급이 있는데 가장 높은 등급은 바로 이 한도 없는 금패였다. 이는 한도 없는 신용 카드와 마찬가지여서, 액수 제한 없이 쓰고 싶은 만큼 쓸 수 있었다. 쓰는 대로 금패 주인의 빚이 되므로 전장錢莊(옛날의 은행 같은 곳)은 주인에게 돈을 청구했다.

운공대륙을 통틀어 한도 없는 금패는 대략 열 장 정도였다. 이런 금패를 다루는 건 결코 쉬운 일이 아니어서, 자산과 재력이 충분하지 않은 사람에게는 대형 전장도 쉽사리 금패를 발급해 주지 않았다.

당리가 방금 갈아치운 삼도 암시장의 신기록을, 고칠소가 곧바로 깨뜨렸다. 그는 첫판에 가장 많은 돈을 건 사람이 되었을 뿐 아니라 하루 안에 가장 많은 돈을 잃은 사람이 되었고, 도박장 규칙을 깨뜨리고 금패를 판돈으로 건 사람이 되었다.

처음에는 저 금빛 찬란한 가면 아래 대체 어떤 얼굴이, 어떤 신분이 숨겨 있는지 궁금해하지 않던 사람들도 이제는 몹시 호기심을 보였다.

"바람잡이는 아닌 것 같아요……. 어떤 사람일까요?"

한운석도 궁금증이 무럭무럭 일었다. 요 몇 년간 금패를 적잖이 보았지만 한도 없는 금패는 두 번밖에 보지 못했다. 하나는 용비야가 쓰는 것이고 다른 하나는 용비야가 오래전 처음으로 그녀를 약성에 데려갔을 때 준 것이었다.

용비야는 흥미로운 눈길로 흑의 남자를 바라보았다. 제법 마음에 든 눈치였다. 사실 앞서 산가지가 잔뜩 쌓였을 때는 전혀 흥미를 느끼지 못하던 그도 금패를 걸고 도박을 하겠다고 나오자 약간 흥미가 생겼다.

솔직히 정 숙부도 고칠소의 금패를 보자 마음이 움직였다. 어쨌든 운공대륙 전체에 열 장밖에 없는 금패고, 운공상인협회에도 겨우 세 장밖에 없었다.

영정과 함께 산가지를 은자로 바꾸러 가던 당리도 그쪽을 돌아보았다. 저 흑의 남자가 조금 안됐다는 생각이 들었다. 지금쯤 그는 도박장에 돌아다니는 고리대금업자들의 목표가 되었을 테고, 이대로 가다간 빚투성이가 될 게 틀림없었다.

물론 동정은 동정일 뿐 돌아가서 귀띔해 주거나 양심의 가책을 느끼지는 않았다. 도박판에서 일어나는 모든 것은 스스로 원해서 한 일이니 남을 탓할 수 없었다. 남 탓을 할 생각이라면 도박판에 오지 말아야 했다.

그는 아직 영정의 손을 꽉 잡고 있었다. 기분이 무척 즐거웠다. 오늘 영정은 몇 차례나 탁자 밑에서 그를 잡아당기며 신호를 주었고, 이는 그녀를 진정으로 자신과 한 배를 탄 아내라고 생각하게끔 해 주었다. 그는 소리 죽여 물었다.

"정정, 네가 노리던 창고에 오억 냥이 있어?"

"아니."

영정은 담담하게 대답했다. 창고를 털려던 계획은 거짓으로 지어낸 말이라는 것도, 오늘 밤 암시장에서 달아나려 했다는 것도, 그녀는 까맣게 잊어버렸다.

거짓말을 한 자신마저 그 거짓말에 속아 넘어간 것은 행운일까, 아니면 불행일까?

당리와 영정은 점점 도박판에서 멀어져 갔다. 모두 고칠소가 던진 한도 없는 금패에 정신이 빠졌지만, 위층 관람석에 있는 영승은 차가운 눈길로 그들 부부를 응시하고 있었다.

오억쯤이야 잃어도 문제없었다. 그를 놀라게 한 것은 고칠소가 끼어든 것이고, 그의 안색이 창백하게 변한 까닭은 당리를 상대할 절호의 기회를 놓쳤기 때문이었다. 그는 잠시 망설이다가 눈동자에서 잔혹한 빛을 번뜩이며 옆에 있던 시종에게 소리 죽여 분부했다.

"대장로를 내보내라. 영정과 당리를 화기당和氣堂에 불러 차를 대접하고, 내 명령 없이는 만상궁을 떠나지 못하게 해라."

북려국 쪽 상황이 점점 긴박해지고 있었다. 그들에게도 백언청을 유인할 방법이 있으니 만약 모든 것이 순조롭게 진행되면 한 달이 되기 전에 동진과 서진은 다시 창칼을 맞대게 될 터였다. 그에게는 당문의 암기 지원이 필요했다. 당리가 그의 근거지에 들어온 이상 쉽게 보낼 수 없었다.

대장로가 영정과 당리를 붙잡으면 영정도 그의 생각을 알아차릴 것이다.

"예!"

시종은 황급히 물러갔다.

영승은 도박장을 쳐다보았다. 정 숙부가 미적거리며 고칠소의 말에 대답하지 못하자 고칠소는 소리를 질러 대고 있었다.

"왜, 이 도련님이 돈을 감당하지 못할까 봐? 아니면 너희가 배상할 돈이 없을까 봐?"

고칠소는 더욱 큰 목소리로 버럭버럭 소리쳤다.

"하하하, 만상궁이 운영하는 천금청은 운공대륙에서 제일가는 도박장이라던데, 금패 한 장 받을 용기도 없는 건 아니겠지? 할 건지 말 건지 시원하게 말해라. 하기 싫으면 나도 금익궁으로 가 버릴 테니!"

밤낮 쉬지 않고 돈을 벌어들이는 도박장에서 가장 꺼리는 것이 바로 고칠소같이 소란을 피우는 사람들이었다.

도박장에서는 돈이 곧 왕이었다. 노름꾼이 크게 놀겠다고 하면 도박장은 흔쾌히 받아들이고 열정적으로 접대해야 했다. 겁을 먹고 우물쭈물할 수는 없었다. 겁을 먹으면 사람들이 도박장의 재력을 의심하게 되고, 이는 도박장에게 가장 치명적이었다. 고칠소가 몇 번 더 소리치자 주위에 있던 노름꾼들도 맞장구를 쳤다.

"천금청이 왜 이래? 한도 없는 금패도 못 받아? 그럴 돈이 없으면 도박장을 열지 말아야지!"

"쳇! 천금청이 이렇게 겁쟁이인 줄은 몰랐군. 재미없다, 재미없어! 이제 그만해야지!"

"허, 언젠가 내가 십억을 따도 천금청이 돈이 없다고 못 바꿔주는 건 아니겠지? 시시하군, 시시해! 자, 그만들 가세. 이곳은 놀 곳이 못 되네!"

한도 없는 금패는 누가 뭐래도 큰 사건이었다. 게다가 고칠소의 기세로 보아 이 금패를 잃든 말든 계속 거금을 걸 것이 분명했다. 직접 결정할 사안이 아니었기 때문에 정 숙부도 벌써 영승의 의견을 물으려고 사람을 보냈다.

그는 사람들을 달래는 한편 초조하게 영승을 기다렸다. 그런데 나타난 사람은 시종이 아니라 잿빛 장포를 입은 남자였다.

이 남자는 나타나자마자 곧 사람들의 주목을 받았다. 키는 중간쯤이고 마른 편이며, 얼굴은 모서리가 각지고 눈코입이 뚜렷한데 유난히 높은 코와 짧은 금빛 머리카락이 몹시 눈에 띄었다. 한눈에도 운공대륙 변경에서 온 이민족이라는 것을 알 수 있었다.

마른 몸이란 비쩍 야위었거나 병약하다는 의미가 아니라 딱 보기 좋은 몸이라는 뜻이었다. 그렇지만 그의 눈빛은 결코 딱 보기 좋은 수준이 아니었다. 사람들이 모두 쳐다보는데도 그는 아무도 신경 쓰지 않고 눈을 내리뜬 채 한 걸음 한 걸음 정 숙부 곁으로 갔다.

이 세상에는 어디에 가도 눈길을 끄는 남자가 세 부류 있었다. 첫 번째 부류는 용비야같이 존귀하고 타고난 패기가 넘치는 사람이었다. 그런 사람은 화내지 않아도 위엄이 있어서 절로 경외심이 들고 아무나 함부로 가까이하지 못했다.

두 번째 부류는 고칠소같이 눈에 띄는 미남자였다. 절세의 외모와 사정없는 말투 덕에 쳐다보지 않으려 해도 그럴 수가 없었다.

세 번째 부류는 눈앞에 있는 이 남자 같은 부류였다. 비록 용비야처럼 기세등등하지도 않고 고칠소처럼 눈에 띄지도 않지만, 나타나기만 하면 이상하게 눈을 뗄 수 없게 만들었다.

그가 나타나자 허공에 붕 떴던 정 숙부의 심장도 마침내 제자리로 돌아갔다. 그가 정 숙부에게 고개를 끄덕이자 정 숙부는 안심하고 옆으로 비켜났다.

"뭐 하는 거야? 못 하겠으니까 가려고?"

고칠소는 속임수를 쓴 정 숙부에게 불만이 컸다.

"공자, 하관은 규칙을 바꿔도 좋은지 결정할 자격이 없습니다. 그래서 이 도박판은 이 몸이 이어받도록 하겠습니다. 이 몸은 천금청의 집사, 아금阿金이라 합니다."

금 집사는 예의 바르면서도 비굴하지 않았고 얼굴에 띤 미소 역시 아부하는 기색이 없었다. 그야말로 직업 정신이 투철한 모습이었다. 하지만 그렇다고 해도 한운석은 그의 눈동자에서 다듬어지지 않은 거친 성품을 엿볼 수 있었다. 그녀는 이 사람이 결코 보는 것처럼 차분하지 않다는 것을 알았다.

목령아도 계속 금 집사를 응시하고 있었다. 이 세상에 칠 오라버니처럼 예쁜 남자가 또 있으리라곤 생각해 본 적이 없었다. 금 집사의 외모는 고칠소의 절세 미모와는 달리 순수하게 보기 좋고 멋진 편이었다.

목령아는 문득 저 집사가 웃으면 어떤 모습일까 무척 궁금해졌다. 하지만 한 가지는 확신할 수 있었다. 어떤 모습이건 간에 칠 오라버니처럼 아름답지는 않으리라는 것이었다.

천금청에 자주 놀러 오는 사람들은 이곳 집사가 도박 기술에 아주 뛰어나다는 것을 알고 있었지만 직접 만나 본 사람은 거의 없었다. 금 집사의 출현에 장내에 있던 사람들이 조용해졌다. 모두 금 집사의 젊은 나이에 속으로 절로 탄성을 터트렸다.

"저 사람 본 적 있어요?"

한운석이 나지막이 물었다.

"들어 본 적은 있다. 이역의 고아로 내력을 알 수 없는 자다."

용비야도 나지막이 말했다.

고칠소는 나타난 사람이 누구건 상관하지 않고 불쾌하게 물었다.

"그러니까, 넌 규칙을 바꿀 자격이 있는 거냐?"

"그렇습니다."

금 집사는 태연하게 대답했다.

고칠소는 의자를 당겨 다시 자리에 앉았다.

"좋아, 그럼 가장 간단한 걸 하지. 대소 비교!"

뜻밖이야, 이렇게 빨리

이 말에 적잖은 사람들이 웃음을 터트릴 뻔했다. 그들이 보기에 고칠소는 제 무덤을 판 셈이있다.

금 집사는 전설적인 도박 기술을 가진 사람이었다. 그런 사람과 대소 비교를 하겠다니 제 무덤을 판 게 아니면 뭘까?

알다시피 대소 비교는 아주 간단해 보여도 실제로는 그렇지 않았다. 이 노름은 운뿐만 아니라 뛰어난 기술이 필요하며, 당연히 속임수 쓰기도 아주 쉬웠다.

대소 비교의 규칙은, 두 사람이 각자 주사위 한 벌을 그릇에 넣고 동시에 흔들다가 동시에 멈추고 동시에 뚜껑을 열어 주사위 눈금의 크고 작음을 비교하는 것이었다.

사람들은 속으로는 우스워하면서도 감히 소리 내 웃지는 못했다. 도박판 역시 바둑판처럼 낙장불입이요, 아무도 훈수를 둘 수 없기 때문이었다. 공연히 아는 척하다가 남의 계획을 망가뜨리면, 도박장 문을 나서기 무섭게 자기도 모르게 죽을 수도 있었다.

"좋습니다! 하고 싶은 대로 하시지요."

금 집사도 자리에 앉았다.

둘러싼 사람들은 점점 많아졌지만 장내는 점점 조용해졌다. 모두가 긴장하고 기대에 찬 얼굴로 도박판에 시선을 고정했다.

"우리도 내기할래요?"

한운석이 나지막이 속삭였다. 하지만 뭘 두고 내기할 것인지 말하기도 전에 용비야가 담담하게 대답했다.

"무승부다."

"당신, 저 흑의 공자를 꽤 높이 치는군요?"

한운석이 웃으며 말했다. 누가 뭐래도 용비야의 눈에 들 정도면 아주 뛰어난 사람이었다.

용비야는 도박을 잘 모를뿐더러 속임수를 알아보는 눈도 없었다. 하지만 머리가 비상하고 도박장의 각종 관행에도 익숙해서 이 도박판의 상황을 진작 알아보았고, 조금 전 그 하관이 속임수를 쓴 것도 짐작했다.

"계속 무승부일 수는 없잖아요. 결국엔 승부가 날 거예요."

한운석이 진지하게 말했다.

저 흑의 공자 성격으로 보아 승부가 나지 않으면 며칠이고 죽치고 있을지도 몰랐다.

"네 생각은 어떠냐?"

용비야가 물었다.

한운석은 한참 생각한 다음 대답했다.

"나는…… 금 집사가 이기는 데 걸겠어요."

저 흑의 공자도 제법 솜씨가 있고 조금 전에도 일부러 하관의 속임수를 폭로하지 않은 것 같긴 하지만, 아무래도 경솔하고 충동적이어서 저렇게 냉정한 금 집사를 이길 수 없을 것 같았다.

용비야는 태연하게 말했다.

"그렇다면 나는 저 흑의인에게 걸지."

그때 시종이 주사위와 그릇을 가져와 고칠소와 금 집사에게 주었다.

고칠소는 주사위와 도자기 그릇을 자세히 살핀 뒤 용비야에게 쑥 내밀었다.

"어이, 형씨. 수고스럽겠지만 한 번 살펴보고 증인이 돼 주쇼."

주사위와 그릇에 수작을 부리는 것이 가장 눈에 띄지 않는 방법이었다. 사실은 고칠소도 이미 검사해 보고 안전하다는 것을 확인한 후였다.

고칠소가 이렇게 나오자 금 집사도 따를 수밖에 없었다. 그는 예의 바르게 주사위와 그릇을 용비야 앞으로 내밀며 말했다.

"죄송하지만 부탁드리지요. 증인이 되어 주시는 비용으로 천금청에서 산가지 십만을 지급하겠습니다."

주사위 한 번 검사하는 데 산가지를 십만이나? 장내에 있던 사람 모두, 저렇게 좋은 일이 왜 나에게 일어나지 않았을까 하는 생각에 한숨을 지었다. 한운석도 입꼬리를 실룩였다. 그 바람에 가느다란 팔자수염이 바르르 떨리면서 몹시 우스꽝스러운 모습을 만들었다.

산가지 십만으로 용비야더러 증인이 되라고? 금 집사가 이렇게 후한 사람인 걸 영승은 알까?

용비야는 가면 아래로 무표정한 얼굴을 한 채 냉랭하게 말했다.

"증명은 필요 없다. 두 사람이 주사위를 바꾸면 될 일이다."

고칠소는 그제야 용비야를 똑바로 바라보았다. 이 남자는 비록 씀씀이는 쩨쩨하지만 그래도 제법 눈치가 있어서 자신이 뜻한 바를 알아들은 것 같았다. 그가 원한 것도 바로 이 한마디였다!

금 집사는 별말 없이 고개를 끄덕였다.

두 사람이 주사위를 교환한 후 각자 준비가 완료되자 금 집사가 진지하게 물었다.

"큰 쪽이 이깁니까, 아니면 작은 쪽이 이깁니까?"

"작은 쪽! 합이 작은 쪽이 이기는 거로!"

고칠소는 주저 없이 말했다.

"판돈은 한도 없는 금패 한 장이고요?"

금 집사로서는 다시 확인할 필요가 있었다.

"그래. 외상은 없고 선불로!"

고칠소는 꿋꿋했다.

"좋습니다."

금 집사도 시원하게 대답했다.

두 사람은 시작하자는 뜻으로 서로에게 손을 내민 후, 나란히 주사위 다섯 개를 그릇에 넣고 뚜껑을 덮었다. 그런 다음 입을 모아 '시작'이라고 말한 뒤 그릇을 들고 흔들기 시작했다.

고칠소는 아래위로 흔드는 단순한 방법을 썼고, 금 집사 역시 단순하게 좌우로 흔들었다. 하지만 두 사람 다 한참 동안 흔들고도 멈출 기미가 없었다.

수가 큰 쪽을 겨루자면 주사위 다섯 개 모두 6이 나오게 하면 되지만, 작은 쪽을 겨루자면 다섯 개 모두 1을 만든다고 해서 꼭 이겼다고는 할 수 없었다.

도박장 안은 쥐 죽은 듯 조용했고, 주사위가 그릇에 부딪히며 내는 땡그랑거리는 소리만이 사람들의 귀와 심장을 두드려댔다. 모두가 지켜보고, 기다리고 있었다. 긴장하고 기대에 부푼 채로!

모두 고칠소의 패배를 확신하고 있었다. 사람들은 그가 한도 없는 금패를 잃고 어떤 반응을 보일지, 대체 얼마나 돈 많은 사람인지, 또다시 한도 없는 금패를 내밀지 궁금해했다.

가장 긴장한 사람은 역시 목령아였다. 그녀는 칠 오라버니가 질까 봐 두려워, 양손을 꽉 깍지 끼고 가슴 앞에 모은 채 잔뜩 긴장했다.

칠 오라버니의 돈도 아깝지만 칠 오라버니가 지는 것이 더욱 안타까웠다. 칠 오라버니처럼 자존심 강한 사람이 지고도 견딜 수 있을까?

용비야와 한운석도 흥미로운 눈길로 바라보았다. 이렇게 완벽한 방관자로서 한가롭게 재미난 일을 구경하는 것은 정말 오랜만이었다.

이 마음 편한 느낌이 참 좋아서, 한운석은 오늘 밤 방에 틀어박혀 자지 않고 용비야를 끌고 나오길 참 잘했다는 생각을 했다.

하지만 한가로운 시간은 고작 반 시진을 넘지 못했다. 흑의 공자와 금 집사가 흔들기를 멈추고 그릇을 힘차게 탁자 위에 내려놓았을 때쯤이었다. 변장한 서동림이 다가와 말했다.

"전하, 소식이 들어왔습니다. 흑루 쪽에서 온 소식인데 하루 지나면 백언청이 온다고 합니다. 이미 흑루 안에 비밀 시위 네 명을 매복시키는 데 성공했으니 반드시 전력을 다해 소소옥의 목숨을 구할 것입니다."

백언청이 이렇게 빨리 소식을 듣고, 하루 만에 온다는 것은 몹시 의외였다. 이 말은 곧 백언청이 삼도전장 부근에 있다는 뜻이었다.

흑의 공자와 금 집사가 동시에 뚜껑을 여는 중이었지만, 용비야는 그쪽은 자세히 보지도 않고 일어나 한운석의 의자를 밀고 나갔다. 한운석은 무의식적으로 뒤를 돌아보았으나 주사위 눈금은 보이지 않았다. 보이는 것이라곤 미소 짓고 있는 금 집사뿐이었다.

장내는 정적이 흘렀다. 대체 누가 이겼을까?

"백언청이 일찍 도착할 모양이다. 여기서 흑루까지는 빨라도 반나절 가량 걸리니 당장 가야 한다."

용비야가 나지막이 말했다.

그제야 사태의 심각성을 깨달은 한운석은 도박판은 제쳐 두고 다급히 물었다.

"이렇게 빨리요? 그자가 고북월을 이 부근에 가둬 놓은 걸까요?"

"그럴 가능성이 있다."

용비야가 나지막이 말했다.

고북월이 부근에 있다고 생각하자 한운석은 긴장했다. 너무 너무 오랫동안 만나지 못했는데, 그는 잘 있을까.

서동림은 앞장서서 길을 열고 용비야는 한운석의 의자를 밀며 바삐 떠나갔다. 도박판이 왁자해지는 바람에 두 사람에게 관심을 보이는 사람은 아무도 없었다. 한운석은 천금청을 떠난 후에야 비로소 당리를 떠올리고 물었다.

"서동림, 당리는 떠났느냐?"

돈을 그렇게 많이 땄으니 당장 떠나는 게 상책이었다!

"부하가 내내 입구를 지키고 있었는데, 당 문주가 떠나는 모습은 보지 못했습니다."

서동림이 사실대로 대답했다.

"분명히 영정과 영승이 공모해 그를 이곳까지 끌어들였을 거예요. 빈털터리가 되지 않고서야 떠날 순 없겠죠."

한운석이 걱정스럽게 말했다.

"안심해라. 당리가 질 리 없다. 영정이 정말 이 방식을 고집한다면 천금청은 큰 손해를 볼 것이다."

용비야가 쌀쌀하게 말했다.

그는 당리의 도박 솜씨에 대해서는 전혀 걱정하지 않았다. 게다가 지금은 당리가 영정을 붙잡고 있으니, 영정이 당리를 건드릴 수도 없고 천금청 역시 함부로 당리를 윽박지를 수 없었다. 조금 전 도박판에 가까이 가자마자 영정의 손목에 끼워진 형탁을 알아보았기에 내린 판단이었다.

한운석은 그래도 눈을 찌푸렸지만 서동림이 쿡쿡 웃으며 말했다.

"공주, 당 문주의 도박 솜씨는 공주의 독술처럼 천하무적입니다! 안심하시지요!"

그제야 한운석도 고개를 끄덕이고는 더 묻지 않았다. 백언청이 생각보다 일찍 온다니 가능한 한 빨리 준비해야 했다.

용시야와 한운석이 삼도 암시장을 떠나 흑루로 달려갈 때쯤 영승은 백옥교를 가둔 밀실 입구에 서 있었다.

"주인님, 그 계집은 독술을 할 줄 압니다. 이러시면 너무 위험합니다. 아무래도 고칠소를 불러오는 게 낫지 않겠습니까?"

정 숙부가 권했다.

예전에는 고칠소 없이 백옥교에게 가까이 가지도, 몸소 심문하지도 않았던 영승이었다. 누가 뭐래도 백옥교는 백언청의 제자요, 독술의 고수였다. 독이라면, 영승이 막으려야 막을 수도 없었다.

그는 냉소하며 말했다.

"자네가 가서 돌아오라고 달래 보겠나?"

정 숙부는 대답할 말이 없었다. 모든 손해를 배상하겠다고 했는데도 만족하지 않는 고칠소를 무슨 수로 돌아오게 만들 수 있을까? 그자는 뭘 어쩌려는 걸까? 착착 진행되어 당리가 거의 빠져들 뻔했던 계략을 다 망가뜨린 게 바로 고칠소였다. 그 일을 탓하지 않는 것만 해도 고마워해야 할 판에!

생각하고 또 생각하던 정 숙부는 버럭 화가 났다.

"설마 그자가 삼억 육천만 냥보다 더 바라는 걸까요? 이때다 싶어서 한탕 하겠다는 수작 아닙니까?"

"한 푼도 주지 않을 것이다!"

영승은 찬 서리가 낀 얼굴로 눈동자에 음험한 빛을 번뜩이더니 단호하게 문을 열고 들어갔다. 말릴 수도 없는 정 숙부는 별수 없이 독의를 입구에 대기하게 한 다음 따라 들어갔다.

밀실 안에는 쇠창살이 달린 감옥이 있고, 백옥교는 그곳에 갇혀 있었다. 그래도 소소옥처럼 꽁꽁 묶여 있지 않아서 행동은 자유로웠다.

누군가 들어오는 소리가 들리자 백옥교는 황급히 쇠창살 쪽으로 달려가 소리쳤다.

"고칠소, 뭐라고 말해야 날 믿겠어? 사부가 날 내팽개쳤으니 나도 이가 갈리도록 사부가 미워. 이런 마당에 아직도 사부 편을 들겠어?"

그녀는 떨리는 목소리로 말을 이었다.

"고칠소, 내가 한 말은 모두 사실이야! 한마디라도 거짓이 있으면 난 벼락을 맞아 처참하게 죽을 거야! 이러면 됐지? 고칠소, 벌써 여기까지 왔잖아. 계속 미루다간 늦는단 말이야! 만에 하나 사부가 소소옥을 고북월이 있는 곳으로 보내 버리면 다시 찾아내는 건 어림도 없어!"

백옥교는 정말이지 초조했다. 그녀는 영승과 고칠소가 사부를 죽여 버리기를 간절히 바랐다. 사부가 죽으면 사형도 바보처럼 사부에게 이용당하지 않을 테니까.

사실 그녀도 영승과 고칠소는 사부의 상대가 못 된다는 것을 잘 알고 있었다. 하지만 영승과 고칠소가 움직이기만 하면 그녀 자신도 달아날 기회를 얻을 것이고, 그렇게 되면 사형에게 소식을 전할 수도 있었다.

일부러 숨길 생각은 없었던 영승도 백옥교가 자신을 고칠소로 오인하자 어두운 곳에 서서 가만히 듣기만 했다.

"고칠소! 이 염병할 놈아, 그만 꾸물거리고 움직일 수 없어? 그래, 그래, 알았어. 마지막 비밀을 알려 줄게. 흑루에 있는 수비병들은 모두 내 심복이야. 사부는 날 구해 주지 않았고 내가 죽은 줄 알고 있어. 분명 흑루 쪽 사람들에게도 알리지 않았을 거야. 내가 나서야만 흑루에 있는 수비병들을 제압할 수 있고, 그러면 사부를 죽이는 것도 어렵지 않을 거야."

백옥교는 아주 필사적이었다.

그때 영승이 어둠 속에서 걸어 나가 그녀 앞에 섰다. 백옥교는 심장이 철렁했다.

"영승, 네가……."

"왜? 너와 고칠소 사이에 말할 수 없는 비밀이라도 있느냐? 내가 알면 안 되는 것이냐?"

영승이 차갑게 반문했다.

백옥교는 뭔가 이상하다는 것을 예민하게 느꼈다. 영승과 고칠소 간에 무슨 문제가 생긴 모양이었다. 그녀는 비웃음을 지어 보였다.

"내게 무슨 비밀이 더 있겠어? 그냥 호기심이 나서 말이야.

영 족장께서 언제부터 날 이렇게 믿어 주셨을까? 내 독술이 무섭지도 않나 봐?"

영승은 몸소 등불을 켜서 방을 밝힌 뒤 오만하게 백옥교를 바라보며 말했다.

"우리 거래를 하자. 어떠냐?"

영승의 커다란 도박

거래?

이 단어를 듣자 백옥교는 확신했다. 영승은 고칠소와 틀어져 선택의 여지가 없자 위험을 무릅쓰고 혼자서 자신을 찾아온 것이었다.

이곳까지 오는 동안 백옥교는 영승과 고칠소의 차이를 꼼꼼히 대조해 놓았다. 두 남자 모두 무시무시했지만, 고칠소가 영승보다 더 끔찍했다. 고칠소는 일반 상식이 통하지 않아서, 독하게 마음먹으면 마치 악마가 된 것처럼 그 어떤 대가를 치르더라도 모든 것을 망가뜨리려고 했다. 그 대가가 자신의 목숨이라 해도 아까워하지 않았다.

영승은 달랐다. 영승은 아무리 음험하고 잔인해도 결국에는 한계가 있었다. 아무래도 적족 영씨 집안의 수장이자 서진 군영을 손아귀에 쥐고 있기 때문이었다. 영승은 꺼리는 것이 있고 신경 써야 할 것도 있어서 분수를 지킬 줄 알았다.

고칠소와 영승 둘 중 하나라면, 백옥교는 영승과 손잡는 게 훨씬 좋았다.

"무슨 거래?"

백옥교는 진지해졌다.

"백언청을 상대하는 일에서 나를 돕는다면 성공하든 실패하든 널 풀어 주지⋯⋯."

여기까지 들은 백옥교는 동요하지 않았지만, 이어지는 영승의 말에는 얼이 빠졌다.

"그 대가로 지금 당장 일억 육천만 냥을 주고, 성공한 후에는 이억 냥을 더 주겠다. 어떠냐?"

"정말이야?"

백옥교는 진지한 목소리로 물었다.

영승은 대답 대신 소매에서 일억 육천만 냥짜리 금패를 꺼내 툭 던졌다. 금패를 받아 든 백옥교는 한눈에 진짜라는 것을 알아보았다.

영승의 입꼬리에 냉소가 떠올랐다. 상인 집안 출신인 그는 돈이 있으면 귀신도 부릴 수 있다는 말을 늘 믿어 왔다. 그가 덧붙였다.

"백옥교, 너도 알겠지만 고칠소는 죽어도 너를 풀어 줄 생각이 없다. 일이 성공하든 말든 너는 죽겠지."

백옥교는 확실히 돈이 마음에 드는지 곧바로 웃음을 지어 보였다.

"영 족장께서는 과연 통이 크시네. 고칠소보다는 훨씬 후해. 그런데 어째서 끝자리가 육천만 냥이야?"

백옥교는 아무리 생각해도 이 숫자가 의미하는 바를 알 수가 없었다. 영승은 태연하게 대답했다.

"내가 그 숫자를 좋아해서일 뿐이다."

삼억 육천만 냥은 바로 오늘 밤 고칠소가 도박장에서 잃은 돈이었다. 본래는 전부 돌려줄 생각이었지만 애석하게도 고칠소가 거절했으니 이참에 백옥교를 매수하는 데 쓴 것이었다.

"후후, 6은 길한 숫자지!"

백옥교가 보조개를 만들며 예쁘게 웃었다.

"왜 좀 더 일찍 영 족장을 만나지 못했을까? 일찍 만났더라면 백언청의 노예로 전락할 필요도 없었을 텐데."

"지금도 늦지 않지."

영승은 차갑게 물었다.

"받아들일지 어떨지 생각할 시간은 없을 텐데?"

"후후, 돈을 봐서라도 당연히 받아들여야지!"

백옥교는 시원시원하게 대답한 뒤 한마디 덧붙였다.

"안심해. 우리가 협력하는 동안 당신에게 독을 쓰진 않을 테니까."

영승의 약점을 딱 꼬집은 말이었다. 영승 역시 바라던 바였다. 그녀의 독술을 꺼리지 않았다면 이런 식으로 그녀와 협력할 필요도 없었고 이 많은 돈을 쓸 필요도 없었다.

삼억 냥이 넘는 금액은 돈을 물 쓰듯이 하는 도박장에서도 큰돈인데 하물며 도박장 밖에서는 말할 것도 없었다.

삼억이면 3년간 군 한 갈래를 먹이고 병기까지 갖춰 주기에도 넉넉한 돈이었다.

"본 족장도 너를 믿겠다."

사실 이는 영승의 속마음과는 어긋나는 말이었다. 늘 의심이 많은 그가 이렇게 쉽게 백옥교같이 교활한 여자를 믿을 리 없었다.

하지만 고칠소와 협력하기보단 차라리 도박하는 편이 나았다!

고칠소가 도박장에서 소동을 피우고 있는데, 언제까지 그러고 있을지도 모르고 또 얼마나 무리한 요구를 해 댈지도 몰랐다. 무엇보다 중요한 것은, 영승으로서는 고칠소를 오래 속일 수 없다는 것이었다. 그 사이 고칠소가 한운석의 서신이 가짜라는 것을 알게 되거나 한운석이 다른 경로를 통해 고칠소에게 연락하면, 수습하기 어려운 일이 벌어질 터였다.

영승의 이런 행동은 충동에서 비롯된 것이 아니라 급한 상황에서 부득이하게 던진 승부수였다. 이 결단이 옳은지 틀린지, 성공인지 실패인지는 며칠 안에 드러날 것이다.

"방금 흑루의 수비병들이 모두 네 심복이라고 했던가?"

영승이 진지하게 물었다.

백옥교는 생글생글 웃었다.

"영 족장, 협력하기로 한 이상 성의를 좀 보여야 하지 않겠어?"

영승은 불쾌한 눈빛이었지만 그래도 사람을 불러 백옥교를 풀어 주게 했다.

백옥교는 새끼 여우처럼 교활한 웃음을 지으며 대범하게 영승을 응시한 채 한 발 한 발 그에게 다가갔다.

영승은 천천히 눈을 좁히면서 한 발 한 발 다가오는 그녀를 마주 응시했다. 뒤에 서 있던 정 숙부는 이 장면을 보고 간담이 서늘했다. 백옥교가 약속을 어기고 주인에게 독을 쓴 다음 달아날까 두려워서였다.

얼마 지나지 않아 백옥교는 영승에게서 딱 한 걸음 떨어진 곳에 도착했다. 영승은 키가 무척 큰데 백옥교는 작은 편이어서 그의 가슴께에도 미치지 못했다. 백옥교는 고개를 들어 올려다보았고 영승은 고개를 숙여 내려다보았다. 갑자기 백옥교가 까르르 웃음을 터트렸다.

"영 족장, 담력이 제법이시네! 걱정하지 마. 이 백옥교는 한다면 하는 사람이니까 절대 당신에게 독을 쓰진 않아! 과분하지만 아주 작은 요구 사항이 하나 있는데 말이야, 그걸 들어주면 당장 흑루로 데려가 줄게. 내게 사부를 상대할 방법이 있어."

솔직히 말해 백옥교는 웃으면 무척 아름다웠고 큼직한 눈도 아주 예뻤다. 하지만 영승은 동요하지 않고 여전히 차가운 얼굴이었다.

"말해라!"

"별 대단한 건 아니야. 나중에 고칠소를 혼내 줄 일이 생기면…… 나도 몇 번 칼로 찌르게 해 줘!"

생글생글 웃던 백옥교의 눈동자가 확 차가워지자 마치 악마 같았다.

정 숙부는 보기만 해도 간이 철렁했다. 저런 계집애와 협력하는 건 정말 크나큰 모험이었다. 하지만 영승은 기뻐하며 큰 소리로 웃었다.

"좋다!"

흑루 일을 마무리 짓고 돌아와서 고칠소를 혼내 줘도 늦지 않았다.

"네 사부를 상대할 방법이란 무엇이냐?"

영승이 물었다.

"가. 가서 말해 줄게."

백옥교도 진지해졌다.

"가능한 한 빨리 움직여야 해. 질질 끌 일이 아니야. 천녕국 도성에 있을 때 사부가 소소옥을 흑뢰에서 데리고 나가야겠다고 했었어."

영승은 그래도 서두르지 않고 차갑게 말했다.

"들은 다음에 가겠다."

백옥교는 손가락을 까딱이며 가까이 오라고 했다. 영승이 몸을 숙이자 백옥교가 바짝 다가왔지만, 영승은 그래도 그녀와 거리를 벌렸다. 그는 다 큰 여자든 어린 여자아이든, 이렇게 가까이 접촉하는 것을 싫어했다.

이를 본 백옥교가 웃음을 터트렸다.

"어머나, 영 족장께서 이렇게 깨끗하신 분인 줄 몰랐네. 안타까워서 어쩌나……."

영승은 얼굴을 굳혔다.

"말할 테냐, 말 테냐!"

"영 족장, 사실 당신과 서진 공주는 썩 잘 어울려. 두 사람이 손을 잡고 서진을 다시 일으킨 다음 아예 서진 황족 사위로 들어가서 한운석의 부마가 돼 버려! 한운석이 황제가 되지 않으면 훗날 당신네 영씨 집안 핏줄이 서진의 황제가 되는 거야!"

백옥교가 웃으며 말했다.

영승은 주저 없이 그녀의 목을 틀어쥐었다.

"감히 그따위 말을 하다니, 혀를 잘라 개 먹이로 던져 주고 말겠다!"

백옥교는 온 힘을 다해 영승의 손을 때리고 발버둥을 쳤지만 그래도 독을 쓰지는 않았다. 영승이 정말 화가 났는지 아니면 자신을 시험하는 중인지 확신할 수 없기 때문이었다.

이렇게 가까이 있으니 영승에게 독을 쓸 기회는 얼마든지 있었고, 한운석을 찾아 해독을 부탁할 시간조차 주지 않을 자신도 있었다. 하지만 그러고 싶지 않았다.

일억이 넘는 금패의 유혹이 너무나 커서였다. 작년부터 북려국 황제의 견제를 받기 시작한 사형은 군자금이 몹시 빠듯했다. 이 돈을 사형에게 주면 몹시 기뻐할 게 분명했다. 게다가 그녀에게는 다른 계획도 있었다.

그녀는 누구보다 사부를 잘 알았다. 한운석은 이곳에 없는 게 확실하니, 영승과 고칠소가 어떤 식으로 자신과 협력하더라도 사부를 죽일 수는 없었다.

영승과 고칠소에게 흑루로 안내하겠다고 하면서 희망을 준 것은 다른 목적이 있어서였다. 거짓말은 아니었다. 흑루의 수비병들은 확실히 그녀의 심복이었다. 그러니 흑루에 가기만 하면 달아날 기회는 더욱 많았다.

지금까지는 고칠소가 있는데 어떻게 함정을 파야 순조롭게 흑루에서 달아날 수 있을까 싶어 망설였지만, 이제 영승과 고칠소가 틀어져 영승이 혼자 찾아왔으니 하늘이 준 절호의 기회였다!

이런 판국에 어떻게 영승에게 독을 쓸 수 있을까? 물론, 어쨌거나 일억 육천만 냥을 받았으니 영승을 조금 도와준 다음 달아나는 게 옳았다. 영승은 수년간 군대를 이끌고 삼도전장 주변에 주둔한 경력도 있고 또 만상궁의 재력이 뒤를 받쳐 주고 있으니, 이 혼란한 곳에서 제법 세력이 있을 터였다.

그러니 사부를 죽일 가능성이 크지 않다는 걸 분명히 알면서도, 백옥교로선 영승의 힘을 빌려 사부를 조금 다치게 할 수 있기를 바랐다. 그렇게 된다면 첫째로는 자신의 복수를 할 수 있고, 둘째로는 사형의 복수를 하고 사형이 사부의 손아귀에서 빠져나갈 기회를 마련해 줄 수 있었다.

그녀는 오늘 밤 영승을 흑루로 데려가 흑루 수비병을 매수한 다음, 함정을 파서 사부를 불러들이고 곧장 소소옥을 데리고 달아나는 계획을 세웠다.

소소옥은 미접몽의 행방을 찾기 위한 중요한 인질이니, 당연히 전력을 다해 사형에게 데려가야 했다.

이런 생각을 하자 늘 매정하기만 하던 백옥교의 얼굴에도 저도 모르게 부드러운 웃음이 피어올랐다. 어떻게 해서든 모든 것이 순조롭게 풀리도록 해야 했다. 사형이 진실을 알게 되면, 그녀가 사형을 위해 한 일을 알게 되면…… 다시는 차갑게 대하지 않을 테니까.

백옥교의 계략을 들은 영승은 모두 허락했다. 물론 그도 이 사소한 계략만으로 백언청을 죽일 수 있다고 믿을 만큼 멍청하지는 않았다. 암암리에 매복을 잔뜩 펼치고 그 자신 역시 여러 가지 준비를 했지만, 백옥교는 그 사실을 전혀 몰랐다.

그는 한운석이 자신과 나란히 싸워 반역자인 백언청을 처단할 수 있기를 몹시 바랐다! 하지만 애석하게도 한운석은 멀리 동진 군영에 있었다.

분노하고 또 원망해도, 그녀의 이름을 떠올릴 때마다 영승의 차갑고 오만한 눈동자는 절로 부드러워지곤 했다. 그의 왼손 다섯 손가락이 주먹을 쥘 것처럼 살짝 오므려지는가 싶었지만 결국에는 가만히 있었다.

생각해 보면 한운석이 없는 편이 나았다. 그가 예전에 한 번 썼던 것처럼, 백언청이 고북월을 데려와 한운석을 협박하는 수법으로 그가 준비한 것들을 물거품으로 만들어 버릴 일은 없을 테니까.

영승은 마침내 백옥교를 놓아주었다. 백옥교는 몇 걸음이나 휘청거리다가 겨우 똑바로 서서 숨을 캑캑거렸다. 조금만 늦었어도 목이 졸려 죽었을지도 몰랐다.

"준비한 다음 반 시진 후에 입구에서 기다려라."

영승은 냉랭하게 말을 마친 후 돌아서서 나갔다.

백옥교는 커다랗게 안도의 숨을 내쉬었다. 방금은 정말 참기 힘들었다.

영승이 나가자마자 정 숙부가 다급히 쫓아갔다.

"주인님, 한 번 더 생각해 보십시오. 서두를 일이 아닙니다! 백언청이 어떤 인물입니까? 우리 쪽 사람 중에는 독술을 아는 자가 없으니 너무 위험합니다. 고칠소를……."

정 숙부의 말이 끝나기도 전에 영승이 차갑게 잘랐다.

"궁수를 천 명 늘리고, 폭우이화침도 가져오게."

그는 백언청의 독이 폭우이화침보다 빠를 거라고는 믿지 않았다. 백언청에게 손쓸 틈도 주지 않고 죽일 생각이었다.

영승이 준비를 마치고 출발하려 할 때 대장로가 찾아왔다.

"영정은 어떻게 되었소? 왜 복면을 하고 있었지?"

영승이 물었다.

그를 버리기로 하자

영정이 복면을 하는 바람에 커다란 문제를 불러일으켰다고 할 수밖에 없었다. 만상궁 사람들은 당리를 본 적이 없어서 알아보지 못했지만, 그녀를 알아보는 건 당연했다. 본래 그녀는 만상궁 사람들이 알아보지 못하게 모습을 숨길 생각이었다. 그런데 도박장에서 영승과 마주칠 줄 누가 알았을까? 영승은 한눈에 당리를 알아보았으니 그녀가 아무리 숨기려 해도 소용이 없었다.

모든 것은 복면이 불러온 사달이었다. 복면을 하지만 않았어도 영승의 의심을 사지 않았을 텐데, 하필이면 이 복면을 쓰는 바람에 영승의 경계를 사고 말았다.

"정 소저와 단둘이 이야기할 방도가 없었습니다. 하지만 정 소저는 필시 제 말뜻을 알아듣고 당 문주를 계속 도박장으로 데려갈 겁니다."

대장로가 사실대로 말했다.

"당연히 알아들어야지!"

영승이 차갑게 말했다.

"하지만 당 문주가 도박하지 않겠다고 고집을 부리면 저도 잡아 둘 수가 없습니다."

대장로는 몹시 난처한 기색이었다.

당리가 오억을 따자 단호하게 손을 털고 일어난 것을 보면, 정 숙부가 그렇게 오래 애를 쓰고도 실제로는 당리의 심지를 흔들어 놓지 못했다는 의미였다. 당리는 아직 정신이 말짱했다.

"도박하지 않더라도 잡아 둬야 하오."

영승의 태도는 강경했다. 그는 오늘 흑루에 가서 반드시 백언청을 붙잡고, 지난번 한운석이 말한 계책대로 그를 인질 삼아 군역사를 위협하기로 단단히 마음먹고 있었다. 군역사가 가진 군마를 붙들어 놓고 나면 다시 동진과 싸움을 벌일 수 있었다.

자신이 초조해한다는 건 인정했다. 이유는 하나, 한운석이 용비야의 손에 있기 때문이었다.

공적으로는, 이 이야기가 실수로 새어 나가거나 용비야가 악의를 품고 공표할까 걱정스러웠다. 그렇게 되면 서진의 체면은 땅에 떨어지고, 장병들의 마음도 싸늘하게 식어 버릴 것이다.

사적으로는, 한시라도 빨리 그 여자를 보고 싶었다.

"기회를 보아 내 말을 영정에게 전하고, 나머지는 영정에게 맡기시오!"

영승은 강경한 태도로 말했다.

"영정에게는, 해야 할 일을 암시장에서 다 처리하면 당문으로 돌아갈 필요 없으니 예전대로 운공상인협회를 직접 맡으라고 하시오."

이 말을 듣자 대장로는 크게 안도의 숨을 내쉬었다. 아무래도 당리를 누구보다 잘 아는 정 소저가 맡는 편이 당리에 대해 전혀 모르는 자신이 나서는 것보다 훨씬 좋은 방법이었다. 지어미만큼 지아비를 잘 아는 사람이 없다고 했듯, 대장로는 정소저가 결코 사람들을 실망하게 하지 않으리라 믿었다.

"알겠습니다. 당장 가서 처리하겠습니다."

대장로는 기쁜 얼굴로 떠나갔다.

대장로에게 분부를 마치자 영승은 백옥교를 데리고 고칠소 몰래 조용히 삼도 암시장을 떠나 밤새도록 흑루를 향해 달렸다.

그때 영정과 당리는 만상궁의 한 다실에 있었다. 다실 안에는 시중드는 하녀 몇 명뿐이지만, 영정은 적잖은 시위들이 바깥을 지키고 있다는 것도, 남몰래 그들의 일거수일투족을 지켜보는 사람이 있다는 것도 똑똑히 알고 있었다.

그녀와 당리가 산가지를 은자로 바꾸기도 전에 대장로가 찾아와 당문 문주이자 운공상인협회 사위인 당리를 알은척했다.

대장로가 이렇게 나오는 건 영승의 명령이 분명했다. 대장로를 본 순간부터 영정은 달아나기 글렀다는 것을 알았다. 그녀는 별수 없이 복면을 벗고 본 모습을 드러냈다.

영리한 당리도 영승이 자신들을 놓아줄 생각이 없다는 것을 눈치챘다.

다실 안은 더없이 조용했다. 지금 상황이 어떤지, 말하지 않아도 둘 다 알고 있었다.

영정은 몇 번이나 입을 열려고 했지만 어떻게 말해야 좋을지 알 수가 없었다. 결국, 당리가 먼저 입을 열었다. 그가 나지막이 물었다.

"무기상 협력을 받아들여야만 떠날 수 있는 거야?"

"그래. 받아들일 거야?"

분명히 불가능하다는 걸 알면서도, 영정은 여전히 희망을 품었다.

당리는 주저 없이 부인했다.

"못 해!"

영정은 속으로 냉소를 지으면서도 겉으로는 무표정했다.

"그럼 어쩌지?"

"기다리지, 뭐!"

당리는 무사태평한 표정이었다.

결국, 영정도 화가 치밀었지만 아무리 화가 나도 속으로만 펄펄 뛸 뿐 겉으로는 태연하게 물었다.

"언제까지 기다릴 생각이야?"

"하늘이 무너지고 땅이 갈라질 때까지? 어쨌든 가진 돈도 있고 곁에 사람도 있으니 충분해."

당리는 털털하게 말했다.

분명히 감동해야 할 말인데도, 농담이라는 걸 너무 잘 알기 때문인지 마침내 영정이 분노를 드러냈다. 그녀는 나지막하게 으르렁거렸다.

"난 싫어! 난 이 괴상한 곳에서 나가고 싶어!"

"그럼 네가 방법을 생각해 봐. 어쨌든 난 너희 집안을 당할 재간이 없으니까."

당리는 억울한 표정으로 어깨를 으쓱했다.

방금 한 말은 농담이면서도 농담이 아니었다. 어떻게 보면 평생 이곳에 있는 것도 꽤 좋은 일이고, 별로 마음 졸일 것도 없었다.

영정은 속으로 자신의 어리석음을 비웃었다. 여기서 달아나는 일을 당리에게 맡길 수나 있을까? 지금 당리는 이미 도마 위에 올라간 생선이었다. 그녀가 의지할 곳은 자신뿐이었다!

영승의 의심을 사지 않으면서 달아날 방법을 생각해 내야 했다.

그녀는 아련한 눈빛으로 당리를 응시했다. 처음에는 아무렇지 않아 하던 당리도 계속 그런 시선을 받자 갑자기 솜털이 쭈뼛 서는 기분이었다.

"정정, 무슨 생각하는 거야?"

그가 쭈뼛거리며 물었다.

"아무것도."

영정은 그제야 시선을 돌려 문밖을 쳐다보았다.

방법은 있었다! 당리를 버리고 혼자 달아난다면 그래도 승산이 있었다.

본래부터 당리를 따돌릴 생각이었는데, 방금은 왜 당리까지 데리고 암시장을 벗어날 생각을 했지? 머리가 어떻게 되기라도 했나? 일단 달아나고 볼 일이었다. 그런 다음 당문에 당리의 행방을 알려 주면 나머지는 당리의 운에 달린 셈이었다.

어쨌든 영승은 당문의 암기를 손에 넣기 전까지 기껏해야 당리를 괴롭히기만 할 뿐, 죽일 리는 없었다.

이렇게 생각하자 영정은 별안간 긴장이 싹 풀렸다.

대낮이든 한밤중이든, 암시장의 흥청거림은 언제까지나 계속되었다. 도박장의 소란과 경매장의 외침, 몇몇 물건 파는 사람들의 떠들썩한 말소리는 영원히 그칠 것 같지 않았다.

용비야와 한운석은 벌써 출발했고 영승과 백옥교도 암시장을 떠났지만, 고칠소는 여전히 도박장에 들러붙어 신나게 놀고 있었다.

고칠소가 영승을 암시장에 머물게 한 까닭은, 너무 서둘러서 흑루에 가지 말고 일단 암시장에서 영승에게 한 방 먹이고 싶어서였다. 이렇게 마음 놓고 도박판 앞에 앉아 거금을 걸고 노는 것도, 다름 아니라 자신이 없이는 영승이 백옥교를 어떻게 하지 못한다고 확신하기 때문이었다.

당연히 고칠소도 오는 동안 자신과 영승을 이간질하려던 백옥교의 속셈을 알아차렸지만, 영승이 백옥교를 믿을 만큼 멍청하지 않다고 생각했다.

지금까지 그와 금 집사는 열 번 겨뤘는데 열 번 모두 무승부였다. 두 사람이 만들어 낸 점수는 모두 1이었다! 주사위 다섯 개가 차곡차곡 쌓여 제일 위로 한 면만 드러나 있었다. 찍힌 점은 하나였다.

고칠소의 금패는 아직도 탁자 한가운데 놓여 있었다.

"세상에, 또 무승부야!"

"신기하기도 해라. 이제 벌써 열한 번째야. 두 사람 다 대단해!"

"저 공자가 저런 재주를 숨기고 있는 줄은 몰랐군. 조금 전에는 일부러 져 준 거겠지? 쯧쯧, 몇 억이나 잃었는데 아깝지도 않을까?"

주위는 또다시 웅성거렸다. 고칠소는 직선이 될 만큼 눈을 가늘게 뜨며 위험스러운 표정으로 금 집사를 응시했다.

내내 감정을 누르고 냉정하게 행동하던 금 집사도 이렇게 될 때까지 누군가의 도전을 받은 게 처음이라 더는 태연한 척하지 못했다. 그 역시 얼굴에 적의를 잔뜩 띠고 똑같이 고칠소를 응시했다. 하지만 금 집사는 아무래도 주인 된 입장이다 보니 여전히 직업 정신을 유지하며 담담하게 말했다.

"공자, 계속하시겠습니까?"

"물론이지!"

고칠소는 그렇게 말하며 탁자를 두드렸다. 그릇 안에 포개져 있던 주사위가 와르르 쏟아지며 땡그랑 하고 맑은 소리를 냈다.

금 집사는 입꼬리에 가소로운 웃음을 지으며 살짝 손을 휘둘렀다. 그의 그릇 안에 포개졌던 주사위도 그릇 속으로 쏟아졌다.

탁자를 두드린 고칠소보다 훨씬 뛰어나고 훨씬 우아한 솜씨였다.

이를 본 고칠소의 눈빛이 조금 더 차가워졌다. 이런 잔재주마저 겨루려는 것을 보면, 금 집사도 정말 끝까지 싸우려는 것임을 알 수 있었다.

목령아도 처음에는 걱정이 태산이었지만 칠 오라버니의 솜씨를 보자 완전히 마음을 놓았다. 고칠소 옆에 앉은 그녀는 고칠소의 동작 하나하나마다 갈채를 보내고 환호성을 질렀다.

비록 금 집사의 첫인상은 좋지만 목령아는 이미 그를 적으로 여긴 지 오래였다. 그녀가 볼 때 그의 일거수일투족은 하나도 볼 게 없었다.

칠 오라버니의 적은 곧 그녀의 적이었다!

이제 열두 번째 판이었다. 이번에 고칠소는 뚜껑을 덮은 다음, 탁자 위에 그릇을 내려놓고 손도 대지 않았다.

오냐, 탁자를 치는 동작을 가소롭게 쳐다봤다 이거지? 그렇다면 끝까지 탁자 치는 모습을 보여 주마.

그가 탁자를 내려치자 그릇이 휙 튀어 올랐다. 그릇 안에 든 주사위가 마구 날뛰며 뚜껑을 때리는 맑은 소리를 냈다. 그릇은 다시 탁자 위로 떨어졌지만 무척 안정적이어서 깨어지지도 않고 뒤집히지도 않았다. 고칠소가 마구잡이로 탁자를 친 것은 아니었기 때문이다.

그는 나른하게 의자에 늘어져 두 다리를 도박판에 올린 채 한 번 또 한 번 탁자를 두드렸다. 그릇은 한 번 또 한 번 날아올랐고 그에 따라 안에 든 주사위도 달막댔다.

솔직히 말해 고칠소의 이런 동작은 도박장 안에 새로운 풍경을 만들어 냈다. 게으르고, 경박하고, 존귀하고, 또 제멋대로인 풍경을. 비록 나라를 줘도 아깝지 않을 얼굴을 드러내지는 않았지만 지금 그는 똑같이 무수한 여자들을 유혹했다.

목령아의 신경은 이미 도박판을 떠나 칠 오라버니에게 쏠려 있었다. 그녀는 기쁨과 사랑을 가슴 가득 안고서 바보처럼 헤실헤실 웃었다.

고칠소가 이렇게 나오자 금 집사도 따라 했다. 그래도 그는 단정하게 앉아서 한 손으로 팔걸이를 잡고 한 손으로 한 번 또 한 번 탁자를 두드렸다. 고칠소만큼 화려한 동작은 아니지만, 그 역시 안전하게 그릇을 탁자에 내려놓았다.

그는 탁자를 두드리면서 고칠소를 바라보았다. 마침 고칠소도 탁자를 두드리면서 눈썹을 치키고 그를 바라보고 있었다. 하지만 금 집사는 무의식적으로 목령아를 흘끗거렸다. 그와 절친한 영승은 고칠소를 붙잡아 두는 동시에 가능하면 목령아를 손에 넣으라고 했다.

여자를 꼬드기는 일이라면 단 한 번도 실패한 적이 없는 금 집사였다. 암시장 내 돈 많고 머리 좋고 외모까지 아름다운 여자들이 모두 그의 발아래 쓰러졌다. 열 번 정도 겨루는 동안 그는 아무리 해도 고칠소의 속을 꿰뚫어 보지 못했지만, 목령아의 속은 꿰뚫어 볼 수 있었다.

목령아는 비록 얼굴을 숨기고 있었지만 그녀의 일거수일투족은 주인을 철저히 배신했다.

금 집사는 저 여자가 단순하고 솔직하고 제멋대로에다 대범하고, 심계 따위는 전혀 없다고 확신했다.

솔직히 말해서 금 집사가 볼 때 목령아 같은 여자는 여자라기보다는 그냥 꼬마였다. 그는 속으로 웃음을 감추지 못했다.

영승이 저 어린 꼬마 여자애 하나 어쩌지 못하다니.

목령아가 또 고칠소에게 갈채를 보내자 금 집사는 눈동자에 가소로운 빛을 떠올리며 느닷없이 힘차게 탁자를 두드렸다. 그 순간, 그의 그릇이 갑작스레 목령아에게 날아갔다.

모두 잔뜩 신나서 지켜보느라 이런 갑작스러운 사고가 일어 날 줄은 아무도 예상하지 못했다. 목령아는 깜짝 놀란 나머지 피해야 한다는 것조차 몰랐다.

령아를 연모하는 사람

갑작스러운 상황에 목령아는 깜짝 놀라서 넋이 나갔고 피해야 한다는 것조차 잊어버렸다. 위기일발의 순간, 고칠소가 도박판에 올려놓았던 다리를 휘둘러 한 치 어긋남도 없이 그릇을 힘껏 걷어찼다. 그릇은 왔던 길을 돌아가 금 집사의 이마에 세게 부딪혔다. 땅에 떨어진 그릇이 쨍그랑 소리를 내며 깨지고 주사위는 바닥에 흩어졌다.

짧은 머리카락으로 가린 금 집사의 이마는 곧 빨개지고, 얼굴을 따라 새빨간 피가 주르륵 흘러내렸다.

한순간 모두가 놀랐다. 금 집사가 한 일이 단순 사고였다면 고칠소가 한 일은 분명히 고의였다! 금 집사의 이마에 난 상처로 보아 고칠소가 얼마나 힘을 줬는지 알 만했다.

사람들이 정신을 차리기도 전에 고칠소가 벌떡 일어나 차갑게 말했다.

"무슨 짓이야? 이길 수 없을 것 같으니 폭력을 쓰시겠다? 누굴 괴롭히려고?"

고칠소가 이렇게 외치자 비로소 구경꾼들도 금 집사가 한 일역시 단순 사고가 아니라는 것을 깨달았다.

금 집사는 당황하지 않고 잿빛 손수건을 꺼내 이마에 흐른 피를 살짝 닦아 낸 다음 상처를 눌러 지혈했다.

"오해이십니다, 공자. 방금은 실수였을 뿐 결단코 폭력을 쓰려던 건 아닙니다. 누군가를 괴롭힐 생각은 더더욱 없지요. 공자와 이 몸은 아직 승부를 가리지 못했는데, 이길 수 없어서 그랬다니 무슨 말씀입니까?"

"실수?"

고칠소는 콧방귀를 뀌었다.

"확실히 실수였습니다. 이 많은 사람이 보는 앞에서 그런 술수를 부릴 천금청이 아닙니다."

금 집사가 진지하게 말했다.

구경꾼들도 금 집사 편을 들었다. 어쨌든 금 집사와 저 흑의 공자는 실력이 엇비슷해서 일부러 도박을 중단하려 할 이유가 없었고, 사람을 해칠 필요도 없었다.

고칠소도 속으로는 의아하게 생각했다. 남을 해치려다가 결과적으로 자신이 다쳤는데, 금 집사가 그 정도까지 멍청할 리 없었다.

설마 정말 사고였을까?

고칠소는 차갑게 말했다.

"사고건 아니건, 우리 누이를 놀라게 했으니 사과해!"

"그야 물론이지요!"

금 집사는 바로 이 기회를 기다리던 차였다.

그는 상처를 처치하지도 않은 채 우선 목령아 앞으로 걸어가 열과 성을 다해 허리를 깊이 숙였다.

"낭자, 이 몸이 실수로 낭자를 놀라게 했습니다. 부디 용서

312

해 주십시오. 배상을 원하신다면 뭐든지 말씀하십시오."

이 말에 주위에 있던 적잖은 여자들이 시샘과 질투와 미움을 쏟아 냈다. 금 집사는 암시장에서 유명한 미남자로, 조용하고 내향적인 성품에 잘 나서지도 않아 신비에 싸여 있었다. 평소 그와 말 한마디 나누는 것도 어려운데 저 어린 낭자는 운도 좋게 금 집사에게 인사를 받고 나아가 배상까지 요구할 수 있게 되었으니 그럴 만도 했다.

"낭자, 금 집사더러 배상으로 암시장 구경을 시켜 달라고 해요! 호호호!"

"아유, 낭자. 기회는 한 번 놓치면 다시 오지 않아요! 잘 생각해 봐요, 잘. 우리 금 도령께서는 보통 사람이 만날 수 있는 분이 아니랍니다."

"낭자, 이 언니가 천만 냥 줄 테니 차라리 그 기회를 이 언니에게 줄래?"

주위 사람들이 놀리기 시작했지만 금 집사는 아무것도 듣지 못한 양 계속 90도로 허리를 숙이고 있었다. 그가 이런 사고를 낸 것은 목령아와 얽힐 기회를 만들기 위해서였다.

고칠소도 금 집사가 이렇게 나오기를 바랐다. 지금 그는 만상궁 모두에게 불만이 가득해서 꼬투리를 잡은 이상 죽을 때까지 물고 늘어질 요량이었다. 그가 큰 소리로 말했다.

"누이, 금 집사가 저렇게 성의를 보이니 요구할 게 있으면 마음 놓고 말해."

삿갓에 달린 면사로 얼굴을 가린 목령아는 한참 전부터 바보 웃음을 짓고 있었다. 그녀는 칠 오라버니가 이런 식으로 자신을 보호해 주는 게 아주 좋았다. 칠 오라버니와 알고 지낸 지 오래지만 이렇게 관심을 보여 준 적은 한 번도 없었다.

"금 집사, 배상은 필요 없으니 딱 한 가지만 들어줘요. 그것만 들어주면 용서할게요."

목령아가 진지하게 말했다.

금 집사는 고개를 들고 그녀를 바라보며 빙긋 웃었다.

"말씀하십시오, 낭자."

목령아는 더없이 기뻤다.

"칠 오라버니에게 패배를 인정하기만 하면 돼요!"

이 한마디에 장내는 순간 조용해졌다가 이내 폭소가 터졌다. 모두 웃음을 참지 못했다.

사람들은 '칠 오라버니'라는 호칭이 낯설지만, 단순히 저 흑의 공자가 저 낭자의 일곱째 오라버니인가 보다 여기고 깊이 생각하지 않았다.

가면 아래 가려진 고칠소의 얼굴에도 봄바람이 가득했다. 령아 이 아이는 늘 이렇게 귀여웠다.

금 집사는 입을 몇 번 실룩였지만 태연하게 미소 지으며 말했다.

"낭자, 농담도 잘 하시는군요."

목령아는 진지해졌다.

"농담이 아니에요. 들어주기 싫으면 이곳 책임자를 불러요. 그 사람에게 따지겠어요! 하관을 바꿔 달라고요!"

금 집사의 눈빛이 복잡해졌다. 솔직히 이 꼬마를 과소평가했다고 인정하지 않을 수 없었다. 그녀는 비록 단순하고 솔직하지만 전혀 멍청하지 않았다. 그가 하관에서 물러나면 이 천금청에 고칠소를 이길 수 있는 사람은 없었다. 한도 없는 금패를 걸고 도박을 하는 고칠소의 성품으로 보아 영승의 곳간은 텅 비고 말 터였다.

"낭자, 승부는 실력으로 결정하는 것입니다. 낭자의 칠 오라버니도 이 몸이 그런 식으로 패배를 인정하는 것은 받아들이지 않으실 테니……."

금 집사의 말이 끝나기도 전에 고칠소가 끼어들었다.

"나 말이야? 난 괜찮아. 우리 누이가 즐겁기만 하면 돼."

목령아는 참지 못하고 까르르 웃음을 터트렸다. 내내 침착하던 금 집사의 얼굴도 적잖이 어두워졌다.

자신이 꾸민 일에 자신이 당하는 것보다 더 울적한 일이 또 있을까?

"금 집사, 우리 칠 오라버니가 괜찮다는데 그래도 할 말이 있어요? 패배를 시인하거나 아니면 만상궁 책임자를 불러와요."

목령아는 단호했다.

남녀를 떠나 주위에 있던 사람 모두 감히 농담도 하지 못했고, 나이가 좀 있는 여자들도 목령아를 다시 보게 되었다.

오랫동안 시끌시끌했던 도박장이 갑자기 조용해졌지만, 금 집사가 곧 다시 장내를 들끓게 했다.

그는 여전히 목령아 앞에 허리를 숙인 채로 미소 지으며 대답했다.

"좋습니다. 이번 판은 제가 진 것으로 하고 낭자에게 사과를 올리겠습니다. 부디 용서해 주시기 바랍니다."

그 말이 떨어지는 순간 장내는 더욱더 조용해졌다. 모두가 잘못 들은 게 아닌가 하고 자신의 귀를 의심했다.

목령아와 고칠소도 몹시 뜻밖이었다. 두 사람은 금 집사가 정말 패배를 시인할 것이란 희망을 품었던 게 아니라 그저 괴롭혀 주려던 것뿐이었다.

정적이 내려앉은 가운데 금 집사가 소매에서 금패 하나를 꺼내 사람들에게 한 번 보여 준 다음 탁자에 내려놓더니, 고칠소가 내놓은 금패와 함께 나란히 고칠소 앞으로 밀어 주었다.

그리고 여전히 직업적인 미소를 유지한 채 고칠소에게 말했다.

"공자, 이번 판은 공자가 이겼습니다. 한도 없는 금패 두 개를 받으십시오. 계속하고 싶으시다면 언제든 받아들이겠습니다."

결국 장내는 다시금 소란스러워졌다. 쑥덕이는 소리, 놀란 외침, 날카로운 비명이 여기저기서 들려왔다. 와글와글 떠드는 소리 속에서 목령아는 꽤 많은 사람이 금 집사가 억울하다고 말하는 것을 들었다. 저 금패는 천금청 것이 아니라 금 집사 자신의 것이라는 말이었다.

목령아도 그 말을 믿었다. 방금 그 사고는 아무래도 금 집사 개인 잘못이고, 천금청은 개인의 잘못을 책임질 리 없었다. 게다가 금 집사는 영승과 상의하지도 않고 패배를 인정했으니 그 자신의 결정인 게 분명했다. 금 집사의 진실한 태도를 보자 목령아는 갑자기 미안해졌다.

반면 고칠소는 당연하다는 태도로 망설임 없이 금패 두 장을 받아 목령아에게 한 장 건넸다. 그가 웃으며 말했다.

"패배를 인정할 것까진 없지만 배상은 받아야지."

고칠소도 천금청의 집사가 될 만한 사람이라면 결코 평범한 인물이 아니라는 것을 알았지만, 한도 없는 금패를 가지고 있다는 사실은 조금 의외였다. 보아하니 저 금 집사는 영승의 신임을 듬뿍 받고 있는 것 같았다!

고칠소가 이렇게 말하자 주위에서 들려오는 비난이 더욱 커졌다. 목령아는 비록 금패를 받긴 했지만 마음이 몹시 불편했다.

금 집사는 미소하며 고칠소에게 말했다.

"패배를 인정할 필요가 없다면 계속하시겠습니까?"

사실 금 집사는 목령아의 무리한 요구를 거절할 이유가 충분했다. 하지만 한도 없는 금패 한 장으로 목령아의 호감을 살 수 있다면 아깝지 않았다. 게다가 그 금패가 목령아 손에 들어갔으니 목령아에게 접근할 이유도 생긴 셈이었다.

영승은 저 두 사람만 잘 처리하면 지난날 체결했던 매신계賣身契(노예 계약서)를 돌려주고 자유를 돌려주겠다고 약속했다.

해 볼 가치가 있는 거래였다!

"당연히 계속해야지!"

고칠소는 점점 더 흥이 났다.

시종이 새 그릇과 주사위를 가져오자 두 사람은 다시 격렬한 싸움을 시작했다.

도박장은 그 어느 곳보다 시간이 빨리 가는 곳이었다.

어느덧 날이 밝았고, 영승과 백옥교는 흑루에 도착했다. 어젯밤에 출발하면서 백옥교는 일부러 흑루에 서신을 보내 상황을 수소문했다. 역시 그녀는 사부를 제일 잘 아는 사람이었다. 사부는 흑루의 수비병들에게 그녀가 천녕국 황궁에서 '죽었다'는 이야기를 해 주지 않았다. 그래서 수비병들은 그녀의 처지를 전혀 알지 못했다.

백옥교와 영승 두 사람은 흑루 주위에 매복하거나 몰래 흑루로 잠입하지 않고, 당당하게 걸어서 들어갔다. 영승이 백옥교의 시위로 위장해서 따라간 덕분이었다.

흑루를 지키던 수비병들은 백옥교가 오자 몹시 기뻐했다. 그들 중 대장이 황급히 다가왔다.

"옥아 낭자, 드디어 오셨군요. 아주 큰일이 생겼는데 아십니까?"

"무슨 큰일?"

백옥교는 그렇게 말하며 소소옥을 가둔 암실로 걸어갔다. 그 뒤를 따르는 영승은 전혀 의심받지 않았다.

수비병이 황급히 뒤따라오면서 나지막이 속삭였다.

"미접몽 소식입니다!"

그 단어가 나오자 백옥교와 영승 모두 깜짝 놀랐다. 백옥교는 엉겁결에 소리쳤다.

"소소옥이 정말 미접몽의 행방을 알고 있었느냐?"

"왜 아니겠습니까! 먼저 낭자에게 알려 드리려고 했는데 낭자를 찾을 수가 있어야지요. 중대한 사안이라 직접 주인께 보고드렸습니다."

수비병은 황급히 해명했다. 단계를 건너뛰어 보고하는 것은 큰 죄였다.

이렇게 되자 백옥교와 영승은 더욱더 놀랐다. 그들도 '미접몽'을 이용해 백언청을 유인할 생각이었는데 소소옥이 먼저 불었을 줄이야!

"언제 있었던 일이지? 사부님께서 답신을 주셨느냐? 오신다고 했느냐?"

백옥교가 다급히 물었다.

"바로 어제였습니다. 주인께서는 부근에 계신지 답신을 보내 늦어도 오늘 오후에는 도착하신다고 하셨습니다. 빠르면 이제 곧 오실 겁니다."

수비병이 사실대로 대답했다.

식은땀이 솟는 바람에 백옥교의 등이 단숨에 축축해졌다. 뒤따르던 영승은 그녀의 손이 떨리는 것까지 볼 수 있었다.

영승은 아무 말 없이 가볍게 헛기침을 해서 백옥교에게 진정하라는 뜻을 전했다. 너무 오래 기다리지 않아도 되니 백언청이 이렇게 빨리 오는 것도 나쁘지 않았다.

백옥교는 그제야 냉정함을 되찾고 다시 물었다.

"소소옥이 다른 말은 하지 않았느냐?"

"입이 어찌나 무거운 계집인지 주인께서 직접 오셔야 한다고
했습니다. 주인께 직접 조건을 말하겠답니다."

수비병이 대답했다.

백옥교는 수비병을 물린 후 영승과 함께 암실로 들어갔다.
암실에는 방이 안팎에 하나씩 총 두 개 있었다. 안쪽 방은 소소
옥을 가둔 곳이고 바깥쪽 방은 야경을 서는 수비병이 묵는 곳
이었다.

백옥교는 소소옥을 만나 보려던 것이 아니어서, 들어가자마
자 영승을 잡아 세우고 다급히 물었다.

"사부가 곧 올 텐데, 어쩌지?"

흑루, 누구 누구 누가 다시 만났나

어떡한담!

백옥교는 자신이 온갖 요소를 따져 보았지만 소소옥이라는 불확실한 요소를 놓치고 있을 줄은 꿈에도 생각지 못했다.

본래는 흑루에 하루 이틀 머물며 사부를 유인하는 한편, 계획을 완벽하게 다질 생각이었다. 그런데 사부가 언제든 들이닥칠 수 있는 상황이라니.

"뭘 그리 당황하느냐?"

영승이 불쾌한 목소리로 꾸짖었다.

"당신은 안 그래? 아무 준비도 안 되어 있잖아."

백옥교는 누가 뭐래도 사부가 두려웠고, 당황한 나머지 차분하게 생각해 볼 수가 없었다. 영승을 이용해 사부에게 대적하지 말고, 차라리 영승에게 독을 써서 그가 가진 돈을 빼앗은 다음 소소옥을 데리고 사형에게 달아날까 하는 나쁜 생각까지 들었다.

그렇지만 그녀가 움직이려는 순간, 영승이 차갑게 말했다.

"모든 것을 계획대로 한다. 내가 미리 준비해 두었다."

그렇게 말한 영승은 가늘게 뜬 눈으로 그녀를 쏘아보면서 차갑게 경고했다.

"백옥교, 정신 차리고 내게 협조하는 게 좋을 것이다. 무슨 문제라도 생기면 설사 내가 죽더라도 흑루 주위에 매복한 궁수 천 명이 널 가만두지 않을 테니까!"

백옥교는 흠칫 몸을 떨며 그 자리에 얼어붙었다. 충동적으로 움직이지 않아 정말 다행이었다.

오냐, 영승. 미리 매복까지 해 뒀단 말이지! 어쩐지.

그래, 어쩐지 독술의 '독' 자도 모르는 영승이 감히 이런 위험을 무릅쓰고 그녀와 손잡은 데는 그만한 이유가 있었다. 백옥교는 속으로 자신을 비웃었다. 아무래도 그녀는 적족의 족장을 과소평가하고 있었던 것 같았다. 궁수를 그렇게 많이 매복해 놓았다면 무슨 수로 소소옥을 데리고 달아날 수 있을까?

"소소옥에게 안내해라."

영승이 백옥교의 생각을 끊으며 말했다.

영승이 소소옥을 만나려는 것은 미접몽 때문인 게 분명했다. 백옥교는 한마디 해 주지 않을 수 없었다.

"내가 몇 번 심문해 봤는데 그 계집애는 입도 벙긋하지 않았어. 괜히 거기서 시간 낭비하지 마. 만에 하나 지금 당장 사부가 나타나면 지금까지 했던 일이 말짱 꽝이 된다고."

영승은 잠시 망설이더니 안쪽 방으로 들어가지 않고 차분하게 말했다.

"시작하지."

백옥교는 말없이 돌아서서 나갔다. 차 한 잔 마실 시간이 지나기도 전에 흑루의 수비병들은 모조리 백옥교의 독에 죽어 나가고 영승의 사람들이 그 자리를 채웠다.

이 수비병들은 애초에 백옥교가 데려온 자들이었어서, 백언청은 그들을 알아보지도 못했고 별로 신경 쓰지도 않았다.

"깨끗이 처리했느냐?"

영승이 물었다.

"마음 푹 놔. 하나도 살려 두지 않았으니까."

백옥교는 그렇게 말한 다음 생긋 웃으며 덧붙였다.

"영 족장, 화살에는 눈이 없어. 약속은 지켜야 하니까 잊지 말고 이 어린 동생이 살길을 마련해 줘."

백옥교는 자신이 흑루에 숨어서 백언청을 기습하면 그 틈에 영승이 궁수를 이끌고 흑루를 포위해 손쓸 틈도 주지 않고 백언청을 죽이는 계획을 그도 받아들일 것으로 생각했다.

"안심해라."

영승은 차갑게 말하며 십자가에 묶여 죽은 듯이 고개를 푹 숙인 소소옥에게 눈길을 던졌다. 한참 망설이던 그는 마침내 결심을 내리고 돌아서서 나갔다.

영승이 나가자 백옥교는 소소옥 근처에 가장 숨기 좋은 곳을 찾기 시작했다. 정말 사부를 기습할 만큼 어리석은 백옥교가 아니었다. 그저 잘 준비하고 있다가 난리가 벌어지면 소소옥을 데리고 달아날 계획이었다.

백옥교는 소소옥에게 다가가 옷자락을 몇 번 잡아당겨 보았다.

소소옥은 이 모든 것에 대해 아무것도 모른 채 한운석과 용비야가 와서 구해 주기를 기다리고 있었다. 백옥교가 돌아온 것이 조금 의외이긴 했지만, 그녀는 여전히 혼절한 척하고 백옥교를 모른 체했다. 소소옥이 정말 혼절했다고 생각한 백옥교는 우선 달아날 길을 확인한 후 소소옥의 수갑을 풀 열쇠를 찾아냈다. 그런 다음 은밀한 곳을 찾아 몸을 숨겼다.

조용히 자리를 잡자 심장이 미친 듯이 쿵쿵 뛰었다. 그녀는 열쇠를 힘껏 움켜쥐고 냉정해지자고 다짐하면서, 이 위기만 넘기면 영원히 사형과 함께 있을 수 있다고, 오랫동안 좋아해 왔음을 사형에게 당당하게 고백할 수 있다고 자신을 달랬다.

그렇게 소녀 시절의 봄꿈을 그리며 백옥교도 차츰차츰 마음을 가라앉혔다. 그녀는 마치 아름다운 꿈을, 아름다운 미래를 기다리는 사람처럼 가만히 기다렸다.

그러나 영승은 그녀를 놓아줄 생각이 추호도 없었다.

영승은 이미 흑루를 떠나 흑루 주위에 오랫동안 매복한 궁수들과 합류한 상태였다. 지금 그는 홍의대포 옆에 서서 커다란 손으로 마치 온순한 애완동물을 만지듯 살며시 홍의대포를 쓰다듬고 있었다. 하지만 홍의대포는 온순한 동물이 아니었다. 일단 녀석이 포탄을 뿜으면 하늘이 무너지고 땅이 뒤집혔다.

군역사가 군마 구만 마리를 얻었다는 것을 안 후로 그는 제일 먼저 가지고 있는 홍의대포를 다시 배치했다. 본래 삼도전장에 배치해 군역사를 방비하는 데 쓰려던 홍의대포를 이렇게 백언청에게 쓰게 될 줄은 그 자신도 예상하지 못했다. 백언청이 흑루에 들어가 소소옥을 심문하다가 백옥교의 기습을 당하기만 하면 곧바로 대포를 쏠 생각이었다. 대포 공격이 끝난 다음에야 폭우이화침을 쓸 것이고, 마지막이 궁수의 공격이었다.

이렇게 사중으로 준비해 두었으니 백언청을 잡지 못하리라고는 전혀 생각지 않았다. 그는 이미 백언청을 살려 둘 생각이 없었다. 비록 시체만 있다 해도 똑같이 군역사를 속일 수 있었다!

미접몽의 행방을 알고 있는 소소옥은 아깝지만, 소소옥을 데리고 나오면 무엇보다 백옥교의 의심을 살 테고, 또 백옥교를 흑루에 잡아 둘 수도 없었다.

넓은 숲속에는 정적이 감돌고 모두가 소리 죽여 기다렸다.

이때 용비야와 한운석도 마찬가지로 흑루 주변에서 기다리고 있었다. 하지만 한운석은 약간 불안했다.

어젯밤 그들이 도착하기 전에, 비밀 시위가 와서 흑루 주위에 대규모 궁수가 매복했다는 소식을 전했다. 한운석은 제일 먼저 영승을 떠올렸다. 대규모 궁수를 매복시키는 수법은 영승이 천녕국 황궁에서 백언청을 상대할 때 한 번 썼던 것이었다. 그리고 조금 전에 영승과 백옥교가 흑루에 들어가는 것을 목격하자 심장이 서늘해졌다.

고칠소는 어떻게 됐을까?

"고칠소가 영승에게 붙잡힌 건 아니겠죠?"

한운석이 나지막이 말했다. 그녀가 아는 고칠소라면, 그녀의 서신을 받고 진실을 파악했을 것이다. 그렇다면 결코 영승과 계속 어울려 다닐 리 없었다. 백옥교를 데려가서 혼자 고북월의 행방을 찾는 게 마땅했다.

그런데 지금 영승이 백옥교와 함께 흑루에 나타났으니, 고칠소와 목령아는 어떻게 된 것일까?

"고칠소와 령아에게 무슨 일이 생긴 건 아니겠죠?"

한운석은 다소 초조해졌다.

"그자는 걱정할 것 없다. 무슨 일을 당할 사람이 아니다."

용비야가 담담하게 말했다. 물론 여기까지만 말했을 뿐 고칠소가 불사불멸의 몸이라는 비밀은 끝내 발설하지 않았다.

"령아는요? 령아가 영승에게 붙잡혔을까요?"

한운석이 다시 물었다. 고칠소의 성격상 특별한 이유가 없는 한 영승과 죽기 살기로 싸울 게 분명했다! 저렇게 쉽사리 영승을 보내 줄 사람이 아니었다.

용비야가 흑루에 잠입시킨 사람은 수가 많지 않아 쉽게 발각되지 않았다. 하지만 중요한 상황에서 자칫 궁수에게 발각될 수도 있어서 차마 철저히 조사하라는 명령을 내릴 수가 없었다.

그는 담담하게 말했다.

"생각한다고 달라질 것은 없다. 백옥교는 영승과 결탁한 모양이니 일단 구경하기로 하자."

"두 사람만으로는 백언청을 쓰러뜨리지 못할 수도 있어요."

한운석은 나지막이 말했다. 그녀는 충동적으로 나선 영승에게 속으로 욕을 퍼부었다. 백언청과 한 번 싸워 본 적도 있는 영승인데 아직도 저렇게 상대방을 얕보는 까닭을 알 수가 없었다.

백언청의 독 공격을 막지 못한다면 설사 용비야라 해도 함부로 덤빌 수가 없었다!

용비야는 입꼬리에 냉소를 그릴 뿐 아무 소리도 내지 않았다. 그들은 무성한 수풀 속에 몸을 숨긴 상태고, 백리명향과 서동림은 뒤에 서 있었다.

때를 기다리는 일은 늘 길고 지루했다.

한참, 아주 한참이 지나도 백언청의 모습은 나타날 기미가 없었다. 하지만 그럴수록 더 참을성을 발휘해 기다려야 했다. 한운석은 바퀴 달린 의자에 앉아 있고, 용비야는 그녀 곁에 웅크려 앉아 커다란 손으로 그녀의 손을 움켜쥐고 있었다.

서동림은 신경을 바짝 곤두세우고 주변에서 일어나는 바람 한 자락, 풀의 움직임 하나까지 샅샅이 살폈다.

백리명향은 수풀 속에 꿇어앉아 소매 속에 감춰 둔 물건을 꽉 쥔 채, 머릿속으로 전하가 이 물건을 주면서 당부했던 말을 끝없이 되뇌었다.

'정확하게 본 다음 사용해라. 네 목숨은 너 자신 손에 달려 있다.'

전하가 준 것은 바로 당문 제일의 암기인 열화연화烈火蓮花였다. 원거리 공격이 가능한 암기여서, 이게 있으면 꼭 백언청에게 가까이 접근하지 않아도 되었다. 만약 그녀에게 좋은 기회가 생기고 이걸 정확하게 사용한다면, 백언청을 죽일 수 있을 뿐 아니라 자신의 목숨도 지킬 수 있었다.

백언청을 상대해야 하는 게 두렵지 않을 리는 없었다. 하지만 여기까지 오는 동안 전하의 그 한마디가 그녀를 따스하게 달래 주고 힘을 주었다.

동진을 다시 일으키는 대업에 한 몸 희생하는 것은 영광이요, 전하를 위해 목숨 바치는 것은 기쁨이었다.

하지만 전하의 한마디는, 적어도 전하의 마음속에서 그녀의 목숨이 언제든지 던져 버려도 좋은, 한 푼의 값어치도 안 되는 물건이라는 사실을 말해 주었다.

열화연화를 쥐고 전하의 우뚝한 뒷모습을 바라보면서, 백리명향은 속으로 중얼거렸다.

'전하, 그 한마디만으로도 저는 아무 여한이 없어요.'

기다림 속에서 시간은 그들의 몸 위로 얼룩덜룩 찍힌 나무 그림자처럼 느릿느릿하게 흘러갔다.

마침내 뜨거운 해가 하늘 높이 솟아올라 정오에 이르자, 따각거리는 말발굽 소리가 숲속의 정적을 깨뜨렸다. 곧이어 낯익은 모습이 사람들 시야에 들어왔다.

"드디어 왔군."

용비야가 나지막이 말했다.

한운석은 천천히 두 눈을 가늘게 뜨며 아무 말하지 않았다. 서동림과 백리명향은 약간 긴장했다. 특히 백리명향은 저도 모르게 열화연화를 바스러질 만큼 꽉 움켜쥐었다.

다른 쪽에서는, 홍의대포 옆에 몸을 숙인 영승이 주도면밀하게 준비를 마쳐 놓고 있었다. 포탄도, 빽빽한 화살도, 언제든 날아갈 수 있었다.

백언청이 문가에 도착하기도 전에 수비병 몇 사람이 허둥지둥 달려 나와 일제히 무릎 꿇고 고개를 숙였다.

용비야는 속으로 탄복했다. 영승 휘하 병사들은 과연 큰일을 감당할 수 있는 자들답게 전혀 빈틈을 드러내지 않았다.

백언청이 말에서 내리자 곧바로 수비병 한 명이 다가가 고삐를 잡았다. 바람막이를 벗은 백언청의 몸은 온통 먼지투성이였다.

수풀 속에 몸을 숨긴 사람들은 감히 꼼짝도 하지 못했고, 숫제 숨을 멈춘 자들도 있었다. 일찌감치 이곳에 매복해 움직임을 완전히 감추지 않았더라면, 백언청의 예민한 눈과 귀를 피하지 못했을 게 분명했다.

그렇다고 해도 백언청은 고개를 돌려 엄숙한 얼굴로 천천히 주변을 훑어보았다.

용비야와 한운석은 몹시도 태연했다. 사실 영승이 끼어들지 않았다면 이렇게 숨어 있을 필요도 없이 벌써 뛰쳐나가 백언청과 대놓고 싸움을 벌였을 터였다.

용비야의 무공이 백언청보다 조금 높으니, 백언청의 독술만 아니라면 충분히 상대할 수 있었다. 하지만 백언청의 독술은 무시할 수준이 아니었고, 그 때문에 한운석을 데려와 백언청과 맞설 수밖에 없는데 한운석이 다리를 움직이기 불편하게 되는 바람에 용비야의 부담이 더욱 컸다. 그렇게 따지면 지금 쌍방의 실력은 우열을 가늠하기 어려웠다.

하지만 용비야 일행에게는 백리명향이라는 비장의 패가 있으니 승산이 아주 컸다. 두 사람은 긴장할 필요가 전혀 없었다.

용비야와 한운석을 제외하고 거의 모든 사람이 간이 오그라드는 기분을 느꼈다.

홍의대포 반대쪽에 웅크린 정 숙부가 소리를 낼 뻔했지만 영승이 날카로운 눈빛으로 저지했다. 영승은 오른손으로 주먹을 꽉 쥐고 있었다. 백리명향은 너무 무서워서, 보이지 않으면 겁이 덜 날까 싶어 아예 눈을 감아 버렸다.

정적에 휩싸인 숲속은 긴장이 최고조에 이르렀다. 백언청은 주위를 한 번 둘러보더니 갑자기 용비야와 한운석 쪽에 시선을 딱 고정했다.

폭발, 모두의 예상 밖

널따란 숲이 더할 나위 없이 조용한 가운데 백언청의 차가운 시선이 용비야와 한운석이 있는 방향에 고정되었다.

일순 모두 긴장했다. 이미 눈을 뜬 백리명향은 다시는 감히 눈을 감을 수가 없었다. 백언청이 짓쳐들어올 때 절호의 기회를 놓칠까 봐 두려워서였다. 서동림도 온몸에 경계를 돋우고 언제든지 싸울 수 있는 태세를 갖췄다.

용비야와 한운석이 그쪽에 숨어 있는지 모르는 영승은 백언청이 주위에 매복한 궁수를 눈치챈 줄만 알고 역시 긴장을 감추지 못했다.

백언청은 정말 뭔가 발견한 양 언제든 다가갈 것 같은 태도로 그곳에 시선을 한참 주었다. 마침내 한운석도 마음이 불안해지기 시작했다. 그녀는 용비야의 손을 꽉 잡으며 뛰쳐나갈 준비를 해야 할지 의견을 구했다. 백언청이 정말로 그들을 발견한 다음 움직이면 늦었다. 지금 뛰쳐나가야 백언청에게 손쓸 틈 주지 않고 기습할 수 있었다.

그러나 용비야는 한운석의 조그마한 손을 마주 잡아 마음속 불안을 단숨에 가라앉혀주었다. 백언청이 멀리서 주시하든 말든, 그는 여전히 태산처럼 듬직하게 꼼짝도 하지 않았다.

시간이 그대로 멈춰 버린 것 같았다. 그런데 갑자기 흑루 안에서 수비병 한 명이 달려 나와 다급히 보고했다.

"주인님, 소소옥이 다 죽어 갑니다."

백옥교는 아직 암실에 숨어 있었고, 상황이 이상한 것을 본 영승의 사람들은 백언청이 매복을 알아차릴까 봐 하책을 써서 그를 안으로 유인할 수밖에 없었다. 백언청이 안으로 들어간 뒤 이상한 점을 발견할 수도 있다는 것은, 이미 그들의 관심사가 아니었다.

아무래도 백언청을 안으로 끌어들여 영승에게 대포를 쏠 기회를 마련해 주는 편이 이대로 바깥에 놔두는 것보다 나았다. 밖에 있는 것보다 안에 있는 편이 폭사爆死할 확률이 훨씬 높았다.

백언청이 수비병을 돌아보며 의아한 목소리로 물었다.

"다 죽어 가다니? 무슨 말이냐?"

백언청이 곧바로 안으로 달려들 줄 알았던 수비병은 예상 밖의 질문을 받자 약간 망설였다. 하지만 이 잠깐의 망설임에, 백언청은 눈을 차갑게 빛내더니 갑작스레 허공으로 몸을 솟구쳤다.

달아나려는 것이었다!

"알아차렸어요!"

한운석이 놀란 목소리로 말했다.

"화살을 쏴라, 달아나게 두지 마라!"

영승이 재빨리 명령했다.

순간 주위를 두 겹으로 에워쌌던 궁수들이 일제히 수풀 속에서 뛰쳐나갔다. 앞줄 궁수들은 땅에 웅크려 앉아 백언청을 향해 아래에서 위로 화살을 쏘았고, 뒷줄 궁수들은 재빨리 가까이 있는 큰 나무를 타고 올라가 역시 백언청을 향해 위에서 아래로 화살을 쏘았다.

궁수의 포위망 밖에 있던 한운석과 용비야는 그 모든 움직임을 보았다. 솔직히 용비야도 영승의 이런 배치에 감탄했다. 이렇게 되면 백언청은 금세 아래쪽 궁수들의 견제를 받게 되고, 그의 발이 묶이는 순간 위쪽 궁수들이 때를 틈타 공격하면, 두 부대는 단숨에 천라지망을 이루어 앞뒤와 좌우, 상하로 꼼짝 못 하게 그를 옭아맬 수 있었다.

백언청은 수차례 검을 휘둘러 앞에 있던 궁수들을 쓰러뜨렸지만, 뒤에 있던 다른 궁수들이 곧 그 자리를 채웠다.

한운석은 영승이 숨겨 둔 궁수가 지난번보다 배나 많다는 것을 이내 알아차렸다. 영승도 오랫동안 준비한 모양이었다. 아무리 백언청 같은 고수라도 이를 막으려면 눈코 뜰 새 없이 움직여야 했다. 하지만 한운석은 영승이 백언청의 독술에 어떻게 대항할 셈인지 짐작이 가지 않았다.

이 산속에서는 황궁에서보다 훨씬 쉽게 바람을 부리고 독을 쓸 수 있었다!

용비야는 곧 한운석을 안고 나무 위로 날아올라 높은 곳에서 흑루를 내려다보았다. 백리명향과 서동림이 바짝 뒤따랐다.

높은 곳에 오르자마자 한운석이 놀라 외쳤다.

"큰일 났어요. 백언청이 독을 쓰려고 해요!"

백언청은 한 손에 든 검으로 사방팔방에서 날아드는 화살을 쳐 내면서, 다른 한 손을 허공에 쳐들고 신비하고 괴상한 손동작을 몇 번 취했다. 한운석은 풍향의 변화를 느끼지 못했지만, 이미 해독시스템이 부근에 독이 있다는 경보를 울리고 있었다.

백언청이 독을 쓰기만 하면 영승의 매복이 아무리 완벽하고 데려온 사람이 아무리 많아도 무용지물이었다!

"저자를 돕고 싶느냐?"

용비야가 나지막이 물었다.

돕고 싶을까?

몹시 곤란한 질문이었다. 돕지 않으면, 설마 영승의 전군이 전멸하고 영승이 죽는 것을 두 눈 빤히 뜨고 지켜봐야 하는 걸까? 누가 뭐래도 그녀는 서진의 공주였다!

어찌 됐든 영승이 백언청을 공격하는 것은 서진 황족을 위해서이고, 고북월을 구하기 위해서였다! 그렇지 않다면 영승으로서는 백언청을 적으로 돌릴 필요가 없었다. 영승이 백언청처럼 서진 황족을 배신하고 북려국과 결탁했다면, 동진의 군대는 그야말로 큰 위기를 맞이했을 것이다.

"모두 백언청을 붙잡기 위해서예요."

한운석은 담담하게 웃으면서 말을 이었다.

"내가 도울 필요도 없이 저들이 공격하면 그만이에요. 백언청을 잡고 나면 둘이서 잘 나눠 봐요. 난 어느 쪽 편도 들지 않을 테니까."

용비야는 눈썹을 치키고 그녀를 굽어보다가 어쩔 수 없는 표정으로 웃음을 지었다. 다소 유감스럽기는 하지만, 그래도 그는 한운석의 이런 총명함이 좋았다.

과연 풍향이 바뀌기 시작했고, 한운석은 바람의 변화에 따라 공기 속에 포함된 독소의 농도가 차차 짙어지는 것을 느꼈다. 아직 중독될 정도는 아니지만, 해독시스템이 내놓은 추정치에 따르면 영승에게 주어진 공격 시간은 고작 차 한 잔 마실 시간뿐이었다.

그 안에 궁수들이 백언청을 죽이지 못하면 그의 패배였다.

순간 화살 한 대가 백언청의 허리춤으로 날아들었다. 화살은 거의 백언청의 허리에 닿을 뻔했지만 안타깝게도 명중하지 못했다. 백언청은 몸을 살짝 틀어 피한 다음 검을 아래로 휘둘러 잇달아 날아드는 화살을 막았다. 이어서, 몸을 뒤로 젖혀 맞은편에서 날아드는 화살도 피했다. 몇 번 아슬아슬한 순간이 있었지만, 궁수들은 끝내 결정적인 우위를 점하지 못했다.

시간이 점점 빠듯해지자 한운석이 때맞춰 결단을 내렸다.

"용비야, 우리가 나가야겠어요."

어차피 모습을 드러내야 하는데, 일찍 나가야 뜻밖의 사고를 방지할 수 있었다. 그런데 웬걸, 용비야가 막 나가려는 순간 '쾅' 하는 굉음이 터졌다!

한운석 일행이 정신을 차리기도 전에, 영승이 쏜 대포알이 백언청 바로 아래쪽에 떨어지면서 '콰쾅' 하고 더욱 커다란 폭발음이 터졌다. 삽시간에 흑루 주변은 온통 연기에 휩싸였다. 사방 곳곳에서 연기가 뭉게뭉게 피어오르고, 나무가 쓰러지고

집이 무너지고, 만물이 모두 스러졌다!

백언청은 폭발의 위력에 거칠게 튕겨 나갔고, 주위의 궁수도 전부 나동그라졌다. 포위망 밖에 숨어 있던 사람 중에도 여럿이 그 강력한 기류에 휩쓸렸다.

다행히 반응이 빠른 용비야는 제일 먼저 한운석을 안고 후퇴해 화를 피했다. 백리명향과 서동림은 뒤로 떨어졌지만 다행히 크게 다치지는 않았다.

영승이 이런 어마어마한 무기를 숨겨 놓았을 줄은 누구도 예상하지 못한 일이었다!

이제 보니……, 이제 보니 영승이 가진 마지막 강패는 궁수가 아니라 홍의대포였다! 영승은 백언청을 생포하는 것이 아니라 죽여 버릴 계획이었다!

시커먼 안개가 풀풀 피어나는 현장을 멍하니 바라보면서, 한운석은 뒤늦게 깨달았다. 영승은 결코 고북월을 구할 마음이 없었다. 오히려 고북월을 포기하려고 했다!

어떻게 그럴 수가? 저자가 무슨 자격으로 고북월을 희생시키겠다고 결정한 거지? 무슨 자격으로?

서진을 위해서?

고북월은 적족 사람도 아닌데, 저자가 무슨 자격으로 제멋대로 희생시키느니 마느니 결정하는 걸까?

한운석의 눈동자에 분노가 활활 타올랐다. 지난번 영승에게 옷이 찢겨 나갔을 때도 지금처럼 분노하지는 않았다.

"지독한!"

그녀는 차갑게 말했다.

서동림과 백리명향이 달려왔다. 백리명향은 바닥에 나동그라지느라 낭패한 몰골이었지만 그런 것에는 신경 쓰지 않았다. 얼마나 당황했는지 제대로 말하기도 전에 눈물이 쏟아졌다.

"공주……, 공주, 소옥이가……, 소옥이가……."

그래, 소소옥!

한운석은 깜짝 놀라 무너져 내린 흑루를 쳐다보았다. 그제야 소소옥이 저 안에 갇혀 있다는 것이 생각났다.

소소옥뿐만 아니라 백옥교와 영승의 부하들, 그리고 몰래 잠입한 용비야의 비밀 시위 둘도 있었다. 너무 갑작스러운 폭발이어서 비밀 시위라 해도 견디지 못했을 텐데 하물며 다치고 병까지 얻은 소소옥은 말할 필요도 없었다.

"서동림, 구해 내라! 어서!"

한운석이 놀란 목소리로 외쳤다. 설사 희망이 없다 해도 구해야 했다!

서동림은 즉시 비밀 시위 몇 명을 불러 달려갔다. 백리명향도 다급히 따라가려고 했지만 한운석이 불러 세웠다.

"백리명향, 왜 여기 왔는지 잊었어요?"

한운석이 소소옥을 걱정하는 마음은 백리명향보다 작을지 몰라도 소소옥을 아끼는 마음은 백리명향보다 작지 않았다. 누가 뭐래도 소소옥은 그녀가 직접 구해 데려온 아이였다.

하지만 아무리 초조해도 냉정해야 했다. 냉정하게 선택해야 했다.

방금 폭발의 충격으로 날아간 백언청은 살았는지 죽었는지 알 수 없었다. 죽었다면 모든 게 끝이지만 만에 하나 죽지 않고 달아났다면 그들이 지금까지 해 온 노력은 물거품이 되고 말 터였다.

한운석의 말에 백리명향도 자신이 중임을 맡고 있다는 것을 즉시 떠올렸다. 그녀는 황급히 다시 돌아와 소리 죽여 말했다.

"제가 흥분했습니다. 알려 주셔서 감사합니다, 공주."

한운석은 복잡한 눈빛을 지었지만 결국 담담하게 말했다.

"당신이 소옥이가 무사하기를 바라듯 소옥이도 분명히 당신이 무사하기를 바랄 거예요……. 그 아이를 슬프게 만들지 말고 알아서 조심해요."

이곳에서 꾸물거릴 시간이 없는 용비야는 곧바로 한운석을 데리고 백언청이 떨어진 방향으로 쫓아갔다. 백리명향도 황급히 뒤를 따랐지만 그 심장은 말할 수 없이 답답했다.

만약 소옥이가 아직 살아 있고 그녀 자신이 죽는다면, 소옥이가 슬퍼해 줄까? 울어 줄까?

공주는…… 슬퍼해 줄까?

용비야와 한운석은 얼마 가지 않아 고수들에게 포위된 백언청을 발견했다. 백언청은 폭발로 인해 어깨와 다리를 다쳤고 검술 또한 확실히 전처럼 민첩하지 못했다. 하지만 얼마 안 있어 고수 한 명이 픽 쓰러져 힘없이 바닥에 널브러졌다. 다름 아니라 백언청이 독을 쓴 탓이었다!

"가까이 가겠느냐?"

용비야가 의견을 물었다.

사실 물을 필요도 없었다. 그녀는 진지한 얼굴로 대답했다.

"반드시요!"

용비야는 즉시 한 손으로 한운석을 단단히 끌어안고 다른 손으로 검을 휘두르며 달려들었다. 용비야의 속도가 워낙 빨라 한운석은 바람이 휙휙 귓전을 스치는 소리마저 들을 수 있었다. 어떻게 된 셈인지 전쟁터에 나가 적을 무찌르는 것처럼 흥분이 끓어올랐다.

어깨를 나란히 하고 싸운다는 게 이런 느낌일까? 한운석은 어서 빨리 다리를 회복하고 어서 빨리 무공을 익혀, 진정으로 용비야와 어깨를 나란히 하고 싸울 수 있기를 몹시 바랐다.

백언청이 알아채지 못한 틈을 타 용비야가 기습하려고 검을 휘두르는 순간, 갑자기 옆에서 영승이 쑥 튀어나와 용비야를 가로막고 차갑게 말했다.

"백언청의 목숨은 내 것이다! 넌 도대체 누구냐?"

용비야는 아직 은빛 가면을 쓰고 있었고 한운석은 아직 남장하고 있어서 영승이 알아보지 못하는 것도 이상하지 않았다. 용비야가 몇 달 전부터 소소옥 곁에 밀정을 심어 놓았다는 것을 영승이 무슨 수로 알 수 있을까? 눈앞에 있는 이 사람이 바로 용비야와 한운석이라는 것은 더더욱 생각조차 하지 못했다.

그때 백언청도 그들을 발견하고 날카롭게 소리 질렀다.

"영승, 내 착한 제자는 죽지 않았겠지!"

백언청은 백옥교가 흑루를 장악하고 미접몽의 소식을 흘렸으리라 의심했지, 영승과 마찬가지로 배후의 진짜 주모자가 용비야와 한운석이라는 사실은 전혀 예상하지 못했다.

크나큰 오해였다.

이것이 당신의 실망인가

백옥교가 아직 죽지 않았을까? 알다시피 흑루는 이미 쑥대밭이었다.

영승은 차갑게 코웃음을 쳤다.

"죽었다!"

"그렇다면 그 빚은 네가 갚아 줘야겠다! 목숨을 내놔라!"

백언청은 흉악한 눈빛을 번뜩이며 영승에게만 집중했고 낯선 얼굴인 용비야와 한운석은 안중에도 두지 않았다.

솔직히 말하면, 용비야와 한운석으로서는 처음 겪는 철저한 무시였다.

"내가 한 일은 내가 책임진다!"

영승도 용비야와 한운석을 무시한 채 턱을 치켜들며 냉랭하고 오만하게 백언청을 내려다보았다.

"백언청, 너와 나 모두 한 귀족의 수장이다. 독술을 버리고 일대일로 싸워 볼 용기가 있느냐?"

영승의 본래 계획은 실패한 셈이고 이제 그가 가진 가장 큰 패는 폭우이화침이었다. 아무리 비열한 수단이라 해도 최대한 자신이 유리한 조건을 만들어야 했다. 이 기회를 놓치면, 설령 그 자신이 다시는 백언청을 찾지 않는다 해도 백언청이 그를 가만두지 않을 터였다.

"일대일?"

백언청은 냉소를 터트리더니 가볍게 승낙했다.

"좋다!"

두 사람이 싸우려 하자 한운석이 즉시 가로막으며 차갑게 말했다.

"영승, 비켜서라! 백언청의 목숨은 내 것이다!"

한운석이 진짜 목소리를 내자 영승과 백언청은 몹시 뜻밖인 듯 일제히 그쪽을 돌아보았다.

"너는!"

"공주!"

여태 용비야와 한운석의 관계가 연인에서 숙적으로 탈바꿈한 줄로 알고 있는 백언청과는 달리, 진실을 아는 영승은 단번에 한운석 옆에 있는 남자가 용비야임을 알아차렸다.

"공주, 다리는 어떻게 되신 겁니까? 용비야, 공주께 무슨 짓을 했느냐?"

영승은 대로했다.

용비야는 은빛 가면을 벗고 냉정한 얼굴과 깊고 차가운 눈빛을 드러낸 뒤 영승을 향해 쌀쌀하게 대답했다.

"내가 그녀에게 무엇을 하든 너와는 상관없는 일이다!"

영승은 분노가 치밀었지만 아무리 그래도 싸움을 걸지는 않았다. 아직은 백언청 앞에서 용비야와 다툴 정도로 이성을 잃은 것은 아니었다.

용비야가 한운석을 안고 있는 것을 보자 백언청은 믿을 수가 없었다. 저 두 사람이 어떻게 같이 있을 수 있을까? 어떻게?

백언청이 온갖 심혈을 기울여 이처럼 주도면밀한 계략을 펼친 까닭은 모두 저 두 사람을 원수로 만들기 위해서였다! 그런데 어떻게…….

"동진 태자와 서진 공주가 서로 사랑하다니. 하하하, 우습구나, 우스워!"

백언청은 큰 소리로 웃음을 터트리더니, 영승을 바라보며 더욱더 큰 소리로 웃어 댔다.

"영 족장, 똑똑히 봤겠지! 적족은 서진을 다시 일으키기 위해 그토록 많은 대가를 치렀건만 서진의 공주는 아직도 동진 태자와 다정하게 지내고 있다!"

본래도 전혀 좋아 보이지 않았던 영승의 얼굴은 그 순간 더욱더 흉측해졌다.

"영승, 너는 서진을 위해 이 늙은이를 붙잡으려고 그처럼 심혈을 기울여 매복했지만, 정작 당사자는 감사할 줄도 모르는구나! 참, 그렇지. 설마 한운석이 용비야를 도와 이 늙은이를 죽이러 온 것은 아니겠지?"

백언청은 이렇게 말하면서 내내 가소로운 눈빛으로 영승을 바라보고 있었다. 그가 내뱉은 한마디 한마디는 모두 영승에게 들려주기 위한 것이었다!

그는 영승에게 한 발 한 발 다가가며 끊임없이 한숨을 쉬었다.

"영 족장, 혹시 너도 이 늙은이처럼 서진을 배신했느냐?"

"아니다!"

영승은 분노에 차서 으르렁거렸다. 그로서는 가장 받아들이기 힘든 말이었다.

"그렇다면 서진 공주는 왜 너를 돕지 않고 하필이면 동진 태자 품에 꼭 안겨 있지? 하하하, 너도 알다시피 세상에서 이 늙은이에게 맞설 수 있는 사람은 저 여자뿐이다!"

백언청이 외쳤다.

영승은 대답할 말이 없었다. 늘 오만하게 치켜들었던 머리는 언제부턴가 마치 잘못을 저질러 꾸지람을 듣는 아이처럼 푹 숙여져 있었다.

그가 뭘 잘못했을까? 대체 뭘 잘못했을까?

"영승, 참 가엾구나. 이렇게 가엾은 너를 괴롭히려니 이 늙은이도 마음이 좋지 않다. 그만 돌아가거라! 하하하! 당사자는 연인의 웃음 한 번에 은혜와 원한을 싹 지워 버렸는데 네가 쓸데없이 웬 걱정이냐?"

백언청의 조롱기 있는 말을 듣는 영승은 제자리에서 꼼짝도 하지 않았지만, 오른손은 이미 뼈가 바스러져라 주먹을 꽉 쥐고 있었다.

쓸데없는 걱정이었을까? 그 혼자만 애태웠던 걸까?

아니, 적족의 삼대가 모두 그랬다!

영승은 마음속으로 자신에게 물었다. 정말 자발적인 마음으로 원수를 갚고 나라를 부흥시키려고 했던가? 그는 열몇 살부터 그 일을 걱정하기 시작했고, 평생 그 일 때문에 살고 또 괴로워했다. 그 모든 것이 자발적으로 한 것일까?

그가 자신에게 한 대답은 '그렇다'였다!

어렸을 때부터 서진의 역사를 통독했던 그는 서진 황족을 숭배하고 그 제도를 동경했다. 천녕국 군대에 몸담은 첫날부터, 그는 언젠가 모국의 군대를 이끌고 가족과 나라를 보호하고 지킬 수 있기를 갈망했다!

적족은 가족이고 서진은 나라였다. 가족과 나라는 그의 모든 것이었다.

그 오랜 세월 군을 이끌고 고독하게 싸우는 동안 가족과 나라에 대한 신앙이 그를 지탱해 주지 않았다면, 적족을 지탱해 주지 않았다면 그 누가 외로움을 견뎌 냈을까? 그 누가 유혹을 이겨 냈을까?

하지만 오늘 그는 홀로 외로이 이곳에 서서 백언청의 조롱을 듣고 있었다. 그 혼자만이 아니라 적족 전체를 조롱하는 말이었다.

이게 정말 백언청의 입에서 나오는 조롱일까? 아니었다! 용비야와 한운석의 모든 행동이 빚어낸 조롱이었다.

그랬다. 황족의 후예들은 신경도 쓰지 않는데 그가 왜 쓸데없이 걱정할까!

하지만 용비야든 한운석이든 둘 다 황족을 버리지 않았고 어깨에 얹힌 중책을 제멋대로 던져 버리지도 않았다. 설령 마음이 아프다고 해도 그들은 전장에서 마주할 준비를 했다. 서로 양보하지 말자는 약속도 했다.

마침내 한운석도 화가 치밀어 매서운 목소리로 외쳤다.

"닥쳐라, 백언청! 네가 무슨 자격으로 적족을 평가하느냐? 이 반역자!"

백언청은 미친 듯이 웃어 댔다.

"반역자? 한운석, 너야말로 반역자다. 너야말로 서진 최대의 반역자다. 적의 품에 안겨 놓고 서진의 조상들을 볼 낯이 있느냐? 하하하, 아마 동진의 조상늘도 너를 받아 주지 않을 것이다!"

용비야의 눈에서 찬 빛이 번뜩였다. 그는 백언청의 헛소리를 듣고 있을 만큼 참을성이 없었고 손에 쥔 검도 공격할 준비를 마친 상태였다. 백언청과 말싸움을 하느니 검을 휘둘러 저 입을 망가뜨리는 편이 나았다.

그러나 백언청은 금세 용비야의 검에서 풍기는 살기를 느끼고 한 걸음 물러서며 냉소를 흘렸다.

"동진 태자, 한운석을 달랠 순 있어도 천하 사람들을 달랠 수는 없다!"

의심할 바 없는 이간질이었다. 그는 용비야가 한운석을 이용한다고 돌려 말하고 있었다. 마침내 영승이 고개를 들었다. 그의 깊은 눈동자에서 비애와 분노가 교차했다.

용비야와 한운석은 이미 그 어떤 해명도 필요 없는 사이였다. 그 누구도 그들을 이간질할 수 없었다.

용비야가 즉시 검을 들었지만, 영승도 똑같이 검을 들어 용비야의 검을 가로막았다.

"영승, 백언청을 믿을망정 나를 믿지 못하겠다는 것이냐?"

346

한운석이 분노에 휩싸여 소리 질렀다.

인질이 되어 용비야와 함께 떠나기 전에 그녀는 영승에게 지난날 동진과 서진이 원수가 된 진짜 이유를 밝혀야 한다고 말했고, 풍족과 흑족이 그 음모의 열쇠라는 분석을 내놓았다.

모든 것을 확실히 밝혀 사람들이 구원을 받을 기회를 주자는 말도 했다.

그런데 영승은 왜 이렇게 고집을 피울까? 왜 이렇게 백언청의 도발에 흔들릴까?

"공주, 소신은 공주를 믿지 않는 것이 아닙니다. 다만, 방금 말씀드린 것처럼 백언청의 목숨은 소신의 것입니다."

영승이 이렇게 차가운 목소리로 한운석에게 말한 것은 정말 오랜만이었다.

'공주'와 '소신'이라는 더없이 공경스러운 단어를 썼지만, 얼음처럼 차가운 목소리는 소름이 돋을 정도였다.

용비야가 뭐라고 하려는데 한운석이 선수를 쳤다. 처음부터 영승에게 묻고 싶었던 말이었다.

"백언청을 죽일 생각이냐? 고북월을 구할 생각이 없는 것이로군, 그렇지?"

"그렇습니다."

영승은 당당하게 인정했다.

"네가 무슨 자격으로?"

한운석은 거의 으르렁거리다시피 했다.

"공주께서는 모르시지만, 고북월은 알 겁니다."

영승은 차갑게 말했다.

영족은 적족의 유일한 전우였다. 서진 황족을 위해 모든 것을 희생하는 일이라면 영족이 적족보다 더 간절히 바랄 것이라고, 그는 굳게 믿었다.

한운석은 고북월이 어떤 선택을 할지 확신하지 못했다. 하지만 고북월의 선택을 귀로 똑똑히 듣기 전에는 절대로, 그 누구도 마음대로 고북월을 희생시키게 놔둘 수 없었다.

그 옥같이 부드럽던 백의 공자, 4월 봄바람같이 따스한 웃음을 짓던 고 태의를 떠올리면 마음이 아팠다!

"영승, 설사 고북월이 안다 해도 너는 그 대신 결정할 자격이 없다!"

한운석은 차갑게 말했다.

"아는 것과 선택하는 것은 다른 문제다!"

영승이 반박하려고 했지만 한운석이 재차 물었다.

"그리고 지난번, 모두에게 구원받을 기회를 주기로 약속했다. 그런데 홍의대포까지 가져오다니 무슨 뜻이냐?"

백언청은 이게 무슨 말인지 몰랐지만 영승은 알아들었다.

그때 한운석과 용비야는 일리 있는 분석을 내놓았고, 동진과 서진 간의 은원이 오해였을 가능성도 확실히 있긴 있었다. 하지만 영승은 아무래도 믿을 수가 없었다.

영승은 시간을 낭비하는 게 싫었고, 한운석에게 이끌려 용비야의 함정에 빠지는 건 더욱 원치 않았다. 백언청을 죽이고, 군역사를 협박하고, 북려국 황제와 협력해 계속 동진과 전쟁을 하는 것이야말로 가장 명철한 선택이었다.

영승은 용비야를 바라보며 차갑게 대답했다.

"동진 태자를 믿지 않는다는 뜻입니다."

"영승, 날 정말 실망하게 하는구나!"

한운석이 노한 목소리로 말했다.

이 말이 떨어지는 순간, 백언청이 갑자기 다섯 손가락을 발톱처럼 세워 영승을 잡으려고 했다. 진작 경계하고 있던 영승은 순식간에 뒤로 물러나 백언청의 기습을 피했다. 백언청은 즉시 그 뒤를 쫓아 빠른 속도로 날아갔고 영승도 빠른 속도로 물러났다. 영승은 그렇게 물러나는 한편 폭우이화침을 꺼내 백언청을 조준했다.

그런 다음 더는 물러나지 않고 백언청이 짓쳐들어오기를 기다렸다. 당문 제2의 암기가 영승 손에 있을 것이라곤 생각지도 못한 백언청은 한순간 놀라 넋이 빠졌다.

하지만 한운석 역시 깜짝 놀랐다! 그녀는 폭우이화침을 누구보다 잘 알고 있었다. 저 암기는 이미 다 써 버려서 안에 침이 들어 있지 않았다. 영승이 위험했다.

영승은 더는 물러나지 않았고 백언청은 영승에게서 무척 가까이 있었다. 영승이 백언청을 죽이지 못하면 백언청의 검이 영승을 베어 죽이게 될 상황이었다.

한운석은 주저 없이 백언청을 향해 독침을 하나 쏘았다. 그런데 누가 알았을까? 바로 그 순간 갑자기 백언청이 옆으로 몸을 굴렸다. 한운석의 독침은 그대로 영승의 오른쪽 눈을 찔러

들어갔다. 그와 동시에 영승은 폭우이화침 발사 장치를 눌러도 침이 나가지 않는 것을 깨달았다!

이런 사고가 벌어질 줄은 아무도 생각하지 못했다.

백언청은 옆으로 몸을 굴린 후 바닥에서 데굴데굴 몇 바퀴 구른 다음 곧장 달아났다. 당연히 달아나야 했다. 용비야와 한운석이 힘을 합치면 그로서는 절대로 당해 낼 수 없었다. 한운석 손에 들어가면 그나마 고북월이라는 패가 남아 있지만, 용비야 손에 들어가면 영승 손에 들어간 것과 마찬가지로 죽음뿐이었다.

한번 이간질을 해 보긴 했지만, 백언청은 아무리 생각해도 용비야와 한운석의 관계가 대체 어떻게 된 건지 이해할 수가 없었다. 용비야와 한운석이 정말 서로의 원한을 잊었다고 말해도 별로 믿을 수가 없었다.

한운석은 침을 쏘는 동작 그대로 우뚝 멈춰 섰다. 오른쪽 눈에서 피가 철철 흐르건 말건, 영승은 멀리 한운석을 쳐다보며 물었다.

"공주, 제게 실망한 나머지 이렇게까지 하신 겁니까?"

그를 죽이고 싶을 만큼 실망했을까?

한운석이 막 변명하려는 순간, 용비야가 그녀를 끌어안고 백언청을 쫓아 오른쪽으로 날아갔다.

350

질긴 목숨, 반드시 복이 따른다

영승은 한운석과 용비야가 그대로 사라지는 것을 바라보았다.

한쪽 눈으로는 시야가 좁아 볼 수 있는 범위에 한계가 있었다. 용비야와 한운석의 뒷모습은 빠르게 영승의 시야를 벗어났고 그에게 남은 것은 견디기 힘든 아픔뿐이었다.

눈은 사람 몸에서 가장 약한 부분 중 하나였다. 아픔만이 아니라 고춧가루가 들어간 것처럼 화끈화끈한 감각까지 더해져 영승은 견딜 수 없을 만큼 괴로웠다. 오른쪽으로 뭔가 흘러내리는 것이 느껴졌지만 피인지 눈물인지 분간할 수가 없었다.

이런 걸 피눈물이라고 하는 걸까?

침에는 독이 있었다!

한운석이 그에게 침을 쏜 게 사고라면, 이대로 용비야를 따라 가 버린 건 무슨 뜻일까?

침은 그의 눈을 상하게 할 뿐이지만, 독은 그의 목숨을 앗아갈 수 있었다. 그는 그녀의 독침에 중독된 적이 있었고, 그녀가 소매 속에 숨긴 침에는 기본적으로 극독이 발라져 있다는 것도 알고 있었다.

"주인님, 눈이……."

"서둘러 의원을 불러라, 어서!"

달려온 궁수들은 모두 당황했다. 그동안 주인이 심하게 다친 것을 봤지만 이렇게까지 다친 것은 본 적이 없었다.

"백언청은 오른쪽으로 달아났다, 쫓아라!"

영승은 전혀 다치지 않은 사람처럼 차갑게 명령을 내렸다.

"주인님……."

궁수들은 망설였지만 영승은 날카롭게 몰아붙였다.

"명을 어기는 자는 군법으로 처리하겠다!"

궁병대 대장은 어쩔 수 없이 시위 두 명만 남긴 채 남은 이들을 이끌고 쫓아갔다.

영승은 꼼짝도 하지 않고 서서 기다렸다. 그의 성격을 잘 아는 시위들은 뭐라고 권하고 싶어도 감히 입을 뗄 수가 없었다.

사실 영승이 해야 할 가장 영리한 선택은, 당장 이곳을 떠나 독의를 찾아 해독하고 의원을 불러 한시바삐 눈을 치료하는 것이었다.

하지만 그는 고집을 부리며 그 자리에 서서 기다렸다.

좋아하는 여자가 그를 해치고, 죽이려 하는 것은 받아들일 수 있었다. 짝사랑이란 본래 사서 고생하는 길이라는 것을 알고 있었으니까.

하지만 서진의 공주가 그를 해치고, 죽이려 하는 것은 받아들일 수 없었다! 그에게는 마음으로도 머리로도 이해할 수 있는 이유가 필요했다!

그는 서진을 위해서라면 목숨을 바칠 수도 있었다. 하지만 용비야를 위해서 한운석이 그를 사지에 떨어뜨릴 수는 없었다.

눈이 아무리 아파도 마음만큼 아프지는 않았다. 마음이 아무리 아파도 절망만큼 괴롭지는 않았다. 마음이 아픈 건 사랑이 시작도 못 해 보고 끝나 버렸기 때문이지만, 절망은 평생 품어 온 신앙이 모조리 무너졌기 때문이었다.

영승은 고집스럽게 서서 기다렸다. 한운석이 돌아오기를 기다렸고, 구원을 기다렸다. 하지만 누가 누구를 구원할지는 알 수 없었다.

그러나 애초에 오래 버틸 수도 없었다. 그는 차 한 잔 마실 시간도 못 되어 아픔을 이기지 못해 비틀거리다가 무릎을 꿇었다. 피와 살덩이가 뒤엉킨 오른쪽 눈이 불타오르는 것 같고, 눈에서 시작된 작열감이 머릿속으로 빠르게 스며들었다. 영승은 고통스러운 나머지 저도 모르게 머리를 감싸 안고 몸을 웅크렸다.

독이 발작한 것이었다. 게다가 무척이나 강력한 독이었다!

두 시위도 깜짝 놀랐다. 두 사람은 영승을 억지로 데려가야 할지 상의하려고 했으나 갑자기 귀신이라도 씌었는지 일제히 몸을 부르르 떨더니 나란히 입에서 허연 거품을 쏟아 내며 푹 고꾸라졌다.

중독된 게 분명했다.

갑자기 수풀 속에서 상처투성이 작은 손 하나가 튀어나와 영승의 옷자락을 살짝 당겼다. 영승이 정말 중독된 것을 확인하자 백옥교는 비로소 수풀 속에서 몸을 일으켰다. 얼굴은 흙투성이에다 온몸에 상처를 입어 몹시 낭패한 모습이었다.

정말 명이 질긴 여자였다!

백옥교는 폭발로 흑루가 무너진 후 머리 위에 있던 큼직한 대들보 하나가 떨어져 깔려 죽을 뻔했지만 아슬아슬하게 피했다. 바로 그 아슬아슬한 차이 덕분에 첫 번째 대들보가 다른 대들보를 가로막아 목숨을 건졌다. 운 좋게 위험을 피한 사람은 그녀 혼자가 아니었다. 소소옥도 그랬다.

소소옥을 구하러 달려간 용비야의 비밀 시위들은 진작 백옥교가 쓴 독에 혼절해 쓰러졌고, 영승의 부하들은 죽었는지 살았는지 관심도 없었다. 어쨌든 폐허의 먼지 속에 독을 뿌렸으니 독술을 모르는 자라면 그 누구에게도 행운이 따르지 않을 테니까.

그녀는 소소옥을 끌고 어서 빨리 이곳을 떠나 북려국으로 달아나려고 했다. 그런데 뜻밖에도 폐허가 된 흑루를 떠난 지 얼마 되지 않아 영승과 마주쳤다.

이 교활하고 신용 없는 놈! 홍의대포까지 써서 이렇게 함정에 빠뜨릴 줄이야. 명이 질겨 살아남지 못했더라면 어떻게 죽는지도 모르고 저승길로 갔을 것이다.

"영 족장, 당신은 상인이니까 교활한 건 그렇다 쳐. 하지만 어떻게 제 입으로 한 말조차 지키지 않을 수 있지? 이 나를 농락한 대가는 아주 커!"

백옥교는 이렇게 혼잣말하며 바닥에 웅크린 영승을 휙 뒤집었다. 그제야 그녀는 영승이 오른쪽 눈을 다쳤고 거무스름한 피를 흘리고 있는 것을 알았다. 중독이었다!

"사부가 한 건가?"

백옥교는 의아함을 감추지 못했다. 그녀는 방금 여기서 벌어진 일을 전혀 몰랐다. 폐허가 된 흑루에서 비밀 시위를 발견하자 용비야가 왔다고 의심하긴 했지만 한운석까지 왔을 줄은 전혀 생각지 못했기 때문이었다.

백옥교는 망설이지 않고 영승의 눈에 박힌 금침을 쑥 뽑았다. 그 순간 영승의 몸이 격렬하게 튀어 올랐다. 거의 혼절하기 직전이던 그는 이 찌르는 듯한 통증에 눈을 번쩍 뜨고 백옥교를 바라보았다.

백옥교는 깜짝 놀라 뽑아 든 독침으로 주저 없이 영승의 팔을 힘껏 찔렀다. 영승은 무슨 일이 일어났는지도 모른 채 완전히 혼수상태에 빠져들었다.

조금 전 목숨을 잃을 뻔했던 끔찍한 상황을 떠올리자 백옥교는 이를 부득부득 갈았다. 영승을 갈기갈기 찢어 죽이고 싶은 마음이 굴뚝같았지만 그래도 망설여졌다.

영승은 보통 인물이 아니었다! 적족의 족장이자, 운공상인협회뿐 아니라 만상궁과 서진 황족의 대군까지 손아귀에 쥔 사람이었다. 독으로 영승을 위협해 사형에게 협조하게 만들 수 있다면 절묘한 계책이라 할 만했다.

소소옥보다는 영승 쪽이 사형에게 더 큰 선물이었다!

재빨리 판단을 내린 백옥교는 늘 지니고 다니는 환약을 꺼내 영승에게 먹였다. 영승이 중독된 건 극독이고 일각一刻(약 15분) 안에 해독하지 못하면 반드시 죽게 되었다. 더욱이 설사 해약이 있다 해도 정해진 방식으로 침을 맞아야만 독을 완전히 제거할 수 있었다. 백옥교도 해약을 만들 수는 있지만 이 황량한 들판에서는 약재를 구할 수 없었고, 늘 갖고 다니는 약재 중에는 공교롭게도 해약에 필요한 것이 없었다.

일단 환약을 먹여 사망에 이르는 시간을 지연시키고, 그사이 최대한 안전한 곳까지 데려가서 해약을 만드는 길뿐이었다.

백옥교가 휘파람을 불자 몸집이 큰 남자 하나가 수풀에서 나와 소리 나는 쪽으로 왔다. 진짜 흑루를 지키던 수비병인 기가齊嘉였다. 영승이 흑루의 수비병을 모조리 살아 치우라고 했을 때, 백옥교는 자신에게 가장 충성스러운 기가를 살려 두었다.

그때 그녀는 화살에는 눈이 없으니 자신이 달아날 길 하나 마련해 달라며 영승에게 웃으며 말하기도 했다. 기가를 살려 둔 것은 그녀가 자신을 위해 마련한 달아날 길이었다. 달아나려면, 게다가 소소옥까지 데리고 달아나려면 도와줄 사람이 필요했다.

기가의 독술이라면 믿음직스러웠다.

기가는 백옥교를 보자마자 몹시 기뻐했다.

"옥아 낭자, 낭자가 정말 흑루에서 죽은 줄 알았습니다!"

내내 수풀 속에 숨어 있던 기가는 방금 한운석 일행이 백언청과 싸우는 모습을 똑똑히 목격했다.

"어서 영승을 일으켜. 다 같이 사형에게 의탁하러 갈 거야!"

백옥교는 그렇게 말하며 돌아서서 풀 속에 숨겨 둔 소소옥을 끌어냈다.

"옥아 낭자, 큰일이 터졌습니다. 아주 무시무시한 일입니다!"

기가는 아직도 간담이 서늘했다.

"큰일이건 뭐건 일단 가면서 얘기해. 해약을 만들 시간이 하루밖에 없어! 영승이 죽으면 네 책임이야!"

백옥교가 불쾌한 목소리로 말했다.

기가는 곧 입을 다물었다.

백옥교가 나지막이 말했다.

"동북쪽으로 가. 절벽 아래에 있는 깊은 동굴을 지나면 곧바로 북려국으로 통해. 국경 관문을 지날 필요가 없어. 나도 해약을 만들 약재를 얻을 수 있고. 서둘러!"

기가는 감히 꾸물거리지 못하고 서둘러 영승을 끌고 백옥교를 따라 바삐 떠나갔다.

그때 한운석은 이미 용비야에게 마구 성질을 내고 있었다.

어서 돌아가서 영승을 구해야 한다고 두 번 세 번 용비야에게 말했지만, 용비야는 들은 체 만 체하고 속도를 높여 백언청을 쫓기만 했다.

한운석이 그의 손을 꽉 움켜잡으며 화난 소리로 말했다.

"용비야, 그건 독침이에요! 영승이 죽을 거라고요!"

이 말만 벌써 다섯 번째였다.

"그자는 죽을 짓을 했다!"

마침내 용비야가 멈췄다. 영승이 가로막지만 않았다면 백언청은 날개가 돋아났다고 한들 달아나기 어려웠을 것이다.

한운석이 말했다.

"그 사람을 죽이고 싶으면 당신이 직접 죽여요! 그 사람은 무슨 일이 있어도 내 손에 죽을 수는 없어요!"

그녀는 백언청을 노리고 침을 쐈을 뿐이고, 침이 영승의 눈에 맞은 것은 순전히 사고였다! 폭우이화침이 이미 못 쓰게 되었다는 것은 그녀도 진작 알고 있었다. 하지만 조금 전에는 영승이 정말 정정당당하게 백언청과 싸울 줄 알았지, 사실은 암기를 쓸 계획이었다는 건 생각지도 못했다.

오늘 백언청을 먼저 잡는 사람이 백언청을 처분할 힘을 가질 수 있었다. 용비야는 백언청을 심문하려고 했고, 영승은 백언청을 이용해 군역사를 견제하려고 했다.

그들이 싸우더라도, 심지어 죽자 사자 싸우더라도 비난할 일은 아니었다. 하지만 무슨 일이 있어도 영승은 서진 공주인 그녀 손에 죽어서는 안 되는 사람이었다!

실수로 사람을 다치게 할 수야 있겠지만, 죽어 가는 사람을 모른 척하고서는 평생 마음 편히 살 수가 없었다.

용비야는 그런 한운석을 바라보며 한참 말이 없었다.

앞에는 백언청, 뒤에는 영승. 오직 한 가지 선택뿐이었다.

백언청을 쫓아가고 영승은 독으로 죽게 내버려 두는 것이, 동진 태자인 그에게는 가장 영리한 선택이자 책임 있는 선택이었다.

사실상 그는 이미 멈췄고, 이미 선택을 한 셈이었다.

그는 유감스러운 눈빛을 떠올리며 담담하게 말했다.

"가자."

"미안해요."

한운석이 나지막이 말했다.

용비야는 처음에는 흠칫 당황했지만 곧 웃음을 터트렸다. 그는 뭐라고 설명하려다가 그만두었다.

"됐다."

사실 한운석 없이 그 혼자서는 백언청을 상대할 수 없었다. 한운석이 서진 쪽에 서서 영승을 돕는다 해도 탓할 일이 아니었다. 그녀는 잘못한 게 없었다.

그토록 애쓰고도 백언청을 놓치고 말았으니 당연히 화내야 할 일이었지만, 용비야는 도리어 웃음을 터트렸다. 그는 자신을 고상한 사람으로 생각하지도 않았고, 깨끗한 방법만 써서 서진 진영과 싸울 생각도 없었다. 하지만 한운석 때문에 고상해지고 말았다.

고상하다?

처한 처지에 따라 고상하다는 말의 정의도 달랐다. 그는 그저 그녀가 서진 공주라는 신분으로 자신과 함께 있는 동안, 지나치게 고생하고 지나친 악명을 얻기를 바라지 않을 뿐이었다.

그 역시 동진 태자라는 신분으로 그녀와 함께 있는 것이기에 그녀의 마음속에 자리한 '곤란함'을 잘 알고 있었다. 정말이지 어렵고도 어려운 문제였다.

지금 한운석의 심정은 얼마 전 그가 백리원룡을 대할 때의 기분과 똑같을 것이다.

'미안하다'는 한마디와 '됐다'는 한마디는 그 모든 해명이 될 수 있었다. 세상 사람들은 이해할 수 없을지 몰라도, 그들이 서로 이해하면 충분했다. 서로 이해해야만 아무리 어렵고 힘들어도 꿋꿋이 앞으로 나아갈 수 있었다.

"어서 가요!"

한운석은 지체하지 않았다.

일각 정도면 해약을 만들 시간은 충분했다.

그런데 웬걸, 용비야가 그녀를 데리고 본래 장소에 돌아왔을 때 놀랍게도 영승은 보이지 않았고 중독된 시위 둘만 남아 있었다.

용비야와 한운석은 서로를 쳐다보았다. 어떻게 된 일일까?

이끌어 주십시오

어떻게 된 걸까?

영승만 사라졌다면 해독하기 위해 독의를 찾아갔다고 생각할 수도 있었다. 하지만 영승의 시위들이 중독되어 쓰러져 있었다. 이건 무슨 상황일까?

그 짧은 시간 안에 달아나기도 바쁜 백언청이 되돌아왔을 리는 없었다. 그럼 누가 독을 썼을까? 영승이 납치된 걸까?

"백리명향, 서동림을 부르고 사람을 보내 산을 수색해라!"

용비야가 재빨리 명령을 내렸다.

백리명향도 흑루 상황이 궁금했던 터라 즉시 달려갔다.

한운석은 두말없이 영승의 시위들을 해독했다. 이들을 죽게 내버려 둘 수는 없었다. 두 사람이 죽으면 그녀와 영승의 오해는 더욱 커질 테니까.

한운석은 서둘러 그들에게 약을 먹였고 무사하다는 것을 확인하자 비로소 안도의 숨을 쉬었다. 때맞춰 돌아왔기 망정이지, 그렇지 않았다면 두 사람은 독이 발작해 죽었을 터였다. 그러면 그녀는 황하에 몸을 던져도 누명을 씻기 어려웠다.

시위 두 사람은 곧 깨어났다. 그들은 한운석과 용비야를 보고 처음에는 놀라고 당황했지만 곧 한운석 앞에 무릎을 꿇었다.

"공주, 부디 영 족장을 구해 주십시오! 족장께서 눈을 잃으시면 안 됩니다. 그분은 형제들을 이끌고 전쟁터에 나가셔야 합니다!"

"공주, 이러실 수는……, 이러실 수는 없습니다! 어떻게 그런……."

시위는 말을 끝맺기도 전에 용비야의 얼음장 같은 눈빛에 놀라, 찍소리도 못 하고 계속 머리만 조아리며 한운석에게 영승을 살려 달라고 애원했다.

한운석은 속이 답답해 견딜 수가 없었다. 그녀가 담담하게 말했다.

"방금 그 일은 사고였다. 나는 그를 죽일 생각이 없다. 이렇게 구하러 돌아오지 않았느냐? 그는 어디로 갔지?"

어디로 갔을까?

두 시위도 그제야 영승이 사라진 것을 알고 허둥거렸다.

"족장께서는 궁수들에게 백언청을 추격하라고 하신 다음 여기 서 계셨습니다. 저희가 아무리 권해도 떠나려 하지 않으셨습니다."

"저희는……, 저희는……, 기습을 당했습니다!"

"대체 어떻게 된 일이냐?"

한운석도 마음이 급해져 화난 눈길로 쏘아보았다. 영승이 가지 않았다는 건 그녀가 돌아오기를 기다렸기 때문일까?

"저희는 족장을 지키고 있었습니다. 족장께서 독이 발작해 쓰러지자 억지로 모셔 가려고 했는데 어쩌다가……. 아! 누군가 저희를 기습한 게 분명합니다!"

시위는 초조해서 다소 허둥거렸다.

한운석이 한숨을 푹 쉬는데 그때 백리명향이 다급히 달려왔다.

"전하, 공주마마! 문제가 생겼습니다! 서동림이 중독되었습니다!"

용비야는 즉시 한운석을 데리고 달려갔다. 흑루에 도착해 보니 서동림과 몇몇 비밀 시위가 인사불성이 되어 폐허에 쓰러져 있었다.

"똑같은 독이에요."

한운석은 황급히 해약을 꺼내 백리명향에게 주며 시위들에게 먹이게 했다. 해약을 먹고 잠시 기다리자 서동림과 비밀 시위들도 차례차례 깨어났다.

"전하, 저는 사람들을 이끌고 무너진 대들보 몇 개를 치우고 안으로 들어가려던 참이었습니다. 그런데 들어가기도 전에 중독되었습니다."

서동림이 다급히 보고했다.

"백옥교? 그 여자가 죽지 않은 걸까?"

한운석이 중얼거렸다.

"소옥이는요?"

백리명향이 다급히 물었다.

용비야가 몸소 나서서 비밀 시위들과 함께 대들보를 옮기고 큼직한 바위를 밀어내자 이곳을 지키던 수비병들의 시체가 보였고, 좀 더 살펴보자 흑루에 잠입했던 두 시위의 시체도 찾아

낼 수 있었다.

하지만 몇 번을 뒤지고, 심지어 폐허를 파 보기도 했지만 백옥교와 소소옥의 시체는 끝내 나타나지 않았다. 독을 쓰고 영승을 데려간 사람이 백옥교임은 의심할 여지가 없었다!

"꽤 명이 긴 계집이군."

용비야가 차갑게 말했다.

한운석도 뜻밖이긴 했지만 어느 정도 다행스럽기도 했다. 적어도 소소옥은 죽지 않았고, 적어도 독술을 아는 백옥교가 영승을 데려갔기 때문이었다. 금침에 묻힌 독은 비록 극독이지만 백옥교의 독술이면 해독할 수 있었다. 만약 다른 사람이 영승을 데려갔다면 그의 목숨은 끝장이었다.

조마조마하던 한운석의 심장도 마침내 제자리를 찾았다. 조금 전에 벌어졌던 장면을 떠올리자 탄식이 절로 나왔다.

그녀가 독침을 쏜 건 순전히 사고였다. 영승이 쓸모없어진 폭우이화침을 들고 있는 것을 보고 당황해서 쏘았을 뿐, 애초에 뭘 어떻게 하겠다고 깊이 생각한 것도 아니었다.

조금이라도 생각을 했다면 쏘지도 않았을 것이다! 백언청에게 독침을 쏴 봤자 효과도 없었다.

공교롭게도 백언청은 폭우이화침을 보고 재빨리 몸을 피했고, 그 바람에 독침의 공격 범위에서 벗어났다. 그래서 독침은 백언청에게 위협이 되지 못해 백언청의 독 저장 공간에 흡수되지도 못했다.

그 간발의 차이가 이렇게 어마어마한 오해를 빚어냈다.

지난번 천녕국 도성에서 영승은 그녀가 백언청의 독술을 깨뜨리는 것을 목격했고, 독 저장 공간이 무엇인지도 알게 되었다. 그가 알기로 그 어떤 독 공격도 그녀와 백언청에게는 효과가 없었다. 하긴, 그러니까 그녀가 자신에게 침을 쏘았다고 의심할 만도 했다. 그러니까 그녀에게 '공주, 제게 실망한 나머지 이렇게까지 하신 겁니까?'라고 물을 만도 했다.

그렇게 의심했으면서도 그는 그녀가 돌아오길 기다렸다.

그런데 그녀가 돌아오는 걸 보지 못했으니 얼마나 실망했을까?

한운석은 쫓아온 영승의 시위들을 쳐다보았지만, 저들이 자신이 무죄를 얼마만큼 증명해 줄 수 있을지 알 수 없었다.

하지만 깊이 생각할 기분이 아니었다. 지금은 사람을 찾는 것이 시급했다.

"서동림, 당장 사람을 보내 산을 수색해라!"

용비야가 차갑게 명령했다.

백옥교가 북려국으로 군역사를 찾아가려는 계획은 그녀 자신만 알고 있었다. 지금 용비야와 한운석이 가장 걱정하는 것은 백옥교와 백언청이 합류하는 것이었다. 그렇게 되면 영승과 적족은 여간 골치 아파지는 게 아니었다.

영승의 두 시위가 다가오자 한운석은 상황을 알려 주고 진지하게 분부했다.

"너희는 가서 궁수들을 찾아라. 그들 힘으로는 백언청을 쫓을 수도 없고 쫓아간들 소용없다. 그러니 대신 산을 수색하고 혹시 영승을 발견하게 되면 구해 오라고 해라. 그리고 너희 중한 사람은 만상궁으로 달려가 지원을 청해라. 이토록 큰일이 생겼으니 적족을 관리할 사람이 필요할 것이다."

시위 한 명은 즉각 떠났지만, 다른 한 명은 그녀 앞에 무릎을 꿇었다.

"공주, 공주야말로 적족이 주인이십니다! 부디 적족을 이끌어 주십시오!"

한운석은 어떻게 대답해야 할지 몰라 무의식적으로 용비야를 바라보았다. 하지만 용비야는 그 시위를 차갑게 노려보며 눈동자에 살기를 번뜩일 뿐이었다.

백리명향과 서동림 일행조차 전하의 살기를 느낄 수 있었다. 저 시위가 지금 공주더러 돌아가자고 하는 것일까?

용비야가 입을 열려는 순간 한운석이 선수를 쳤다.

"나는 반드시 돌아가서 너희를 이끌 것이다. 너는 먼저 돌아가 있거라. 백옥교를 찾지 못하면 나도 곧바로 돌아가겠다."

용비야가 곧바로 그녀의 손을 아플 정도로 움켜쥐었다.

"예! 그럼 가서 소식을 전하겠습니다."

시위는 공주가 어째서 군영에 있지 않고 동진 태자와 함께 움직이는지 몰랐지만, 공주가 영 족장을 구하러 돌아왔다는 것은 곧 그녀의 마음속에 아직 적족과 서진이 있다는 뜻이라고 생각했다.

시위가 떠나자 용비야는 더는 참지 못하고 차갑게 말했다.

"돌아갈 생각인 것이냐?"

이 인간, 백언청이 달아난 상황에서도 그렇게 냉정하더니 지금은 왜 이렇게 안절부절못할까?

"용비야, 하루 이틀 안에 영승을 구해 내지 못하면 난 반드시 돌아가야 해요. 영승이 백언청 손에 떨어지면 적족 전체가 위험해요. 동진과 서진 간에 반드시 전쟁이 벌어질 것이고, 시작이 앞당겨질 수도 있다고요!"

한운석은 진지하게 사태를 분석했다.

그 고집불통인 영승이 그녀를 오해한 뒤 무슨 일을 저지를지 하늘이나 알 일이었다!

만에 하나 백언청의 이간질이 성공하면 어떻게 될까? 만에 하나 영승이 서진 공주인 그녀에게 철저히 실망한다면, 서진을 배신하는 일을 저지르지 않을까? 백언청과 손을 잡지 않을까? 무엇보다 영승이 납치되고 적족이 위험해지면 용비야에게도 귀찮은 일이 많았다.

이렇게 중요한 상황에서는 설사 그녀가 돌아가고 싶지 않더라도 돌아가야 했다. 돌아가서 적족을 안정시키고 중임을 짊어져야 했다!

한운석이 이렇게 말하자 용비야도 알아들었다. 그는 입을 다물었다. 눈빛이 복잡하게 밝아졌다 어두워지기를 반복해서 그가 무슨 생각을 하는지 아무도 짐작할 수 없었다.

한참 후 비로소 그가 입을 열었다.

"일단 찾아본 다음 이야기하자!"

"좋아요!"

한운석도 영승을 찾아내기를 무척 바랐다.

용비야가 그녀를 안자 그녀는 나지막이 말했다.

"비야, 반드시 찾아내야 해요."

이 말은, 그녀도 돌아가고 싶지 않다는 뜻이었다.

용비야의 목소리는 유난히 차가웠다.

"나는 가도 좋다고 하지 않았다. 찾아본 다음 다시 이야기하자!"

한운석을 안은 그의 모습은 빠르게 숲속으로 사라졌다. 백리명향과 비밀 시위들도 차마 지체하지 못하고 그들을 따라갔다.

그들은 과연 백옥교의 흔적을 찾아낼 수 있을까?

만에 하나 찾지 못하면 한운석은 떠나게 될까, 아니면 남게될까? 용비야는 어떻게 할 작정일까?

모든 것이 미지수였다.

한운석 일행이 산과 들을 온통 뒤지는 동안, 흑루 폭발 소식은 주변으로 퍼져 나가 삼도 암시장 도박장에도 전해졌다.

삼도전장 부근은 본래 아주 민감한 지역이고 폭발 사건은 더욱더 민감한 사안이어서, 그 이야기는 빠르게 퍼졌을 뿐 아니라 각종 추측이 더해져 크게 부풀려졌다. 소식이 빠른 삼도 암시장에도 당연히 그 이야기가 전해진 것이었다.

고칠소와 금 집사는 벌써 몇 번이나 겨뤘지만 계속 비기는 바람에 아직도 승부를 짓지 못하고 있었다.

두 사람이야 겨룰수록 신이 났지만 구경꾼들은 지친 나머지 적잖이 떨어져 나갔다. 승부가 궁금하지 않아서가 아니라 지쳐서 며칠 쉬다가 다시 와서 구경하려는 생각이었다. 이런 식으로 가다간 사나흘이 지나도 승부를 가릴 수 없어 보였기 때문이었다.

물론 여전히 많은 사람이 지켜보고 있었다. 비록 계속 비기는 시합이라지만 그들은 하나도 놓치고 싶어 하지 않았다. 뭐니 뭐니 해도 고수가 벌이는 절정의 대결을 끝까지 보는 것은 쉽사리 얻는 기회가 아니었다. 앞으로 그들은 도박장의 다른 이들에겐 없는 수많은 이야기보따리를 갖게 된 셈이었다.

목령아는 고칠소의 가장 믿음직한 추종자임이 분명했다. 지금까지 그녀는 칠 오라버니만 뚫어지게 바라볼 뿐 도박판은 아예 쳐다보지도 않았다.

또 뚜껑을 열 때가 왔다. 전에는 뚜껑을 열 때마다 장내가 조용해지곤 했지만 이제는 적잖은 사람들이 한담을 나누며 결과를 구경했다. 하지만 여유만만하게 뚜껑을 열던 고칠소가 별안간 벌떡 일어나 뒤를 돌아보았다. 순간, 그의 뒤에서 쑥덕거리던 사람들이 조용해졌다.

고칠소는 그들을 차갑게 훑어보며 물었다.

"방금 악산岳山에서 사고가 생겼다고 한 사람 누구야?"

악산은 바로 흑루가 있는 곳이었다.

중년 남자 한 명이 쭈뼛거리며 대답했다.

"나요."

"악산에 무슨 일이 생겼지?"

고칠소는 날카로워진 목소리로 물으며 벌떡 일어나서 그에게 다가갔다.

중년 남자는 깜짝 놀라 더듬더듬 대답했다.

"오전에 악산에서 폭발이 있었소. 사람들이 다 그 이야기를……."

남자의 말이 끝나기도 전에, 고칠소가 몸을 훌쩍 뒤집으면서 구경꾼들을 뛰어넘어 도박장 뒤편으로 달려갔다.

악산에서 폭발이 있었다! 영승이 가진 홍의대포 말고 폭발을 일으킬 게 또 있을까? 오냐, 영승. 감히 그런 장난을 쳤단 말이지!

처음에는 어리둥절하던 목령아도 곧 무슨 일인지 알아차렸다.

"칠 오라버니! 기다려요, 칠 오라버니!"

목령아가 부랴부랴 뒤를 쫓았다.

하지만 그녀가 도박장 뒤편에 도착했을 때 고칠소는 이미 보이지 않았다. 도박장에서 영승을 발견하지 못한 고칠소는 몇 사람을 붙잡아 물어도 답을 듣지 못하자 곧바로 만상궁 주 전각으로 달려갔다.

목령아도 그를 찾지 못하자 주 전각으로 가려고 했지만, 뜻밖에도 떠나려는 순간 거한 몇 사람에게 가로막히고 말았다.

힘 안 들이고 찾았네

"당신들……."

목령아는 한 발 한 발 물러서며 뒤늦게 사태의 심각성을 깨달았다.

거한들은 바짝 포위망을 좁히며 야비한 웃음을 지어 보였다.

야비한 얼굴을 한 거한 몇몇이 한 발 한 발 다가오는데도 목령아는 두려워하지 않았다. 지금은 두려움보다 억울함이 더 강했기 때문이었다.

나쁜 칠 오라버니! 또 날 버려뒀어! 또!

억울함이 치솟자 분노가 두려움을 압도했다. 목령아는 물러서지 않고 제자리에 서서 느닷없이 소리소리 질렀다.

"당신들, 뭘 하려는 거야?"

거한들은 당황해서 우뚝 걸음을 멈췄다. 요 예쁘장하고 야리야리한 여자가 성질 고약한 아낙처럼 고래고래 소리를 지를 줄은 아무도 몰랐던 탓이었다.

사실 그들도 목령아를 에워싸긴 했지만 나쁜 짓을 할 생각은 아니었다. 야비한 표정을 지은 것도 단순히 좀 놀래 주어 고분고분 말을 듣게 하려던 것뿐이었다. 하지만 목령아가 겁내지 않자 거한들도 사나워지기 시작했다.

"목령아, 가만히 있는 게 좋아. 안 그러면 쓴맛을 보여 주지!"

"칠 오라버니를 어쨌어?"

목령아가 물었다.

"하하하, 네 걱정부터 하시지."

거친 거한은 냉소를 금치 못했다.

사실, 아직 영승에게 문제가 생겼다는 소식이 전해지지 않았기에, 만상궁 사람 모두 영승이 분명코 목적을 이루었을 것으로 생각하고 있었다. 누가 뭐래도 영승이 충분히 준비하고 떠났기 때문이었다. 지금은 모두가 영승에게서 희소식이 오기를 기다리고 있었다.

"칠 오라버니를 어떻게 했어? 영승은 어디 갔지? 당당한 귀족의 수장이 왜 이렇게 신용이 없어? 나 같은 어린 여자만도 못하잖아!"

목령아가 화난 목소리로 비난했다.

"서진 공주의 서신을 몰래 숨기고 나와 칠 오라버니를 속인 건 하극상이야! 그러고도 매일같이 충성이니 뭐니 하는 말을 입에 달고 다니다니, 부끄러운 줄 알아야지!"

이 말이 떨어지자 거한들도 화가 났다. 그들은 절대, 그 누구도 이런 식으로 주인을 모욕하는 것을 허락할 수 없었다.

거친 거한 하나가 와락 달려들었지만 목령아는 피하지 않았다. 거한은 사정없이 목령아의 멱살을 잡아 쥐고 경고했다.

"입 다물어. 한 번만 더 우리 족장을 모욕하면 용서하지 않을 테니!"

목령아는 숨을 캑캑거리면서도 자신의 처지는 생각지도 않고 주저 없이 거한의 배 아래쪽에 있는 가장 약한 부분을 발로 걷어찼다.

"윽……!"

거한은 즉시 손을 놓고 가운뎃다리를 감싸며 고통스러운 신음을 흘렸다.

자유로워진 목령아는 곧장 달아나려 했으나 다른 거한들이 단단히 포위해 왔다.

목령아는 손발을 휘둘러 댔지만, 그 어설픈 무공으로는 한 사람과도 싸우기 힘들었다. 하물며 상대는 한 사람도 아니었다. 몇 합 겨루지도 못한 채 목령아는 두 거한에게 한쪽 팔씩 붙잡혀 벽에 못 박혔다.

목령아의 젊고 고운 모습을 보자 거한의 대장은 못된 마음이 생겨 눈짓으로 부하들을 모두 내보냈다. 방 안에는 곧 목령아와 거한, 이 둘만 남았다.

그러자 마침내 목령아도 자신의 처지가 얼마나 위험한지 깨달았다. 그녀는 놀라서 비명을 질러 댔다.

"꺅! 꺄아악!"

애석하게도 그녀의 날카로운 비명은 거한을 자극해 더 흥분하게 할 뿐이었다. 거한이 히죽히죽 웃으며 손을 뻗는 순간, 갑자기 방문이 벌컥 열렸다.

문 앞에 선 사람은 다름 아닌 금 집사였다.

목령아는 이런 순간에도 금 집사를 칠 오라버니로 착각했다.

"뭐 하는 짓이냐?"

금 집사가 화난 목소리로 물었다. 흘러내린 짧은 앞머리 밑에 자리한 두 눈에서 서늘한 살기가 쏘아져 나왔다.

침착하고 내향적인 금 집사에게 이렇게 무서운 모습이 있을 거라곤 생각지도 못한 목령아였다.

거한은 온몸을 벌벌 떨었다.

"아, 아닙니다, 그……, 그저 장난을 친 것뿐입니다! 예, 에, 장난입니다!"

한 발 한 발 다가온 금 집사가 놀랍게도 발로 거한을 걷어차 넘어뜨린 다음 등에서 비수를 뽑아 한 치 망설임도 없이 거한의 손을 잘랐다.

목령아는 얼이 빠졌다. 저렇게 마른 남자가 어쩜 저렇게 힘이 셀 수 있지? 비수 하나로 단번에 사람의 뼈를 잘라 버리다니?

"죽이지 않는 것만 해도 영승의 낯을 봐준 것이다. 꺼져라!"

금 집사가 차갑게 말했다.

거한은 벌떡 일어나 허겁지겁 달아났다.

목령아는 놀람과 당황함이 가시지 않은 얼굴로 금 집사를 바라보며 물었다.

"다……, 당신과 영승은 대체 무슨 관계예요?"

이자가 정말 천금청의 집사라면 어떻게 영승의 이름을 함부로 부를 수 있을까?

금 집사는 진지한 얼굴로 비수에 묻은 피를 닦으면서 대답했다.

"나는 삼도 암시장에 있는 동오東塢 전장의 장주고 영승의 친구요. 그에게 천금청을 맡아 달라는 부탁을 받았지."

이 말에 목령아는 정말로 깜짝 놀랐다. 어쩐지! 어쩐지 그녀가 제시한 무리한 요구를 받아 주고 고칠소에게 쉽게 한도 없는 금패를 내준다 했더니.

이제 보니 이자는 삼도 암시장 지하 전장의 우두머리였다! 삼도 암시장에는 돈을 관리하는 전장이 많지만, 동오 전장이 가장 유명했다. 동오 전장은 어느 세력에도 속하지 않으며 삼도 암시장 삼대 세력과 독립적으로 단 한 가지 장사만 했다. 바로 도박장의 고리대금업이었다.

목령아는 멍하니 금 집사를 바라보았고 금 집사는 그녀가 마음껏 쳐다보도록 내버려 두었다. 어려서부터 온갖 나이의 여자들에게 눈길을 받았기 때문에 이런 상황은 익숙했다.

그런데 뜻밖에도 목령아는 별로 오래 그를 쳐다보지 않았다. 대신 생글거리면서 아부하는 표정으로 말했다.

"금 나리, 혹시, 혹시……, 날…… 나가게 해 줄 수 있을까요?"

"안 되오."

금 집사는 무정하게 대답했다.

목령아는 낯을 싹 바꿨다.

"흥, 한 패거리였어! 저리 꺼져!"

금 집사는 다소 아연한 얼굴로 씩씩거리는 목령아의 조그만 얼굴을 바라보았다. 갑자기 웃음이 터질 것 같았지만 다행히 잘 참았다. 여자에게 '꺼져'라는 말을 들은 건 이번이 처음이었다.

금 집사는 정말 몸을 돌려 밖으로 걸어갔지만, 마치 뭔가 기다리는 사람처럼 아주아주 느린 걸음이었다. 애석하게도 그가 문가에 도착할 때까지 목령아는 두 번 다시 부탁하지 않았다.

이상한 일이었다. 부탁이 있으면 죽자 사자 달라붙어 몇 번이고 애원하는 게 여자 아니었나? 이 계집애는 왜 한 번만 하지?

금 집사는 결국 고개를 돌렸다. 자유를 찾기 위해서는 뭐든 해야 했다.

악산 쪽에 폭발이 났다는 걸 보면 영승은 이미 성공한 모양이었다. 그 역시 성공적으로 고칠소를 붙잡아 두었으니, 이제 이 계집애만 처리하면 영승도 그의 매신계를 돌려줄 터였다.

어려서 삼도 암시장에 팔려 만상궁에 들어온 그는 20년간 온갖 고초를 겪은 끝에 삼도 암시장 도박장의 고리대금업을 독점하고 자신만의 전장을 만들었다. 하지만 그렇다고 해도 그는 여전히 만상궁에 속한 노예였다. 동오 전장을 통째로 영승에게 주며 매신계와 바꾸려고 해 봤지만, 안타깝게도 영승은 돈이 부족한 사람이 아니었다.

그는 이 떳떳하지 못한 곳을 떠나 고향으로 돌아가고 싶었다. 자신이 동오족이라는 것은 알지만 그밖에 전혀 아는 바가 없어서였다.

영승이 그에게 목령아를 맡긴 것은 필시 목령아의 배경인 목 씨 집안에 눈독을 들였기 때문일 것이다. 그가 알기로 약성 목 씨 집안은 비록 패가망신했지만, 근 1년간 용비야와 한운석이 재차 장로회에 압박을 가해 목씨 집안이 받은 제재를 많이 풀어 주었다. 게다가 한운석의 신분이 밝혀지면서 목씨 집안도 덩달아 황족의 친척이 되는 바람에 약성에 있는 꽤 많은 세력이 다시 목씨 집안과 교분을 텄다.

분명히 영승과 한운석 사이에 무슨 일이 생겼고, 그래서 영승이 겁 없이 목령아에게 손을 쓰려 한다는 것이 금 집사의 추측이었다. 하지만 그는 목령아를 꼬드기는 일만 맡았을 뿐, 다른 것에는 일체 흥미가 없었다.

금 집사가 돌아보자 목령아는 거리낌을 감추지 않았다. 금 집사가 입을 열었다.

"이봐, 누이⋯⋯."

금 집사가 호칭을 입 밖에 내기 무섭게 목령아가 불쾌한 목소리로 말을 끊었다.

"누가 함부로 그렇게 부르래? 그건 당신이 쓸 호칭이 아니야!"

누이는 칠 오라버니가 쓰는 호칭이었다!

금 집사는 이번에도 목령아를 다시 보게 되었다. 보통 그는 여자에게 관심이 없었고 이렇게 친밀한 호칭을 쓸 일은 더욱더 없었다. 그랬는데 이 역시 처음으로 거절당한 것이었다.

"령아 낭자, 악의는 없소. 그저 내게는 낭자를 삼도 암시장에서 내보낼 방법이 없다고 알려 주려는 것뿐이오. 다만, 동오 전장으로 데려가 잠시 안전을 지켜 줄 수는 있소. 영승이 돌아오면 다시 이곳으로 보내 주겠소."

금 집사는 진지하게 말했다.

"갑자기…… 왜 그런 호의를 베풀지?"

목령아가 대뜸 물었다.

금 집사는 진심으로 그녀에게 두 손 두 발 다 들 지경이었다. 조금 전에 제 입으로 도와 달라고 해 놓고 지금은 또 저렇게 묻다니? 게다가 말투마저 뾰족했다!

여자 앞에서 이런 꼴을 당해 본 적이 없는 금 집사였다!

하지만 아무리 불만스러워도 꾹 참아야만 했다. 그는 빙그레 웃음을 지었다.

"호의가 아니라 여자를 못살게 구는 것을 두고 볼 수 없어서일 뿐이오."

그는 소리를 죽였다.

"미리 알려 주지만, 그자들이…… 낭자를 못살게 굴려고 밖에서 기다리고 있소!"

목령아는 화들짝 놀라 몸에 소름이 쫙 돋았다.

"영승이 그런 자일 줄 몰랐어! 구역질 나! 언니한테 일러 주고 말 테야!"

금 집사는 속으로 몰래 웃었다. 오랜 세월 영승과 적이자 친구로서 지내 왔는데 마침내 그에게 한 방 먹인 셈이었다.

목령아는 금 집사를 완전히 믿지 않았으나 그래도 그를 따라 도박장을 떠났다. 가는 동안 그녀는 흑루 쪽에 무슨 일이 생겼는지 몇 번이나 물었지만 금 집사는 매번 모른다고 대답했다.

그녀는 칠 오라버니가 돌아와 구해 줄 거라는 지나친 기대는 품지도 않았다.

그저 칠 오라버니가 가능한 한 빨리 흑루에 가서 상황을 만회할 수 있기를 바랐다.

그때 고칠소는 막 만상궁에서 나오는 중이었다. 백옥교를 찾아내지 못했고, 몇 사람을 붙잡고 물어봐도 흑루의 상황을 알 수 없으니 서둘러 흑루로 달려가는 수밖에 없었다.

만상궁 사람들은 그의 독술을 꺼려 감히 막지 못했다. 그는 정말로 목령아를 까맣게 잊고 있었다. 그런데 그가 삼도 암시장을 막 나서는 순간 금익궁의 하인이 달려와 소리 죽여 말하면서 서신 한 통을 내밀었다.

"주인님, 약귀곡에서 온 급보입니다!"

이럴 때 약귀곡에 무슨 급한 일이 생겼기에 금익궁으로 밀서까지 보냈을까?

의아해하며 봉투를 뜯은 고칠소는 그제야 안에 서신 두 통이 든 것을 알았다. 한 통은 약귀곡 집사가 보낸 것이고 한 통은 고북월이 보낸 것이었다!

고북월의 필체를 보자 고칠소의 심장도 불규칙하게 뛰었다.

이제 보니 고북월은 부리 갈이를 하는 늙은 매를 이용해 약귀곡에 서신을 보내 그에게 구조를 요청한 것이었다.

매는 일정 연령이 되면 부리가 길어져 가슴에 닿을 만큼 자라는데, 그렇게 길어진 부리를 갈아 없애거나 부러뜨리지 않으면 갈수록 살아남기가 어려워졌다. 그래서 늙은 매는 절벽에 올라 부리를 부딪쳐 망가뜨리고 한동안 시달림을 겪는데, 그중 일부는 새 부리가 자랄 때까지 버텨 새 삶을 얻고 일부는 그대로 죽었다.

약귀곡에 있는 한 절벽에는 매가 그 난관을 버틸 수 있도록 도와주는 약초가 자라고 있어서 매년 많은 매 무리가 찾아들곤 했다. 약귀곡의 약 심부름꾼은 부러진 매 부리를 주워 와 신비한 약을 만드는 데 썼다.

운 좋게도 고북월은 갇힌 곳 부근에서 늙은 매 한 마리를 만났고, 그 매에게 운을 시험해 보았다.

다행히 시험은 성공이었다! 얼마 전 매 부리를 주우러 갔던 약 심부름꾼이 어느 매의 발에 서신이 묶여 있는 것을 발견했던 것이다.

고칠소는 고북월의 서신을 보며 히죽 웃음을 짓다가 하늘을 향해 크게 웃었다.

"이거 힘 안 들이고 찾았는걸!"

고북월의 서신에 적힌 내용은 이랬다.

영정, 네가 이겼어

고북월은 서신에서 고칠소에게 구해 달라고 부탁하며 자신이 갇힌 곳의 상황을 상세히 설명했다.

고북월 역시 자신이 어디에 갇혀 있는지는 몰랐지만, 오래 있다 보니 지형을 대강 추측해 냈고 산골짜기의 약재 분포도 상세히 파악할 수 있었다. 그는 자신이 있는 곳이 천녕국과 서주국 경계일 것으로 추측했다. 그리고 참고삼아 골짜기에서 본 희귀한 약초도 써 넣었다.

고북월이 고칠소에게 구원을 청한 것은 그 무엇보다 영리한 선택이었다고 할 수밖에 없었다. 고칠소는 그가 묘사한 골짜기 모습과 약재 분포도를 보자마자 짚이는 곳이 있었기 때문이었다.

고칠소가 누구인가? 바로 약귀였다! 운공대륙 어디에 무슨 약재가 있는지, 그 누구보다도 잘 아는 사람이었다!

"흑색의미화黑色依米花? 후후, 그 세 곳 중 하나겠군."

고칠소가 중얼거렸다.

고북월이 서신에 언급한 약재 중 하나는 흑색의미화였다. 정상적인 의미화는 꽃잎마다 다른 색을 띠지만, 흑색의미화는 꽃 한 송이가 모두 검은색이고 토양 및 기후 조건에 아주 예민했다.

이런 약초는 일반적인 곳에서는 볼 수 없었다. 고칠소가 본 곳은 세 곳인데, 셋 다 지형과 식생 분포가 고북월이 묘사한 곳과 기본적으로 일치했다.

이 세 곳은 깊은 계곡으로, 토양이 검고 어둡고 습해서 양치식물이 많았다. 셋 다 삼도전장 부근인데 서쪽 지역은 천녕국과 서주국의 경계인 용등곡龍騰穀, 동쪽 지역은 천녕국과 북려국의 경계인 호소곡虎嘯穀, 남은 하나는 천녕국 안, 삼도 암시장 남쪽에 있는 봉명곡鳳鳴穀이었다.

고칠소는 자연히 삼도 암시장 지척에 있는 봉명곡부터 찾기로 했다. 그가 출발하려는데 하인이 다급히 일깨워 주었다.

"주인님, 혼자 구하러 가실 겁니까?"

고칠소는 그를 돌아보며 귀찮은 목소리로 되물었다.

"안 돼?"

"백언청은 쉬운 상대가 아닙니다. 차라리 서진 공주를 찾아 함께 가시지요."

하인이 권했다.

고칠소는 아직 한운석이 영승의 군영에 연금된 줄 알고 있었다. 그래서 하인에게 대답하지 않고 잔혹한 눈빛을 지으며 가만히 혼잣말했다.

"영승……, 두고 보자!"

영승이 홍의대포를 움직인 걸 보면 필시 백언청이 흑루에 와 있다는 뜻이었다. 백언청이 고북월 곁에 없는 지금이 고북월을 구할 절호의 기회였다.

그는 동진이든 서진이든 신경 쓰지 않았다. 그가 아는 것은, 자신을 건드리면 대가를 치러야 한다는 것과 그의 독누이를 건드리면 더욱더 용서할 수 없다는 것뿐이었다.

고칠소는 서둘러 삼도 암시장을 벗어나 곧 모습을 감췄다.

만상궁 사람들도 그가 떠나는 것을 알았지만, 흑루 쪽으로 가는 줄만 알고 별로 신경 쓰지 않았다.

그때 만상궁 관리자인 대장로는 여전히 당리 부부 곁을 맴돌고 있었다.

대장로는 이미 영정에게 수없이 암시를 줬다. 눈짓도 하고 말까지 했는데도 영정같이 영리한 사람이 왜 못 알아듣는지 알 수가 없었다. 그저 단둘이 이야기할 기회를 만들어 보라고 한 것뿐인데, 어째서 영정은 어젯밤부터 지금까지 당리 곁에서 석 자 이상 떨어질 시간조차 없는 걸까?

당리와 영정은 막 아침 식사를 마친 참이었다. 당리는 어디선가 가져온 주사위 한 짝으로 혼자 노는 중이었고, 영정은 옆에 앉아서 눈을 감고 도주 계획을 생각했다.

대장로는 안으로 들어가면서 일부러 소리를 크게 냈지만, 애석하게도 두 부부는 그를 거들떠보지도 않고 각자 자기 일에만 몰두했다.

대장로는 허허 웃으면서 당리에게 말했다.

"서랑壻郎(남의 사위를 높여 부르는 말)께서 일찍 일어나셨군요. 도박장에 가서 몇 판 안 하시렵니까?"

당리는 영정을 향해 입을 삐죽이며 대답이 없었다. 모르는 사람이 보면 공처가로 오인해도 이상하지 않았다.

대장로가 말하려는데 하인 한 명이 바삐 달려왔다.

"대장로, 경매장에 거래가 몇 개 생겼는데 대장로께서 꼭 서명하셔야 한답니다."

영정은 허둥거리는 하인을 보고 문제가 생긴 것을 알아차렸다. 하지만 신경 쓰지 않았다. 암시장에서 온갖 일을 다 겪어 봤으니 장로회가 알아서 잘 할 터였다.

무슨 일인지 모르는 대장로는 더 지체하지 못하고 곧바로 떠났다.

하지만 반 시진도 못 되어 다시 돌아왔다. 조금 전에 온 하인보다 더 당황한 표정이었다. 그는 더 에두르지 않고 심각한 목소리로 말을 건넸다.

"정 소저, 잠시 이야기 좀 하시지요!"

영정은 망설였다. 무슨 일이기에 장로회도 처리하지 못하는 걸까? 그녀는 팔목에 찬 백옥 팔찌를 만지작거리며 당리를 쳐다보았다.

당리는 장난스레 말했다.

"출가외인이라는 말이 있지 않소. 대장로, 정정은 이제 만상궁 일을 맡을 수 없소. 큰처남을 찾아가시구려."

대장로는 화를 삭이는 듯 몇 번이나 원망에 찬 눈빛을 번뜩였다. 그는 당리를 무시한 채 영정에게도 쌀쌀해진 말투로 말했다.

"설마하니 정 소저께서도 그렇게 생각하십니까?"

영정은 대장로의 말 속에 숨은 뜻을 단박에 알아들었다. 그녀는 팔찌 두 개를 연결하는 가느다란 실을 잡아당기며 당리를 향해 애원의 눈길을 보냈다.

마치 '자꾸 이렇게 나오면 저들은 분명히 날 의심할 거야! 그럼 우리 둘 다 끝장이야.'라고 말하는 것 같았다.

혼례를 올린 후 지금껏 그녀가 이렇게 가엾은 눈길로 그를 바라보며 부탁한 적이 있었을까? 그런데도 당리는 흔들리지 않았다.

당리가 아무리 멍청해도 그녀를 놓아줄 리 없었다! 일단 놓아주면 영정은 달아나고 반대로 그는 이곳에 갇히게 될지도 몰랐다.

당리는 영정의 시선을 피했다.

영정은 까닭 없이 울화가 치밀어 아예 대장로에게 큰 소리로 말했다.

"이 사람이 외부인도 아닌데, 무슨 일인지 그냥 말하세요."

뜻밖에도 대장로는 갑자기 냉소를 터트리더니 화난 목소리로 따졌다.

"정 소저, 당문이 한 짓이 심해도 너무 심하지 않습니까! 폭우이화침에 든 침은 벌써 다 써 버렸더군요. 당문이 보낸 예물은 한 푼어치도 안 되는 고철 덩어리에 불과했습니다!"

이 이야기가 나오자 영정은 벌떡 일어났고, 당리는 홱 고개를 돌렸다. 손이 풀리면서 당리가 들고 있던 도자기 그릇이 바닥에 떨어져 와장창 깨어졌다.

폭우이화침은 당문의 둘째가는 암기로, 설령 남에게 준다 해도 딱히 사용 비결 같은 건 알려 주지 않았다. 이는 누군가 암기 설계 구조를 파악하는 것을 방지하기 위해서였다. 그래서 영정은 폭우이화침의 사용법만 들었고, 애초에 열어서 안에 침이 있는지 아닌지 확인할 수도 없었다.

당문이 예물이라는 중대한 물건에 수작을 부렸으리라고 누가 생각이나 했을까! 영정까지 포함해서 거의 모두가 폭우이화침에 침이 가득 든 것으로 생각했다.

당리도 어떻게 된 것인지 깨달았다. 영승이 폭우이화침을 사용했고 그래서 그 비밀을 발견한 게 분명했다.

"당리, 이 사기꾼! 예물에도 수작을 부려? 해도 해도 너무해!"

영정은 버럭 화를 냈다.

아직 영승이 위험에 처했다는 사실을 알아차리지 못한 그녀는 그저 자신의 혼사가 더없이 우습고 역설적이라는 생각에 휩싸였다.

아름다운 혼례를 꿈꾸지 않는 여자가 어디 있을까? 차가운 심장을 가진 그녀도 남들과 똑같이 평생 잊지 못할 혼례를 꿈꿨다.

비록 당리와의 혼례가 거짓과 가식으로 점철되었지만, 최소한 모든 것을 격식에 따라 처리하고 갖출 것은 다 갖추지 않았느냐고, 남몰래 자신을 위로한 적도 있었다.

그런데 오늘에서야 예물마저 가짜라는 것을 알게 되다니!

특히 당리는 그녀를 만나러 와서 이렇게 물었었다.

'영정, 곧은 심지 없이도 혼인할 수 있어?'

그리고 그녀는 반문했다.

'내가 안 된다고 하면, 나와 혼인하지 않을 거야?'

지금 생각해 보면 어쩜 그렇게 바보 같았는지!

영정은 냉소를 터트렸다.

"당리, 폭우이화침도 당신처럼 심지가 없는 줄은 몰랐어!"

그 순간, 당리는 영정이 대장로에게 보여 주려고 연극을 하는 건지, 아니면 진짜 화가 났는지 판별할 수가 없었다. 그가 어떻게 대답해야 좋을지 몰라 하는데 대장로가 다시 말했다.

"정 소저, 족장께 문제가 생겼습니다!"

그제야 영정도 영승이 위험한 상황에 부닥쳐 폭우이화침을 썼다는 것을 알아차리고 황급히 물었다.

"오라버니는 어때요?"

대장로는 아예 당리 앞에서 영승이 위험에 처한 이야기를 해 버렸다.

사실 조금 전에 하인이 찾아온 것도 경매장 거래에 서명하는 일 때문이 아니라 영승의 시위가 돌아와 나쁜 소식을 전했기 때문이었다.

그 말을 듣자 당리도 얼이 빠졌다. 형이 아직도 한운석과 함께 있다니 뜻밖이었다.

영정은 안색이 하얗게 질려 혼잣말을 중얼거렸다.

"오라버니가……, 오라버니가 중독되고…… 눈이 멀었다고?

안 돼……, 그건 안 돼!"

영정은 중얼거리다가 와락 울음을 터트렸다.

"믿을 수 없어! 싫어!"

사실 그녀는 영씨 집안을 떠날 생각을 했고, 영승같이 엄격한 족장도 싫어했다. 하지만 단 한 번도 영승을 미워한 적은 없었고, 원망한 적도 없었다!

영승은 영씨 집안의 족장일 뿐 아니라 그녀의 오라버니였다. 친오라버니! 부모가 일찍 세상을 떠나자 영승이 적족을 떠받쳤고, 영씨 집안을 떠받쳤다!

장남이 곧 아버지였으니, 영승이 치러야 했던 것은 다른 세 남매보다 훨씬, 훨씬 더 많았다.

그녀는 달아날 수 있었다. 어쩌면 영안과 영락도 달아날 수 있었다. 하지만 영승은 영원히 달아날 수가 없었다. 그 역시 그들과 똑같이 사심을 품었겠지만, 자신이 마땅히 짊어져야 할 것을 포기하도록 허락받지 못했다.

아무리 심각한 상처도 시련을 버텨 내면 회복될 날이 있었다. 하지만 눈은 달랐다. 게다가 눈을 찌른 금침에 극독이 발라져 있었다면 무슨 수로 나을 수 있을까? 의학원 원장인 고북월이라 해도 돌이킬 수 없을 터였다!

영정은 느닷없이 제 뺨을 철썩 때렸다. 깜짝 놀란 당리가 참지 못하고 입을 열었다.

"영정, 왜 그래?"

왜 그러느냐고?

그녀가 자신의 이기심을 누르기만 했더라도, 가지지 말았어야 할 감정을 누르기만 했더라도, 영승은 오늘 같은 지경에 처하지 않았을 것이다! 그녀는 당문과 용비야의 관계를 진작 영승에게 알려 줬어야 했다! 그랬다면 영승도 폭우이화침의 진위를 어느 정도 의심했을 텐데!

하지만 그녀는 그러지 않았다. 그녀도 죄인이었다!

언제나 꼿꼿하던 영정은 생전 처음으로 다른 사람 앞에서 자제력을 잃고 큰 소리로 울부짖었다.

오라버니, 미안해요!

대장로도 영승의 처지를 믿을 수 없기는 마찬가지였지만, 시위와 궁수가 직접 목격했다고 하니 믿지 않을 수 없었다. 하지만 그도 영정이 속으로 무슨 생각을 하는지는 알지 못했다. 대장로는 화난 소리로 말했다.

"정 소저, 이게 다 폭우이화침 때문입니다! 그것만 아니었다면 족장께서 이런 상황에 빠지지는 않으셨을 겁니다!"

영정은 눈물투성이가 된 얼굴로 분노에 차서 당리를 바라보았다.

그 순간, 당리는 영정과 자신의 약속이 무산되었다는 것을 알았다. 진짜 같으면서도 가짜 같던 연기도 이제 끝이었다.

그는 영정이 뭐라고 따질 줄 알았지만, 영정은 그러지 않았다. 그저 손을 들어 올리며 차갑게 물었다.

"당리, 풀 거야, 안 풀 거야?"

당리는 망설였다. 하지만 영정은 그에게 망설일 기회를 주지 않고 차갑게 외쳤다.

"누구 없느냐, 서랑의 왼손을 잘라라!"

잔인한 명령이었다!

당리는 제 손에 찬 팔찌를 풀며 어깨를 으쓱했다.

"영정, 네가 이겼어."

"잘 감시하시오."

영정은 대장로에게 그렇게 말한 뒤 돌아서서 나갔다.

대장로는 바닥에 떨어진 팔찌를 바라보았다. 마침내 그도 영정이 왜 당리 곁에서 떨어지지 않았는지 알 수 있었다.

어째서 두 사람이 이런 팔찌를 차고 있었는지 알 수 없지만, 따져 물을 틈도 없었다. 지금 적족은 영승의 실종뿐만 아니라 만상궁의 위기까지 맞이했기 때문이었다.

열흘의 약속

누가 몰래 수작을 부렸는지 모르지만, 오전 동안 만상궁 경매장에서 가짜 물품이 적발되고 도박장 몇 군데에서 하관이 속임수를 쓰다가 잇달아 들켰다.

경매장과 도박장은 가장 돈을 잘 벌어다 주는 사업장이었다. 그 두 곳에서 문제가 생기면 만상궁은 손해가 컸다.

영락은 멀리 북려국에 있으니 공주인 한운석이 와서 상황을 주재하기 전까지 장로회도 영정에게 의지할 수밖에 없었다. 일이 워낙 커서 장로회로서는 책임지고 결정할 수가 없기 때문이었다.

영정은 황급히 회의장으로 달려가면서 멍하니 물었다.

"한운석은 군영에 있지 않았소? 어째서 용비야와 함께 있는 거요? 뭘 하려는 거지? 오라버니는 어쩌다 그녀에게 속았소?"

영정의 질문은 대장로도 궁금해하던 것이었다. 하지만 안타깝게도 돌아온 시위도 그 답을 몰랐다.

대장로는 고개를 저었다.

"정 소저, 우리 만상궁 사람이 무슨 자격이 있어서 공주의 일을 두고 이러쿵저러쿵하겠습니까?"

"정 숙부는?"

영정이 또 물었다. 대장로는 그제야 경매장과 도박장에서 벌어진 일을 이야기해 주었다.

"정 숙부는 도박장 문제를 처리하고 있으니 당장은 돌아오지 못합니다."

대장로가 설명해 주지 않아도 장사에 익숙한 영정은 훤히 알 수 있었다. 경매장에서 가짜 물품이 적발되고 도박장에서 속임수 쓴 것이 들킨 일은 어느 쪽이든 제대로 처리하지 못하면 치명적이었다.

그 두 곳은 만상궁의 돈 보따리일 뿐 아니라 만상궁의 신용과 위신이기도 했다. 암시장의 거래는 합법적으로 이뤄지는 바깥세상의 거래보다 더 신용을 따졌고 더 가짜에 예민했다. 삼도 암시장까지 올 수 있는 것은 대부분 현물과 현금 거래였다. 요 몇 년간 만상궁의 장사는 예전만 하지 못했다. 만에 하나 이 위기를 해결하지 못하면 경매와 도박 사업은 금익궁과 동래궁에 빼앗길 게 틀림없었다.

영정은 영승의 일로 받은 충격에 채 마음을 가라앉히기도 전에 경매장과 도박장 문제로 또다시 깜짝 놀라야 했다. 누군가 일부러 행패를 부리는 게 누가 봐도 분명했다.

그녀가 이렇게 마음이 어지러웠던 적은 여태 한 번도 없었다. 심지어 적족 영씨 집안이 이대로 무너져 사라지리라는 예감마저 들었다. 그녀는 고개를 숙이고 걸음을 빨리했다. 겉으로는 침착해 보여도 사실은 차분하게 생각할 수조차 없었다.

갑자기 배 속에 든 아기가 움직였다.

영정은 꿈에서 막 깨어난 것처럼 흠칫 걸음을 멈췄다. 무의식적으로 손을 아랫배에 가져갔지만 대장로가 쳐다보는 것을 알고 손을 치웠다.

아기가 움직였다. 움직임이 느껴졌다!

"정 소저, 왜 그러십니까?"

대장로가 의아하게 물었다.

"아무것도 아니오."

영정은 뒤를 한 번 돌아보았다가 곧 다시 걸음을 재촉했다. 당황해 어쩔 줄 모르던 조금 전과는 달리 이미 침착함을 되찾은 상태였다. 그녀가 진지하게 분부했다.

"지킬 자들 한 갈래만 남기고 나머지는 모두 악산으로 보내 궁수들과 협조하게 하시오. 반드시 오라버니를 구해 내야 하오! 그리고, 당장 군영에 있는 설 부장에게 서신을 보내 수비를 강화하고 마음의 준비를 하라고 하시오. 만약 이 이야기가 퍼지더라도 반드시 군심을 안정시키라고도 하시오."

영정은 차분한 목소리로 계속 말했다.

"사람을 보내 정 숙부에게 배상해야 할 것은 다 배상해서 고객을 만족시키라고 전하시오."

영정은 잔혹한 눈빛을 떠올리며 나지막이 말했다.

"당장 문제를 일으킨 그 하관을 죽여 꼬리를 자르고 끝까지 연기하라고 하시오."

영정은 분부를 마친 뒤 몸소 경매장의 위기를 처리하기 위해 다급히 경매장으로 향했다.

경매장 입구에 도착한 그녀는 무심코 눈을 비비다가 눈에 아직도 눈물이 맺혀 있는 것을 깨달았다. 하지만 단호하게 닦아 냈다.

아무리 걱정해도 소용없고, 자신이 저지른 잘못을 갚을 수 없다는 것도 알았다. 그저 영승을 도와 만상궁을 잘 보살피고 싶을 뿐이었다.

한운석이 왜 용비야와 함께 있는지, 영승이 왜 그 사실을 숨겼는지 같은 문제는 정 숙부가 한가해지면 그때 똑똑히 물어볼 생각이었다.

그때 한운석과 용비야는 아직 산을 뒤지며 영승을 찾고 있었다. 그들도 누구보다 영승을 구해 낼 수 있기를 바랐다. 하지만 애석하게도 뜻대로 되지 않았다.

이틀 후 그들도, 비밀 시위도, 그리고 적족 사람도 아무런 실마리나 흔적을 발견하지 못했다.

한운석과 용비야는 폐허가 된 흑루 앞으로 돌아갔다.

한운석이 차분하게 말했다.

"백옥교가 백언청과 합류했을까요? 백언청이 이렇게 빨리 흑루에 온 것을 보면 틀림없이 삼도 암시장 부근에 거점이 있을 거예요."

용비야는 고개를 끄덕인 뒤 서동림에게 더 수색 범위를 확대하라고 분부했다.

"우리도 부근 산골짜기와 계곡을 찾아봐요."

한운석은 얼마 앉아 있지 못하고 다시 일어났다.

"부하들에게 찾아보라고 하고 우리는 먼저 돌아가자."

용비야는 담담하게 말했다. 그가 몸소 산을 뒤진 것도 이미 파격적인 일이었다. 한운석은 말없이 그를 쳐다보았다.

돌아간다? 어디로?

이렇게 큰일이 벌어진 이상 아무래도 계속 신분을 숨긴 채 용비야와 함께 동래궁으로 돌아갈 수는 없었다. 그녀로선 그럴 수가 없었다.

뜻밖에도 용비야가 말했다.

"너는 만상궁으로 돌아가라."

한운석은 믿을 수 없는 얼굴로 그를 바라보았다. 잘못 들은 게 아닐까 의심스러울 정도였다.

이 인간이 언제부터 이렇게 말이 잘 통하게 되었담?

"조건은요?"

그녀가 물었다.

용비야는 웃음을 터트리며 그녀의 앞머리를 쓰다듬었다.

"이번에는 맹하지 않구나."

때로는 차라리 조금 맹한 사람이고 싶었다! 그녀는 어쩔 수 없는 표정으로 용비야를 바라보며 그가 말하기를 기다렸다.

용비야가 가까이 다가와 진지하게 말했다.

"네가 진정으로 서진의 세력을 장악했으면 한다. 영씨 집안 누구에게도 제약받지 않고."

두 사람 사이가 이처럼 복잡하게 꼬이고, 또 여태 백언청을 처리하지 못한 가장 큰 이유는 한운석이 이름만 공주일 뿐 서진 진영의 병사 하나조차 장악하지 못했기 때문이었다.

영승이 행방불명된 지금 한운석이 진정으로 서진을 장악할 기회였다. 한운석이 권력을 쥐기만 하면 뭐든 처리하기가 쉬웠다.

비록 그들은 잠시 떨어져 있어야겠지만, 그래도 똑같이 어깨를 나란히 하고 싸울 수 있었다!

그러나 한운석에게 있어 권력을 장악하는 일은 절대 쉽지 않았다. 만상궁에 돌아간 다음 용비야와 함께 있었던 일을 적족에게 뭐라고 설명해야 할까? 영승의 지지 없이 무슨 수로 적족의 책임자들을 설득해 그녀의 방법이 옳다고 믿게 만들 수 있을까?

알다시피 적족 책임자 눈에 한운석은 결국 그냥 여자였다. 전쟁할 수도 없고 정책을 결정할 능력도 없는 여자.

그들은 한운석을 정신적인 지주로 삼았으나 진정으로 그들을 이끌고 싸움터에 나가 적을 쳐부술 사람은 영승이었다!

자신이 만상궁으로 돌아간다 해도 시위가 말한 것처럼 쉽사리 그들을 이끌 수 없으리라는 것을, 한운석도 알고 있었다. 비록 영승이 고집스럽고 오만하다지만, 그가 없으면 그녀는 적족 사이에서 한 발짝도 내딛기 어려울 가능성이 컸다.

한운석이 대답하기 전에 용비야가 말했다.

"나와 함께 가는 선택도 있다. 백언청을 유인할 방법이 하나 더 있다."

한운석은 의외였지만 용비야는 계획을 알려 주지 않고 진지하게 말했다.

"아니면 만상궁에 돌아가거라. 열흘 안에 네가 주도권을 잡을 수 있다면 본 태자도 서진과 협력해 백언청을 죽이도록 하지. 하지만 그렇지 못하면 열흘 후에 너를 데리러 가마. 적족의 혼란은 저들이 알아서 수습해야 할 것이다."

용비야의 마지막 양보였다.

설사 한운석이 적족을 장악하지 못한다 해도, 설사 영승이 정말 서진을 배신하고 백언청과 결탁한다 해도 용비야는 두렵지 않았다. 그가 필요한 것은 한운석과 함께 백언청을 처리하고, 가능한 한 빨리 고북월을 구해 내고, 지난날의 은원이 정말 오해에서 비롯되었는지 아니면 진짜 원한인지 확실히 하는 것이었다.

"좋아요, 열흘. 약속해요!"

한운석은 과감하게 고개를 끄덕였다.

비록 용비야가 똑똑히 말해 주진 않았지만, 그녀는 잔인한 도리를 가르쳐 주려는 그의 의도를 알아차렸다. 책임을 지려면 책임질 능력이 있어야 했다. 그렇지 않으면 순순히 양심의 가책을 받아들일 수밖에 없었다!

고 씨가 마차를 몰아 오자 용비야와 한운석은 마차에 올랐다. 가는 길에 두 사람 다 말이 없었다. 한운석은 용비야의 어깨에 기대 그의 손을 잡고 손가락을 얽었다.

마차가 암시장 입구에 멈추자 한운석은 마침내 참을 수 없게 되었다.

"용비야, 그 열흘 동안 계속 동래궁에 있을 거예요?"

용비야는 입꼬리를 살짝 올리면서 대답했다.

"확실치 않다."

"어디로 가려고요?"

초조해진 한운석이 황급히 몸을 일으켰다.

"초천은을 만나러 갈 생각이다."

용비야가 말했다. 이곳은 서주국과 아주 가까웠다.

"얼마나요?"

한운석이 또 물었다.

"확실치 않다."

용비야가 대답했다.

한운석은 고개를 끄덕인 뒤 더는 묻지 않았다. 그런 그녀를 바라보는 용비야의 입꼬리가 점점 올라갔지만, 애석하게도 한운석은 알아차리지 못했다.

그녀는 한참 동안 침묵하다가 차분하게 입을 열었다.

"용비야, 당신이 보고 싶을 거예요."

용비야는 그녀의 머리를 잡아 품 안으로 잡아당겼다. 하지만 이 동작 때문에 한운석은 용비야가 몹시 즐거운 얼굴로 소리 없이 웃고 있는 것을 보지 못했다.

"얼마나 보고 싶겠느냐?"

그는 엄숙한 목소리로 되물었지만 곧 몰래 웃음을 터트렸다.

뜻밖에도 한운석은 대답하지 않고 번쩍 고개를 들다가 그의 눈부신 웃음과 딱 마주쳤다. 처음에는 당황했던 그녀는 곧 마음 굳게 먹고 양팔로 그의 목을 끌어안아 잡아당기며 입을 맞췄다!

아아, 한운석. 자세를 좀 바꿀 수는 없을까?

그녀가 이렇게 잡아당긴 적이 여러 번이었지만, 용비야는 항상 기꺼이 그 존귀하고 오만한 고개를 숙여 그녀에게 맞춰 주었다. 곧바로 수동적인 입장에서 능동적인 입장으로 돌변했던 예전과 달리, 이번에는 용비야도 꼼짝하지 않고 한운석이 이끄는 대로 놔두었다.

몇 번이나 잡아먹히고도, 한운석은 아직 입맞춤조차 서툴러서 마치 조심조심 탐색하듯이 그의 입술을 더듬었다.

용비야는 그녀의 이런 동작이 몹시 즐거운 게 분명했다.

비록 입은 움직이지 않았지만, 저도 모르게 천천히 몸을 기울이다 보니 어느새 그녀는 그의 다리 위에 드러눕는 자세가 되었다.

한운석은 입맞춤을 하면 할수록 진지해져, 처음의 조심스러움을 차츰차츰 던져 버리고 아주 중요한 일을 하는 것처럼 몸과 마음을 다 바쳤다. 서서히 목에서 떨어져 그를 살며시 안은 손이 저도 모르게 그의 등을 더듬었다. 그녀 자신조차 자신이 뭘 찾고자 하는지 알 수 없었다.

그런데 별안간 용비야가 그녀의 입술을 확 빨아들이며 힘차게 입맞춤을 하더니 몸을 뗐다.

거의 넋을 잃을 뻔했던 한운석은 약간 놀라서 곧바로 정신을 차리지 못했다. 용비야가 사악하게 웃으며 낮은 목소리로 말했다.

"암시장 입구에서 함부로 할 수는 없지."

앗!

한운석은 순식간에 정신이 번쩍 들어 얼굴이 새빨개졌다. 만약 그녀가 이 말이 무슨 뜻인지 모른다면, 군영에서 삼도 암시장까지 오는 길에 마차에서 겪은 모든 일이 헛수고였다는 뜻이었다.

득을 보고도 아닌 척하는 것이 바로 용비야란 사람의 수법이었다. 방금 한 말을 들으면, 마치 자신은 가만히 있는데 그녀가 좋아서 함부로 군 것만 같았다. 용비야의 사악한 웃음을 보자 한운석은 속으로 이를 갈았다.

사실 용비야는 그녀를 놀린 게 아니었다. 그녀를 말리지 않았다면 아마 함부로 구는 사람은 그가 되었을 것이다.

아무리 진지하게 농담을 한들 두 사람은 결국 헤어져야 했다. 한운석은 용비야가 보고 싶을 거라고 말해 주길 기다렸지만, 안타깝게도 용비야는 그러지 않았다.

마차에서 내린 뒤 한운석은 용비야와 함께 동래궁에 가서 짐을 꾸리고 여복으로 갈아입었다. 용비야가 몸소 그녀를 만상궁까지 바래다주려고 했으나 한운석이 만류했다.

"서동림이 바래다주면 돼요."

두 여자의 암투

서동림은 공주의 말을 듣는 순간 화들짝 놀라 전하를 쳐다보지도 못했다. 아무래도 전하의 것을 빼앗은 기분이어서 지독하게 겁이 났다.

"태자 전하께서 가시면 난 문 안으로 들어가지도 못하게 될걸요."

한운석은 장난스럽게 말했다.

비록 농담이지만 용비야도 그녀의 뜻을 알아차렸다. 영승은 인질 이야기를 공개하지 않았고, 용비야와 한운석의 관계를 적족 내에 알리지 않았을 가능성은 더욱 컸다. 그러니 한운석에게는 아직 해명할 기회가 충분했다.

용비야가 그녀를 바래다주면 필시 적족의 반감을 살 것이고, 그렇게 되면 한운석의 처지도 어려워질 수밖에 없었다.

용비야는 한참 동안 침묵하다가 비로소 차갑게 말했다.

"서동림, 반드시 문 안으로 들여보내라."

"예!"

서동림은 정말이지 고개를 들 용기가 나지 않았다.

용비야는 한운석을 배웅한 다음 옆에 있는 비밀 시위에게 말했다.

"초천은에게 서신을 보내라. 본 태자가 삼도 암시장에 있으니 만나러 오라고."

그가 서주국에 가겠다고 한 것은 심심풀이로 한운석을 놀려 준 것뿐이었다. 열흘간 그는 삼도 암시장에서 한 걸음도 벗어 나지 않을 게 분명했다. 물론 만상궁에 잠입할지 어떨지는 확 실히 말할 수 없지만.

때는 이미 저녁이었다. 만상궁 도박장과 경매장의 위기는 영 정이 나서도 가라앉지 않았다. 예상과 달리 이 중요한 순간에 금익궁이 암시장 내 도박장과 경매장의 흑막을 폭로했기 때문 이었다. 금익궁은 숫제 하관 몇 사람을 보내 천금청 맞은편에 서서 느린 동작으로 속임수를 쓰는 법을 사람들에게 보여 주었 다. 얼마 못 가 셀 수 없이 많은 구경꾼이 몰려들었다.

이렇게 바닥까지 박박 긁어 드러내 보인 행동에, 문제를 해 결하려 애쓰던 영정 일행은 해결의 실마리조차 잡지 못했다. 아 무리 멍청한 사람도 금익궁이 이 소동의 숨은 배후라는 것을 짐 작할 수 있었다. 하지만 금익궁과 만상궁 사이에 대체 무슨 피 맺힌 원한이 있기에 금익궁이 이렇게 대가를 아끼지 않고 만상 궁을 무너뜨리려는지는, 제아무리 영리한 사람도 알 수 없었다.

삼도 암시장의 삼대 세력 가운데 만상궁은 도박장과 경매장 비중이 가장 큰 곳이었다.

동래궁에서 만상궁으로 가는 동안, 한운석도 만상궁이 맞이 한 위기에 대해 확실히 수소문했다. 바퀴 달린 의자에 앉은 그 녀는 사람들이 알아보는 것을 피하고자 가면을 쓰고 있었다.

곳곳이 떠들썩했지만 만상궁 주 전각 문 앞은 오히려 썰렁했다. 서동림이 그녀의 의자를 옆문 입구까지 밀고 가서 세운 다음 문을 두드리려고 다가갔다.

그런데 막 두드리려는 순간, 문이 벌컥 열렸다. 문 안쪽에는 금 집사가 서 있었다. 서동림은 한눈에 그를 알아보았다.

"금 집사, 지금 만상궁 책임자가 누구요?"

서동림이 진지하게 물었다. 돌아가면 전하께서 이곳 상황을 상세히 물어보실 게 분명하니, 어떻게든 책임자를 불러내 공주를 넘겨드려야 했다.

금 집사는 그를 한 번 훑어보더니 차갑게 내뱉었다.

"저리 비켜!"

지금 금 집사는 삼도 암시장을 통틀어 가장 많이 화가 난 사람이 분명했다. 다른 게 아니라, 삼도 암시장의 도박장이 무너지면 그의 전장도 기본적으로 문을 닫아야 할 팔자기 때문이었다.

그의 심경은 폭풍우가 몰아치기 직전의 하늘처럼 어두컴컴했다. 그는 정 숙부와 대장로를 찾아왔지만, 그들이 아직 도박장에서 돌아오지 않았다는 말을 듣고 상황을 확인하기 위해 막 달려가려던 참이었다.

하지만 서동림은 쉬운 상대가 아니었다.

"무슨 말이 그렇소? 저분이 누구신지 모르오?"

서동림은 한 발 비켜나 금 집사가 공주를 볼 수 있게 해 주었다. 하지만 금 집사는 그가 비키자마자 밖으로 나오면서 문을 쾅 닫았다.

당연하게도 서동림은 적족 사람에게 모욕을 당할 마음이 없었고, 적족 사람이 공주 앞에서 이렇게 방자하게 구는 것도 허락할 수 없었다. 그가 당장 덤비려 했지만 한운석이 눈짓으로 막았다.

"금 집사, 내가 부탁할 것이 하나 있는데 부디 들어주시오."

한운석이 겸손하게 말을 걸었다.

금 집사 역시 서동림이 뒤에서 공격하려던 것을 느낀 참이었다. 그는 한운석을 훑어보았지만 그녀가 며칠 전 도박판에서 관전하던 사람인 줄 알아보지 못했고, 특히 신분은 전혀 알아차리지 못했다.

"난 당신을 모르오."

도박판을 떠나면, 사실 금 집사도 결코 예의 바른 사람이 아니었다.

"내가 영승을 아오. 내가 움직임이 좀 불편하니 수고스럽지만 안으로 데려가 주시오."

한운석은 여전히 겸손하게 말했다.

"당신과 상의할 일이 있소."

흑루로 가는 동안 한운석은 용비야에게 금 집사의 내력을 듣고 그가 어려서부터 만상궁에 팔린 노예라는 것을 알게 되었다.

만상궁이 운공상인협회의 재물 창고고, 운공상인협회가 적족의 돈 보따리라면, 이곳 사람을 손에 넣는 것이 곧 적족을 장악하는 주춧돌이었다. 만상궁을 손에 넣으려면 이곳을 속속들이 알아야만 하는데 장로들은 그녀에게 상황을 알려 주기를 원치 않을 터였다. 반면 금 집사는 괜찮은 선택이어서, 마침 이렇게 마주친 김에 물어볼 생각이었다.

하지만 금 집사는 한운석에게 대답하지 않고 몹시 가소로운 듯이 냉소를 짓고는 돌아서서 가 버렸다.

영승도 여자 복은 금 집사보다 나쁘지 않았다. 특히 이 암시장에서는 영승과 한 번 마주친 꽤 많은 여자가 종종 제 발로 찾아오곤 했는데, 대부분은 대문을 넘지도 못했다.

금 집사의 무례한 태도에 서동림은 즉시 그의 앞으로 몸을 날려 가로막았다.

"왜 웃는 거요? 저분이 누구신지 아오?"

금 집사의 눈동자에 짜증스러운 표정이 스쳤다. 그도 먼저 찾아오는 여자들을 많이 봤지만 시위까지 데려와서 길을 막는 사람은 처음이었다. 그가 잘못 보지 않았다면 이 시위의 무공은 보통이 아니었다.

금 집사는 이런 여자와 마주치면 모른 척하는 게 보통이었는데, 오늘은 기분이 좋지 않은 데다 서동림이 이렇게 사납게 나오자 차갑게 대꾸했다.

"다리가 부러져 놓고도 영승의 침상에 기어오르려고 하다니, 냉수나 먹고 속 차려라!"

평소 침착하고 조용한 금 집사였지만 기분이 좋지 않자 참지 않고 독설을 퍼부었다.

한운석은 어리둥절했다.

서동림은 화가 나서 검을 뽑았다. 용비야가 이 이야기를 들으면 금 집사는 오마분시를 당하고, 호송을 맡은 그 자신도 책임은 면키 어려울 터였다.

그때 정 숙부와 영정이 나타났다. 비록 한운석이 가면을 쓰고 있었지만 정 숙부는 한눈에 알아보았다. 이런 시기에 바퀴 달린 의자에 앉아 만상궁을 찾을 사람도 한운석뿐이었다.

금 집사는 서동림이 검을 뽑는 것을 보자 역시 비수를 꺼냈다. 그렇지만 바로 그때, 멀지 않은 곳에서 외치는 영정의 목소리가 들렸다.

"한운석!"

금 집사는 그 이름이 무척 귀에 익다고 생각했지만 당장 누군지 떠올리지 못했다. 영정이 재빨리 한운석 앞으로 달려와 차갑게 말했다.

"한운석, 네가 우리 오라버니를 해쳤지!"

한운석은 가면을 쓰고 있었지만, 영정은 시위에게서 그녀가 바퀴 달린 의자를 타고 있다는 말을 들어서 알아볼 수 있었다.

그때쯤 마침내 '한운석'이 누군지 생각난 금 집사가 멍한 얼굴로 천천히 고개를 돌려 한운석을 쳐다보았다.

마치 할 말이 있지만 차마 입 밖으로 나오지 않는 양 그의 입가가 실룩거리기 시작했다.

이제 보니……, 이제 보니 저 여자는 영승에게 안기려고 온 사람이 아니라 영승의…… 주인이었구나!

한운석은 금 집사에게 한 번 눈길을 툭 던진 후 신경 쓰지 않고 영정을 바라보았다.

하지만 금 집사는 등골이 서늘해지고 비할 데 없는 공포감에 사로잡혔다. 그가 아는 한운석이란 여자는 원한이 생기면 반드시 갚고 절대 손해 보지 않는 사람이었다. 게다가 방법도 모질고 독술도 잔인했다.

그녀가 영승의 주인이라면, 그의 매신계도 결국 그녀의 것이라는 말이었다.

어쩌나, 아무래도 미움을 산 것 같았다.

한운석은 노기등등한 영정을 쳐다보며 복잡한 눈빛을 지었다.

"말해, 네가 오라버니를 해쳤지? 대체 무슨 속셈이야! 왜 용비야와 함께 있었어? 용비야가 백언청을 잡는 걸 도울 생각이었어? 어떻게 그런……."

영정의 질문이 끝나기도 전에 한운석이 말을 끊으며 나지막이 한마디 했다.

"영정, 지금 네가 적족을 총괄하고 있느냐?"

대답하려던 영정은 한운석이 의미심장한 눈으로 흘끗 보자 갑자기 조용해졌다. 속에서 끓어오르던 분노의 불길도 주변 공기처럼 굳어 버리는 것 같았다.

한운석의 저 눈빛은 무슨 의미지?

방금 그 질문은 또 무슨 의미야?

"네가 총괄하고 있다면 당문의 일은 너와 이야기해야겠군."

한운석이 또 말했다.

그 말에 영정은 이내 방금 한운석의 눈빛이 무엇을 의미하는지 알아차렸다. 한운석은 영정에게 적족을 총괄할 자격이 없다고 암시하고 있었다. 당문의 일에서 그녀는 적족을 배신했으니까!

영정은 한운석을 뚫어지게 응시했다. 비록 켕기는 데는 있었지만 분하고 반감이 치밀었다!

한운석이 무슨 자격으로 그녀를 위협하는 걸까? 한운석은 당문과 용비야의 관계를 그녀 자신보다 더 잘 알았다. 그런데도 뻔뻔하게 돌아오다니? 서진 공주라는 사람이 책임감은 어디에 던져 놓았고 수치심은 어디에 던져 놓았을까?

"너……."

영정은 말을 하려다 말고 느긋하게 한운석 앞으로 걸어가 몸을 숙이고 양손으로 바퀴 달린 의자의 팔걸이를 잡았다. 그리고 입술을 거의 한운석의 귀에 대다시피 하고 말했다.

"공주마마, 당문의 일에 대해 나하고 어떻게 이야기할 생각이지?"

금 집사와 서동림은 그들을 바라보며 각기 다른 표정을 짓고 있었다. 두 여자 사이에 피어오르는 전쟁의 불길은 아주아주 짙었다.

여자의 전쟁은 본래도 무서운데, 하물며 저 강한 여자들이라면 어떻게 될까?

금 집사마저 상당히 흥미가 당겨, 영정이 뭘 믿고 감히 서진 공주에게 대드는지 자세히 알아보고 싶어졌다.

한운석은 지난번 의성에서 자신을 통렬히 비난하던 영정의 모습을 떠올리고 지금 그녀의 눈동자에 어린 분노와 도발을 마주했다. 그러자 저도 모르게 머릿속에 신부복을 입고 당리에게 시집가던 아리따운 그녀의 모습이 떠올랐다.

그때 의성에서 영정이 왜 당문과 용비야의 관계를 영승에게 말해 주지 않았는지, 한운석으로서는 생각해 봐도 알 수가 없었다. 분명히 영정에겐 기회가 있었는데!

그 질문을 용비야에게도 했더니 용비야는 당리에게 물었다. 그러자 당리는 영정이 사심을 품고 적족을 떠나려 한다고 했다.

한운석은 당리의 대답이 추측인지 아니면 영정의 입에서 들은 것인지 확실히 알지 못했다. 이렇게 강인한 영정이, 이렇게 곧은 여자가 사심을 품고 적족을 배신할 거라니, 한운석은 별로 믿을 수가 없었다. 그녀가 품었다는 '사심'이 대체 뭐기에?

그녀가 왜 적족을 떠나야만 할까? 한운석이 알기로 영정은 적족의 여자 가운데 가장 뛰어났다.

영정의 반문을 들은 한운석은 그 속에서 비웃음과 질책을 느꼈다.

"영정, 대문 앞에서 당리의 이야기를 할 생각이냐?"

한운석이 진지하게 물었다.

영정은 콧방귀를 뀌더니 두말없이 손수 한운석의 의자를 밀고 안으로 들어갔다.

한운석은 그만 가 보라며 서동림에게 손을 흔들어 보였다. 이를 본 금 집사는 영정에게 도박장 상황을 물어볼 생각도 못 하고 그 틈에 내뺐다.

안으로 들어간 후 한운석은 곧 상황을 탐문하기 시작했다.

"당리는 어쨌지? 가뒀느냐? 당리를 이용해 당문을 협박할 생각이냐?"

영정은 그 화제를 피하고 되물었다.

"한운석, 너는 서진 공주로서 당문의 일을 숨긴 것도 모자라 용비야 그놈과 함께 다니고 그놈에게 이용당했어. 내가 너였디면 이곳에 코빼기도 내밀지 않았을 거야! 그런데 뭐 하러 왔어?"

질문, 결국 나왔다

영정이 한운석의 질문을 피하고 반문했듯, 한운석도 똑같이 그녀의 질문을 피했다. 하지만 한운석은 다시 뭔가를 묻지는 않았다.

"왜, 찔려?"

영정이 도발하듯이 물었다.

한운석은 빙긋 웃기만 하고 여전히 대답하지 않았다.

두 사람 모두 더없이 영리한 여자였고, 여기는 처음으로 은밀하게 단둘이 대화를 나누는 자리였다. 그들은 상대가 자신을 떠보는 게 아닐까 의심했고, 동시에 경계를 돋우고 조심조심 상대의 모든 것을 살피면서 가능한 한 반응을 감추어 실마리를 주지 않으려고 했다.

알다시피 영리한 사람은 눈빛 하나만으로 상대의 진짜 마음을 알아낼 수 있을 때가 많았다.

한운석이 영정의 도발을 무시하자 영정은 복잡한 눈빛을 띠며 더는 말하지 않았다. 그녀는 한운석을 만상궁 회의장으로 데려간 다음 바로 문을 닫았다.

이 동작을 눈여겨본 한운석이 웃으며 말했다.

"왜, 당리에 관한 이야기를 하려면 문을 닫아야 하나 보지?"

영정도 감정을 아주 잘 다스리는 사람이었지만, 한운석의 몇

마디는 쉽사리 그녀의 분노를 불러일으켰다. 영정은 하마터면 폭발할 뻔했지만 그래도 꾹 참았다. 그리고 곧바로 문을 열러 갔다.

어쨌든 지금 만상궁 사람들은 도박장이나 경매장에 있어서 이곳에 올 사람이 아무도 없었고, 일하던 하인들도 이미 물러 가게 해 둔 상태였다. 문을 열어도 겁날 게 없었다!

영성은 일부러 문을 활짝 연 다음, 한운석 앞으로 돌아와 등을 탁자에 기대고 양팔을 가슴 앞에 교차시켜 오만하게 내려다 보는 자세로 한운석을 바라보았다.

"한운석, 당문의 무슨 이야기를 하고 싶지? 얼마든지 해!"

모처럼 적족 사람이 이런 태도로 이야기를 하려 하자 한운석은 진심으로…… 편했다. 지나치게 예의 바르고 공손한 영안과 비교한다면, 한운석은 영정 같은 사람이 더 좋았다.

하지만 좋은 건 좋은 거고 한운석은 말로든, 행동이든, 한 번도 영정에게 부드럽게 한 적이 없었다.

그녀는 무정하게 거부 의사를 표했다.

"넌 적족을 총괄하고 있지도 않으니 너하고는…… 이야기할 게 없다."

"날 놀렸군!"

영정의 자제력도 마침내 한계에 다다랐다.

한운석은 무고하다는 듯이 어깨를 으쓱했다. 조금 전 문 앞에서 그녀는 분명히 '네가 총괄하고 있다면 당문의 일은 너와 이야기해야겠다.'라고 말했다.

영정은 분노에 차서 한운석을 바라보았지만 뭐라고 항변해야 할지 알 수가 없었다.

한운석이 이런 식으로 영정을 '놀린 것'은 바로 그녀를 격분하게 만들어 알아서 당문의 이야기를 꺼내게 하기 위해서였다. 영정이 품은 '사심'이 대관절 무엇인지 확실히 알아내고 싶었다!

당리가 말한 것처럼 그녀가 적족을 떠나려 했다면 지금이 가장 좋은 기회였다. 그런데 왜 달아나지 않았을까?

한운석은 영정이 분노의 불길을 이글거리며 노려보건 말건, 태연자약하게 곱게 손질한 손톱을 만지작거렸다. 도발과 조롱이 잔뜩 묻은 이 동작은 영정을 더욱더 분노하게 했다.

한운석은 영정이 분기탱천할 줄 알았으나 웬걸, 그녀는 여전히 감정을 억누른 채 아무 말하지 않았다.

영정의 이런 태도에 한운석은 그 사심의 진실에 관해 더욱 호기심을 느꼈다.

그녀가 말했다.

"영정, 미안하지만 가서 만상궁을 총괄하는 장로들을 불러다오. 그들과 당문의 이야기를 해야겠다."

"네가 무슨 자격으로!"

영정이 차갑게 말했다.

한운석은 그래도 차분했다.

"내가 자격이 있는지 없는지는 네가 논할 문제가 아니다. 그들이 결정할 일이지."

영정은 그 자리에 굳은 채 움직이지 않았다.

"왜, 찔리는 데라도 있느냐? 못 하겠느냐?"

한운석이 부추겼다.

영정은 심호흡을 했다.

"찔리긴 누가 찔려? 기다려!"

이렇게 해서 영정은 한운석을 남겨 두고 더없이 소탈하게 돌아섰다. 그리고 얼마 지나지 않아 정말로 만상궁의 장로 다섯 명을 불러왔다. 도박장과 경매장의 위험이 아직 가시지 않았지만, 아무리 큰 위험도 서진 공주가 돌아온 것보다 중요하지는 않았다.

그들도 영정과 마찬가지로 '인질' 건에 대해서는 전혀 몰랐고, 그 '인질' 건의 실상은 더욱더 알지 못했다. 한운석이 어째서 동진 태자와 함께 있었는지 분명히 알아내는 것이 그들이 무척 바라고 있는 일이었다.

비록 속으로는 의심스러워했지만, 그래도 한운석을 마주한 장로들은 무척 공손했고 정중하게 예를 갖췄다.

영정이 선수를 쳐서 진지하게 말했다.

"공주께서 친히 만상궁에 오셨으니, 궁금한 점이 있으면 어서 가르침을 청하시오. 우리가 공주를 뵙기란 그리 쉬운 일이 아니니까."

그 자리에 있는 누구나 영정의 말투가 곱지 않다는 것을 알 수 있었다.

대장로는 눈을 찡그리고 영정을 흘끗 쳐다보면서 무례하게 굴지 말라는 눈짓을 보냈다. 하지만 영정은 못 본 체했다.

한운석은 웃으며 아주 붙임성 좋게 말했다.

"다들 서서 뭐 하고 있나? 모두 앉지."

사람들은 차례차례 감사 인사를 한 후 자리에 앉았고, 긴장했던 그들의 기분도 조금 풀렸다. 그런데 웬걸, 미처 제대로 앉기도 전에 한운석이 툭 던진 한마디가 분위기를 얼어붙게 했다.

"영정에게 듣자니 누군가 뒤에서 본 공주를 모독했다지? 본 공주가 동진 태자와 관계를 끊지 않아서 적족의 충성을 받을 자격도 없고 서진의 공주에 어울리지도 않는다고 말이다."

이 말에 막 자리에 앉았던 사람들이 모두 벌떡 일어섰다. 영정이 정신을 차리기도 전에 사람들이 일제히 질문이 담긴 눈빛으로 그녀를 쳐다보았다.

한운석의 엄포는 정말이지 예상 밖이었다.

하지만 영정도 호락호락하지 않았다. 그녀는 즉시 일어나서 말했다.

"공주, 이곳에는 저희뿐인데 뭐 하러 말을 돌려서 하시죠? 그 말을 한 사람은 바로 저예요! 공주는 당연히 군영에 계셔야 하는데 어째서 동진 태자와 함께 있었으며, 어째서 동진 태자를 도와 백언청을 잡으려고 했죠? 흑루에서 돌아온 궁수들 말로는 공주가 내내 동진 태자에게 안겨 있었다더군요!"

영정의 질문은 모두가 품고 있던 것이었지만, 그녀가 이렇게 대놓고 말을 꺼내자 모두 긴장해서 심장이 빠르게 뛰었다. 누가 뭐래도 너무 민감한 사안인데, 이런 식으로 캐묻는 것은 요

만큼도 공주의 체면을 봐주지 않는 처사였다.

알다시피 서진의 공주는 평범한 여자가 아니라 명성이 쟁쟁한 한운석이었다.

널따란 회의장은 언제부턴지 모르게 몹시도 조용해져 있었다. 한운석은 영정을 바라보았다. 영정은 추호도 겁내지 않고 그녀의 눈빛을 마주했다.

놀랍게도 영징이 한마디 덧붙였다.

"그런 마당에 공주와 동진 태자가 관계를 끊지 못했다는 말이 모독이라고 할 수 있을까요?"

한운석은 사람들을 둘러보았다.

"대장로는 어떻게 생각하는가?"

노련하고 용의주도한 여우인 대장로는 비록 장로회의 수장 자리에 있지만 함부로 나서지 않았다. 오늘 영정이 이 말을 꺼내지 않았다면 그가 장로회 전체의 이름으로 공주에게 물었을 것이다. 하지만 모두가 보는 앞에서 영정이 단도직입적으로 따진 지금 구태여 나쁜 사람 역할을 자처할 필요가 있을까?

그가 어떤 태도를 보이든 간에 상황이 상황인 만큼 공주는 반드시 모두를 승복하게 할 해명을 내놔야만 했다.

대장로는 고개를 숙이고 대답하지 않았다.

뜻밖에도 한운석은 또 물었다.

"이장로는?"

그러니까, 한 명씩 돌아가면서 묻겠다는 건가? 아무도 피할 수 없는 건가? 사람들은 속으로 살짝 놀랐다.

한운석 이 여자는 과연 듣던 대로 무시무시했다!

한운석은 확실히 무서운 사람이었다. 장내에 있는 이들은 모두 만상궁의 주요 인물이니 반드시 개개인의 입장을 알아내야만 그녀도 방책을 정할 수 있었다.

마침내 대장로가 참지 못하고 일어섰다.

"공주, 소인은 만상궁을 대표해서 공주께서 친히 왕림하신 것을 환영합니다. 이렇게 와 주셨는데 멀리 나가 맞지 못해 부끄럽습니다. 소인은……."

여기까지 말하는데 한운석이 뚝 자르면서 곧바로 반문했다.

"대장로도 영정과 생각이 같은가? 본 공주와 동진 태자가 사사로운 정을 품고 있다고?"

압박을 받은 대장로는 더는 미룰 수 없게 되자 재차 장로회의 이름으로 대답했다.

"공주, 장로회는 비록 정 소저의 생각을 지지하지 않으나, 공주께서 어째서 동진 태자와 함께 계셨는지 알지 못합니다."

대장로가 그렇게 말하는 동안 한운석은 그를 보지 않고 도리어 다른 네 장로를 살폈다. 그녀의 날카로운 눈은 오장로가 대장로에게 분노를 품고 있는 것을 놓치지 않았다.

그 순간 그녀는 자신이 장로회와 이렇게 에둘러 가며 이야기를 나눌 가치가 있다는 것을 깨달았다!

"장로회는 그렇게 생각하는군……."

그녀는 잠시 생각하더니 다시 말했다.

"그럼 대장로 자신도 그렇게 생각하는가?"

개인은 단체에 속하지만, 단체의 태도와 개인의 태도는 완전히 다른 문제였다. 가장 중요한 차이가 바로 책임이었다.

"소인……, 소인은……."

대장로는 우물거리며 한참 동안 대답하지 못했다. 영정은 이미 냉소를 짓고 있었다.

그때 갑자기 오장로가 일어났다.

"공주마마, 소인은 그렇게 생각하지 않습니다!"

"그렇다면 어떻게 생각하는지 말해 보게."

한운석이 재빨리 말했다.

"정 소저와 정 숙부는 공주께 불경을 저질렀으니 적족의 규칙에 따라 처벌해야 합니다!"

오장로는 나이가 지긋했지만, 둥글고 커다란 두 눈은 혼탁하긴커녕 맑고 깨끗했다. 정직하고 고집스러운 그의 성격이 느껴질 정도였다.

한운석은 오장로가 대장로와 충돌이 있어서 불만을 품었으리라 생각하고, 장로회의 충돌을 이용해 만상궁을 장악하는 방법을 생각하느라 머리를 굴리던 중이었다. 그런데 오장로가 이렇게 충직하고 꿋꿋한 선비일 줄이야!

오장로는 말을 이었다.

"공주마마께서 그렇게 하신 데는 반드시 그만한 이유가 있을 것입니다. 우리 같은 아랫사람이 어떻게 따질 수 있겠습니까? 그건 반역이 아닙니까? 소인은 공주마마께서 정말 정 소저가 말한 것 같은 분이었다면 오늘 이 자리에 계시지 않았으리라 생각합니다!"

오장로가 이렇게 말하자 대장로는 뭐라고 해야 할지 몰라 민망한 표정을 지었고, 장로회의 다른 사람들은 더욱더 복잡한 얼굴이 되었다.

하지만 영정은 큰 소리로 웃었다.

"한운석, 잘 봐! 잘 보라고! 우리 오라버니같이 멍청한 사람이 적족에는 차고 넘쳐! 넌 오라버니의 충성심을 파괴하고 그들의 신앙을 망가뜨렸어!"

"아니!"

한운석은 즉시 부인했다.

그녀는 일어나서 진지하게 물었다.

"동진군과 서진군이 교전한 지 한 달이 되지도 않았는데 절대적인 우위에 있는 동진군이 왜 갑자기 휴전했는지 생각해 본 적 있는가?"

이 자리에 있는 모두 그 일에 호기심을 가진 적이 있었지만, 상인들이라 전쟁에 대해서는 잘 알지 못했다. 영승은 진짜 이유를 공표하지 않았고 감히 물어볼 사람도 없었다.

"그래, 영승에게 물어보지 않았나?"

한운석이 다시 물었다. 사람들의 표정을 본 그녀는 속으로 기가 막혀 웃음을 지었다.

역시 용비야가 옳았다.

적족에서 그녀는 그저 신앙일 뿐, 진정으로 대권을 쥔 사람은 영승이었다. 만약 오늘 용비야와 손잡은 사람이 영승이었다면 그 누가 대담하게도 영승에게 해명을 요구했을까?

"나와 용비야는 동진과 서진이 잠시 싸움을 멈추고 일단 백언청을 제거한 다음 다시 싸우기로 합의했네!"

한운석은 담담하게 말했다.

"용비야가 뭘 믿고 서진과 그런 합의를 했지? 후후후, 동진 태자가 손해 보는 장사를 할 리 없어!"

영징이 말했다.

"그는 백언청의 독술에 대항할 수 없지만, 나는 할 수 있기 때문이지!"

한운석은 진지하게 대답했다.

영정이 즉각 반박했다.

"한운석, 우리를 바보로 알아? 그런 우스꽝스러운 거짓말을 둘러대? 너와 용비야가 다정하게 껴안고 있는 것을 궁수들이 모두 봤어!"

영정, 네가 졌어

다정하게 껴안아?

순간, 한운석은 약간 당황했다. 문득, 용비야가 이 말을 들으면 어떤 반응을 보일지 궁금해졌다.

"나는 다리를 다쳐서 걸을 수가 없었다. 용비야는 반드시 나를 데려가야 했지. 그렇지 않으면 백언청이 쓰는 독을 막을 수 없으니까!"

한운석은 그렇게 해명한 후 일부러 물었다.

"그래, 이 정도 설명이면 정 소저께서 만족하실까?"

장로들이 서로서로 쳐다보기 시작했다. 영정은 다시 물었다.

"그렇다면 오라버니는 왜 단독으로 행동하셨지?"

이게 관건이었지만, 한운석은 아주 영리하게 반문했다.

"네 생각엔 왜 그랬을 것 같지? 어쨌든 나는 모르는 일이다! 나는 용비야와 힘을 합쳐 백언청을 공격하려던 것이지, 단순히 동진을 도우려던 건 절대 아니었다. 백언청을 잡았다면 우리 서진도 당연히 이익을 나눴을 것이다!"

완전히 거짓말은 아니었다. 그녀는 용비야와 영승의 싸움에 끼어들지 않고, 어느 쪽도 돕지 않겠다고 진작 용비야에게 말해두었다. 그리고 그들 간의 싸움이란 사실 백언청을 잡는 게 아니라 군역사가 가진 군마를 얻는 것이었다.

그녀와 용비야가 백언청을 유인한 목적은 두 가지였다. 첫째는 고북월을 구하기 위해서고, 둘째는 지난날 대진제국의 내란이 오해였는지 아닌지 확실히 하기 위해서였다.

고북월은 서진 진영 사람이니, 어떤 의미에서 볼 때 백언청을 잡는 일은 그녀가 용비야를 도운 게 아니라 용비야가 그녀를 도운 셈이었다.

사람들이 말이 없자 한운석은 오장로를 바라보았다.

"오장로, 말해 보게. 영승이 왜 단독으로 행동했겠나?"

오장로는 아주 솔직하게 대답했다.

"어리석은 소견입니다만, 영 족장께서는 백언청을 손에 넣으면 군역사를 위협할 수 있다고 생각하셨을 겁니다. 주도면밀하게 준비하셨는데 폭우이화침이 가짜라고는 예상하지 못하셨지요!"

한운석이 곧바로 영정을 바라보자 마침 영정도 그녀를 돌아보았다. 폭우이화침 문제는 두 사람 모두 말하지 않아도 잘 알고 있었다.

한운석은 당문에 관한 것을 알면서도 영승에게 알리지 않고, 영정도 진작 진실을 알았지만 역시 알리지 않았다.

바로 그 일 때문에 영정은 한운석을 의심하며 한운석과 용비야가 관계를 끊지 않았다고 굳게 믿었다.

두 사람의 눈동자가 마주쳤지만 둘 다 아무 말도 하지 않았다.

한참이 지나도록 영정은 조용했으나 도리어 대장로가 화난 목소리로 입을 열었다.

"당리가 우리와 손잡으려 하지 않으면 돌아갈 생각은 말아야 할 겁니다!"

그러자 한운석의 눈동자 위로 음미하는 빛이 더욱 짙어졌다. 그녀는 자신의 추측이 옳았다는 것을 확신했다. 영정은 당리를 연금했지만, 아직 당문과 용비야의 관계를 발설하지 않은 것이었다!

그녀는 영악하게 눈동자를 반짝이면서 차분히 말했다.

"폭우이화침이라. 사실 그건……."

여기까지 말하자 영정이 곧바로 화제를 바꿨다.

"오라버니가 당한 독은 대체 얼마나 심각한 거야?"

그 순간 한운석은 영정이 졌다는 것을 알았다…….

한운석은 캐묻지 않고 순순히 화제를 이었다.

"안심해라. 백옥교는 백언청의 제자다. 그 정도 독을 해독할 수 없다면 같이 다니지도 않았겠지!"

"그럼 오라버니의 눈은?"

영정이 또 물었다.

반짝이던 한운석의 눈빛이 어두워졌다. 침이 영승의 눈 어디를 찔렀는지 확실히 보지 못했지만, 피를 그렇게 많이 흘린 것을 보면 희망이 없었다.

한참 뒤 한운석이 비로소 담담하게 말했다.

"내 실수다."

오장로도 즉시 진지해졌다.

"공주, 자책하지 마십시오. 영 족장께서도 공주를 탓하지 않으실 겁니다."

그럴까?

당시 영승이 던진 질문과 고집스럽게 그녀를 기다렸다는 이야기를 떠올리면, 한운석은 전혀 자신이 없었다. 영승이 그녀를 탓하지 않는 게 오히려 이상했다.

한운석은 가볍게 탄식하고는 구구절절 해명하지 않고 자책 반 농담 빈인 투로 말했다.

"자, 여러분. 이제 본 공주의 해명에 만족하는가? 본 공주를 믿나?"

장내는 조용했다. 다섯 장로는 반박할 말이 없었고, 영정은 할 말이 있지만 감히 입 밖에 내지 못했다.

그때 정 숙부는 그늘진 곳에 서 있었다. 그는 한운석이 거짓말을 한다는 걸 알았고, 한운석과 용비야의 감정이 끝나지 않았다는 것도 알고 있었다. 하지만 나서서 폭로하지 않았다. 말싸움은 의미가 없다는 것을 알기 때문이었다. 한운석이 신분으로 억누르면 무슨 말을 해도 헛수고였다.

한운석이 돌아온 이상 만상궁의 위기를 그녀에게 넘기는 것도 나쁘지 않았다! 대장로도 해결하지 못하는 위기를 한운석이 어떻게 대처할는지 궁금했다!

적족의 돈 보따리를 망가뜨리면 이곳 서진 진영에서 한운석의 위엄은 끝장이었다. 그때 가서 그녀와 용비야의 사이를 폭로하면 남녀노소를 불문하고 적족의 모든 사람이 저 공주에게서 충성을 거둘 것이고 반드시 배신할 마음을 품게 될 것이라고, 정 숙부는 굳게 믿었다. 그때는 영승이 아무리 고집을 부려도 적족 전체의 마음을 돌릴 수 없었다.

이렇게 생각하자 정 숙부는 입꼬리에 냉소를 띠며 소리 없이 물러갔다. 문가에 이르렀을 때 그는 나지막이 분부했다.

"사람을 몇 명 보내 도박장을 때려 부숴라. 아무도 너희가 누군지 알아서는 안 된다는 걸 명심하고."

"예!"

심부름꾼은 무척 공손하게 대답하고 물러갔다.

회의장은 한참 동안 조용했다. 대장로는 슬금슬금 영정을 살피다가 영정이 아무 말 없자 스스로 나서려고 했다. 그런데 오장로가 선수를 쳤다.

"소인은 공주를 믿습니다. 죽을 때까지 공주를 위해 일하겠습니다!"

오장로까지 이렇게 나오는데 대장로가 계속 가만히 있다가는 언젠가 한운석 손에 대장로 자리에서 쫓겨날 것은 자명했다!

"소인도 공주를 믿습니다. 서진 부흥의 대업을 위해 죽을 때까지 힘을 다하겠습니다!"

대장로가 큰 소리로 말하자 다른 장로들도 분분히 입장을 표했다.

영정은 심호흡하며 한마디도 하지 않았다.

한운석은 담담하게 말했다.

"시간이 없네. 경매장과 도박장 사태가 아직 가라앉지 않았으니 장로들은 어서 가서 돕게. 그리고 영정은 일단 나를 당리에게 데려가라. 구체적인 상황은 다 같이 내일 다시 상의하도록 하지. 어떤가?"

한운석이 이렇게 겸손하게 의견을 묻자 당황한 장로들은 누구 하나 감히 '안 된다'고 하지 않았다.

장로들이 떠나자 영정은 마침내 참지 못하고 노성을 터트렸다.

"한운석, 거짓말 마! 넌 분명 용비야와 관계를 끊지 않았어! 그렇지 않으면 왜 그자를 위해 당문의 일을 속인 거지? 왜 오라버니께 말해 주지 않았어?"

"그럼 너는?"

한운석이 눈썹을 치키며 반문했다.

"나와 용비야가 관계를 끊지 못했다고? 그럼 너와 당리는 진짜 잉꼬부부였느냐? 그래서 당문과 용비야의 관계를 숨겼느냐?"

"아니야!"

영정은 즉시 부인했다.

"그럼 왜 네 오라버니를 배신했느냐? 왜 적족을 배신했지?"

한운석은 냉소를 터트렸다.

"영정, 나를 탓하기 전에 네 행동부터 돌아보시지."

"나, 난······."

평생 이렇게 조급했던 적이 없는 영정이었다.

"한운석, 난 너와는 달라! 다르다고!"

한운석은 아랑곳하지 않았다.

"다 같은 배신자인데 뭐가 다르다는 거냐?"

갑자기 영정이 흠칫 놀라며 물었다.

"한운석, 왜 돌아온 거야? 용비야를 도와 우리를 없애려고?"

"말했다시피 넌 내게 따질 자격도, 질책할 자격도 없다."

한운석은 차갑게 말했다.

영정은 그녀 앞으로 와락 달려가, 손을 휘두르고 싶은 것을 겨우 참으며 외쳤다.

"한운석, 똑똑히 말하지만 난 너와는 달라! 난 딱 한 번 오라버니를 배신한 것뿐이야! 딱 한 번! 하지만 넌 서진의 공주로서 두 번 세 번 네 동족을 배신하고 네게 충성하는 사람들을 배신했어! 너는 딱 한 번이 아니었어!"

"한 번과 여러 번이 뭐가 다르지?"

한운석은 웃음을 터트렸다.

"영정, 배신이라는 것은 딱 한 번으로도 돌이킬 수 없다."

영정은 심장이 철렁했다. 한운석의 말이 날카로운 칼날처럼 그녀의 심장 깊숙한 곳 가장 연약한 부분을 푹 찔렀다.

하지만 그녀는 여전히 고집스럽게 반박했다.

"한운석, 적어도 난 이미 배신을 그만뒀어! 하지만 넌?"

한운석은 눈앞에 있는 여자를 바라보았다. 운공상인협회의 그 영리하고 일 잘하는 회장이던 그녀가 어쩌다 이렇게 말이 안 통하는 사람으로 변했는지 정말이지 알 수가 없었다.

"영정, 네가 언제 배신을 그만뒀지?"

한운석은 고개를 저었다.

"넌 아직도 적족에 죄를 고백하지 않았다. 그런데 무슨 근거로 배신을 그만뒀다고 하느냐? 네 배신은 아직도 계속되고 있어!"

영정은 할 말이 없었다. 그녀는 한 걸음 한 걸음 물러나면서 고개를 저었다. 한운석의 말을 부인하는 것인지, 아니면 자기 자신을 부인하는 것인지 알 수 없었다.

한때 그녀는 영승을 배신한 건 한 번뿐, 단 한 번뿐이라며 자신을 위로했다. 그렇게 어마어마한 노력을 쏟아부은 끝에 겨우 자신을 설득하고 모진 마음으로 달아나는 쪽을 선택한 그녀였다. 달아나면 두 번 다시 배신하지 않아도 된다고 생각했다. 그렇지만 한운석이 오늘 한 말은 그 위로를 철저하게 부인했다.

그래, 배신은 배신이었다! 한 번이니 두 번이니 해 봤자, 몸 팔면서 열녀문 세워 달란 소리와 뭐가 다를까?

하지만 그녀는 열녀문을 세워 달라고 주장하는 건 아니었다!

당문과 용비야의 관계를 계속 숨겨 주지 않으면 당리와 그녀 모두 위험했다. 만약 적족이 당문과 용비야의 관계를 알게 된다면, 필시 당리가 그 무슨 변명을 해도 쉽사리 믿어 주지 않을 테고 그를 보내 주지도 않을 터였다. 그리고 그녀는 장로회의 질책을 받고 재앙에서 벗어나기 어려웠다.

한 달만 잡혀 있어도 배 속에 든 아이를 숨길 수가 없었다! 그 뒤의 결과는 그녀로선 상상할 수도, 받아들일 수도 없는 것이었다! 적족은 그녀가 동진 진영 사람의 아이를 낳는 것을 절대 허락하지 않을 것이다. 절대로!

영정은 자꾸자꾸 뒷걸음질 치다가 결국 벽에 부딪혔다. 갑자기 마구 울고 싶었다. 정말이지 어떻게 해야 좋을지 알 수가 없었다. 한운석이 나타나기 전까지는 그녀도 냉정했다. 전력을 다해 만상궁의 위기를 가라앉힌 다음 영락이 도착하면 떠날 생각이었다.

하지만 한운석이 그녀의 비밀을 알고 있는데 무슨 수로 떠날 수 있을까?

설마 한운석에게 빌어야 할까? 설마 한운석과 함께 계속해서 적족을 배신해야 할까? 그럴 순 없었다!

영승이 저렇게 되었는데 어떻게 여기서 더 배신할 수 있을까?

잠시 후, 영정은 마침내 따져 묻는 한운석의 눈빛을 직시하며 차갑게 반문했다.

"그래, 나는 적족을 배신했어. 어쩔 생각이지?"

뜻밖에도 한운석은 느닷없는 말을 꺼냈다.

"영정, 당리가 좋으냐?"

영정은 당황했지만 곧바로 화난 목소리로 부인했다.

"웃기는 소리! 한운석, 말을 좀 가려서 해 줬으면 좋겠군!"

이런 격렬한 반응에 한운석의 눈동자에 또다시 곰곰이 생각하는 듯한 빛이 떠올랐다. 그녀는 말다툼하지 않고 의미심장하게 그녀를 바라보았다. 영정은 찔리기라도 한 양 한운석의 시선을 피했다.

이렇게 되자 마침내 한운석도 영정이 품었다는 '사심'이 그저 '이기심'이 아님을 알 수 있었다.

그건 타협이자, 무력함이자, 양심의 가책이자, 미련이자, 모순이자, 고통이자, 억울함이자, 하소연할 데 하나 없는 그녀의 고독함이었다!

같은 신세인 한운석은 영정의 마음속에 자리한 모순, 서로의 처지 때문에 빚어진 모순이 너무도 익숙했다. 그렇기에 지금까지 탐문한 결과, 영정이 당문과 용비야의 관계를 숨긴 이유가 당리 때문이라고 거의 확신했다!

마침내 한운석의 목소리가 부드러워졌다.

"영정, 나는 용비야를 사랑해. 비록 그와 전쟁터에서 맞설 준비를 하고는 있지만, 그래도 여전히 그 사람을 사랑해. 넌? 넌 당리를 사랑하는 거야?"

서로 같은 처지

영정은 한운석이 이렇게 대놓고 용비야와의 '금지된 사랑'을 인정할 줄은 예상하지 못했다. 자신에게 이렇게 대놓고 물을 줄은 더더욱 몰랐다.

그녀는 당황했다. 평생 아무도 그 감정에 관해 묻지 않을 줄 알았는데. 그 사랑은 당리와 철저하게 찢어지면서 기억 속에 깊이 숨겨질 줄 알았는데. 누군가 알아주리라는 지나친 바람 같은 건 정말 없었다.

누군가 알아준들 무슨 소용일까?

사랑이었다!

그를 사랑하지 않았다면 그의 아이를 가졌을까? 그를 사랑하지 않았다면 지금까지 그와 용비야가 사촌이라는 것을 숨겼을까?

하지만 허락되지 않는 사랑이었다. 그녀의 배 속에 있는 아이도 허락되지 않기란 마찬가지였다. 이 아이는 축복받을 수 없는 운명을 타고나 이름을 숨기고 살아갈 수밖에 없었다.

"그렇지 않아!"

영정은 인정하기를 거부했다.

한운석은 찌푸리며 사정없이 말했다.

"영정, 겁쟁이구나. 정말 실망이야! 왜, 사랑할 용기는 있어도 인정할 용기는 없어?"

"아니라니까!"

영정은 여전히 거부했다.

"좋아, 그럼 당장 가서 당리를 죽이겠어! 어쨌든 당리는 이미 적족 손에 들어왔고 절대로 당문을 배신하지 않을 테니 일찍 죽는 게 낫겠지!"

한운석은 그렇게 말하더니 정말 사람을 부르려고 했다. 영정이 미친 것처럼 달려들어 한운석의 입을 단단히 틀어막았다. 모르는 사람이 보면 영정이 한운석을 죽이려는 걸로 오해할 정도였다.

한운석은 영정의 손을 힘껏 뿌리치며 화난 소리로 물었다.

"그래도 인정 못 하겠어? 그렇게 겁나면 차라리 사랑하질 마!"

"한운석, 감정이 협상인 줄 알아? 안 하겠다고 하면 없어지게?"

마침내 영정도 무너져 바닥에 주저앉았다. 눈물이 실 끊어진 목걸이의 구슬처럼 후두둑 쏟아져 방울방울 바닥에 떨어졌다.

"그래, 그 사람을 사랑해……. 한운석, 난 당리를 사랑해. 너무너무 사랑해. 하지만 어쩔 수 없어! 또다시 오라버니를 배신할 순 없어. 또다시 오라버니를 해칠 순 없어! 난 그 사람을 사랑할 수가 없어……. 어떻게 그럴 수 있겠어……."

억울함과 자책감이 가슴을 채웠고, 말문을 터트린 눈물은 둑이 무너진 양 콸콸 쏟아졌다. 비록 그녀에겐 오라버니가 있고 언니도 있지만, 어려서부터 그녀를 돌봐 준 적도, 아껴 준 적도 없었다. 책임을 제외하면, 그들 형제자매 사이에 있는 거라곤 마음속 깊이 숨겨 둔 가족의 정, 서로 안타깝게 여기는 마음이 전부였다. 어려서부터 남장을 한 그녀는 대부분 자신이 여자라는 사실조차 잊고 지냈다.

당리를 만난 후로 그는 그녀가 무슨 심부름을 시켜도, 아무리 괴롭혀도, 심지어 때리고 욕을 해도, 싱글싱글 웃으면서 살뜰히 챙겨 주었고, 욕한다고 반박하거나 때린다고 반격하지도 않았다. 비록 진심이 아니라는 건 알고 있었고 줄곧 경계했지만, 결국 보호받고 사랑받는 일에 푹 빠져 결국 그 남자를 사랑하고 또 의지하게 되고 말았다.

처음에는 한운석도 여전히 차가운 얼굴이었다. 하지만 차츰차츰, 그녀의 마음도 영정을 따라 울기 시작했다.

누군가를 사랑하지만, 사랑할 수 없는 것. 그 아픔과 괴로움은 그녀도 알고 있었다. 알아도 너무 잘 알았다.

한운석은 살며시 영정을 껴안아 무릎에 얼굴을 묻게 해 주면서 담담하게 말했다.

"영정, 울지 마. 누군가를 좋아하거나 좋아하지 않는 것은 네 개인적인 문제야. 개인적인 문제에 할 수 있느냐 없느냐는 없어. 하고 싶으냐 아니냐만 있지."

갑자기 영정이 한운석을 와락 밀어냈다. 그녀는 눈물 젖은 얼굴로 몹시 흥분해서 외쳤다.

"못 해! 난 못 해! 한운석, 너도 못 해, 불가능해! 우린 이런 식으로 적족을 저버릴 수 없어. 이런 식으로 영승을 해칠 수 없어!"

"난 영승을 해친 적 없어! 그건 사고였어!"

한운석도 감정이 솟구치기 시작했다.

"영정, 동진과 서진은 비밀리에 휴전 협정을 맺었어. 풍족을 처리하고 나면 나도 적족으로 돌아와 서진 공주로서 적족과 함께 움직일 생각이었어. 설사 전쟁터에 나가 용비야와 맞서라고 해도 사양하지 않았을 거야! 난 영승의 충성심을 저버리지 않았어!"

영정은 몹시 놀랐다.

"믿을 수 없어!"

"정 숙부가 잘 알 거야. 믿기지 않으면 가서 물어봐!"

한운석은 진지했다.

영정은 이해할 수 없었다.

"어째서 그런 거야?"

"어째서?"

비로소 한운석은 영정이 사실은 어리석은 여자라는 것을 깨달았다! 그녀는 반문했다.

"감정은 협상이 아니니까. 사랑하지 않겠다고 해서 없어지는 게 아니니까. 나도 너도 모두 서진 사람이고 오랜 세월 지켜 온 적족의 충성심을 저버릴 수 없어. 그래서 용기 있게 사랑을 했다면 역시 용기 있게 책임도 져야 해."

한운석의 얼굴 위로 쓴웃음이 스쳤다.

"설령 그 끝이 아름답지 않을지라도 최소한 장렬하게 또 진실하게 사랑하고 노력한 거잖아. 안 그래? 나와 용비야는 전쟁터에서 만나더라도 서로를 공격하지는 않기로 약속했어."

그녀는 그렇게 설명하면서 뭔가를 꺼냈다. 다름 아닌 동진의 국새였다.

영정은 충격에 눈을 휘둥그레 떴다. 어찌나 놀랐는지 눈물까지 뚝 그쳤다.

"용비야가 내게 준 거야. 그의 곁을 떠나는 날 돌려줄 거야."

한운석은 분명히 웃으며 말하고 있었지만 무엇 때문인지 갑자기 눈시울이 촉촉해졌다. 하지만 그녀는 꿋꿋하게 눈물을 참으며, 여전히 태연하고 자신 있게 웃었다.

"영정, 나와 용비야가 왜 백언청을 잡으려고 했는지 알아? 고북월을 구하기 위해서였어! 지난날 대진제국에 내전이 일어났던 진짜 원인을 조사하기 위해서이기도 했고! 그때 내전이 벌어진 원인에 대해서 동진과 서진이 하는 말이 완전히 다른 걸 보면 오해였을 수도 있어! 알아듣겠어?"

"그런……."

영정은 생각지도 못한 일이었다.

"영승은 용비야가 날 속이고 이용한다고 생각해 왔어."

한운석은 조심스럽게 동진의 국새를 챙겨 넣으면서 말했다.

"영정, 너도 우리와 함께 당시의 진실을 조사하자. 그게 너와 당리가 함께할 유일한 기회야."

영정의 손은 저도 모르게 품이 넓은 옷으로 가려 둔 약간 불룩해진 아랫배로 향했다. 이건 그녀와 당리의 기회일 뿐 아니라 무고한 이 아이의 기회이기도 했다.

"한운석, 무슨 근거로 내가 널 믿을 거라고, 널 도울 거라고 확신하지?”

영정이 반문했다.

“너와 나의 처지가 같으니까.”

한운석은 진지했다.

“아픔을 감추기보단 승부수를 던지는 게 낫지 않아? 결과가 나쁘더라도 지금 처지보다 나빠지기야 하겠어?”

영정의 시선이 서서히 한운석의 소매 쪽으로 향했다. 동진의 국새가 저 소매 속에 들어 있었다. 그녀가 꼼짝도 하지 않고 소매를 쳐다보자 한운석도 경계심이 솟았다.

그녀는 영정에게 솔직하게 다 털어놓은 셈이니 영정도 배신하지는 않으리라 생각했다. 국새 이야기가 퍼지면 용비야가 아주 성가셔질 테니까.

“영정…….”

한운석은 쭈뼛거리며 입을 열었다. 자신이 사람을 잘못 보지 않았기를, 영정과 당리 사이에 얽힌 감정을 잘못 예측하지 않았기를 바랐다.

그제야 영정도 정신을 차리고 자조 섞인 웃음을 흘렸다.

“한운석, 우리 처지가 같지는 않아. 용비야는 널 아끼지만 당리는…….”

그녀의 웃음은 비할 데 없이 씁쓸했다.

적을 사랑한 것도 우습기 짝이 없는데 짝사랑이라니.

“당리는 날 사랑하지 않아!”

영정은 용감하게 내뱉었다.

한운석의 눈빛이 복잡해졌다. 당리의 마음은 한운석도 짐작할 수 없었다. 오늘 영정의 감정을 떠보지 않았더라면 그녀도 여전히 영정이 당리에게 어울리지 않는다고 생각했겠지만, 지금은 오히려 당리가 영정의 진심을 저버리지 않기를 바랐다.

한운석은 깊이 생각에 잠겼지만, 뜻밖에도 영정이 눈물을 닦고 진지하게 말했다.

"한운석, 해 보겠어!"

"당리는……."

한운석이 말을 끝내기도 전에 영정이 잘랐다.

"내가 그 사람을 사랑하는 거로 됐어. 조건이 하나 있어."

영정은 과연 적족 여자 중에 가장 용감한 사람이었다.

"무슨 조건이야? 얼마든지 말해."

한운석은 웃음을 지었다.

"적족의 이익은 그 어떤 것도 다시는 희생해선 안 돼!"

영정이 진지하게 말했다.

"알았어."

한운석은 고개를 끄덕였다.

"그럼 말해 봐. 내가 뭘 도우면 되는지."

영정은 시원시원하게 물었다.

"내가 만상궁을 장악하는 걸 도와줘. 네 오라버니가 돌아오기 전에 적족이 내게 굴복하고 공주라는 내 신분을 존중하게 만들겠어."

한운석은 진지하게 말했다.

"오라버니가 계시지 않는 동안 적족을 다스리려는 거군!"

영정은 정말 머리 회전이 빨랐다.

"그래!"

한운석도 당당하게 인정했다.

"네 오라버니가 백옥교에게 잡혀 있으니 적족이 위험해."

"오라버니가 서진을 배신할까 봐 의심하는 거야?"

영정은 회가 났다.

"영승이 너무 실망한 나머지 이간질에 넘어갈까 봐 걱정하는 거야."

한운석은 담담하게 대답했다.

"그럴 리 없어!"

영정은 분노한 목소리로 외쳤다.

"내 목숨을 걸고 보증하는데, 오라버니는 서진을 배신할 사람이 아니야! 한운석, 넌 모를 거야. 몇십 년 전 서진 황족의 핏줄이 살았는지 죽었는지 모르던 때도, 우리 적족은 서진 제국의 복수를 소임으로 여기고 끊임없이 흑족과 리족을 찾아다녔어. 자신의 신앙을 제 손으로 망가뜨리는 사람은 없어."

"영승은 그렇다 쳐도 다른 사람은? 적족에는 오장로 같은 사람도 많지만 대장로 같은 부류도 있어. 안 그래?"

한운석은 진지하게 말했다.

"영정, 난 시간이 많지 않아. 용비야는 백언청을 유인할 계획이 하나 더 있다고 했어. 난 정정당당하게 서진 공주의 이름으로 그와 힘을 합쳐 백언청에게 대항하고, 공개적으로 대진제국의 내전에 의문을 제기하고 싶어."

사실 그날 용비야는 명확히 말하지 않았지만, 그가 양보한 것은 그녀도 알고 있었다. 용비야는 그녀에게 두 가지 선택권을 줬다.

하나는 열흘 안에 적족을 장악해 적족 사람들이 그녀의 명령에 따라 동진과의 연합을 받아들이게 한 뒤 공동으로 풍족에 대항하고 지난날의 내란에 의문을 제기하는 것이었다.

또 하나는 그를 따라가 두 사람이 개인적으로 백언청을 상대하면서 적족의 참여를 거절하는 것이었다. 백언청을 잡지 못하면 적족은 군역사를 협박할 수 없었다. 그렇게 되면 북려국과의 전쟁에서 적족은 필패였다.

영정은 한참 동안 침묵하다가 결국 한운석에게 아주 중요한 일을 알려 주었다.

"한운석, 운공상인협회는 약재 매매에서 힘을 잃은 탓에 근 2년간 손해가 상당히 심했어. 그리고 중남부와 강남의 상인 지역을 중남도독부가 장악하면서 가장 돈 되는 업계에서 별로 이득을 보지 못했지. 천녕국의 국고는 우리가 손에 넣었지만, 요 몇 년간 전쟁이 끊이질 않아서 기실 국고에도 남은 게 많지 않아."

그녀는 잠시 말을 끊었지만 아예 솔직하게 털어놓았다.

"한운석, 운공상인협회는 지금 속 빈 껍데기에 불과해. 이미 예전 같지 않아. 도박장과 경매장이 적족의 재물 창고를 떠받치는 기둥이 되었지. 일단 그 두 곳이 무너지면, 1년 후에 적족은 분명 저 방대한 군비 지출을 감당하지 못하게 될 거야."

한운석은 영정 같은 동생이 생긴 게 무척 기뻤다. 역시 영리한 사람과 힘을 합치면 짐을 많이 덜 수 있었다. 영정은 한마디로 중요한 점을 꼬집었다.

한운석도 만상궁의 위기를 이용해 적족의 돈 보따리를 손에 쥘 생각이었는데, 이제 보니 옳은 판단이었다.

"지금 그 두 곳 상황은 어때?"

한운석은 서둘러 물었다.

영정이 대답하려 할 때 시위가 찾아왔다. 영정은 재빨리 눈물을 닦고 옷매무시를 가다듬었다.

시위가 보고하는 소리가 들려왔다.

"정 소저, 당리가 소저를 만나겠다고 소리치고 있습니다."

배짱, 지나친 요구

당리가 영정을 만나려 한다고?

영정은 단호하게 대답했다.

"만나지 않겠다고 해라! 전하는 김에 달아날 생각은 꿈도 꾸지 말라고도 해. 그자는 아무 데도 달아나지 못해!"

한운석은 웃음을 금치 못했다. 이상하게 당리가 보고 싶었다. 그녀가 물었다.

"네가 가지 않을 거면 내가 갈까?"

"뭐 하러?"

영정은 긴장했다.

"그냥 한담이나 하려고. 당리와는 마음이 잘 맞고 할 말도 많거든."

한운석이 웃으며 말했다.

"지금도 그럴 것 같아? 네 신분을 잊지 마."

영정이 차갑게 일깨워 주었다.

"내기할까?"

한운석이 물었다. 신분이 공개된 후 당리를 만난 적도 없고 당리가 어떤 마음인지도 모르지만, 한 가지는 확신할 수 있었다. 당리는 어려서부터 용비야를 친형처럼 숭배했고 감히 거스르지 못한다는 것이었다.

용비야도 받아들인 마당에 감히 당리가 형수를 모른 척할까?

영정은 전혀 흥미를 보이지 않고 차갑게 말했다.

"우리 이야기는 꺼내지 마. 가서 호된 꼴을 당하고 싶으면 맘 대로 해, 안 말려. 난 경매장 상황을 보러 가겠어. 이번 일의 배후는 단순한 상대가 아니야."

영정은 그렇게 말하고 돌아섰지만 한운석이 급히 막아섰다.

"한 가지 물을 게 있어."

"말해!"

영정은 시원시원했다.

"고칠소와 목령아는 어떻게 됐지?"

한운석은 진지하게 물었다. 고칠소 손에 있던 백옥교가 영승에게 넘어갔는데, 대체 무슨 일이 있었던 걸까? 고칠소가 한운석에게 보낸 답신에는 분명히 모든 게 다 잘되어 간다고 쓰여 있었다. 설마 그 서신이 가짜였을까?

"고칠소는 진작 떠났고 목령아는 금 집사와 있어. 직접 찾아가 봐."

영정은 그렇게 말한 뒤 나갔다.

한운석은 약간 뜻밖이었다. 영정의 말은 고칠소와 목령아가 모두 삼도 암시장에 있었다는 말이었다. 고칠소는 떠났는데 목령아는 왜 금 집사와 있는 걸까?

고칠소 그 녀석이 또 목령아를 따돌렸을까? 한운석은 쫓아가서 대체 어떻게 된 거냐고 묻고 싶었지만 애석하게도 영정은 이미 멀리 가 버린 후였다.

한운석은 당리를 만날 여유가 없었다. 금 집사를 찾아갈 생각이었지만, 생각해 보니 어딜 가야 금 집사를 만날 수 있는지도 몰랐다. 그녀는 곧 사람을 시켜 오장로를 청했다.

이 만상궁에서 영정을 제외하고 완전히 안심할 수 있는 사람은 오장로뿐이었다.

오장로는 오자마자 고칠소와 목령아가 요 며칠 도박장에서 시간을 보낸 이야기를 해 주었다. 오장로도 영승이 서신을 위조한 일은 몰랐지만, 한운석은 사태의 시작과 끝을 짐작했다.

"공주마마, 영 족장께서 목령아를 연금한 것은 필시 공주를 오해했기 때문일 겁니다. 이제 오해가 풀렸으니, 소인이 바로 사람을 보내 령아 낭자를 데려오게 하겠습니다."

오장로가 공손하게 말했다.

한운석은 고개를 끄덕였다. 하지만 웬걸, 얼마 지나지 않아 돌아온 하인은 금 집사가 목령아를 놓아주지 않는다고 보고했다.

"어떻게 이런 일이! 소인이 직접 다녀오겠습니다."

오장로는 씩씩거리며 나가려고 했으나 한운석이 가로막고 물었다.

"영승이 왜 금 집사 집에 목령아를 연금했지?"

비록 금 집사의 매신계가 아직 만상궁에 있고 금 집사 자신이 천금청의 집사이기도 하지만, 동오 전장은 금 집사의 개인적인 장소이고 만상궁에서 독립된 장소였다! 영승이 목령아를 연금하려면 만상궁 세력 범위 안에 가두면 되는데, 어째서 금 집사를 시켜 동오 전장으로 데려가게 했을까?

오장로가 대답했다.

"공주마마, 금 집사와 영 족장은 비록 주종 관계이지만 친구이기도 합니다. 그 일에 관해서는 소인도 잘 모릅니다. 가서 정 숙부를 불러오지요. 정 숙부는 알고 있을 겁니다."

한운석은 복잡한 눈빛을 띤 채 담담하게 말했다.

"금 집사의 매신계는 어디 있는가?"

"만상궁의 노예들은 다 함께 관리하고 있고 그들의 매신계는 모두 창고 안에 있습니다. 다만 금 집사는 특수해서 늘 영 족장께서 몸소 관리하신 터라 소인도 어디에 있는지 모릅니다."

오장로는 그렇게 말하며 덧붙였다.

"하지만 영 족장께서도 몸에 지니고 다니시진 않았을 겁니다. 정 숙부가 알 수도 있으니 서둘러 데려오겠습니다."

"됐네."

한운석이 가로막았다.

"나를 동오 전장으로 안내하게."

오장로는 한운석에게 절대복종하고 아무것도 묻지 않았다. 그래서 두말없이 그녀가 앉은 의자를 밀고 작은 길로 나갔다.

그때 지붕 위로 까만 그림자 하나가 휙 스쳐 지나가더니 그들을 뒤따랐다. 서동림이 아니면 또 누굴까? 전하는 공주를 잘 지켜보다가 공주가 만상궁을 떠나면 반드시 행적을 보고하라고 분부했다.

한운석이 동오 전장에 가고 있을 때, 정 숙부는 금 집사와 함께 동오 전장 후원에서 차를 마시고 있었다.

"도박장 거래는 고민할 것 없습니다. 감히 단언하지만 만상궁은 도박장을 못 구합니다. 금익궁과 동래궁이라 해도 그만한 능력은 없지요."

정 숙부는 엄숙하게 말했다.

도박장 상황은 금 집사도 거의 파악했다. 그의 판단으로는 삼도 암시장의 도박장은 적어도 2년 동안 문을 닫아야 할 상황이었다.

금익궁 사람이 도박장에서 쓰는 속임수를 죄다 폭로했는데 누가 감히 도박장에 놀러 갈까?

금 집사는 고급 차를 마시며 아무 말이 없었다.

정 숙부가 또 말했다.

"이제 공주께서 돌아오셨으니 금 집사와 영 족장의 약속도 무효입니다. 허허, 미리 귀띔해 주지 않았다고 탓하지는 마십시오. 금 집사께서 고칠소에게 잃은 한도 없는 금패는 돌려받을 수 없습니다. 이번에는 손해가 확실하군요!"

사실 정 숙부가 귀띔해 주지 않아도, 한운석이 누군지 아는 순간 금 집사 역시 자신과 영승이 했던 거래가 손해로 마무리될 것을 알아차렸다.

그는 정 숙부가 마음껏 분석하게 내버려 두면서 침묵을 지켰다.

"아아, 손해면 또 어떻습니까. 고작 한도 없는 금패 한 장쯤이야 동오 전장이 감당 못 하는 것도 아닌데 말입니다. 다만……."

정 숙부는 한참 뜸을 들이며 말하지 않았다.

금 집사는 살짝 흘러내린 앞머리를 걷어 올리고 이마의 상처를 드러내 보이며 물었다.

"다만 뭐요? 정 숙부와 내가 언제부터 이렇게 서먹해졌지?"

정 숙부는 가볍게 탄식했다.

"다만, 금 집사는 한운석의 여동생을 연금했고 조금 전에 만상궁 입구에서 미움을 사기도 하셨지요…… 목령아를 연금한 일로 한운석이 쉽게 넘어가 주지 않을까 걱정입니다."

금 집사는 답답함을 감출 수 없었다.

정 숙부가 찾아와서 자꾸만 그와 한운석을 이간질하려는 목적이 대체 뭘까? 영승은 서진에 충성심이 깊었다. 영승에게 문제가 생긴 지금 정 숙부는 뭘 하려는 걸까?

금 집사는 한동안 생각해 본 다음 담담하게 말했다.

"정 숙부, 이렇게 남처럼 굴 생각이면 그만 돌아가시오."

정 숙부는 화를 내긴커녕 도리어 웃음을 터트렸다.

"아금, 이 정 숙부는 네 이런 직설적인 성격이 참 마음에 든다!"

금 집사는 말이 없었다. 그는 평소 과묵한 사람이었다.

정 숙부는 금 집사를 향해 몸을 숙이고 소리 죽여 두어 마디로 거래를 명확하게 설명했다.

정 숙부는 금 집사더러 목령아를 판돈 삼아 만상궁에 거액을 요구하라고 했다. 일단 일이 성사되면 매신계를 돌려준다는 조건이었다.

금 집사가 얼마나 영리한 인물인가. 그는 영승이 없는 틈을 타서 한운석을 괴롭히려는 정 숙부의 속셈을 단박에 알아차렸다.

한운석은 오늘 만상궁 입구에서 영정과 충돌했고, 이에 더해 정 숙부까지 그녀에게 이런 마음을 품고 있었다. 아무리 공주인 한운석이라도 적족에 진정으로 발붙이지 못했다는 것을 금 집사도 어느 정도 짐작할 수 있었다.

영승이 없으면 적족 사람 중에는 한운석에게 복종할 사람이 없을 수도 있었다.

금 집사는 이 일에 호기심만 느끼고 있을 뿐, 최대 관심사는 역시 매신계였다.

"아니, 내 매신계가 정 숙부 손에 있소?"

금 집사가 물었다.

정 숙부는 곧 필사본을 꺼내 보였다.

"봐라. 틀린 점이 있느냐?"

그 종이를 보자 차분하던 금 집사의 안색이 살짝 변했다. 당시 매신계는 그가 손수 쓰고 수결했다. 종이에 쓰인 글자 하나하나는 물론이고 수결한 위치까지도 똑똑히 기억하고 있었다.

하지만 필사본으로는 매신계가 정 숙부 손에 있다고 증명할 수 없었다. 정 숙부 정도 위치면 매신계를 보는 것쯤 불가능한 일도 아니기 때문이었다.

금 집사는 태연하게 말했다.

"정 숙부가 내 매신계를 돌려줄 수만 있다면 뭐든 약속하지. 하지만 진본을 봐야겠소."

정 숙부의 눈동자에 복잡한 빛이 어렸다.

"좋다. 내일 아침에 가져와서 보여 주지. 곧 한운석이 도착할 테니 마음의 준비를 하거라."

"당연합니다."

금 집사는 태연하게 말했다.

정 숙부가 뒷문으로 바삐 나간 것과 거의 동시에 오장로가 한운석이 앉은 의자를 밀고 동오 전장 객청으로 안내되었다.

"주인님, 만상궁 오장로가 뵙기를 청합니다. 바퀴 달린 의자에 앉은 여자를 데려왔는데 누구인지는 잘 모르겠습니다."

시종이 사실대로 말했다.

금 집사는 살짝 당황했지만 이내 정신을 차리고 나지막하게 말했다.

"목령아가 함부로 나다니지 않게 잘 지켜봐라. 절대 객청에 오게 하면 안 된다."

시종이 명령을 받고 나간 뒤에야 금 집사는 빠른 걸음으로 객청으로 갔다. 가는 동안 그는 내내 어두운 눈빛으로 고개를 숙이고 있어서 무슨 생각을 하는지 알 수가 없었다.

물론 금 집사도 한운석의 신분을 꺼리긴 했지만, 여전히 침착함을 유지했고 심지어 다소 냉랭하기까지 했다.

"공주마마께서 왕림하시다니, 무슨 용무이신지요?"

그는 태연하게 물으면서 손을 흔들어 하인에게 차를 가져오게 했다.

"그대가 내 동생을 놓아주지 않는다기에 직접 요청하러 올 수밖에."

한운석은 단도직입적으로 말했다.

"매신계 때문이냐? 영승이 네게 무슨 약속을 했지? 어째서 그 아이를 이곳에 데려가도록 허락했느냐?"

한운석이 물었다.

"설마 그때 영승이 약속한 일을 공주께서도 지키시려는 겁니까?"

금 집사가 반문했다.

"아니. 그냥 묻는 것뿐이다."

한운석이 웃으며 말했다.

"그렇다면 저도 말할 필요가 없군요."

금 집사는 사양하지 않고 말했다. 정 숙부가 귀띔해 주지 않았다면, 목령아 하나로 한운석과 협상할 수 있으리라는 생각은 정말 하지 못했을 터였다.

정 숙부가 매신계 진본을 가져올 수 있는지는 아직 미지수인데다 설령 정 숙부 개인 판단으로 돌려준 매신계를 없앤다 한들 무슨 의미가 있을까?

만상궁은 인정하지 않을 터였다. 내부 사람들은 대부분 그가 만상궁의 노예라는 것을 알고 있었다. 떠나고 싶어도 남몰래 슬그머니 내뺄 수는 없었다. 반드시 정정당당하게 떠나야 했다.

눈앞에 있는 이 여자는 비록 적족에서 자리를 잡지 못했지만, 그는 차라리 이 여자에게 판돈을 걸망정 정 숙부 같은 소인에게는 걸고 싶지 않았다!

"말할 필요 없다! 어떻게 하면 내 동생을 풀어줄 것인지나 얘기하지."

한운석은 별로 중요한 일도 아닌 듯이 홀가분한 표정이었다.

솔직히 말해 한운석의 이런 태도에 언제나 침착하던 금 집사도 다소 당황했다.

하지만 그는 곧 다시 차분해졌다.

"공주마마, 제 조건은 간단합니다. 매신계를 돌려주십시오. 계약서와 사람을 맞바꾸는 겁니다."

금 집사는 이렇게 말한 다음 덧붙였다.

"참, 목령아가 빼앗아 간 제 한도 없는 금패도 돌려주셔야 합니다."

한운석은 눈을 찌푸렸다.

"금 집사, 듣자니 자네는 동오 전장을 통째로 영승에게 주면서 매신계와 바꾸려고 했다던데? 영승이 승낙하지 않았느냐?"

"하하하, 그러니 목령아 그 여자는 아주 값비싼 셈이지요."

금 집사는 태연하게 웃었다.

한운석도 웃었다.

"아니지. 령아 그 아이가 아무리 비싸도 금 집사 자네만은 못하지! 차라리 목령아를 놓아주고 동오 전장도 내게 주는 게 어떠냐? 내가 그대의 매신계를 없애라고 명령하겠다. 자네와 영승 간에 있었던 약속도 무효다. 어떠냐?"

이 말이 떨어지자 금 집사는 말할 것도 없고 오장로조차 아연실색했다.

이런 걸 지나친 요구라고 하지 않으면 뭐라고 할까?

한운석은 어디서 이런 배짱이 생겼을까?

대체 누가 비열한가

목령아가 금 집사 손에 있는데, 한운석은 무슨 배짱으로 저렇게 가혹한 요구를 할까?

금 집사는 껄껄 웃음을 터뜨리더니 조롱 조로 말했다.

"공주마마께서는 정말 장사를 잘 하시는군요!"

한운석은 하는 수 없다는 듯이 탄식했다.

"장사할 생각이었다면 자네와 이렇게 손해 보는 장사는 하지 않았을 것이다. 영승의 얼굴을 봐서 해 주는 거지."

오장로는 이미 놀라서 넋이 나갔고, 금 집사는 화를 내지 않고는 못 배길 상황이었다. 이 정도면 한운석이 지나친 요구를 하는 게 아니라 금 집사를 모욕하고 있다고 해도 과언이 아니었다.

"공주마마, 제게 그런 조건을 걸 밑천이라도 있으십니까?"

금 집사는 불쾌한 얼굴이었다.

"그대의 매신계지."

한운석은 멍한 표정으로 말했다.

"금 집사, 설마 본 공주가 제시한 조건이 마음에 들지 않는 것이냐?"

옆에 있는 오장로는 공주가 멍청한 척하는 건지, 아니면 정말 사태를 파악하지 못하는 건지 알 수가 없었다.

금 집사 역시 한운석이 멍청한 척하는 건지 아니면 진짜 멍청한 건지 더욱 알 수 없었다. 그는 단도직입적으로 말했다.

"제 매신계에다 한도 없는 금패 두 장을 얹어 주십시오. 그렇지 않으면 더 말할 필요 없습니다!"

이 말에 오장로는 또다시 찬 숨을 들이켰다. 공주마마도 지나쳤지만 금 집사도 공주마마 못지않았다.

한운석은 눈을 찡그리며 믿을 수 없는 표정으로 금 집사를 훑어보았고, 금 집사는 태연자약한 태도로 한 치도 양보하지 않았다.

정 숙부가 받아 내라고 한 것은 한도 없는 금패 두 장뿐만이 아니었다. 금 집사는 이 정도로 요구한 것만 해도 관대한 처사라고 여겼다. 한도 없는 금패 두 장이라고 해도 실제로는 하나였다. 목령아가 가진 것은 본래 그 자신의 것이기 때문이었다.

방 안은 조용했고, 금 집사와 한운석은 시선을 마주한 채 소리 없이 눈빛을 겨뤘다. 분위기가 점점 팽팽해졌다.

"내가 못 하겠다면?"

한운석이 먼저 입을 열었다.

"죄송하지만, 저도 못 하겠군요! 돌아가시지요."

금 집사는 차갑게 말했다.

한운석은 고개를 끄덕이더니 웃음을 터트렸다.

"좋다! 그럼 조건을 바꾸지."

"자세히 말씀해 보십시오."

금 집사는 한운석에게 기회를 주었다. 한운석과 손잡는 것이 정 숙부와 손잡는 것보다 훨씬 편했다.

"딱 한 번 말할 테니 잘 들어라."

한운석은 진지하게 말했다.

"귀를 씻고 경청하겠습니다."

금 집사가 말했다.

"당장 목령아를 풀어 주고 동오 전장의 모든 장부를 확실히 정리해서 오장로에게 넘겨라. 그러면 목숨은 살려 주겠다. 그렇지 않으면 내일 뜨는 해를 보지 못할 것이다!"

한운석이 이렇게 말하자 금 집사와 오장로 둘 다 멍해졌다. 한운석은 무표정한 얼굴로 말을 이었다.

"그리고 네 매신계는, 안됐지만 평생 돌려받지 못할 것이다!"

순간 금 집사가 자리에서 뛰다시피 일어나며 노성을 질렀다.

"한운석, 무슨 헛소리냐?"

"본 공주가 헛소리하고 있다고 생각한다면 진지하게 받아들이지 않으면 된다!"

한운석은 말을 끝낸 후 오장로를 돌아보았다.

"가지."

오장로는 그제야 정신을 차리고 황급히 의자를 밀었다.

금 집사는 가로막으려 했으나 갑자기 종아리가 따끔해 멈출 수밖에 없었다. 깜짝 놀라 아픈 곳에 손을 가져가 보니 금침이 하나 만져졌다.

금 집사는 믿을 수가 없었다. 한운석이 이렇게 비열할 줄은 생각지도 못한 일이었다. 이렇게 비열한 술수를 쓸 줄 미리 알

앗더라면 그도 분명히 방비했을 텐데. 이 여자가 무공을 전혀 모르고 암기로 독을 쓸 줄만 알며, 소매 속에 암기를 숨기고 있다는 것은 조사해서 알고 있었다.

"한운석, 독을 쓰다니! 비열하군!"

금 집사는 화난 소리로 비난했다.

비열해?

한운석은 입꼬리에 냉소를 머금은 채 그를 무시하고 오장로의 도움을 받아 문밖으로 나갔다.

다리 통증이 점점 심해지는 것을 느낀 금 집사가 화난 목소리로 경고했다.

"한운석, 내가 내일의 해를 보지 못한다면 목령아도 똑같이 내일의 해를 보지 못할 것이다!"

마침내 내내 마음속에 억누르고 있던 한운석의 분노가 터져 나왔다. 그녀는 차갑게 말했다.

"어디 해 보시지! 잊지 마라. 이곳은 삼도 암시장이라는 것을!"

그녀의 말이 떨어지기 무섭게 문밖에서 시위 한 무리가 뛰어 들어와 금 집사를 겹겹이 포위했다.

"뒤져라!"

한운석의 차가운 명령이 떨어졌다.

금 집사가 막으려고 했지만 한운석이 연달아 독침 몇 대를 쏘았다. 금 집사는 독침을 막아 낼 수는 있었지만 냉정함을 잃어버리고 말았다. 그가 불쾌한 목소리로 말했다.

"한운석, 네가 제시한 조건은 받아들일 수 있다. 상세히 상의하자!"

정 숙부의 귀띔은 그에게 목령아가 아주 훌륭한 판돈임을 알려 주었지만, 한운석의 독침은 그를 처참하게 패배시켰다.

만상궁, 금익궁, 동래궁이 삼도 암시장을 삼분하고 있는 마당에 일개 동오 전장은 제아무리 돈만 믿고 으스대도 상위권에 오를 수 없었다! 하물며 그는 어쨌든 만상궁의 노예였다! 설사 오늘 이긴다 해도 한운석이 마음먹고 괴롭히면 앞으로 좋은 나날은 끝이었다.

목령아를 손에 넣었다 한들 정말로 한운석과 목숨 걸고 싸울 수 있을까? 그는 한운석과 목령아의 관계를 잘 몰랐지만, 한운석의 저 지독하고 비열한 수법을 보면 정말 목령아를 희생하고 동오 전장과 바꾸려 할지도 몰랐다.

금 집사는 자유의 몸을 찾지도 못하고 젊은 나이에 객지에서 죽고 싶지는 않았다.

한운석은 손을 내저어 시위들을 물렸다. 사실 이 시위들은 수행원일 뿐이지 처음부터 공격하려고 준비하고 온 이들은 아니었다. 본래 그녀는 그저 영승이 왜 목령아를 동오 전장에 보냈는지 궁금해서 몸소 금 집사를 살펴보러 온 것뿐이었다. 그런데 뜻밖에도 금 집사가 주는 술을 마다하고 한사코 벌주를 마시겠다고 버틴 것이었다.

그녀는 속으로 냉소를 금치 못했다. 백언청과 맞섰던 때만 빼면, 판돈이 비슷한 상황에서 그녀는 그 어떤 협상에서도 진 적이 없었다! 사실 판돈이 비슷한 지금, 금 집사가 끝까지 목령

456

아를 풀어 주지 않고 한운석을 협박하면 그녀도 너무 오래 고집을 피우진 못했을 것이다.

다행히 금 집사는 백언청 같은 늙은 여우가 못 되었다.

시위가 물러가자 한운석은 곧 차갑게 말했다.

"목령아는 어디 있지?"

상세한 논의는 우선 목령아를 만나 보고 아무 일 없음을 확인한 다음에 해야 했다. 그녀가 볼 때 금 집사는 썩 좋은 사람이 아니었다. 그가 목령아의 털끝 하나라도 건드렸다면 반드시저 다리를 다시는 못 쓰게 만들어 놓을 참이었다!

"일단 해독부터."

금 집사가 요구했다.

한운석은 두 눈을 가늘게 좁혔다.

"그래도 계속 헛소리를 할 생각이냐?"

"한운석, 남의 위기를 이용하는 데도 정도가 있다! 여자가이렇게 비열한 짓을 하다니!"

함정에 빠진 금 집사는 몹시 불만스러워 나오는 대로 원망을 터뜨렸다.

한운석은 쓸데없이 혀를 놀릴 생각이 없었지만, 그 말을 듣자 분노가 치밀어 화난 목소리로 반문했다.

"금 집사, 내가 무슨 위기를 이용했다는 말인지 똑똑히 말해라. 동오 전장과 네 매신계를 교환하는 것은 예전에 네가 직접제안했던 조건이다! 영승은 적다고 거절했지만, 나는 목령아를풀어 주라는 조건을 덧붙여 받아들이기로 했는데 어째서 정도가 없다는 거냐?"

한운석은 냉소를 지으며 말을 이었다.

"그리고 비열하다고? 넌 내 동생을 납치했고 내가 풀어 달라고 요구하자 거절했다. 비열함을 따지자면 네가 먼저지! 내 독에 중독된 건 네가 능력이 없어서다! 당당한 사내대장부가 어린 소녀를 붙잡아 두고서 내 앞에서 비열하다는 소리를 해? 재미있느냐? 나도 가만히 있는데 도리어 네가 욕을 하다니? 부끄러운 줄도 모르는군!"

금 집사는 말문이 막혔고 오장로는 심장이 빠르게 뛰었다. 두 사람 다 이 여자의 명성은 오래 들어 왔지만 직접 본 건 처음이었는데, 정말이지…… 눈이 크게 트이는 경험이었다!

"금 집사, 마지막으로 말하지. 목령아를 내놓고 동오 전장의 장부를 정리해서 오장로에게 넘겨라. 그러면 해약을 주겠다. 하지만 매신계는 영원히 꿈도 꾸지 마라! 상세히 논의할 것도 없다."

한운석은 친절하게 한마디 덧붙였다.

"한 시진 정도면 날이 밝을 것이다!"

금 집사는 죽어도 내키지 않았지만 실패를 받아들일 수밖에 없었다.

"여봐라, 목령아를 데려와라."

그가 달갑지 않은 투로 명령했다.

곧 목령아가 시종을 따라 들어왔다. 가련한 모습을 하고 있을 줄 알았는데, 웬걸, 목령아는 너무 멀쩡해서 아예 납치당한

458

사람처럼 보이지도 않았다. 한운석을 본 목령아의 맑고 커다란 두 눈이 마치 등불처럼 환하게 반짝였다! 하지만 다음 순간, 그녀는 한운석이 바퀴 달린 의자에 앉아 있는 것을 깨달았다.

"한운석, 어떻게 된 거야?"

그녀가 놀란 목소리로 외치며 쪼르르 달려왔다.

"괜찮아."

한운석은 이곳에서 이러쿵저러쿵 이야기하고 싶지 않았다.

목령아는 황급히 몸을 숙이고 진지하게 그녀의 다리를 살폈다. 다리에 바른 약 냄새를 맡기만 해도 다리가 부러진 것을 알 수 있었다.

"어떻게 된 거야? 누가 그랬어?"

목령아가 노기등등하게 물었다.

한운석은 눈을 찡그리며 그녀를 바라보았지만 마음 한쪽이 따스해졌다. 목령아가 그녀에게 이렇게 관심을 보이는 일은 흔치 않았다.

"아무것도 아냐. 돌아가서 말해 줄게."

그녀는 담담하게 말했다.

오장로가 한운석의 의자를 밀려고 했지만 목령아가 먼저 의자를 잡았다. 궁금한 게 셀 수 없이 많지만 이곳은 이야기를 나눌 곳이 못 된다는 걸 그녀도 알고 있었다.

"내 해약은?"

금 집사가 참다못해 끼어들었다.

"장부를 정리해서 오장로에게 넘기면 주겠다."

한운석은 고개도 돌리지 않고 대답했다.

금 집사는 주먹을 꽉 쥐었다. 한참 그렇게 서 있던 그는 한운석이 문을 나서려는 순간 차갑게 말했다.

"한운석, 영승이 왜 저 계집애를 내게 맡겼는지 알고 싶지 않느냐?"

한운석도 마침내 고개를 돌렸다.

"어디 말해 보시지."

금 집사는 이야기해 주는 조건을 말하려고 했지만, 뜻밖에도 한운석이 먼저 덧붙였다.

"당장 말하지 않으면 돌아가서 네 매신계를 찾아내 고칠소에게 팔아 버리겠다!"

금 집사는 도박장에서 고칠소와 격렬하게 싸웠으니, 그의 매신계가 고칠소 손에 들어가면 다시는 편한 나날을 꿈도 꿀 수 없었다!

금 집사는 그녀를 물어뜯고 싶은 충동에 이가 간질간질할 지경이었다. 한운석은 다시 고개를 돌렸다.

"령아, 가자!"

"약성 목씨 집안 때문이다! 한운석, 너무 자신하지 마라. 영승이 없다고 적족이 네게 전권을 맡긴다는 보장은 없어!"

금 집사는 말을 마치자마자 돌아서서 안으로 들어갔다.

하지만 목령아는 눈을 가늘게 떴다. 뒤늦게야 금 집사가 자신을 속였다는 것을 깨달은 것이었다. 삼도 암시장에서 내보내 줄 수는 없어도 동오 전장에 데려가 안전을 보장해 줄 순 있다

460

더니! 다 거짓말이었다. 요 며칠간 참 착한 사람이라 생각하고 한도 없는 금패를 돌려줄까 생각하던 차였는데, 영승과 한패였다니!

너무했다!

별안간 목령아가 홱 돌아서서 객청으로 뛰어들었다. 바깥을 등진 채 울적해하던 금 집사가 고개를 돌렸을 때는 목령아가 이미 그의 등 뒤에 와 있었다. 그녀는 느닷없이 그의 엉덩이를 힘껏 걷어찼다. 목령아가 돌아올 줄 예상조차 못 했던 금 집사는 비틀비틀 앞으로 밀려나며 넘어질 뻔했다.

"파렴치한 인간, 거짓말쟁이! 두고 봐. 대가를 치르게 할 테니까!"

목령아는 분노의 말을 쏟아 낸 뒤 돌아서서 달려가 버렸다.

엉덩이를 문지르며 돌아보는 금 집사의 얼굴은 새까매져 있었다.

당리, 영정이 좋아

목령아가 돌아와 보니 오장로가 한운석을 설득하고 있었다.

"공주, 저자의 이간질에 넘어가지 마십시오!"

"그래, 오장로. 알고 있으니 돌아가서 ㄱ 이야기를 다시 할 필요는 없네."

한운석은 담담하게 분부했다.

목령아는 무슨 말인지 이해가 가지 않았지만 차마 그 자리에서 묻지는 못했다. 만상궁으로 돌아와 오장로가 자리를 비키자, 목령아는 서둘러 영승이 서신을 위조한 일과 금 집사를 시켜 고칠소를 잡아 둔 일을 낱낱이 말해 주었다. 진작 짐작하고 있었던 한운석은 고개만 끄덕였다.

"한운석, 영승이 백언청을 붙잡았어? 지금 어디 있어? 절대 영승을 그냥 둬선 안 돼. 몹시 나쁜 사람이야! 세상 사람 모두 그자가 서진에 가장 충성스럽다고 하던데 그런 짓을 할 줄은 몰랐어. 한운석, 넌 왜 여기 있는 거야? 다리는 어쩌다 다쳤어? 한운석, 영승은……."

한운석은 목령아의 말을 끊고 인질이 된 일을 말해 주었다. 듣고 난 목령아는 멍한 얼굴로 믿을 수 없다는 듯이 한참 동안 그녀를 바라보다가 결국 천천히 한마디 했다.

"한운석, 정말 대단해! 그렇게까지 용비야를 사랑하는구나……."

그토록 깊이 사랑하지 않았다면, 어떻게 나라와 집안의 복수를 미룰 수 있었을까? 어떻게 서로에게 기회를 줄 수 있었을까?

한운석은 말이 없었다. 다만 그녀는 자신이 시공을 초월해 온 사람이 아니라 진짜 서진 공주였더라도 지금처럼 용비야를 사랑하고, 지금처럼 용감하게 대처했으리라 생각했다.

목령아는 뜻밖인 것을 넘어 갑자기 마음이 아파졌다. 칠 오라버니가 이 사실을 알면 분명히 슬퍼하리라는 생각이 들어서였다.

그녀는 칠 오라버니를 얼마나 사랑하기에 그가 그런 일로 슬퍼하는 것마저 마음 아픈 걸까.

"령아, 난 흑루로 사람을 보내 고칠소를 찾을 생각이야. 그가 돌아오기 전에는 함부로 다니지 말고 알아서 조심해."

한운석이 진지하게 말했다.

"알았어!"

목령아는 고개를 끄덕이며 잠시 서 있었다. 하고 싶은 말은 많지만 어떻게 말을 꺼내야 할지 몰라 우물거리다 보니 둘 다 침묵에 빠져들었다. 괜히 어색해진 목령아가 재빨리 말했다.

"한운석, 시간도 늦었는데 내가 씻기고 약을 갈아 줄게. 일찍 자. 깨어나면 칠 오라버니가 돌아와 있을지도 모르잖아."

생각에 빠져 있던 한운석은 목령아의 방해로 정신을 차리고 즉시 거절했다.

"됐어. 시녀가 있어. 아직 일이 있어서 이렇게 일찍 잘 것 같진 않으니 너 먼저 자."

한운석은 혼자 당리를 만나 보고 싶었다. 게다가 한 시진 정도 있으면 금 집사가 동오 전장의 장부를 보내올 테니 기다려야 했다. 장부를 받기 전에는 안심이 되지 않았다.

동오 전장의 재물은 비록 적족만은 못하지만 얕볼 정도도 아니었다. 그 돈이면 만상궁도 도박장과 경매장의 위기를 처리할 저력을 갖출 수 있었다.

그녀는 그 돈이 손에 들어온 다음에는 만상궁의 다른 장로들도 어느 정도 자신을 달리 대할 것으로 생각했다. 장로들의 태도가 달라져야만 도박장과 경매장 일에 끼어들 수 있었다.

용비야와의 약속 기한은 열흘이었다. 첫날부터 운이 좋아 동오 전장을 손에 넣자, 한운석 자신조차 어쩌면 열흘이나 용비야와 떨어져 있지 않아도 되겠다고 생각했다.

평소라면 틀림없이 핑계를 대고 한운석 곁에 붙어 있었을 목령아지만, 오늘 밤에는 그녀도 중요한 일이 있어서 서둘러 한운석과 작별했다.

목령아는 방으로 돌아가지 않고 곧장 동래궁 경매장으로 달려갔다!

한도 없는 금패에 사용 금액의 상한선은 없지만 사용 기한까지 없는 건 아니었다. 금패를 발행받은 사람이 가진 게 없어져 빚을 갚지 못하게 되면 전장은 한도 없는 금패를 취소했다.

목령아는 금 집사가 빈털터리가 되기 전에 돈을 펑펑 써서 빚더미에 앉는 기분을 맛보게 해 줄 생각이었다! 어디 또 영승과 한편이 되어 날 잡아 가둬 보라지.

목령아가 동래궁 경매장에서 돈을 물 쓰듯이 하고 있을 때, 한운석은 이미 당리가 갇힌 방에 와 있었다.

당리는 의심스럽게 한운석을 훑어보며 말이 없었다. 한운석은 그가 훑어보든 말든 태연자약하게 감옥 안에서 바퀴 달린 의자를 밀어 당리에게 다가갔다.

"자꾸 그렇게 보면 당신 형에게 일러 줄 거예요!"

"너……, 너…….."

당리는 입술을 핥으며 한참만에야 소리 죽여 말했다.

"다리는 어떻게 된 거야?"

"부러졌어요. 곧 나을 거예요."

한운석은 꽤 위안을 받았다. 최소한 당리가 그녀를 보고 처음 꺼낸 말이 다리에 관한 것이었기 때문이다.

당리는 '그렇군.' 하고 한마디 한 다음 다시 한참 침묵에 빠졌다가 비로소 입을 열었다.

"한운석, 형을 미워하지 않아?"

대장로가 영정에게 영승의 사고 소식을 전할 때 당리도 옆에서 들었다. 다른 것은 확신할 수 없지만, 형이 벌써 제멋대로 이 여자를 곁에 데려가 보호하고 있다는 것은 확신할 수 있었다.

"미워해서 뭐하게요?"

한운석은 그에게 눈을 흘겼다.

"넌 서진 공주고 형은 동진 태자야. 그런데도 안 미워?"

당리가 다시 물었다.

"그 사람이 날 미워하지 않는데 내가 왜 미워해요?"

한운석도 다시 반문했다.

"형이 널 미워하지 않으면 너도 형을 미워하지 않는 거야?"

당리는 피식 웃음을 터트렸다.

"정말 단순하군."

"본래 단순한 거예요."

한운석이 반문했다.

"단순하지 않을 게 뭐 있어요?"

당리는 눈동자에 씁쓸한 빛을 떠올리며 화제를 돌렸다.

"그럼 지금은 왜 또 여기 있어? 적족 사람이 널 들여보내 줘?"

"내가 말하면 믿을 거예요?"

한운석이 물었다.

"형이 널 믿는데 내가 안 믿을 수나 있어?"

당리가 반문했다.

그러자 한운석도 진지해졌다.

"당리, 당신은 내가 미워요?"

당리는 곧바로 고개를 저었지만 이내 다시 끄덕였다. 하지만 눈을 찡그린 한운석을 보자 또 고개를 저었다.

한운석이 그를 툭 쳤다.

"우물쭈물하긴. 그러고도 남자예요?"

당리가 반문했다.

"내가 널 미워하면 뭐해? 형이 괜찮다는데 내가 널 미워해도 소용없잖아!"

한운석은 몹시 비웃었다.

"내가 용비야 덕을 많이 보는군요!"

당리가 눈을 흘겼다.

"형은 어딨어? 내가 여기 있는 걸 알면서 왜 구하러 오지 않아? 두 사람 대체 어떻게 된 거야!"

한운석은 대답하지 않고 도리어 물었다.

"당리, 영정이 미워요?"

뜻밖에도 당리는 갑작스레 짜증을 냈다. 그는 한운석에게 나가라며 손을 휘저었다.

"빙빙 돌리지 마. 날 풀어 줄 게 아니면 그만 가! 수고스럽지만 형에게 어서 빨리 구해 달라고 말이나 전해 줘."

한운석이 뭐라고 말하려고 했지만 당리가 막았다.

"말해 두는데 다음부터는 내 앞에서 '영정'이라는 이름은 꺼내지도 마. 안 그럴 거면 오지 마!"

한운석은 의심스러운 눈빛으로 담담하게 물었다.

"당리, 영정(영정의 이름과 조용함이라는 중의적 의미), 그립죠?"

"아니!"

당리는 버럭 화를 내며 부인했다.

그 격렬한 반응에 처음에는 당황했던 한운석도 곧 폭소를 터트렸다. 방금 당리의 태도로 보아 그녀 자신에게 깊은 원한 따위는 없어 보였다.

서진 공주인 그녀도 미워하지 않으면서, 왜 적족 여자일 뿐인 영정을 미워할까?

다른 것은 몰라도, 당리의 마음속에 동진과 서진의 원한 같은 건 그다지 강렬하지 않다는 것은 확신할 수 있었다. 그렇지 않고서야 그녀의 신분을 알고도 조금 전처럼 그녀와 툭탁거렸을 리 없었다.

당리가 영정의 출신을 꺼리지만 않으면 영정에게는 아직 기회가 있었다. 그렇지 않을까?

비록 영정이 당리에게 자기 이야기를 하지 말라고는 했지만, 한운석은 참을 수가 없었다. 한운석은 영정처럼 굳센 여자가 고독하게 사랑을 숨기고 홀로 싸우는 것을 지켜보는 게 안타까웠다. 사랑이란, 몹시 무거운 감정이어서 혼자서는 감당하지 못할 때도 종종 있었다.

한운석이 웃는 걸 보자 당리는 부끄럽다 못해 분노했다.

"한운석, 왜 안 가!"

"영정한 걸 좋아하지 않는다면서요. 그럼 내가 가면 심심하지 않겠어요? 감옥이 너무 조용해서 답답하지 않아요?"

한운석은 웃으며 반문했다.

당리가 화가 치밀어 노성을 질러 댔다.

"가! 난 영정, 좋거든!"

"영정이……."

한운석은 시치미를 떼고 호기심 어린 목소리로 물었다.

"좋아요?"

결국 당리도 폭발했다. 그는 다시는 대답하지 않고 그녀를 감옥 밖으로 밀어내더니 제 손으로 문을 '쾅' 닫았다.

영정이 좋다는 게 아니라, 혼자, 조용히 있고 싶었다. 진심으로! 이제 그만!

한운석이 다시 들어가려고 했지만 옥졸이 달려왔다.

"공주, 오장로가 밖에서 기다립니다. 급히 말씀드릴 일이 있다고 합니다."

옥졸이 다급히 보고했다.

한운석은 잠시 당리를 내버려 두고 서둘러 나갔다. 오장로가 양손으로 열쇠 하나를 받쳐 들고 공손하게 문밖에서 기다리고 있었다.

"공주마마, 동오 전장이 장부를 정리해 소인에게 보내왔습니다. 이것이 창고 열쇠입니다. 동오 전장은 아직 빚이 없고 사업을 확장하지도 않았습니다. 오늘 저녁까지 빌려준 돈을 보니 총 오천육백삼십삼만 냥입니다."

오장로는 사실대로 보고했다.

한운석은 속으로 감탄을 터트렸다. 이 세상에 가장 돈을 잘 버는 장사는 역시 돈으로 돈 먹는 장사였다. 오천육백삼십삼만 냥을 빌려줬지만 매일매일 이자가 들어오는 데다 이율도 아주 높았다.

"금 집사는?"

한운석이 물었다.

"사람을 시켜 보냈고 금 집사 자신은 오지 않았습니다."

오장로가 대답했다.

다리를 다쳐 오기 불편했던 걸까 아니면 그녀를 만나면 속이 터질까 봐 피한 걸까? 한운석은 약속대로 해약을 꺼내 오장로에게 주며 분부했다.

"내일 정오에 대장로와 다른 장로들을 부르게. 같이 점심 식사도 할 겸 도박장과 경매장 상황을 들어 봐야겠네."

오장로는 공손하게 명령을 받고 물러갔다. 한운석도 다시 감옥으로 돌아가지 않았다. 당리를 몰아붙이지 말고 혼자 조용히 있게 해 줄 생각이었다. 영정은 그녀가 끼어드는 것을 원치 않았고, 그녀 자신도 깊이 끼어들 수 없었다.

곧 날이 밝아 올 시간이었다. 마침내 피로를 느낀 한운석은 기지개를 켠 다음 시녀에게 방으로 돌아가자고 했다. 서둘러 정리하고 한숨 자야 했다. 그렇지 않으면 내일 대장로와 '전쟁'할 힘이 없었다!

분명히 피곤했지만 방으로 돌아오자 잠이 오지 않았다. 한운석은 시녀더러 목욕물을 준비하게 했다. 잠이 오지 않으니 차라리 목욕하면서 마음을 가라앉히고 도박장과 경매장 문제를 고민할 생각이었다.

금익궁의 목적은 무엇일까? 그녀가 아는 금익궁은 요 몇 년간 약재 매매만 하며 만상궁과 큰 충돌이 없었다. 그런데 왜 이렇게 드러내고 만상궁에 맞서는 걸까?

시녀가 목욕 준비를 마치자 한운석은 시녀까지 내보냈다. 혼자서 일어날 수 있었고 뒷일을 걱정하지 않는다면 몇 발짝 걸을 수도 있었다. 움직이는 게 전처럼 그렇게 불편하지도 않았다.

그녀는 옷을 벗고 조심조심 목욕통에 들어가 앉은 다음 물이 닿지 않게 두 다리를 통 가장자리에 걸쳤다. 물 위에는 분홍색 월계화가 가득 떠 있어서, 솔솔 피어오르는 열기를 따라 그 향기가 공기 속으로 퍼졌다.

한운석은 온몸에 긴장을 풀고 아무것도 생각하지 않았다. 그런데 바로 그때 등 뒤에서 귀에 익은 목소리가 들려왔다.

진작 다 봤다

"한운석, 내 계산대로라면 오늘 약을 갈아야 한다."

이 익숙한 목소리를 듣자마자 한운석은 휙 고개를 돌렸다. 언제 왔는지 용비야가 뒤에 서 있었다. 차가운 얼굴에는 불쾌한 표정이 역력했다.

한운석은 문과 창문을 차례로 둘러보았다. 둘 다 꼭 닫혀 있는데 이 인간은 어떻게 들어왔지?

알다시피 그녀는 내공이 증가하면서 예민함도 따라 높아져, 주변의 미세한 움직임을 전혀 못 느끼던 예전과는 달랐다. 용비야는 그녀에게 내공을 전수한 후 주변 위험을 감지하는 능력을 키우게 했다. 집중이 필요한 이런 일은 그녀도 빨리 배웠다.

"언제 들어왔어요?"

한운석이 물었다.

용비야는 직접 의자와 고약을 가져와 목욕통 옆에 앉더니, 그녀의 하얗고 균형 잡힌 예쁜 다리를 잡아당겼다. 한운석은 계속 물으려고 했지만 그의 거칠고 커다란 손이 매끈하고 섬세한 종아리를 잡는 순간 저도 모르게 몸이 굳었다. 전율이 종아리를 따라 머리끝까지 나는 듯이 달음질치는 통에 두피가 짜릿짜릿했다.

이보다 더 친밀한 접촉도 있었는데, 그녀는 아직도 그의 이런 무심한 손길조차 견디지 못했다.

한운석은 용비야가 그 어떤 약으로도 제거할 수 없는 독약이 아닐까 생각했다. 그녀가 가지고는 있지만 깨뜨리지 못하는 미접몽 같은. 그녀는 그에게 이미 뼛속 깊이 중독되어 헤어날 수 없었다!

용비야는 고개를 숙이고 눈을 내리뜬 채 진지한 얼굴로 면포를 잘라 냈다. 한운석은 묻고 싶은 게 있었지만 그의 저 고요함을 깨뜨리고 싶지 않았다.

하지만 용비야가 그녀를 흘끗 쳐다보았다.

"피곤하면 눈 좀 붙여라. 다 되면 깨워 주마."

졸음 같은 건 이미 용비야의 출현에 놀라 달아나 버린 후였다. 한운석은 의아하게 물었다.

"오래 기다렸어요?"

문과 창문이 닫혀 있고 방에 들어와 지금까지 아무 움직임도 느끼지 못했으니, 유일한 가능성이 이 인간이 일찌감치 그녀의 방에 숨어 있다가 지금 모습을 드러냈다는 것이었다.

"음."

뜻밖에 용비야가 대범하게 시인했다.

"다……, 당신 방금……."

한운석은 살짝 화를 냈다.

"왜 일찍 나오지 않았어요!"

그 말인즉 그가 일찍 모습을 드러냈다면 목욕을 하지도 않았을 것이고, 이 인간에게 싹 다 보여 주지도 않았으리라는 뜻이었다.

한운석은 돌려 말했지만 용비야는 아주 직설적으로 대답했다.

"진작 다 봤다."

용비야가 말한 '진작'이 얼마나 진작인지 한운석이 알 리 없었다. 그녀가 아는 가장 빠른 시기는 전쟁터 주변 온천에 있었을 때였다.

지금 이럴 때 용비야와 그 문제를 두고 설왕설래하고 싶지 않던 그녀는 곧바로 화제를 돌렸다.

"초천은을 만나러 간다고 하지 않았어요? 왜 안 갔어요?"

"내일 출발할 것이다. 다리에 약을 갈아야 한다는 생각이 들어서 왔다."

용비야가 대답했다.

"그랬군요."

한운석은 소소한 기쁨을 느끼며 그를 흘끔거렸다.

"동오 전장을 손에 넣었다더군."

용비야가 말했다.

"소식도 참 빠르네요."

한운석은 어쩔 수 없다는 표정으로 웃어 보였다. 만상궁 사람 중에도 이 일을 모르는 사람이 잔뜩일 텐데.

"금익궁이 대체 뭘 하려는 건지 알아요?"

한운석이 물었다.

"내 도움이 필요한가?"

용비야가 반문했다. 한운석이 적족을 장악하려면 우선 만상궁을 손에 넣어야 한다는 것을, 당연히 그도 알고 있었다.

한운석은 주저 없이 고개를 끄덕였다. 도와준다는 사람을 뭐 하러 거절할까? 오기니 자존심이니 하는 것은 용비야 앞에서는 필요하지 않았다.

용비야는 참지 못하고 웃음을 터트렸다. 이 여자가 망설이지 않고 정의롭게 거절할 줄 알았던 탓이었다.

하지만 웃으면서도 그는 무정하게 거절했다.

"열흘 동안은 널 돕지 않을 것이다."

이미 한발 양보했는데, 또다시 한운석을 서진 진영으로 밀어 넣을 일을 하라고? 그럴 수는 없었다!

"좀생이!"

한운석도 웃었다.

"다른 것은 도울 게 없느냐?"

용비야가 진지하게 물었다.

"다른 거?"

한운석도 황급히 물었다.

"어떤 거요?"

용비야는 이번에도 참지 못하고 껄껄 웃었다.

"안아 일으켜 주는 것."

한운석은 당황해서 얼굴을 발그레 물들이며 한참 아무 말도 하지 못했다. 용비야는 혼자서 큰 소리로 웃었다.

한운석이 두 번 세 번 완곡하게 거절했는데도 용비야는 단숨에 그녀를 번쩍 안아 들었다. 다행히도 목욕 수건에 손이 닿은 한운석은 수건으로 몸을 감싸면서 얼굴도 가렸다.

용비야가 그녀를 침상에 내려 주자 한운석은 재빨리 젖은 몸을 닦고 잠들 때 입는 치마를 입었다. 뜻밖에도 용비야는 그녀를 희롱하지 않고 본분을 지키는 대신 침상 옆으로 다가와 웃으며 바라보았다.

그는 그녀가 당당하게 아름다움을 뽐낼 때보다 어쩔 줄 모르며 소녀처럼 부끄러워하는 모습이 더 좋았다. 그 혼자만 볼 수 있는 모습이었다.

한운석은 용비야를 노려보았지만, 아무래도 마음이 아파서 안쪽으로 몸을 옮기며 자리를 내주었다.

"곧 날이 밝아요. 눈 좀 붙였다가 가요."

그가 초천은을 만나러 갈 계획조차 없다는 사실을 모르는 그녀는 진지하게 말했다.

"내일 또 출행을 가야 하는데 짬을 내서 쉬어야죠."

용비야가 올라와 눕자 한운석도 가까이 다가가 그의 팔을 잡고 몸에 기댔다. 그녀 자신조차 자신이 언제부터 이렇게 이 남자에게 의지하게 되었는지 알지 못했다.

열흘 후에나 볼 수 있을 줄 알았는데, 하루 만에 그에게 기댈 수 있게 되자 정말 좋았다.

본래 용비야는 한운석에게 계속 내공을 전수하고 침 쓰는 법을 가르칠 생각으로 왔지만, 가녀린 새처럼 안기며 떨어지기 아쉬워하는 그녀를 보자 그 이야기는 꺼내지 않았다.

그는 차분하게 말했다.

"자거라. 날이 밝으면 가마."

한운석은 그의 품에 몸을 웅크리고 그의 익숙한 냄새를 맡았다. 무척 만족스럽고 무척 안전한 기분이 들었다. 그러나 막 잠들려고 할 때 문득 한 가지 생각이 떠올랐다.

그녀는 고개를 번쩍 들었다.

"용비야, 당리는 영정을 미워하겠죠?"

"아마 그렇겠지."

용비야는 담담하게 말했다. 의성에 있을 때 당리가 그에게 말한 적이 있었다. 그의 기억이 틀리지 않았다면 영정도 당리를 미워해야 마땅했다.

"당신도 그렇게 보여요?"

한운석은 흥분해서 일어나 앉았다.

그런 문제에 관심을 두고 자세히 볼 용비야가 아니었다. 한운석을 만나지 않았다면 아마 그는 자신의 감정조차 제대로 헤아리지 못했을 것이다.

감정이란 사실 본능의 일종이었다. 잘 맞는 사람을 만나면 본능이 솟아나지만 잘 맞는 사람을 만나지 못하면 평생 알아차리지 못할 수도 있었다.

용비야가 대답하기도 전에 한운석이 진지하게 분석했다.

"당리는 날 전혀 미워하지 않아요. 그러니 그렇게 영정을 미워할 이유가 없어요!"

"약에 당했는데 누구라도 미워하지 않겠느냐?"

용비야가 반문했다. 한운석이 말하는 '미움'이 뭔지 완전히 이해하지 못한 게 분명했다. 하지만 한운석도 그렇게 오해했다.

"그 일이라면…… 미워할 만하죠."

한운석은 그렇게 중얼거리고는 한참 있다가 다시 진지하게 말했다.

"용비야, 그래도 난 아무래도 당리가 영정에게…… 조금 마음이 있어 보여요!"

그러자 용비야가 확실하게 대답했다.

"맞다."

"당신도 그렇게 느꼈어요?"

한운석은 약간 감동했다.

"느낀 게 아니라 당리가 말해 준 것이다."

용비야가 대답했다.

한운석은 깜짝 놀랐다.

"뭐라고요?"

"자신은 영정을 좋아하는데, 영정은 아직도 아이를 갖고 싶어 하지 않는다고 했다."

용비야는 당리가 의성에서 했던 말을 옮겼다.

"일찍 좀 말해 주지 그랬어요!"

한운석은 놀랍고 기쁘면서도 화를 내며 허둥지둥 침상에서 내려가려고 했다.

"뭘 하려는 거냐? 자꾸 그렇게 움직이면 다리가 낫지 않는다."

용비야가 불쾌한 목소리로 야단쳤다.

"영정을 만나야……, 아니, 아니, 당리를 만나야겠어요. 당리에게 알려 줘야 할 아주 중요한 일이 있다고요!"

한운석은 그렇게 말하며 팔을 활짝 벌렸다. 용비야더러 안아서 내려달라는 뜻이었다.

용비야는 쌀쌀하게 그녀를 쳐다보며 내키지 않는 표정을 지었다. 초조해진 한운석이 그의 목을 끌어안았다.

"용비야, 당신 동생의 종신대사가 달린 일이에요! 어서요!"

용비야는 하마터면 그녀를 덮칠 뻔했지만 순순히 안아 올려 바퀴 달린 의자에 앉혀 준 후 갈아입을 옷을 툭 던졌다.

"용비야, 영정은 당리를 좋아해요! 영정도 당리를 좋아한다고요!"

한운석은 전혀 신경 쓰지 않는 용비야의 굳은 얼굴을 바라보며 허둥지둥 옷을 갈아입고 스스로 의자를 밀며 나갔다. 남겨진 용비야는 아연실색했다.

그가 저녁 내내 기다렸는데 이렇게 가 버리다니? 하지만 당리의 얼굴을 떠올리자 한운석을 내버려 둘 수밖에 없었다.

한운석도 자신이 왜 이렇게 흥분했는지 몰랐다. 시녀를 불러 힘껏 의자를 밀게 하자, 그녀가 탄 의자는 희끄무레한 하늘 아래 바람처럼 내달렸다.

한운석이 감옥에 도착했을 때 당리는 짚더미 위에 누워 넋을 놓고 천창을 바라보고 있었다. 이렇게 날이 밝을 때까지 잠을 못 이룬 게 처음이 아니었다. 한운석의 질문을 받고 나자 더욱더 잠이 오지 않았다. 그는 한운석이 아직 멀리 있을 때부터 소리를 들었지만, 한운석인 줄은 모르고 고문을 하러 오는 장로들로 여겼다. 그래서 한운석이 사람을 시켜 감옥 문을 열고 시녀를 내보낼 때까지도 돌아보지 않았다.

한운석은 당리의 야윈 모습을 보자 참지 못하고 푸하하 웃음을 터트렸다.

"어머나, '임을 그리워하다 야위어도 아깝지 않으리爲伊消得人憔悴(북송 유영柳永이 지은 시 〈접련화蝶戀花ㆍ저의위루풍세세佇倚危樓風細細〉 한 구절)'라더니 그런 거예요?"

당리가 고개를 홱 돌리더니 몹시 의외라는 표정을 지었다.

"너야?"

"당리, 그렇게 혼자서 영정 생각하는 게 좋아요?"

한운석이 웃으며 말했다.

당리는 그녀를 흘겨보고는 다시 벽 쪽으로 고개를 돌린 채 눈을 감고 모른 척했다.

"혼자서 영정 생각하는 건 어떤 기분이에요?"

한운석이 의자를 밀고 들어갔다.

당리는 본래도 도발에 약했지만 한운석의 입에서 나온 '영정'이라는 두 글자에는 더욱 약해서 벌떡 몸을 일으켰다.

"마지막으로 말하는데, 영정한 분위기가 좋다는 말이었어! 영정을 좋아한다는 게 아니라!"

그가 짜증스럽게 설명했다.

"변명하는 건 곧 감추려는 거예요."

한운석은 진지하게 말하더니, 당리가 반박할 틈을 주지 않고 계속했다.

"감추려는 건 분명히 마음이 있다는 거죠!"

480

"한운석, 대체 어쩔 생각이야? 날도 밝지 않았는데 그렇게 심심해? 심심하면 재주껏 형이나 찾아가!"

당리는 참으려야 참을 수가 없었다.

한운석이 웃으면서 아무 말 없자 당리가 또 말했다.

"한운석, 잘 들어. 형만 아니었다면 진작 쫓아냈을 거야! 대체 어쩔 생각이야? 할 말이 있으면 어서 하고 방귀가 나올 것 같으면 어서 뀌시지!"

당리는 한운석이 용비야를 미워하지만 않는다면 용비야를 도와 당문의 세력을 눌러 주겠다고 약속했다. 한운석이 이렇게 소탈하게 나올 줄도 몰랐지만, 용비야와 한통속이면서도 당당하게 적족의 근거지인 만상궁에 들어올 능력까지 있을 줄은 더욱더 몰랐다.

어째서 이 여자는 그런 일들도 이처럼 간단하게 해낼까?

어째서 그 자신과 영정은 그렇게 어려울까?

한운석은 목청을 가다듬고 진지하게 말했다.

"좋아요, 당신이 이렇게 나온다면 나도 시원하게 말하죠! 당리, 난 누군가의 비밀을 알려 주러 왔어요. 듣고 싶어요?"

당리는 눈동자 깊은 곳에 호기심을 떠올리면서도, 얼굴로는 아무렇지도 않은 표정을 지었다.

"말하고 싶으면 말해!"

"영정의 비밀이에요."

한운석이 슬쩍 유혹해 보았다.

형수라고 외치다

영정.

이 단어는 지금 당리에게 손오공의 머리를 조이는 주문과 같았다. 특히 한운석이 말했기에 더욱 그랬다.

그러나 당리는 그 소리에 머리가 아닌 가슴이 아팠다. 욱신욱신하며 너무 견디기 힘든데도 듣지 않을 수 없었고, 무시할 수 없었다.

당리는 일부러 가볍게 기침하며 귀찮다는 듯이 대답했다.

"한운석, 하고 싶은 말이 있으면 그냥 빨리 말해. 뜸 들이지 말고."

"조건이 있어요!"

한운석이 웃으며 말했다.

"어림도 없어!"

당리는 고개를 돌렸다. 수척하고도 잘생긴 얼굴에는 도도함이 가득했다.

"형수라고 부르면 말해 줄게요. 엄청난 비밀이라고요!"

한운석은 계속 유혹했다.

당리는 한운석이 뭔가 교묘한 술수라도 부릴 줄 알았는데, 이렇게 간단한 제안을 할 줄 몰랐다. 그러나 이렇게 간단해도 그는 할 수 없었다!

당리는 입을 오므리고 말이 없었다. 한운석은 재미있어 하며 참을성을 갖고 그를 기다려 주었다. 한참 동안 서로 마주 보고 있다가 결국 당리가 어색하게 한운석의 시선을 피했다.

"부를 거예요, 말 거예요?"

한운석이 물었다.

당리는 말하지 않았지만, 거절하지도 않았다.

한운석은 능글맞은 미소를 지으면서 말했다.

"안 부를 거면 관둬요! 안녕!"

그녀가 바퀴 달린 의자를 밀며 떠나려고 하자, 당리가 바로 소리를 냈다.

"잠깐!"

한운석은 아주 기뻐하며 멈춰서 기다렸다. 하지만 당리가 이런 말을 꺼낼 줄은 몰랐다.

"한운석, 영정의 일이라면, 다시는 날 귀찮게 하지 말아 줘!"

한운석은 가슴이 답답해져 바로 고개를 돌리고 욕을 퍼부었다.

"당리, 그러고도 남자라고 할 수 있어요? 좋아한다는 말도 못 해요? 너무 비겁한 거 아니에요? 잘 들어요. 영정은 나와 협력해서 내가 만상궁을 장악하는 것을 도와주고, 적족과 용비야의 협력이 성사되도록 돕겠다고 약속했어요. 우린 반드시 함께 백언청에게 맞서서 과거 대진제국 내전의 진짜 이유를 밝혀낼 거예요!"

한운석은 말하면서 뒤돌아 당리에게 다가왔다.

"영정이 왜 이렇게 하는 줄 알아요? 나와 마찬가지로 과거 내전이 오해였기를, 동진과 서진 사이의 원한이 없기를 바라기 때문이에요! 당신을 사랑할 기회를 얻게 되길 바라니까요!"

그 말에 당리는 어안이 벙벙해졌고, 한운석은 계속 꾸짖었다.

"여자로서 부끄럽기도 하고 자존심도 있으니까, 영정이 당신을 좋아해도 차마 말을 못 하는 건 이해할 수 있어요! 하지만 당신은 사내대장부나 되어서 이런 용기도 없어요? 좋아한다고 말하면 죽기라도 해요?"

한운석이 큰 소리로 말했다.

"내가 당신에게 말해 주려는 비밀은 바로, 영정이 당신을 아주아주 사랑한다는 거예요!"

당리는 여전히 멍하니 아무 말도 하지 못했다.

한운석이 다리를 다치지 않았다면, 아주 세게 걷어차 주었을 게 틀림없었다.

"이 비밀을 알고 싶지 않으면 못 들은 걸로 해요. 안녕!"

한운석이 정말 가려고 하자 당리가 갑자기 천지를 뒤흔들 것처럼 크게 외쳤다.

"형수님!"

그 고함 소리에 한운석은 귀가 먹는 줄 알았다! 다행히 영정에게 미리 옥졸을 매수하라고 일러두었기 때문에, 그녀가 왔을 때 옥졸은 아주 멀리 떨어져 있었다. 안 그랬으면 당리의 이 '형수님' 소리가 이들의 발등을 찍었을 게 분명했다.

한운석은 아픈 귀를 막은 채 그를 상대해 주지 않았다. 하지만 당리는 감격에 겨워서 얼른 그녀의 바퀴 달린 의자를 붙잡았다.

"형수님, 방금⋯⋯, 방금 뭐라고 했어요?"

한운석은 고개를 들어 그를 바라보았다.

"당리, 날 뭐라고 불렀어요?"

당리는 거의 울 것 같았다.

"형수님, 내가 이렇게 부탁할게요! 용서해 줘요! 영정이 대체⋯⋯, 영정이⋯⋯, 뭐라고 했어요?"

한운석은 웃기기도 하고 화가 나면서도 마음이 아팠다.

"영정은 당신을 사랑해. 아주아주 사랑해. 이 형수에게 직접 말해 주었지."

당리는 진짜 곧 울어 버릴 것처럼 눈물이 그렁그렁해졌다.

"진짜예요?"

한운석은 어쩔 수 없다는 듯이 웃었다.

"이 형수가 다른 사람은 속여도 당신은 안 속여. 아주 확실해!"

"영정을 만나야겠어요!"

당리는 미친 사람처럼 문밖으로 돌진했다. 한운석은 그가 나가게 놔두었고, 당리는 정말 옥방에서 뛰어나갔다. 그러나 감옥 입구에 이르자 궁수들에게 막혀 돌아올 수밖에 없었다.

그제야 당리는 한운석이 만상궁에서 자유롭게 다닐 수 있지만 완전히 만상궁을 장악하지는 못했음을 깨달았다.

입구에 있는 저 궁수들은 그가 도망치지 못하게 경계하고 있을 뿐 아니라, 한운석이 몰래 그를 데리고 나가지 못하도록 막고 있었다.

"당신은 못 나가. 하지만 영정은 들어올 수 있어. 영정이 당신을 만나고 싶은지 아닌지는 나도 몰라."

한운석은 사실대로 말했다.

"형수님, 영정에게 말해 줘요, 영정에게……."

당리는 한참 동안 생각하다가 말했다.

"푹우이화침에는 심지가 없지만 내게는 있다고 말해 줘요! 그녀를 불러 줘요. 할 말이 있어요."

"좋아. 생각해 볼게."

한운석이 담담하게 말했다.

"형수님!"

당리가 애원하기 시작하자 한운석은 참지 못하고 웃음이 터져 나왔다. 이렇게 간청하는 말투의 '형수님' 소리는 정말 오랜만이었다.

"당리, 이 일은 형수에게 맡겨. 속여서라도 데려와 줄 테니까! 할 말이 있으면 그녀에게 직접 해."

한운석이 진지하게 말했다.

"어서, 어서 빨리 가요!"

당리는 한시도 지체할 수 없었다.

한운석이 바로 나와서 감옥 밖에 도착하니 어느새 날이 밝아 있었다. 오장로가 보낸 사람이 사방으로 그녀를 찾아다니다가 마침 이곳으로 찾아왔다.

"공주마마, 장로들이 이미 대전에서 기다리고 있습니다."

시녀가 사실대로 전달했다.

"이렇게 일찍?"

한운석은 의심스러웠다. 한운석은 몰랐지만, 어젯밤 오장로가 한운석이 동오 전장을 차지한 사실을 장로들에게 알렸고, 장로들은 모두 깜짝 놀랐다. 특히 대장로는 아침 일찍부터 급히 사람들을 모아 회의를 열어 의논했다.

만상궁은 적족의 재산을 모으는 곳이므로, 본질적으로 돈을 갖고 이야기하는 곳이었다. 한운석은 하룻밤 만에 어떤 비용도 쓰지 않고 만상궁에 전장 하나를 안겨 주었다. 장로들이 아무리 승복하고 싶지 않아도 어느 정도 인정해야 했다.

경매장과 도박장 상황이 갈수록 어려워져 손쓸 길이 없는 지금, 한운석이 어떤 고견을 갖고 있을지 듣고 싶은 게 당연했다.

"내가 몸이 불편해서 조금 늦게 간다고 전해라! 우선 다른 일부터 하고 있으라고 하거라."

한운석은 시녀에게 몰래 금괴 하나를 찔러주며 물었다.

"영정도 그곳에 있겠지?"

"정 소저는 아직 오지 않으셔서 대장로님이 사람을 보내셨습니다. 정 소저는 어젯밤 늦게 도박장에서 돌아와 아직 쉬고 계실 듯합니다."

금괴를 받자 시녀는 아주 자세하게 대답해 주었다.

한운석은 바로 다른 시녀에게 의자를 밀어 달라고 하며 영정을 찾아갔다. 아무리 대단한 일이라도 당리의 종신대사만큼 중요하지 않았다.

그 장로들은 잠시 기다리게 하지 뭐.

한운석이 서둘러 영정을 찾아가고 있을 때, 영정은 이미 일어나 있었다.

넉 달 정도 부른 배는 별로 티 나지도 않고 움직임이 둔해지지도 않았다. 하지만 그녀는 남들 몰래 아주 조심하고 있었다. 전에는 바쁘면 아침 식사도 잘 하지 않았지만, 지금은 아무리 바빠도 배부르게 먹어야 했다. 대장로가 재촉하든 말든, 그녀는 방에서 음식을 오래도록 씹고 천천히 삼키며 아침 식사를 끝낸 후에야 문을 나섰다.

그런데 영정이 원락에서 나오자마자 목령아가 갑자기 뛰어들어 그녀와 정면으로 부딪혔다.

"아앗……."

두 사람 모두 비명을 질렀다. 두말할 것 없이 영정의 소리가 목령아보다 훨씬 컸다.

영정은 바닥에 넘어지면서 털썩 주저앉았다. 목령아는 넘어지지는 않았지만 코를 세게 부딪혀서, 콧속이 끈적끈적해졌다. 코피가 나는 듯했다.

영정은 한 손으로 바닥을 짚고 다른 한 손으로 다급하게 배를 움켜쥐었다. 얼굴은 새하얗게 질렸고, 너무 놀라서 심장이 멎는 줄 알았다. 눈빛은 넋이 나간 듯 멍해졌고, 고개를 숙이고 내려다볼 엄두가 나지 않았다.

"영정, 괜찮아? 일부러 그런 게 아니야. 누가 날 죽이려고 쫓아와서 언니를 찾으러 왔어!"

목령아는 말하면서 영정을 부축했다.

그러나 부축해 일으키기도 전에 그녀는 놀라서 멍해졌다. 순간…… 영정의 몸 아래로 피가 쏟아지는 게 보였다.

목령아는 숫처녀였지만 약제사이기도 했다. 이런 상식쯤은 그녀도 알았다! 너무 놀란 목령아가 크게 소리 지르려 했지만, 다행히 영정이 바로 그녀의 입을 틀어막았다.

영정은 소름 끼칠 정도로 차가운 목소리로 낮게 말했다.

"목령아, 내 아이를 살려 내……. 그렇지 않으면, 네 목숨으로 대가를 치러야 할 거다!"

목령아는 손까지 차가워지면서 자신이 엄청난 사고를 쳤음을 깨달았다.

"영정, 화……, 화내지 마. 나, 날 놓아줘야 내가…… 구해 줄 수 있지!"

목령아는 놀라서 입술이 바들바들 떨렸다. 죽음이 두려운 게 아니라 엄청난 사고를 돌이킬 수 없을까 봐 두려웠다.

영정은 한 손으로 목령아의 입을 막고 다른 한 손으로 그녀의 팔을 세게 움켜쥐었다. 손톱이 목령아의 옷을 찢고 살을 파고들 정도였다. 영정은 갈수록 더 세게 움켜쥐며 놔주지 않았다. 목령아보다 그녀가 더 두려웠다!

목령아는 너무 놀라서 팔의 통증도 느끼지 못하고 다급하게 말했다.

"영정, 침착해. 시간이 없어. 시녀를 불러서 방 안으로 데려다 달라고 해. 내가 당장 가서 약을 구해 올게. 날 믿어. 난……좋은 약을 조제해서 반드시 네 아이를 지킬 수 있어."

사실 목령아는 전혀 자신이 없었다. 구체적으로 진단도 못했는데 어떻게 증세에 맞게 정확한 약을 처방하고 조제할 수 있겠는가?

하지만 아무리 당황스러워도 약제사로서 그녀는 가장 기본적인 직업 소양은 갖추고 있었다. 최대한 환자를 안정시켜야 했다.

건강한 정서 상태가 바로 좋은 약이었다.

"목령아, 네가 날 데려다 줘. 내 임신 사실을 누구도 알아서는 안 돼. 저 하인들까지도!"

영정이 차갑게 말했다.

목령아는 깜짝 놀라 엉겁결에 말이 튀어나왔다.

"당리의 아이를 가졌어?"

목령아는 이 말을 한 순간 자신이 바보처럼 느껴졌다. 당리의 아이를 임신한 게 아니면 영정이 왜 이렇게 숨기겠는가?

"입 다물어!"

영정이 화를 내며 꾸짖었다.

목령아는 더는 지체할 수 없어 낮은 목소리로 말했다.

"영정, 일어서지 않는 게 제일 좋아. 안 그러면 아이가 위험해. 좀 참아 봐, 내가 널 안고 들어갈게!"

목령아는 키도 영정보다 작았고, 영정보다 더 마른 체구를 가졌는데 어떻게 영정을 안고 들어간다는 걸까?

하지만 이 작은 소녀는 놀라울 정도로 폭발적인 힘을 발휘했다. 그녀는 이를 악물고 어떻게든 영정을 안아 들고는 한 걸음씩 걸어서 그녀를 방에 데려다준 후 침상에 반듯이 눕혔다.

그녀는 진지하게 영정의 맥을 짚은 후 마침내 한숨을 돌렸다.

"영정, 아이는 안전해! 반드시 누워 있어야 해. 내가 밖에서 의원을 찾아 오면서 안태약安胎藥(유산을 방지하는 약)도 지어 올게."

맥상을 보니 돌이킬 수 없는 상태는 아니었다. 하지만 그래도 목령아는 이쪽 분야의 의원은 아니었기에, 대충 넘길 수는 없었다.

바짝 신경을 곤두세우고 있던 영정은 마침내 조금 긴장을 풀 수 있었다. 그녀는 꼼짝도 할 수 없었고, 자리에서 일어나는 것은 더더욱 불가능했다.

목령아는 그녀에게 물을 따라 준 후 바로 의원을 부르고 약을 구하기 위해 나갔다. 그런데 입구에 도착하자마자 의자를 밀어 주는 시녀와 함께 들어오는 한운석과 마주쳤다.

마침 한운석은 바닥에 쏟아진 피를 주시하며 의심스러운 표정을 짓고 있었다. 그녀는 목령아를 보자 더욱 궁금해하며 말했다.

"령아, 왜 네가 여기에 있지? 뭐가 그리도 급해?"

잔뜩 긴장하고 있던 목령아는 구세주를 만나자 눈물을 쏟을 뻔했다. 목령아가 눈물 가득한 눈으로 한운석에게 눈짓하자,

한운석은 바로 알아듣고 시녀를 물러가게 했다.

목령아가 달려와 목멘 소리로 말했다.

"언니, 내가 큰 사고를 쳤어! 영정이 나하고 부딪혀서 하마터면 유산할 뻔했어. 내가 지금 당장 의원을 데려오고 약을 구해 올 테니, 나 대신 영정을 돌봐 줘. 어떤 문제도 생겨서는 안 돼."

한운석은 멍해졌다.

"유산?"

목령아가 힘껏 고개를 끄덕이자 결국 눈물이 떨어지고 말았다.

"일부러 그런 게 아니야."

거액의 빚을 지다

한운석은 '유산'이라는 말을 듣자, 땅에 쏟아진 피의 흔적을 다시 보고는 바로 크게 소리쳤다.

"그만 울어! 날 데리고 들어가, 어서!"

그 소리에 놀란 목령아가 말했다.

"나……, 난 가 봐야 해……."

"빨리!"

한운석이 호통을 쳤다.

목령아는 설명할 틈도 없이 서둘러 한운석을 밀고 들어갔다. 한운석이 올 줄은 생각도 못 했던 영정이 화난 목소리로 목령아에게 물었다.

"약은! 의원은?"

목령아는 두 여자의 호통 소리 속에서 눈물을 꾹 참았다.

"언니, 맥을 짚어 보았는데, 영정의 아이는 안전해. 지금 시급한 건 안태약이야. 의원을 데려오겠다는 건 만일에 대비해서야."

"어떤 약재가 필요한데?"

한운석이 물었다.

목령아가 얼른 약재들의 이름을 말하자 한운석이 바로 진료 주머니에서 꺼내 주었다. 정확하게 말하자면 해독시스템에서 꺼내 준 것이었다. 목령아가 말한 약재들은 다 흔한 것들이라 그녀의 해독시스템에도 보관하고 있었다. 해약을 제조할 때 쓰려고 놔둔 것이었는데, 안태약을 만들 때 쓰게 될 줄은 몰랐다.

목령아와 영정은 모두 궁금하게 생각했지만 여러 질문을 할 틈이 없었다. 목령아는 필요한 약재가 맞는지 확인한 후 바로 직접 약을 달이러 갔다.

한운석은 영정의 상태가 우선은 심각하지 않은 것을 확인하고는 서둘러 밖으로 나가 원락에 있는 핏자국을 처리했다.

그녀가 돌아왔을 때 영정은 멍하니 천장을 보고 있었다. 무슨 생각을 하는지 알 수 없었다.

한운석은 길게 한숨을 내쉬었다. 오늘 영정에게 무슨 사고라도 생겼으면 당리에게 뭐라고 해야 했을지 알 수 없었다.

한운석이 한참 동안 말이 없자, 영정이 돌아보며 말했다.

"한운석……."

한운석은 그녀를 한 번 보고는 아무 말도 하지 않았다.

"한운석, 내가 아주 우습겠지?"

영정이 쓴웃음을 지으며 물었다.

한운석은 갑자기 차가운 목소리로 말했다.

"정말 너무하잖아! 이렇게 큰일을 당리에게 숨기다니!"

영정의 눈가에 씁쓸한 기색이 스쳤고, 그녀는 더 설명하고 싶지도 않았다. 영정은 고개를 돌리고는 더 이상 말하지 않았다.

한운석도 곧 침묵했다. 수많은 일들은 당리가 직접 와서 그녀와 이야기해야 했다. 목령아가 탕약을 가져온 후, 한운석은 의원을 찾으러 나갔다.

494

그녀가 의원을 데려왔을 때 영정은 이미 약을 다 마시고 잠들어 있었다.

의원은 진찰 후 목령아가 쓴 약방문을 보고는 한 가지 약재를 보완했다. 그리고 아이는 무사하지만 영정은 반드시 한 달 동안 침상에 누워 지내야 한다고 말했다.

의원을 보내고 나자, 목령아는 마침내 완전히 무너져 내린 듯 낮은 소리로 울기 시작했다.

"언니, 난 일부러 그런 게 아니야! 정말 일부러 그런 게 아니라고!"

한운석은 그제야 목령아가 자신을 '언니'라고 불렀음을 알아챘다. 눈에 눈물이 가득 어린 목령아를 보고 있자니 한운석은 정말 어쩔 수가 없었다.

"나한테 미안하다고 하는 게 무슨 소용이야."

"언니……, 으앙……."

목령아는 더 크게 울기 시작했다.

한운석은 바로 그녀의 입을 막았다.

"좀 조용히 해! 영정은 쉬어야 한다고!"

목령아는 바로 소리를 삼켰다. 눈물을 글썽이며 눈을 크게 뜨고 있는 모습이 정말 불쌍해 보였다. 그녀는 자신이 이미 한운석을 여러 번 '언니'라고 불렀다는 사실도 모르고 있었다.

한운석이 담담하게 물었다.

"이곳으로 왜 달려온 거야?"

목령아는 그제야 다른 일이 떠올랐다.

"언니, 나, 나……, 또 큰일이 생겼어."

한운석은 깜짝 놀랐다.

"무슨 일인데?"

"금 집사가 날 죽이려고 쫓아왔어."

목령아가 겁에 질려서 말했다.

한운석은 더 놀랐다.

"대체 어떻게 된 거야?"

목령아는 그제야 지초지종을 설명했다. 어젯밤 동래궁 경매장에 간 그녀는 하룻밤 사이에 이, 삼억 냥이나 되는 돈을 펑펑 써가며 어젯밤 동래궁에 경매로 나온 물건을 모조리 사들였다.

그녀는 오늘 아침 만상궁 입구에 막 도착했을 때 금 집사와 마주쳤는데, 금 집사가 그녀를 죽이려고 달려들었다. 다행히 그녀가 재빠르게 바로 도망쳐 들어와서 금 집사가 감히 쫓아 들어오지 못했다.

알고 보니 금 집사는 어젯밤 동오 전장을 오장로에게 넘기고 빈털터리가 되었는데, 그 소식이 오늘 아침에 전해지는 바람에 전장에서 그의 한도 없는 금패를 막아 놓지 못했다. 간단히 말하자면, 목령아가 어제 밤새 흥청망청 돈을 쓰는 바람에 빈털터리인 금 집사가 삼억이 넘는 빚을 지게 된 것이었다.

예전 금 집사라면 삼억이 넘는 돈이야 하룻밤 큰 도박을 벌이면 딸 수 있었다. 하지만 지금 금 집사에게는 천문학적인 숫자였다!

목숨으로 갚겠다고 해도, 그의 목숨 역시 만상궁의 것이었다!

원래 좀 화가 나 있었던 한운석은 목령아의 설명을 듣고 하마터면 웃음을 터뜨릴 뻔했다!

목령아도 이렇게 함정에 빠뜨리는 데 능한 줄은 몰랐다. 금집사가 그녀를 죽이러 달려들 만했다.

"금 집사가 엄청난 빚을 졌단 말이지?"

한운석은 혼잣말처럼 중얼거리며 뭔가를 생각해 낸 듯했다.

"언니, 일이 이렇게 커질 줄은 몰랐어."

목령아는 그저 금 집사에게 살짝 앙갚음을 해 주려고 했을 뿐이었는데, 금 집사를 이렇게 비참하게 만들 줄은 몰랐다.

금 집사에게 한도 없는 금패를 발급해 준 전장은 동오 전장 같은 암흑가의 전장은 아니었지만, 그래도 빚 독촉 수단은 아주 무시무시했다. 금 집사는 앞으로 살기 힘들어지게 생겼다.

"언니, 내가 경매로 사들인 물건들을 싸게 팔아서 팔리는 만큼이라도 빚을 갚으라고 할까 봐."

어쨌든 목령아는 마음씨가 고왔다.

"그럴 필요 없어. 며칠간 속 좀 태우게 한 후에 다시 이야기하자."

한운석이 담담하게 말했다. 그녀의 마음속에는 이미 묘안 하나가 떠올랐다. 금 집사는 동오족 사람이니 분명 동오족 말을 할 줄 알았다. 이 사람은 어쩌면 그녀가 만상궁 형세를 뒤집는데 핵심 인물일지도 몰랐다.

"령아, 넌 남아서 영정을 돌봐 주도록 해. 이 일은 반드시 비밀로 해야 해, 알겠지? 그렇지 않으면 영정은 평생 널 용서하지 않을 거야."

한운석이 진지하게 말했다.

목령아가 힘주어 고개를 끄덕이자, 한운석은 그제야 안심하고 떠났다. 그녀는 어떻게 해야 당리를 옥방에서 빼내 영정을 만나러 가게 할 수 있을까 고심하면서 회의장으로 향했다.

회의장에 있는 여러 장로들은 이미 기다리다가 짜증이 난 상태였다. 정 숙부 역시 자리에 있었다. 그는 금 집사의 매신계를 찾아내기도 전에 한운석에게 선수를 뺏기고 말았다.

사실 정 숙부는 속으로 이 여자의 능력에 꽤 탄복하고 있었다. 하지만 안타깝게도 이 여자의 마음은 용비야에게 있었다. 그렇지만 않았어도 그녀는 틀림없이 적족을 이끌고 서진 부흥의 대업을 이뤄 낼 수 있었다.

정 숙부는 금 집사 일에서 아무 이득도 보지 못했지만, 그래도 아무 내색도 하지 않고 자리에 있었다. 그는 한운석이 어떻게 해도 도박장과 경매장의 소란을 잠잠하게 할 수 없다는 것을 알았다.

한운석이 들어오자 장로들은 모두 자리에서 일어났다. 다들 인사를 올린 후 대장로가 말했다.

"여봐라, 정 소저가 곧 오실는지 가 보거라! 가서 공주께서 이미 기다리고 계신다고 전해라."

"그럴 필요 없네. 내가 도박장에 가 보라고 했네."

한운석이 담담하게 말했다.

대장로가 물어보려고 하는데, 한운석이 먼저 나섰다.

"대장로, 경매장 상황을 설명해 보게."

"예."

대장로는 일어나서 자세한 상황을 보고했다.

경매장 소란은 가짜 제품 하나 때문에 일어났다. 물건은 확실히 가짜였다. 하지만 경매장에서 거짓을 꾸민 게 아니라 내부 첩자가 진품을 바꿔치기하여 죄를 덮어씌운 것이었다. 경매장 사업에서 가장 꺼리는 것이 바로 가짜 제품 문제인데, 고객들은 이 점을 잡고 늘어지며 고액의 손해 배상을 요구했다.

"그럼 배상해 주게. 달라는 대로 주면 되네."

한운석이 말했다.

"이미 열 배로 보상해 주기로 했습니다. 하지만 그 고객은 열 배 보상과 함께 진품도 요구하고 있습니다."

대장로는 아주 곤란해하며 말했다.

"공주, 그 내부 첩자는 지금까지 그림자도 보이지 않고, 진품의 행방도 알 수 없습니다."

"이 고객은 어떤 내력을 가진 자인가?"

한운석이 물었다.

"서주국의 거상인데, 찻잎 장사를 한다고 합니다."

대장로가 대답했다.

"동료들을 끌고 와서 매일 경매장 대문 입구를 막고 있습니다. 저들이 가지 않으면 경매장은 앞으로 장사할 생각을 접어야 합니다."

한운석은 고개를 끄덕인 후 다시 물었다.

"도박장 쪽 상황은 어떤가?"

"도박장 일은 모두 정 숙부가 맡고 있습니다."

대장로가 말을 마치자 정 숙부가 얼른 일어나 도박장 상황을 사실대로 보고했다.

도박장 상황은 경매장보다 백배는 더 심각했다. 그날 누군가 도박장 하관이 속임수를 썼다는 사실을 폭로한 뒤, 도박꾼들은 도박장을 점거하고 지금까지 떠나지 않고 있었다. 많은 도박꾼이 도박장을 향해 지난 3년 동안 잃은 돈을 배상하라며, 이자까지 붙여 요구했다.

이건 되레 사소한 편이었다. 어떤 도박꾼들은 아예 배상은 필요 없다며, 어젯밤에 심부름꾼들을 끌고 와 도박장을 부수더니 만상궁 도박장이 문을 열기만 하면 다 때려 부수겠다고 큰소리쳤다.

"심부름꾼?"

한운석은 코웃음을 쳤다.

"고작 심부름꾼들도 도박장을 부술 수 있다니, 경비원들은 밥만 축내는 식충이들인가? 쓸모가 없어?"

정 숙부가 얼른 해명했다.

"공주마마, 이런 때에 우리가 무력을 행사하면 더욱 도리에 어긋나기 때문에 소신이 막지 말라고 분부했습니다. 소신이 이미 그 하관을 처벌했지만, 금익궁 쪽에서 속임수 수법을 다 공개하는 바람에, 우리 도박장뿐 아니라 동래궁 쪽도 계속 장사를 할 수 있을지 미지수입니다. 소동을 일으킨 도박꾼들 외에 암시장에 있는 도박꾼은 대부분 아예 발길을 끊었습니다."

정 숙부의 눈가에 냉소가 스치고 지나갔다. 그는 아주 초조한 표정을 하고 물었다.

"공주마마, 도박장과 경매장은 바로 우리 만상궁에서 이윤을 가장 많이 내는 곳인데 이제 어쩌면 좋습니까! 그저께 군영 쪽에서 서신을 보내, 만상궁에서 은자를 조달해 겨울을 나기 위한 군수 물자를 준비해 달라고 요청했습니다. 그리고 북려국 상인협회에 있는 첩자들도 와서 은자를 요구했습니다. 최근 북려국 상인협회에서 새로 회장을 뽑는데, 손을 쓰려면 은자가 많이 필요한 상황입니다."

정 숙부가 이 말을 마치자 모든 사람이 침묵했다. 다들 한운석을 바라보며 그녀의 의견을 기다렸다.

만상궁 장로회도 갖은 풍파를 다 겪은 사람들이라 다들 호락호락한 상대가 아니었다. 하지만 지금 이 중요한 시기에 이렇게 까다로운 문제에 부딪히니, 누구라도 신중해야 했고, 감히 위험을 무릅쓸 수 없었다.

이 풍파를 제대로 해결하지 못해서 만상궁 돈줄이 끊어지면, 전장 쪽 군수 물자도 보급하기 힘들어졌다. 평소였다면 임시방편으로 어떻게든 보급했겠지만, 지금 시기에는 그럴 수 없었다. 반드시 충분한 자금을 남겨 두고 언제든 발발할 수 있는 전쟁에 대비해야 했다.

한운석은 오랫동안 침묵한 끝에 결국 놀랄 만한 결정을 내렸다.

"도박장 문을 닫으라고 명하게!"

"안 됩니다!"

정 숙부가 가장 먼저 일어섰다. 곧이어 오장로를 제외한 나머지 네 명의 장로도 모두 일어섰다. 말은 없었지만, 그들의 생각도 정 숙부와 같았다.

"그럼 더 좋은 방법이 있는가?"

한운석이 반문했다.

"공주마마, 외람되지만 소신의 직언을 용서하십시오. 말씀하신 방법은 방법이 아닙니다! 도박장이 문을 닫으면, 엄청난 돈줄이 끊어집니다! 지금 곳곳에 은자가 부족한데……."

정 숙부의 말이 끝나기도 전에 한운석이 차갑게 말을 끊었다.

"정 숙부, 미안하지만 도박장이라는 돈줄은 이미 끊어졌네!"

한운석의 말은 사실이었다. 도박장은 다시 문을 열어도 수익을 낼 수 없었다.

"동래궁의 도박장에도 도박하러 가는 사람이 없는데, 하물며 우리 쪽은 어떻겠는가?"

한운석이 반문했다.

"계속 문을 여는 데는 비용이 안 드는가? 저 대형 도박장들이 문을 열면 하루 비용이 얼마나 드는지 다들 계산해 본 적 없는가? 하인, 하관, 장소 비용은 지급하지 않아도 되는가? 안에 등불을 켜는 것조차 다 돈이 든단 말일세!"

현장이 조용해졌다. 누구도 반박할 수 없었지만, 승복하는 이도 없었다. 한운석의 명령에는 무조건 복종하는 오장로조차 도박장 문을 닫는 것은 아쉬웠다.

"자원을 낭비하느니, 왜 다른 사람이 사업 기회를 발견하기 전에 먼저 나서서 이런 자원들을 이용할 생각은 하지 못하나?"

한운석이 또 물었다.

다들 이해하지 못하고 있는데, 한운석이 이렇게 말했다.

"삼도 암시장의 도박장 문을 닫고, 근처 현성에 개인 이름으로 된 대형 도박장을 몇 곳 여는 걸세. 사람이 도박이라는 것에 한번 중독되면 영원히 끊어 낼 수 없거든!"

불법에는 불법으로, 불파불립

삼도 암시장에 있는 도박장 문을 닫은 후, 삼도 암시장 외부에서 정체를 숨기고 새로 도박장을 여는 것. 한운석의 이 수법은 '불파불립不破不立(기존의 낡은 것을 부수지 않으면 새로운 것을 세울 수 없다는 뜻)'의 작전이었다.

한운석이 이 방법을 이야기해 주자, 다들 마음이 탁 트이고 큰 깨달음을 얻은 것 같았다. 아주 단순한 방법이었고 사업을 하면서 쓰는 흔히 꼼수에 불과했다. 그런데 왜 다들 이런 생각의 전환을 하지 못했을까?

삼도 암시장의 도박장은 이미 금익궁이 다 휘저어 놔서 더는 지속할 수 없었다. 그들이 바로잡는다고 해도 금익궁 태도를 보아하니 계속 트집을 잡을 게 분명했다. 어떤 장사든 트집 잡히는 것은 걱정스러운 일이었다. 여기서 시간과 비용을 낭비하느니, 차라리 장소를 바꾸는 게 나았다.

한운석의 말이 맞았다. 도박이라는 것에 중독된 사람은 영원히 끊을 수 없었다. 다시 말해 장사가 안 될까 걱정할 일이 없는 사업이라는 뜻이었다.

지금 삼도 암시장의 도박장이 신뢰를 잃은 상황에서 도박할 만한 적당한 장소를 찾지 못한 도박꾼들은 도박장을 운영하는 쪽보다 더 애가 탈지도 몰랐다! 만약 운공상인협회 쪽에서 선수를 쳐서 근처에 적합한 장소를 찾아 도박장을 새로 열면, 많은 도박꾼을 끌어들일 수 있었고, 그럼 도박장의 수입은 끊어질 리 없었다.

여러 장로들은 서로를 쳐다보았다. 한운석에게 반감을 품은 사람이 몇몇 있긴 했지만, 그녀의 이 방법은 인정할 수밖에 없었다.

정 숙부는 두 손을 문지르며 잠시 생각했다가 진지하게 물었다.

"하지만 공주마마, 이제 하관의 수법들이 다 밝혀져 버렸는데, 어떻게 판을 이어갈 수 있습니까?"

한운석은 가차 없이 질책했다.

"정 숙부, 그건 옳지 않은 생각이네. 어떤 장사든 '신용'을 중요하게 생각해야 해! 신용을 잃으면 아무리 대단한 장사라도 마찬가지로 무너지고 만다네. 천금청이 좋은 예일세!"

그 말에 대장로가 얼른 설명했다.

"공주마마, 도박장 하관의 그 수법은 우리 도박장만 아니라 천하 모든 도박장이 다 사용합니다. 이렇게 하지 않으면, 어떻게 그런 높은 이윤을 얻겠습니까?"

한운석이 웃으며 말했다.

"그럼 우리는 반대로 하면 되네."

대장로가 변명을 하려는데 정 숙부가 얼른 말했다.

"공주마마께 어떤 묘수가 있으십니까? 소신이 귀담아듣겠습니다."

도박장이 이런 암묵적 관행을 따르지 않으면 그렇게 높은 수익을 낼 수 없었다. 그렇게 높은 수익을 낼 수 없다면 차라리 다른 장사를 하는 게 나았다. 정 숙부는 새로 도박장을 열자는 한운석의 방법에 탄복하며, 반박할 방법이 없어 고민하던 중이었는데 지금 마침 맹점을 잡아냈다. 한운석이 어떤 묘수를 꺼낼지 지켜볼 생각이었다.

그런데 한운석은 또 한 번 놀라운 말을 꺼냈다!

"우리는 주인이 아니라 장소와 용역만 제공할 걸세. 도박꾼들 중 주인이 되고 싶거나 그럴 용기가 있는 자에게 주인 자리를 맡기겠네. 도박장은 회원제로 운영하되, 회원들은 매년 회비를 내야 하네. 가입하려면 엄격한 재산 심사를 거쳐야 하며, 전 재산이 삼억 냥 이하인 사람은 가입할 수 없네. 진 사람이 돈을 떼먹으면 도박장에서 책임지고 독촉해 주기 때문에, 딴 돈의 삼 할은 도박장에서 수수료로 받네. 진 사람은 물론 따로 수수료를 낼 필요가 없지. 그리고 새 하관을 고용하되 모두 새로운 얼굴이어야 하며, 모든 도박판을 책임지고 감독하다가 속임수를 쓰는 사람이 발견되면, 열 배로 보상하게 하고 도박장에서 영구 추방하겠네."

한운석은 대략적인 구상을 말했을 뿐이었는데, 이 이야기를 들은 사람들은 모두 눈이 휘둥그레졌다. 운공대륙은 수천 수백 년 동안 어느 지역 도박장이든 도박장이 주인 노릇을 했지, 이렇게 장사한 경우는 없었다!

도박장 하관이 매번 속임수를 쓰지는 않았기 때문에 모든 도

506

박장은 매일 이익과 손해가 동시에 났고, 한 달 치를 결산한 후에야 이윤이 났다.

하지만 한운석의 이 방법을 쓰면 날마다 돈이 들어왔다! 도박꾼들 중 누가 이기고 지든 승자는 나오기 마련이기 때문에 누군가 이기기만 하면 도박장에 수수료가 들어왔다!

게다가 한운석은 회원 가입 자격도 제한했다. 삼억 이상을 소유한 사람이면 아주 큰 부자이니, 매번 판돈도 적을 리 없었다.

자리한 사람들은 모두 장사의 고수들이었다. 한운석이 대략적으로만 말했으나 다들 이 방식에서 각종 사업 기회의 냄새를 맡았다. 이 방식은 수수료와 회비뿐 아니라, 여러 다른 명목으로 이윤을 낼 수 있었다. 예를 들면 개인 맞춤 특별 좌석, 하인 제공, 심지어 주루와 여관을 결합한 방식까지 끌어낼 수 있었다.

"아주 좋습니다. 공주마마의 방법이 참으로 절묘합니다!"

대장로가 참지 못하고 칭찬했다.

다른 장로들도 연신 고개를 끄덕이며 갈채를 보냈다. 다들 각종 이윤 방식에 대해 한마디씩 이야기하고 싶어 입이 근질근질했다.

정 숙부는 복잡한 눈빛이 되었다. 승복하지 않을 수 없었지만, 그래도 달갑지 않았던 그는 또 어려운 문제를 꺼냈다.

"공주마마, 방법은 좋긴 합니다. 하지만……."

"하지만 무엇인가. 정 숙부, 주저 말고 말하게."

한운석의 태도는 아주 상냥했지만, 눈가에는 의심의 눈빛이 스쳤다. 한운석은 원래 아주 예리한 사람이었다. 거기에 지난 몇 년 동안 별의별 사람들에게 온갖 괴롭힘을 당해 왔기 때문에, 정 숙부가 그녀에게 몇 마디 건네자 정 숙부의 적의를 민감하게 감지할 수 있었다.

장사에 관해서는 정 숙부보다 장로들이 더 민감했다. 그런 장로들이 모두 기쁨에 푹 빠져 있는데, 정 숙부는 아주 냉정하게 연이어 그녀에게 핵심적인 질문들을 던졌다. 왜 그러는 걸까?

그녀의 기억이 맞다면, 정 숙부는 영승과 가장 가까이 지내는 사람이었다. 영승의 모든 상황을 거의 알고 있으니, '인질'의 진상에 대해서도 알고 있을 게 뻔했다. 그녀가 영정, 대장로와 대치하고 있을 때 정 숙부는 어디 있었지? 왜 나와서 말하지 않았을까? 그는 또 어떤 입장이지?

"그게, 자산을 삼억으로 제한하면 소수의 도박꾼만 끌어들이게 되니, 전체적인 이익은 결국 전보다 못할 겁니다."

정 숙부가 진지하게 말했다.

그 말이 떨어지자마자 대장로가 서둘러 말했다.

"그건 괜찮네. 또 도박장을 열어서 조건을 낮추면, 많은 도박꾼을 끌어들일 수 있어! 공주마마께서 내놓은 이 방식의 절묘함은 바로 도박장이 주인 노릇을 하지 않는다는 데 있다네! 정 숙부, 삼도 암시장의 도박장은 운공대륙 도박장의 풍향계라서, 이곳에서 바람이 불면 바깥에는 거대한 풍랑이 생기지. 분명 이번에 속임수를 썼다는 소식도 이미 모든 도박장에 퍼졌을 걸세. 지금도 이렇게 녹록치 않은 상황인데 어찌 단번에 예전 수익을 회복할 수 있겠나? 쇠뿔도 단김에 빼라고, 빠른 시일 내에 도박장을 열어야 하네. 속임수를 썼던 일을 문제 삼으면, 반드시 기선을 제압할 수 있어!"

정 숙부는 입을 실룩이며 반박할 수 없었다. 대장로까지 나서서 그를 반박했으니, 그가 무슨 말을 할 수 있을까?

다른 것은 몰라도 도박장 일에서만큼은 한운석은 장로회의 마음을 얻어 냈다.

한운석의 눈에 교활한 눈빛이 스쳤다.

"정 숙부, 새로 도박장을 여는 일은 자네에게 일임하겠네. 반드시 서둘러야 하네. 만약 일을 망치면⋯⋯ 영승이 돌아왔을 때 설명하기 난감할 걸세!"

정 숙부는 가슴이 쿵 하고 내려앉았다. 그는 한운석을 슬쩍 보고는 바로 시선을 피했다. 당황스러웠다. 한운석이 뭔가 알아챈 걸까? 지금 경고하는 건가?

그는 원래 도박장을 망치려 했었다. 그런데 한운석이 굳이 도박장을 그에게 일임하겠다니, 그럼 도박장을 망하게 해 봤자 무슨 소용일까? 결국 망하는 건 그 자신인데!

정 숙부는 뒤늦게 자신이 한운석을 너무 과소평가했음을 깨달았다. 지금은 경매장에 희망을 걸 수밖에 없었다. 한운석이 도박장을 그에게 맡겼으니, 다른 장로들을 제쳐 놓고 경매장까지 그에게 맡길 리는 없었다. 경매장을 자신에게 맡기지 않으면 책임질 필요도 없으니 음모를 꾸밀 수 있었다.

"예. 소신, 최선을 다하겠습니다!"

정 숙부는 잠시 참고 있었다.

"그럼 어서 장소를 찾으러 가게."

한운석은 여전히 정중한 어조로 말했다.

정 숙부는 남아서 한운석이 경매장 소란을 어떻게 처리하는지 듣고 싶었다. 그런데 한운석이 이렇게 그를 떼어 낼 줄이야. 우선 물러났다가 나중에 돌아와서 경매장 일을 자세히 알아보는 수밖에 없었다.

경매장 소동은 첩자가 진품을 가짜 제품으로 바꿔치기한 것이었는데, 구매자는 배상뿐 아니라 진품까지 달라고 요구하고 있었다.

"다들 이 일에 대해 어찌 생각하는가?"

한운석이 물었다.

"공주마마, 소신은 구매자가 첩자와 결탁한 게 아닌지 의심됩니다. 경매가의 열 배에 달하는 보상금을 제시했는데, 보통의 경우 거절하지 않습니다."

이장로가 진지하게 말했다.

"소신도 같은 의견입니다. 그자는 금익궁 사람일 가능성이 큽니다. 공주마마, 이번 도박장과 경매장 일은 너무 수상하고 교묘합니다!"

삼장로도 바로 맞장구를 쳤다.

한운석도 진작 의심하고 있었지만, 이해가 되지 않았다.

"금익궁이 무엇 때문에 우리를 이렇게 겨냥하는 거지? 자신들에게 돌아오는 이익도 없는데?"

"우리와 금익궁은 지금껏 서로 건드린 적이 없고, 아무 원한도 없었습니다."

대장로가 어찌할 도리가 없다는 듯 말했다. 이미 이 일로 다른 장로들과 한두 번 의논한 게 아니었다.

한운석은 과감하게 결단을 내렸다.

"원인을 모른다면 그쪽과 똑같이 나가야지! 그 구매자를 잡아들여 심문하게!"

"절대 안 됩니다!"

대장로가 바로 저지했다.

"지금 삼도 암시장 전체가 이 일에 대해 떠들고 있습니다. 이런 시기에 사람을 잡아가면 비난을 면할 수 없습니다! 경매에서 가짜 제품이 나온 것만도 신뢰가 떨어지는 일인데, 만약 구매자까지 잡아들이면, 앞으로 누가 우리와 거래를 하려 하겠습니까?"

한운석이 차갑게 말했다.

"사람을 잡아들인 후에 대대적으로 전문가를 써서 찾아다니면 되네! 구정물은 금익궁 쪽으로 뒤집어씌우는 거지."

한운석은 단호한 목소리로 말을 이었다.

"기억하게. 역사책은 사람 손으로 쓰이고, 여론은 사람 입에서 나오네. 역사책에서는 승자의 말이 곧 진리요, 여론에서는 목소리 큰 사람 말이 옳은 법이지. 천금청에서 일이 터졌을 때 금익궁은 바로 우물에 빠진 사람에게 돌을 던졌네. 명백한 도발이었지! 사람들이 저들을 의심하지 않을 거라고는 생각지 않네."

불법에는 불법으로 맞서는 것은 한운석의 한결같은 규칙이었다!

모두 한운석에 대해 한층 더 깊이 알게 되었다. 이 여자는 똑똑하기만 한 게 아니라 잔인한 방법도 쓸 줄 알았다. 그것도 아주 단호했다.

남자로 태어났다면 정말 대단한 인물이었을 게 틀림없었다. 하지만 여자의 몸으로도 그녀는 남자에게 지지 않았다! 어쩌면 이 여자는 진정 서진 진영을 이끌 능력과 배포를 가지고 있는지도 몰랐다.

"대장로, 경매장 거래에 대해서는 걱정할 필요 없네. 내게 구매자를 끌어올 방법이 있네."

대장로가 여전히 주저하는 모습을 본 한운석이 계속 말을 이어갔다.

"다들 동오 전장의 장부 항목을 보았을 걸세. 동오 전장의 돈이면 만상궁에 수입이 한 푼도 안 들어와도 1년쯤은 버틸 수 있고, 적족 군비와 각종 비용을 제공하고도 넉넉하네. 다른 사람이 내 집 문 앞에 와서 도발하고 있는데, 꼭 참고 잠자코 있을 텐가? 운공상인협회의 패기는 다 어디로 간 건가?"

이 말은 바로 장로들의 투지를 불러일으켰다. 오장로가 가장 먼저 자리에서 일어섰다.

"모두 공주마마의 뜻에 따르겠습니다!"

대장로는 오장로가 한운석의 신임을 얻어 자기 자리를 차지할까 두려워, 망설일 틈도 없이 서둘러 일어섰다.

"공주마마, 영민하십니다!"

금익궁이 고칠소의 재산이고, 고칠소가 이렇게 만상궁을 함정에 빠뜨린 것은 순전히 그녀를 위해 복수하기 위해서였음을 한운석이 안다면, 그녀는 어떤 반응을 보일까?

한운석은 사장로와 삼장로를 보내 정 숙부를 돕게 하고, 대장로와 이장로가 경매장 일을 주관하게 한 후, 오장로를 만상궁에 남겨 여러 방면의 일을 조정하게 했다.

회의를 마친 후 그녀는 낮은 목소리로 오장로에게 분부했다.

"전에 도박장에 와서 행패를 부린 그 도박꾼들을 찾아서 함께 잡아들이게. 내 반드시 금익궁 이름을 붙게 하겠네!"

모든 분부를 마친 후에야 한운석은 서둘러 영정의 원락으로 향했다. 정말 고민스러웠다. 대체 무슨 방법을 써야 당리를 옥방에서 빼 올 수 있을까?

〈천재소독비〉 19권에서 계속

외전 **처음 만난 칠 오라버니**

때는 한겨울, 기후가 온난한 약성에도 하늘과 땅이 꽁꽁 얼어붙고 뼈를 에는 듯한 삭풍이 불었다.

열서너 살쯤 되는 소년이 약초밭을 걷고 있었다. 머리를 잔뜩 웅크리고 양손으로 제 몸을 단단히 껴안은 이 소년은 남루한 차림새에 봉두난발을 하고 있어서 딱 떠돌이 고아 꼴이었다.

사실 해진 옷을 입은 채 배불리 먹지도 못하고 사방을 떠도는 고아가 된다는 건, 그에게는 상당한 행복이었다. 적어도 부모가 누군지 모른다면 그리움이 있고, 희망이 있고, 따스함도 있을 테니까.

하지만 애석하게도 그는 고아가 아니었다.

어머니가 누군지는 몰라도 이미 세상을 떠났다는 것은 알고 있었다.

아버지가 누군지는 알아도 아버지에게서 도망치듯 달아났다. 물론 아버지가 그를 죽이려 하진 않았지만, 대신 사람도 아니고 귀신도 아닌, 병에 걸리지도 않고 죽지도 않는 괴물로 길렀다.

밭두렁까지 걸어간 그는 우뚝 걸음을 멈추고 앞에 있는 연단동練丹洞을 바라보았다.

연단동은 약성의 금지禁地로, 그의 사부인 단왕丹王 노인의 은거지이자 그가 가까스로 찾은 보금자리였다. 평생 이곳에서 살 수 있을 줄 알았는데, 결과적으로 그는 또다시 도망치듯 달아났다.

그의 평생은 길고도 길었다.

이 세상의 그 누구를, 그가 평생토록 믿을 수 있을까?

그는 연단동으로 통하는 고요한 오솔길을 바라다보았다. 보고 또 보던 그의 입가에 아무래도 좋다는 듯한 미소가 그려졌다. 그는 싱글거리다가 갑자기 큰 소리로 외쳤다.

"영감, 죽어도 안 올 거야! 죽어도……."

하지만 도중에 입을 다물고 말았다. 문득, 자신의 죽음이 지나친 바람이라고 느껴진 탓이었다.

"하하하!"

그는 또 웃었다. 하늘을 올려다보며 웃어 댔다. 그러다가 갑자기 몸을 휙 돌리고, 뼈를 에는 차가운 바람을 정면으로 맞으면서 넓디넓은 약초밭을 미친 듯이 한껏 내달렸다. 연약하고 조그마한 그의 모습은 마치 숙명으로부터 달아나는 듯도 하면서 한편으로는 어디로 가도 벗어날 수 없는 재앙을 향해 달려드는 듯도 했다.

얼마나 지났을까, 그는 마침내 약성에서 가장 큰 약초밭을 가로질러 수풀로 향했다.

지금의 그에게 남은 것은 입가가 그린 슬프고 처량한 웃음뿐이었다.

그는 주위를 한 번 둘러본 후에야 조용히 수풀 속으로 들어갔다.

오늘은 단순히 단왕 노인에게 작별을 고하기 위해 찾아온 것이 아니었다. 그가 오늘 약성을 찾은 까닭은 약학 명가인 목씨 집안의 비밀을 몰래 조사하기 위해서였다.

수풀 속에 들어선 지 얼마 되지도 않았을 때 등 뒤에서 방울 소리처럼 맑은 목소리가 들려왔다.

"이봐, 거지 오빠! 왜 우리 집 약초밭을 맘대로 짓밟아?"

그가 돌아보니 갓 열 살을 넘겼음직한 여자아이가 보였다. 이목구비가 상당히 고왔고, 특히 초롱초롱하고 커다란 눈동자는 한번 보기만 하면 평생 잊기 어려울 만큼 인상적이었다.

"목씨 집안 사람?"

연단동에 오랫동안 머물렀던 만큼, 그는 약성에 있는 약초밭 전부를 훤히 알고 있었다. 방금 그가 내달렸던 약초밭은 바로 목씨 집안 소유였다.

그는 흐트러진 머리카락을 걷어 올리고 여자보다 더 고운 얼굴을 드러낸 채 눈앞에 선 여자아이를 꼼꼼하게 훑어보았다.

여자아이는 그의 얼굴을 제대로 보자 깜짝 놀라서 얼떨떨하게 외쳤다.

"거지 오빠, 정말 예쁘게 생겼구나!"

남자로서 예쁘다는 칭찬을 받고도 그는 전혀 화내지 않고 도리어 웃으며 되물었다.

"네가 목령아지?"

어린 목령아는 처음에는 흠칫했으나 곧 진지한 얼굴이 되어 말했다.

"아아, 거지 오빠는 저기가 목씨 집안 약초밭인 걸 알고 있었구나! 우리 밭을 밟아도 좋다고 누가 그래?"

그녀는 이렇게 말하더니, 한 손을 허리에 척 올리고 다른 손을 쭉 내밀며 어른인 척 정색을 했다.

"배상해!"

그는 그녀의 조그마한 손을 흘끗 보며 속으로 비웃었다. 그가 뭐라고 말하려는데 어린 령아가 먼저 '푸하하' 하고 웃음을 터트렸다.

"놀랐지? 있잖아, 나한테 이름이 뭔지 알려 주면 못 본 걸로 해 줄게! 우리 오빠한테도 말 안 해."

그는 눈에 띄게 경계하며 소리 죽여 물었다.

"너희 오빠가 근처에 있어?"

어린 령아는 달걀 같은 조그만 얼굴을 굳히며 몹시 심각한 표정을 지었지만 잠시뿐, 곧 다시 웃음을 터트렸다.

"푸하하, 또 속았지?"

그녀에게는 오빠가 많았지만 온통 배다른 오빠들이었다. 오빠들은 집에서도 그녀와 놀아 주지 않으니 밖에 데리고 나가 놀아 주는 건 어림도 없었고, 성안에 있는 아이들은 더욱더 그녀를 멀리했다.

그녀가 어려서부터 남다른 재능을 보인 덕에 어른들은 그녀를 약성에서 가장 자질이 뛰어난 약제사로 떠받들었지만, 동년배들은 그녀를 별종이나 괴물로 생각했다. 동년배 아이와 이렇게 오랫동안 이야기해 본 적조차 없었다.

어린 령아는 너무나 기쁜 나머지 웃으면서 다시 물었다.

"빨리 말해 줘. 이름이 뭐야?"

그는 무시하고 돌아서서 떠나려 했다.

어린 령아는 초조해졌다.

"앗, 거지 오빠, 화났어? 가지 마. 나랑 놀자! 맛있는 거 줄게."

그녀는 큰 걸음으로 쫓아가서 그의 앞을 가로막고는, 허둥지둥 보따리를 뒤져 소병燒餅(구운 빵류) 하나를 꺼냈다.

"받아! 방금 산 거라서 아직 따끈따끈해!"

그는 전혀 사양하지 않고 소병을 받아 와구와구 베어 먹으면서도 계속 앞으로 걸어갔다.

어린 령아가 황급히 뒤쫓았지만, 아무리해도 따라잡을 수가 없었다. 숨이 가빠진 그녀는 훌쩍 공중제비를 넘어 그의 앞에 내려서서 마보를 취하고 주먹을 휘둘렀다.

"내 소병을 먹었으면 같이 놀아 줘야지."

그는 가소로운 듯이 그녀를 흘끗 보고는 다른 쪽으로 걸어갔다.

어린 령아가 쫓아가서 정말로 그를 공격하려 했으나 겨우 두 초식만에 맞아서 땅에 엎어지고 말았다.

그는 한 손으로 그녀를 움직이지 못하게 누르고 다른 손에 든 소병을 베어 먹으면서, 어린 령아가 아무리 소리를 지르고 발버둥을 쳐도 절대 놓아주지 않았다.

어린 령아는 누가 뭐래도 어린아이여서 결국 '왁' 하고 울음을 터트리고 말았다.

그는 약간 당황해 즉시 손을 치우고 험상궂게 을렀다.

"울지 마!"

어린 령아는 그 험상궂은 태도에 놀라 더욱 소리 높여 울었다.

그는 정말 어떻게 해야 좋을지 몰라서 머리를 긁적이며 한참 동안 생각하다가 비로소 말을 꺼냈다.

"내가 이름을 알려 주면 안 우는 거야. 알았지?"

어린 령아는 곧 눈물을 그치고 활짝 웃었다.

"좋아!"

그는 한참 생각한 다음에야 세 글자를 뱉어 냈다.

"고칠소."

눈물이 글썽글썽한 어린 령아의 커다란 눈에 천진무구한 웃음이 가득 차올랐다. 그녀가 다급히 물었다.

"그럼 이제 우린 가까운 친구지? 우리 아빠는 내가 누구하고 노는 걸 허락해 주지 않으니까 몰래 와서 놀아 줄 수 있어?"

고칠소는 눈썹을 치키고 그녀를 바라볼 뿐 대답을 미뤘다.

기다리고 또 기다리던 어린 령아의 눈에 다시금 눈물이 조금씩 조금씩 고였다. 그녀는 또다시 소병 하나를 꺼냈다.

"그래도 안 되면 앞으로 맛있는 건 다 줄게. 넌 엄마 아빠가 없지만 난 엄마는 없어도 아빠가 있으니까 내가 양보하는 게 맞아."

고칠소는 어리둥절해하다가 한참만에야 비로소 그녀에게 다가갔다. 그는 어린 령아의 눈가에 맺힌 눈물을 닦아 주면서 불쾌한 표정을 지었다.

"야, 울보, 누가 양보해 달래? 기다려, 이제부터 이 칠 오라버니가 틈이 나면 와서 놀아 줄 테니! 같이 약학을 갈고닦아 보자고!"

말을 마친 그는 성큼성큼 떠나갔다.

"칠 오라버니?"

어린 령아는 헤벌쭉 웃었다. 친오라버니가 생긴 것처럼 기분이 날아갈 것 같았다.